DIANA

Das Buch

Sie kam inmitten des stärksten Schneesturms zur Welt, deshalb nannte ihre Mutter sie schlicht "Winter". Ihr Vater Ricky Santiaga ist der mächtigste Drogenbaron in Brooklyn. Er läßt seine Tochter von früh auf wissen, dass nur das Teuerste gerade gut genug für sie ist. Und er bringt ihr alles bei. Winter Santiaga ist eine Luxusschnecke: gerissen, sexy und geschäftstüchtig. Sie kennt keine Grenzen und sie hat keinen Feind, der ihr ebenbürtig wäre. Als dramatische Ereignisse Ricky Santiagas Imperium zerstören, werden Winters Macht und Verführungskünste auf die härteste Probe ihres jungen Lebens gestellt. Nicht gewillt, klein beizugeben, setzt Winter alles daran, ihre Stellung im Ghetto zu verteidigen.

Die Autorin

Sister Souljah, geboren als Lisa Williamson 1964 in der Bronx, New York, wo sie fünfzehn Jahre mit ihrer Mutter in ärmlichsten Verhältnissen lebte. Bereits in der High School engagierte sie sich für die Rechte der Schwarzen in den USA und bereiste als Bürgerrechtlerin Europa in der damaligen Sowjetunion. 1991 war sie die weibliche Stimme der HipHop-Formation »Public Enemy«. 1992 erschien ihr erstes Soloalbum *360 Degrees of Power*; im selben Jahr zog sie sich den persönlichen Haß des damaligen Präsidentschaftskandidaten Bill Clinton zu, der ihre Kommentare zu den Straßenschlachten der Schwarzen in Los Angeles mißbilligte. 1995 erschien *No Disrespect*, ihre Autobiographie. *Der kälteste Winter aller Zeiten* ist ihr erster Roman.

Sister Souljah

Der kälteste Winter aller Zeiten

Roman

Aus dem Amerikanischen von
Juliane Zaubitzer

DIANA VERLAG
München Zürich

Diana Taschenbuch Nr. 62/0278

Die Originalausgabe
»The Coldest Winter Ever«
erschien 1999 bei Pocket Books, New York

Taschenbucherstausgabe 08/2002

Der Diana Verlag ist ein Unternehmen der
Heyne Verlagsgruppe, München
Printed in Germany 2002

Umschlagillustration: Michel Legrou MPG
Umschlaggestaltung: Hauptmann und Kampa
Werbeagentur, CH-Zug,
Druck und Bindung: Elsnerdruck, Berlin
Gedruckt auf chlor- und säurefreiem Papier

ISBN: 3-453-21193-6

http://www.heyne.de

Es gibt keine Liebe mehr,
keine Liebe, die so stark ist,
daß man sie bis in die Knochen spürt.
Dieses Gefühl,
wenn wir in die Gesichter unserer Mutter,
unseres Vaters, unserer Schwestern und Brüder,
unserer Familie und Freunde blickten.

Es gibt keine Liebe mehr.
Nicht die tiefe, befriedigende Liebe,
die im Herzen wohnt und jede
Entscheidung und Tat eines jeden Tages bestimmt.

Es gibt keinen Grund mehr zu feiern.
Nur leere Gesten und leere Phrasen,
Berechnung und Korruption.
Es gibt keine Liebe mehr ...

Dieser Roman ist der Zeit gewidmet, in der wir leben.
Der Zeit, in der Liebe, Treue, Ehrlichkeit, Ehre und
Respekt in Vergessenheit geraten sind.
In der es weder Bescheidenheit noch Verständnis gibt.
In der man Familien trennt und Gott verunglimpft,
Dieser Zeit.
Dem kältesten Winter aller Zeiten.

ICH DANKE

Gottvater/mutter, für immer und ewig an erster Stelle.
Meinem Mann und Sohn.

Danke für Eure Unterstützung bei diesem Buch: Emily Bestler, Elyse Cheney, Paolo Pepe, Theresa Zoro, Sally McCurtain.

Ich danke Bob Scheer und Steve Wasserman, die meine Karriere als Schriftstellerin gefördert haben.

Und ein ganz besonderer Dank an Tracy Sherrod, die diesen Roman erst möglich gemacht hat.

1

Ich konnte Sister Souljah noch nie leiden, echt nicht. Sie ist der Typ Frau, der ich gern das Gesicht aufschlitzen würde. Aber bevor ich mich in Rage rede, will ich klarstellen, wer ich bin und wofür ich stehe. Zieht keine voreiligen Schlüsse. Alle sind immer schnell dabei, sie zu verteidigen, ohne zu wissen, was jemand denkt, der dabei war. Denn im Grunde zählen nur die, die dabei waren, die wissen, was läuft. Mann, eine Kamera sagt euch nicht, ob wer aus dem Maul stinkt. Die zeigt nicht mal, ob man Pickel hat. Der ganze Fernsehscheiß ist nicht real. Hört mir erst mal zu. Laßt mir Zeit, euch meine Geschichte zu erzählen.

Obwohl ich in Brooklyn geboren wurde, komm ich euch nicht mit rührseligen Geschichten über Ratten und Kakerlaken und vollgepißte Treppenhäuser. Am 28. Januar 1977, als in New York einer der schwersten Schneestürme tobte, flutschte ich aus Mamas Monstermöse. Deshalb nannte meine Mutter mich Winter. Mein Vater Ricky Santiaga war so stolz auf sein neues Töchterchen, daß er meine Ma mit einer Limousine aus dem Krankenhaus abholen ließ. Noch in derselben Nacht gab mein Paps mir einen Diamantring aus 24karätigem Gold. Meine Mama sagte, daß meine Finger noch zu klein und weich sind, aber er bestand darauf, den Ring anpassen zu lassen. Für mich war wichtig zu wissen, daß ich nur das Beste verdiente, keinen Ghettoschmuck, keine Billigschuhe oder nachgemachte Designerklamotten, sondern immer nur das Beste.

Wir wohnten zwar in den Projects, aber das war in Ordnung. Uns fehlte nichts. Ich hatte drei Tanten, vier Onkel und n Haufen Cousins und Cousinen. Wir fanden es cool, alle im gleichen Haus abzuhängen oder mindestens in benachbarten Häusern. Wir mußten nie Angst vor Stunk haben, denn in unserem Viertel waren wir wer. Das war nur logisch. Wer es wagte, jemanden aus der Familie anzurühren, den nahm sich sofort der nächst ältere der Familie vor, und so weiter und so fort. Bald brauchten wir gar nichts mehr sagen. Jeder kapierte, daß unsere Familie die Nachbarschaft fest im Griff hatte. Es lohnte sich einfach nicht.

Unsere Wohnung in den Projects war der Hit: königsroter Teppich, feinste Möbel, unterhaltungstechnisch mit allen Schikanen ausgerüstet – eben alles vom Feinsten. Ich liebte meinen Paps leidenschaftlich. Er war der geschmeidigste Nigger der Welt. Man spürte, wenn er den Raum betrat. Sein Rasierwasser verriet ihn, noch bevor er um die Ecke kam. Seine Stimme war sanft und ernst. Er war groß, hatte helle Haut, schwarze Locken und einen feinen, dünnen Schnurrbart. Er war gut gebaut und definitiv in Form. Was auffiel, war sein Stil. Seine Klamotten waren sauteuer. Er trug ein Hemd nie zweimal. Das brauchte er auch nicht, denn er war smart. Er ließ die Finger von den Drogen, die er verkaufte. Er kassierte sein Geld rechtzeitig, und was er mit den Witzfiguren machte, die ihn bescheißen wollten, war jedem eine Warnung. Sein Motto war: Jeder Penny ein Finger.

Die Frauen liebten ihn, aber er war nicht das, was man einen Weiberheld nennen würde. Er hatte nie eine Freundin, zumindest rief nie eine an, um meine Ma vollzusülzen. Ich kann mich an nichts erinnern, was mit anderen Frauen zu tun hatte, keine Vorwürfe oder peinlichen Situationen. Er war ein Familienmensch. Die ganze Welt wußte, daß meine Ma seine Frau war, sein ein und alles, ja sogar sein wunder Punkt. Ma und Paps hatten sich früh verliebt und waren, anders als die meisten anderen Nigger, zusammengeblieben. Mit vierzehn bekam sie mich. Die Leute sagen, sie hat in der Schwangerschaft großartig ausgesehen und ihren Arsch lockerlässig durchs Viertel geschoben, als sei nichts los. Noch im siebten Monat trug sie feine italienische Stöckelschuhe. Ma hatte alles, sowohl Klamotten als auch alles andere, was man sich nur vorstellen kann. Ihre mahagonifarbene Haut war glatt wie ein Schokoriegel. Sie sah immer und überall perfekt aus. Wenn sie einen Hut aus Zebrafell trug, wählte sie dazu Hosen aus Zebrafell und lackierte alle zehn Nägel im Zebramuster. Sogar Höschen und Hemd von Victoria's Secrets waren im Zebramuster. Daß sie Klasse hatte, unterschied sie von allen anderen Frauen, die wir kannten. Während die anderen sich Kunstleder und Zebrafell zurücklegen ließen, um es Stück für Stück abzustottern, sah man Mama nie anders als perfekt. Bis die anderen Tussen ihre Klamotten zusammen hatten, war der Scheiß längst out. Beim Shoppen kannte Mama keine Gnade, und das gefiel Santiaga. Seine Frau sollte eine Sensation sein. Mama arbeitete nicht, denn, so sagte sie, Schönheit ist ein Vollzeitjob, der keine Zeit für etwas anderes erlaubt. Sie saß bis zu drei Stunden an ihrem Schminktisch, damit auch jede extralange Wimper genau richtig saß. Sie legte sich mit jedem an, der behauptete, ihre Wimpern seien nicht echt, obwohl ihre großen braunen Augen mit oder ohne falsche Wimpern toll aussahen. Sie machte mir klar, daß es die Bestimmung der Frau ist, versorgt zu werden. Sie flüsterte mir ins Ohr: »Ich bin eben eine echte Bitch!«

Eine echte Bitch bekommt, was sie will, ohne daß es auffällt. Nur dumme Mädchen vergessen vor lauter Geilheit, was zählt. Wenn du zum Beispiel einen hübschen Nigger auf der Straße siehst, wirst du ganz kirre. Du wirst schon feucht, wenn du nur an ihn denkst. Du musterst ihn und denkst: *Sieht gut aus.* Du läßt den Blick zu seinem Reißverschluß gleiten und prüfst die Ausbuchtung. Innerlich kreischst du: *Ja, alles da!* Aber dann merkst du, er trägt keine Uhr, keine Autoschlüssel, keinen Schmuck, statt dessen die Turnschuhe, die *letzten* Monat in waren. Er ist total pleite. Eine echte Bitch rafft, daß sie zwei Möglichkeiten hat: Sie kann ihn mit zu sich nehmen und ihren Spaß haben, ohne sich zu verlieben, denn er kann sie sich nicht leisten; oder sie kann nen Abgang machen und ihn einfach stehen lassen. Beziehungen sind out. Gefühle sind out. Ihn ernst nehmen ist out. Eine richtig gewiefte Bitch hält sich den Kerl für guten Sex warm. So wird er zum Werbespot für den Mann mit Geld, der der Hauptfilm ist. Der Mann mit Geld weiß, wie er seine Frau mit allem versorgt, was sie will. Nun mag er vielleicht im Bett nicht der Bringer sein, aber wenn er es wert ist – wenn er die große Kohle ranschafft –, wird eine echte Bitch stöhnen, als sei dieser Nigger der Casanova schlechthin. Wenn er es ihr besorgt, wird sie zittern, japsen und kreischen, als würde er ihr Orgasmen so stark wie Meereswogen verschaffen. Ma muß eine echte Bitch gewesen sein, denn sie hatte beides. Sie hatte einen gutaussehenden, loyalen Mann mit Geld, und ich weiß, daß Paps auch im Schlafzimmer rüberkam.

Alle drei Tage ließ Ma sich die Haare machen. Der Laden, zu dem wir gingen, denn sie nahm mich immer mit, war für die Luxusbräute. Das waren die wenigen Frauen im Viertel, die sich den großen Geldfisch geangelt hatten. Sie alle kamen in den Laden, um sich Haare und Nägel machen zu lassen und vor allem, um anzugeben und zu erfahren, was abging. Bei Earline's konnten wir uns die Haare machen lassen und nebenbei Informationen abschöpfen.

Mit sieben hatte ich die Regeln geschnallt. Familienangelegenheiten gehen keinen was an. Das meiste bleibt besser ungesagt. Es war uns klar, daß selbst die Sackgesichter im Frisiersalon neidisch auf uns waren. Das Geschäft meines Vaters vergrößerte sich stetig. Er hatte früh als Beobachtungsposten angefangen, aber er war clever genug, sein eigenes Ding aufzubauen. Er hatte seine eigenen Leute und was nicht sonst noch alles. Sein Stil verriet, daß er das Zeug zum Big Willie hatte. Man respektierte ihn, denn seine Ware war nie gestreckt, man bekam was für sein Geld. Ich und meine Ma schnappten die neidischen Blicke auf, aber wir ließen sie abblitzen. Wir gaben den Mädels zu verstehen: »Hey, dein Mann arbeitet für meinen Paps, also verneige dich vor der Familie, die dir und den deinen das täglich Brot gibt.«

Als ich dreizehn war, war Santiaga in unserer Gegend die Nummer Eins im Drogengeschäft. Obwohl er mir beibrachte, mich nicht mit Kleinkram abzugeben, schien er selbst jeden seiner Schritte sorgfältig abzuwägen. Ich hörte immer, wie er die erste Tür zu unserer Wohnung aufschloß. Dann blieb er mit den Männern, die bei ihm waren, seinen Leuten, in dem engen Raum zwischen der ersten Tür und der schweren zweiten Metalltür, die in die eigentliche Wohnung führte, stehen. Nachdem alles besprochen war, hörte man, wie die erste Tür geöffnet und wieder zugeschlagen wurde. Paps verschloß sie, entriegelte dann die zweite Tür. Wenn er reinkam, blieb jeder

Stress, jede Belastung, jedes Geschäft zwischen diesen beiden Türen, und er brachte nur sein sexy Lächeln, seine wachen Augen und seine Macht mit.

Er bewies uns allen seine Liebe. Um was auch immer wir ihn gebeten hatten, und sei es nur ein Snickers – er hatte es in seiner Tasche. Wenn einer von uns ein Problem hatte, fragten wir ihn, und er ließ die Antwort so einfach klingen, daß ich mich fragte, warum ich nicht selbst drauf gekommen war.

Wenn ihn etwas beschäftigte, ging er nach hinten in sein Zimmer, das ihm Woody der Tischler gebaut hatte, und holte sein Schachbrett raus. Komisch war, daß er nie gegen jemand anderen spielte als sich selbst. Wenn ich ihn fragte warum, sagte er: »So bleib ich an der Spitze, Baby. Ich betrachte das Leben aus jeder Position. Ich spiele von jeder Seite. Man muß wissen, was jeder Mann auf dem Brett denkt, bis hin zum nichtigsten Bauern.«

Andere Spieler, erklärte Daddy, opfern ihre Bauern zu schnell oder ignorieren sie, aber er sei schlauer. »Die Bauern sind meine Soldaten«, sagte er. »Wenn ich mich mit starken Soldaten umgebe und alle ein Stück vom Kuchen kriegen, dann halten sie das Viertel sauber.« Er sah mir in die Augen, als wollte er mich fragen, ob ich das verstehe. Ich ließ ihn nicht merken, daß ich ihm solange zuhören würde, wie er reden wollte, weil ich auf ihn stand, aber daß mich Schach n Scheißdreck interessierte. Er ließ sich darüber aus, daß es immer ein paar Kids gab, die versuchten, einen Fuß in die Tür zu kriegen und ihn auszutricksen. Er sagte, die sind bescheuert, denn niemand, der schlau ist, versucht, dem großen Mann ans Bein zu pinkeln, es sei denn, er hätte eine eingeschworene, professionelle, starke und skrupellose Gang. Immer wieder versuche irgendein unterbelichteter Bubi, der zu oft *Scarface* gesehen hat, etwas an sich zu reißen, das ihn umbringen würde. »Er verliert«, sagte Santiaga und stieß den schwarzen König auf dem Schachbrett um. »Er verliert, weil er das Spiel nicht begriffen hat.«

Um die rührigen Dealer des Blocks sorgte Santiaga sich erst in zweiter Linie. Seine Nummer Eins war ich. Er liebte mich wahnsinnig, aber langsam wurde er nervös, weil die Männer, ob alt oder jung, auf mich aufmerksam wurden. Innerhalb von einem Jahr, zwischen zwölf und dreizehn, hatten meine Titten ein erstaunliches Wachstum vorgelegt. Ich hatte sogar den passenden Arsch dazu. Ich weiß nicht, wen das mehr anmachte, die Männer oder mich. Bei jeder Gelegenheit zeigte ich, was ich zu bieten hatte. Aber wer länger als ein paar Sekunden in meine Richtung glotzte, lief Gefahr, eingestampft zu werden. Das hatte Dad schon an mindestens zwei Niggern demonstriert, die sich in meiner Nähe rumtrieben. Den einen schlitzte Santiaga vom linken bis zum rechten Ohr auf. Bei uns nennt man das »krankenhausreif«. Aber der Typ schaffte es nicht ins Krankenhaus. Santiaga ließ sein Blut spritzen, bis Doc zu uns kam. Doc ist eigentlich gar kein Arzt, hatte aber in der Armee irgend so'n Rettungskurs belegt. Wenn Santiaga nicht wollte, daß die Polizei und das Krankenhaus in seinen Geschäften rumschnüffeln, rief er an. Na ja, als Doc mit dem Macker fertig war, zog der Schnitt Blasen übers ganze Gesicht. Wegen der häßlichen Narbe wurde er dann im Viertel Bubbles genannt. Bubbles hatte nur den Fehler begangen, mich lüstern anzugaffen, statt den Safe in unserer Wohnung einzubauen. Nun war Bubbles die wandelnde Warnung, daß niemand mit Santiagas Tochter vögeln durfte. Danach ließen wir die zweite Metalltür in unsere

Wohnung einbauen, und keiner von Daddys Leuten durfte je wieder hinter diese Tür.

Ma fand jedenfalls, daß Santiaga übertrieb. Sie sagte ihm, sie besorgt mir die Pille und läßt mich machen, denn »wenn eine Frau gefickt werden will, dann läßt sie sich ficken. Ob nun im Auto oder im Kleiderschrank.«

Solche Vorschläge brachten Santiaga nur noch mehr aus der Fassung. Er stellte klar: »Winter ist noch keine Frau. Keiner von diesen Pennern wird aus meinem Fleisch und Blut eine Nutte machen.« Dad nahm mich zur Seite, packte mich mit seinen kräftigen Händen an den Schultern, sah mir fest in die Augen und sagte langsam: »Dich verdient nur ein hart arbeitender Mann, ein heller Kopf, der weiß, was er zu tun hat, was er dir schuldet und was du brauchst.«

Diese Lektion wiederholte er oft. Ich dachte mir: *Hmm, der einzige, auf den die Beschreibung paßt, ist Papa.* Zwar hatte ich Papa lieb, aber daß er ein Schwanzembargo über mich verhängte, paßte mir gar nicht. Jedes Mädchen will raus und mit dem Feuer spielen, aber ich war wie ein Topf kochende Milch mit geschlossenem Deckel. Ihr wißt schon, so einer, der kurz vorm Explodieren ist und überkocht.

Meine alten Herrschaften versuchten es mit Beschäftigungstherapie. Ich mußte auf meine kleinen Schwestern, die Zwillinge Mercedes und Lexus, aufpassen. Bei gerade mal acht Monaten war das echt zum Kotzen. Und ich mußte auf meine andere kleine Schwester Porsche aufpassen, die vier war. Das war nicht halb so schlimm, weil die wenigstens nicht ununterbrochen kackte. Manchmal gingen mir die drei so auf die Nerven, daß ich fast lieber zur Schule gegangen wäre. Aber ich folgte dem Prinzip, nur gerade so oft zur Schule zu gehen, daß ich nicht rausflog. Wenn ich mit neuen Klamotten oder neuem Schmuck angeben wollte, alles klar, aber ich würde nicht jeden Tag in der Schule antreten, als sei es mein Job, solange ich nicht dafür bezahlt wurde. Schule war wie Prostitution. Ich soll zur Schule kommen, damit die Lehrer dafür abkassieren konnen, daß sie mich kontrollieren. Und was springt für mich dabei raus? Muß ich mehr sagen? Nicht mit mir.

Sosehr sie mich auch beschäftigten, an Midnight führte kein Weg vorbei. Ich schätze, er hieß so, weil nur die Nacht noch schwärzer war als er. Er gehörte zu den Leuten meines Vaters. Er war sehr ernst, genau wie mein Vater. Er schien immer in Gedanken vertieft. Ich stellte mir vor, daß er plante, die Weltherrschaft zu übernehmen. Das gefiel mir. Er würde die Welt beherrschen *müssen*, wenn er mich gewinnen wollte. Er lächelte nie. Er alberte nicht rum, wie andere Nigger in unserem Alter. Bei seinen Lieferungen lief alles wie geschmiert. Mein Vater hatte ihn mal einen starken jungen Leutnant genannt. Santiaga mochte ihn, weil, wie er sagte, er nie versucht hatte, aufzumucken oder ihn auszutricksen. Er wußte, Santiaga war der Boss, und hatte damit kein Problem. Midnight versuchte nie, in die eigene Tasche zu wirtschaften, Zeit zu schinden oder ein krummes Ding abzuziehen wie andere, wenn sie neu waren

Daß ich Midnight mochte, hatte auch noch andere Gründe. Wenn er im Sommer Basketball spielte, war er ganz in Weiß. Seine Mutter, oder wer auch immer seine Sachen wusch, muß noch patenter gewesen sein als die glücklichen Hausfrauen in der Fernsehwerbung, denn sein Zeug sah aus wie neu. Aber was mich wirklich antörnte, war diese schwarze Haut. Sie war glatt und makellos. Sie bedeckte seine Knochen wie Frischhaltefolie.

Seine Arme waren wie gemeißelt. Man sah, daß er Gewichte hob. Trotzdem ward er nicht stämmig und angeschwollen wie diese Zwergpenis-Pinscher in den Zeitschriften. Er war groß, normal gebaut und einfach vollkommen. Muskeln und Venen zeichneten sich scharf ab und betonten seine Kraft. Sein Hals war schlank, aber muskulös. Er kam nur sonntags in den Park. Das weiß ich, weil ich jedesmal Stielaugen bekam. Er trug immer einen neuen Trainingsanzug. Seine Scheine bewahrte er in einem goldenen Geldclip auf. Erst nahm er den Geldclip mit den säuberlich gefalteten Scheinen aus der Hosentasche. Dann schälte er sich aus seiner Hose und zog sich bis auf die Shorts aus, die er darunter trug. Seine kräftigen Beine wirkten ebenso gemeißelt wie sein Oberkörper. Das hat mich schwer beeindruckt. Ich kann euch gar nicht sagen, wie viele Typen mit kräftigem Oberkörper und Hühnerstelzen ich schon gesehen habe. Er befestigte den Geldclip in seinen Basketballshorts und spielte. Meine Augen glitten über seinen Körper. Ich konnte kaum erwarten, ihn mit meinen Lippen zu berühren und vielleicht sogar an seinem Schlüsselbein zu lutschen oder so was. Midnights neue und saubere Schuhe machten das Paket komplett.

Midnight schenkte mir keinerlei Beachtung. Doch das beunruhigte mich nicht weiter, denn von meiner Mutter hatte ich gelernt, daß eine echte Bitch immer kriegt, was sie will, wenn sie's richtig durchzieht. Auch Paps hatte mir was Nützliches über Geduld beigebracht. Manchmal, sagte er, ist ein Sieg um so süßer, wenn er von langer Hand geplant ist und man das Opfer kalt erwischt. Der Haken war, daß Midnight für meinen Vater arbeitete. Selbst wenn ich ihm je aufgefallen war, hätte er den Gedanken wahrscheinlich verworfen. Er war *fünf* Jahre älter als ich. Vielleicht war ich also für ihn tabu. Das Beschissenste war, daß ich den Grund nicht kannte. Angeblich steht einem Menschen so was ja im Gesicht geschrieben. Tja, bei Midnight war's genau das Gegenteil. Sein Gesicht wirkte immer ernst. Er zeigte einfach keine Reaktionen. Selbst wenn er spielte, redete er keinen Müll wie die anderen Nigger. Nicht mal, wenn sie versuchten, ihn zu verarschen, reagierte er. Er schien sich nur auf den Korb zu konzentrieren, auf seine Tricks und Jump Shots und lächelte nicht mal, wenn er gewann. Am Anfang versuchte ich mit den üblichen Tricks, seine Aufmerksamkeit zu erregen. Ich zeigte mich in Superminiröcken, kürzte meine sowieso schon kurzen Shorts, trug rückenfreie Tops und knappe Metallic-BHs. Hatte er mich vorher so gut wie nicht beachtet, so beachtete er mich jetzt, wo ich immer sexier wurde, überhaupt nicht mehr. Wenn ich in seiner Nähe war oder nur im Park, wo er Basketball spielte, führte ich mich wie eine Bekloppte auf, damit er mich bemerkte. Ich lutschte an meinen Zähnen, verdrehte die Augen, nichts. Ich beschloß also, ihn als langfristiges Projekt zu betrachten.

Inzwischen amüsierte ich mich anderweitig. Ich ließ mich von Niggern ins Kino ausführen, oder soll ich lieber sagen, ich ging mit meinen Freundinnen ins Kino und traf mich erst dort mit den »nichtsnutzigen Niggern«, um Santiaga nicht aufzuregen. Manchmal hingen wir auch einfach bei meiner Freundin Natalie ab. Da ihre Ma nie zu Hause war, hatten wir sturmfreie Bude.

Meinen ersten Sugar Daddy mußte ich nicht lang suchen. Er hieß Sterling. Ich lernte ihn in Lower Manhattan in einem Lebensmittelladen kennen, wo ich an einem regnerischen Morgen im Herbst einen Labello kaufen wollte. Ich muß ihn wohl einfach überwältigt haben, denn statt in die Kasse zu greifen und mir mein verdammtes Wechselgeld zu geben, rutschten seine Augen zwischen meine Brüste, als wünschte er sich, eine meiner Goldketten zu sein. Ich stufte ihn sofort als Schlappschwanz ein, als jemanden, den ich abzocken konnte. In seinem Gesicht zeichnete sich jeder einzelne Gedanke ab. Es war mal sicher, daß ich seine volle Aufmerksamkeit hatte, als ich ihm eine Kostprobe meiner Ghetto-Rotzigkeit um die Lauscher schlug. Ich stemmte die Hände in die Hüften und sagte: »Geld oder Leben?« Er kuckte pikiert, hörte auf zu glotzen und zählte mein Wechselgeld. Ich lachte.

»Brauchst du den Kassenzettel?« versuchte diese verzückte Schmalzbacke das Gespräch in die Länge zu ziehen.

»Wenn du sonst nichts zu bieten hast«, sagte ich mit sinnlich durchwachsenem Blick. Er gab mir mein Geld und räusperte sich, verließ samt billigem weißen Hemd und Zwei-Dollar-Krawatte die Kasse und folgte mir zur Tür. Damit kriegte er mich wohl rum. Er konnte die Kasse nur verlassen, wenn er der Geschäftsführer war.

»Und wie heißt du?« fragte er und sah mich dabei an, als glaubte er wirklich, bei mir landen zu können.

»Winter«, sagte ich und verdrehte genervt die Augen.

»Wohnst du hier in der Nähe?«

»In Brooklyn, Baby! Wo sonst.«

Der Rest ist Geschichte. Er bekam sein Gehalt alle zwei Wochen, und ich auch. Er arbeitete im Laden, und ich bearbeitete ihn. Ich ließ mir von ihm allen möglichen Scheiß kaufen, den er sich nicht leisten konnte. Wir aßen in Restaurants, deren Existenz er nicht mal geahnt hatte. Von jedem bißchen, das er verdiente, bekam ich 25 Prozent, als sei ich sein beschissener Agent oder so was. Es lief wie geschmiert, denn er war in Manhattan und damit außerhalb von Santiagas Reichweite. Von dem Kleingeld, das er rüberwachsen ließ, konnte ich mir das eine oder andere neue Outfit oder ein zusätzliches Goldarmband für meine Sammlung leisten – wie Mama sagt, man kann nie zuviel haben.

Santiaga verdarb mir meinem süßen sechzehnten Geburtstag mit schockierenden Neuigkeiten. Wir saßen alle am Tisch. Meine Schoko-Eistorte von Baskin-Robbins versank unter einem Berg von Nüssen und sechzehn sorgfältig plazierten Maraschinokirschen. Daddy gab mir eine dieser schlanken Schachteln, die ich so mag, weil meistens Schmuck drin ist. Ich zerriß das goldene Geschenkpapier und lächelte unkontrolliert, als ich mein neues Diamantarmband aus der sauberen weißen Watte hob. Der Mund meiner Mutter hing offen, während sie von der anderen Seite des Tisches meine Diamanten beäugte und prüfte, ob sie auch weiß und klar glitzerten und nicht etwa Zirkonkristalle waren. Sie hätte es besser wissen müssen.

Als ich das Armband umlegte, reichte Santiaga mir eine Geburtstagskarte. Das war ungewöhnlich, denn in unserer Familie waren Karten und Gedichte und so'n Scheiß nicht angesagt. Während ich am Verschluß rumfummelte, griff sich meine Mutter die Karte, vielleicht weil sie darin Geld oder so was vermutete. Sie meinte wohl, Santiaga übertreibt mal wieder und schenkt mir zusätzlich zum Armband auch noch Bares, und sie muß später ein Hühnchen mit ihm rupfen. Als sie die Karte öffnete, fielen zwei Polaroid-Schnappschüsse auf den Tisch. Sie hob sie auf, verzog neugierig das Gesicht und sagte: »Was ist das, Baby?«

»Unser neues Haus in Long Island«, sagte Daddy stolz. »Ich wollte euch alle überraschen und dachte, warum nicht heute. Wir ziehen um! Erste Sahne, Baby! Nur vom Feinsten, nur das Beste für meine Ladies.« Mir wurde ganz anders. Mit den goldenen Kerzen auf der Torte schmolzen auch meine Träume dahin.

Alles, was ich kannte, waren die Projects. Hier waren meine Freunde, meine Familie und meine Abenteuer. Diese Straßen kannte ich wie die Kurven meines Körpers. In diesen Gassen, Hinterhöfen war ich die Prinzessin. Wozu umziehen? Santiaga sagte doch immer, man muß dort sein, wo die Geschäfte laufen, um einer feindlichen Übernahme vorzubeugen. Er sagte, ein Mann muß in seinem Viertel mit all seiner Macht präsent sein, damit die Schmalspurdealer ihm nicht auf die Pelle rücken. Jetzt sah es so aus, als würden wir kneifen. Deshalb tat ich etwas, das ich sonst nie tat. Ich stellte Fragen.

»Warum? Was soll das? Hast du nicht gesagt, daß wir genau das nie tun würden?«

Santiaga sagte nur: »Alles hat sich verändert, Kleines. Bisher war es kein Problem, alles von hier aus zu regeln. Aber das Geschäft ist größer und läuft besser denn je. Die anderen dürfen keinen Einblick in die Abläufe kriegen. Ich muß sie klein halten, sie im Ungewissen lassen.« Ich, Mama und Porsche waren wie vom Donner gerührt und schwiegen. Die Babies hatten null Durchblick, was abging. Die Überraschung packte uns und schien uns zu ersticken. Er fuhr fort: »Nicht jeder verträgt meinen Erfolg. Irgendwann wird irgendein Idiot ausrasten und versuchen mich auszuschalten, indem er einem meiner Mädchen weh tut.« Er zeigte mit dem Finger auf uns und sah jedem der Reihe nach fest in die Augen. Was er sagte, klang vernünftig, aber ich war trotzdem sauer. Ich dachte mir: *Klingt ja vernünftig, klar, aber ich halt nichts davon, den Schwanz einzuziehen.* Das war echt nicht Santiagas Stil.

Santiaga fing meinen Blick auf und sagte: »Ihr wißt genau, daß ich nie kneifen würde. Ich nehme es mit jedem auf, der mir querkommt. Aber ich laß nicht zu, daß jemand meine Ladies anrührt. Wenn sie Krieg wollen, dann von Mann zu Mann, und zwar nur die Männer.« Santiaga schien was zu wissen, das er uns nicht verriet. Er meinte es todernst, und ich wußte, daß er seine Gründe hatte. »Dieser Ort«, fügte er hinzu, während er das Foto hochhielt und mit dem Finger auf die Villa zeigte, »dieser Ort ist sicher. Mann, wartet, bis ihr es gesehen habt. Das Scheißding ist wie ein Himmel auf Erden.«

Die Regeln für unseren Umzug aus Brooklyn waren klar und unumstößlich. Kein Wort darüber. So verschwiegen wir auch sein mochten, wir wußten, es würde Gerede geben. Die Brüder meiner Mutter und die Männer ihrer Schwestern, die alle für Papa arbeiteten, würden mit Sicherheit ihren Senf dazu geben. Egal, sagte Santiaga: »Ich kümmer mich um alles. Macht es nur nicht noch schlimmer.«

Die letzten Tage bewegte sich alles wie in Zeitlupe. Alles schien intensiver als sonst: der Gestank von Scheiße, der Geschmack von Süßkram. Ich verbrachte jede freie Minute mit meinen Mädels. Wir waren total dicke. Viele von uns waren hier geboren und aufgewachsen. Ich und Natalie zum Beispiel machten alles zusammen. Mit zwölf ließen wir uns sogar gleichzeitig das Blümchen pflücken und logen uns hinterher gegenseitig an, wie toll das erste Mal war, dabei hatten uns die dicken Schwänze in Wahrheit aufgerissen. Wir stritten, wer mit dem besseren Typ ging, obwohl Jamal und Jacob Zwillinge waren! Aber ich wußte, daß Jamal süßer war, weil er auf der rechten Wange einen hübschen schwarzen Leberfleck hatte, und das war voll sexy. Natalie sagte, daß meine Titten wegen Jamal wuchsen, denn nachdem wir gevögelt hatten, war ich plötzlich nicht mehr flach wie'n Brett, sondern das reinste Busenwunder.

Als meine Freundin Toshi mit den Mädels um die Ecke Zoff hatte, legten wir alle, ich, Nat, Zakia, Simone, Monique und Reese, unseren Schmuck ab, ölten unsere Gesichter ein, banden das Haar zurück und verstauten Rasierklingen unter den Zungen, um in den Krieg zu ziehen. Noch bevor wir Schläge austeilen oder die Rasierklingen ausspucken konnten, kreischte die dicke Dumpfbacke von der anderen Gang, die uns einschüchtern sollte: »Yo, das ist Santiagas Tochter. Seid ihr bescheuert, mit der leg ich mich nicht an.« Dann begannen die Mädels, die wir eigentlich fertigmachen wollten, sich gegenseitig fertigzumachen. Die einen wollten kämpfen und die anderen nicht. Dann stürmten wir auf diese Schlampen zu, und sie verpißten sich. Wir rannten, bis wir genug hatten, und bepinkelten uns vor Lachen, weil sie so bescheuert waren. Eins weiß ich jedenfalls, Toshi haben die nie wieder angemacht.

Wir kifften zusammen und kriegten dann so einen Heißhunger, daß wir vier Familienpackungen Nacho Cheese Doritos futterten und dann unserer Freundin Asia, dem einzigen Pummelchen in unserer Gang, beim Kotzen zusahen. Mann, wir kannten uns, seit wir mit fünf in Lackschuhen zu Geburtstagsparties stapften, trugen später die gleichen Girlieklamotten, kloppten uns und stritten schließlich, wessen Titten die größeren waren.

Chanté, die älter war als wir, brachte uns sämtliche Sexstellungen bei. Sie ließ uns zusehen, wenn sie die

Jungs ranließ, während ihre Mutter bei der Arbeit war. Sie gefiel sich in der Rolle der »Lehrerin«. Sie brachte uns sogar bei, wie man einen Schwanz lutscht.

Unsere ersten Rindfleischpastetchen mit Kokosbrot, Bun & Cheese und Ginger Ale verzehrten wir gemeinsam, weil unsere Freundin Carmen aus Jamaika war und uns in das Lokal mitnahm, wo die Rastas abhingen. Sie brachte uns bei, wie Jamaikanerinnen zu tanzen und unsere Körper langsam und sexy wie Raupen zu bewegen. In Sachen Mode allerdings nahm keiner ihre Tips ernst, weil ihre Aufmachung komplett außerirdisch war.

Es gab nichts, das wir nicht erlebt hatten. Wir gingen gemeinsam auf die Beerdigung unserer Freundin Nique. Ihre Mutter hatte sie vom Dach gestoßen, nachdem sie rausgekriegt hatte, daß ihr Mann mit ihrer Tochter vögelt. Ich würde Burger King vermissen, die Musik, die Vibes, die Hot Dogs und vor allem die Straßen. Egal was wer sagte, Brooklyn ist das Größte, die Nummer Eins in meinem Herzen.

Keiner durfte wissen, daß wir uns verpißten. Aber am letzten Tag sagte Natalie, die irgendwie alles und jeden Dreck über jeden rausfand, wie aus heiterem Himmel zu mir: »Ich versuch meine Mutter zu überreden, daß sie die Leitung für Ferngespräche wieder freischalten läßt.« Beim Abschied sagte sie: »Bleib sauber. Laß uns nicht im Stich, Schlampe.«

Am Abend fuhren wir los. Die Sache ging so unauffällig über die Bühne, als würden wir essen gehen oder so'n Scheiß. Wir nahmen nichts mit. Santiaga sagte, wir brauchen nichts.

2

Die Fahrt durch die protzigen Nobelviertel von Long Island entlockte meinen überwältigten drei kleinen Schwestern nichts als Aaahs und Ooohs. Als der Lexus meines Vaters die gewundene, von Bäumen gesäumte Einfahrt entlangpreschte und sauberer Schnee auf die Autoscheiben fiel, überschlugen sie sich förmlich vor Begeisterung.

In ihrem Alter würden sie Brooklyn mir nichts dir nichts vergessen, soviel war klar. Allein die riesigen Türen zu unserem neuen Zuhause sahen teurer aus als unsere alte Wohnung. Im Haus war es schön warm, doch Santiaga ließ es sich nicht nehmen, trotzdem den Kamin anzumachen. In dieser Bude, die eher einem Museum glich, war für mindestens sieben Familien Platz. Sie war so geräumig, daß wir sogar drinnen hätten parken können, wenn uns danach gewesen wäre. Der Fußboden war aus weißem Marmor, riesige quadratmetergroße Marmorplatten, zum Teufel mit Fliesen und Linoleum. Mama rekelte sich auf dem weißen Nerzfell, das Papa vor den Kamin gelegt hatte. Ich sah, wie sie sich in das Fell sinken ließ – ihre Augen doppelt so groß wie sonst –, und wußte, daß wir hierbleiben würden. Als Santiaga sagte: »Du kannst alles einrichten, wie du möchtest«, schmolz Mama endgültig dahin.

Einen ganzen Monat lang blätterten wir in Katalogen und Magazinen, bestellten allen möglichen Scheiß und erhielten Lieferungen, die Santiaga arrangierte. Santiaga war so auf Draht, daß er einen Typen aufgetrieben hatte, der alles möglich machen konnte. Designer, Tischler, Schlosser, Schneider, wer auch immer – er brauchte nur zu rufen, und schon kamen sie. Sie zeigten Santiaga Respekt und versuchten, ihre Neugier zu verbergen. Man sah, wie sie vor Papas Macht zitterten. Obwohl ich lieber in Brooklyn geblieben wäre, sah ich ein, daß einem Mann wie Santiaga dieser Lebensstil gebührte. Was wir vorher als Luxus betrachtet hatten, war im Vergleich zu hier ein Dreck. Aber die schmalen Flure in den Projects von Brooklyn – wo der Gestank von Brathähnchen sich mit dem von Fisch und Akis vermischte und nur vom Schnapsgestank überdeckt wurde – waren noch immer meine Welt.

Die Stille in der Villa auf Long Island brachte mich um. Es brachte nichts, einfach das Fenster aufzureißen und runterschreien, um rauszukriegen, was am Abend noch so abging. Die Realität sah nämlich so aus, daß in eben dieser Gegend, in der wir wohnten, gar nichts abging. Schluß aus! Die Nachbarn konnte man haken. Du willst dir eine Tasse Zucker oder Zigaretten borgen? Vergiß es. Zum nächsten Haus mußt du mindestens eine Meile latschen. Sowieso tust du n Dreck tun und borgst dir von denen was. Mann, du hast doch keinen blassen Dunst, mit wem du es zu tun hast, und die auch nicht. Du bist jedenfalls schwarz, sie alt und weiß, und außerdem erwartet man hier, daß jeder sich gefälligst um seinen eigenen Scheiß kümmert. Na, ich will ja nicht lügen, es gab einige Schwarze in der Nachbarschaft, aber die waren total spießig. Wenn ich die um was gebeten hätte, hätten die bestimmt Geld verlangt.

Als ich mich in meiner neuen Schule anmeldete, war pronto klar, daß ich noch seltener hingehen würde als in die alte. Da lag echt der Hund begraben. Außerdem ist es schwachsinnig, als Teenager umzuziehen. Bis dahin stehen alle Pärchen, Cliquen und Freundschaften fest. Man wirkt wie der letzte Arsch, wenn man Anschluß sucht. Wozu also der Aufstand, wenn es sich nicht lohnt.

Doch ein Mädchen braucht Gesellschaft. Ich zermarterte mir das Gehirn, wie ich hier draußen einen jungen Nigger kennenlernen sollte. War ja nicht so, als liefen die Leute auf der Straße rum wie in Brooklyn. Wenn ich mich hier in meinem Chanel-Kostüm an eine Ecke pflanzte, würde ich höchstens dem Wind begegnen und vielleicht noch beim Schwänzen erwischt werden. Zwar hatte ich jetzt meinen Führerschein, doch das brachte mich auch nicht weiter. Wir hatten nur ein Auto, den Lexus, und der gehörte Santiaga. Er versprach Mama ein Auto. Ich war sicher, daß ich danach dran war, aber wer wußte schon, wie lange das noch dauerte. Santiaga mußte es so drehen, daß er nicht zuviel Geld auf einmal verpraßte. Sonst hätte er Verdacht erregt.

Nach einer Weile fiel mir und meiner Ma die Decke auf den Kopf. Außer uns war aber niemand enttäuscht. Das Zimmer meiner kleinen Schwester war so groß wie eine ganze Wohnung. Die Zwillinge amüsierten sich prima, weil sie genug Platz zum Toben hatten. Sie hatten ein irres Tempo drauf, und wir rissen Witze darüber, daß unsere Putze, eine kleine Spanierin, die stundenweise kam, jeden Moment kündigen würde.

»Was nützt das alles, Baby, wenn ich nicht damit angeben kann? Ich will, daß meine Familie sieht, was wir haben.« Was Mama sagte, ignorierte Santiaga nie. Wenn sie ihn erst mal im Schlafzimmer hatte, bekam sie, was sie wollte. Schon bald erlaubte Santiaga Mama, regelmäßig am Samstagabend Parties zu geben. Die Einladungen beschränkten sich auf sorgfältig ausgesuchte Freunde und Familienmitglieder. Santiaga gönnte ihnen jeden Luxus. Sie fraßen wie die Schweine, tranken Schnaps aus unserer Bar und puderten sich die Nase aus Bonbonnieren, in denen sonst Gummibärchen lagen. Sie feierten jedes Wochenende, und einige blieben so lange, daß sie sich am Sonntagmorgen an unserem Frühstückstisch einfanden. Meine Mutter fand diese Parties spannend, und sie gaben unserem neuen, langweiligen Leben in Long Island den nötigen Pep. Sie hatte Gelegenheit, das Haus, die Möbel und den ganzen Scheiß vorzuführen. Gewisse Leute, die vorher skeptisch gewesen waren, mußten uns nun respektieren, denn jetzt war es offiziell: Niemand in der Nachbarschaft konnte mit uns mithalten. So wie sie die Augen aufsperrten, wenn sie das Haus zum ersten Mal betraten, war klar, daß sie so was noch nie gesehen hatten.

Mir halfen diese Parties allerdings nicht weiter. Kurzum, ich war nicht eingeladen. Obwohl ich sechzehn war, wollte es Santiaga nicht in den Kopf, daß ich erwachsen wurde. Unbewußt dachte er wohl, wenn er mich wie ein Kleinkind behandelt, dann bleib ich auch eins. Irgendwie dachte er, er behandelt mich besser als jeder andere Mann, der behauptete, mich zu lieben. Das sollte mir genug sein. War's aber nicht.

Ich mußte mir also was einfallen lassen. Als erstes suchte ich die Bushaltestelle. Das mag einfach klingen, aber glaubt mir, es war die reinste Detektivarbeit. Sie lag etwa anderthalb Meilen von unserem Haus entfernt. Ich fuhr mit dem Bus zur Mall. Da schnallte ich, wo die ganzen Leute in Long Island sind: in der Mall! Ich machte kurz klar, welche Läden es gab. Sie bestanden meinen Eignungstest. Coach ja, Versace ja, und natürlich Ralph

Lauren und Joan-&-David-Schuhe. Mein Herz raste, während ich shoppte. Es gab ein paar süße Jungs, aber nichts, was wirklich meinem Typ entsprach. Sie hatten einen leeren Gesichtsausdruck, nicht aggressiv genug für meinen Geschmack. Ihr könnt mir allerdings glauben, daß sie nicht besonders aussehen mußten, um meine Möse zu lecken, und im Moment war es genau das, was ich brauchte, um Dampf abzulassen. Ich schlürfte also einen Schokoshake, kaufte mir ein Designer-T-Shirt, auf das ich einen passenden Spruch sticken ließ, und gackerte in mich rein.

Samstagmorgen bereitete ich mich auf meine Pflichten als Babysitter vor. Ich zwängte die Zwillinge in identische Hilfiger-Latzhosen und saubere neue Schuhe und steckte ihnen die Haare ordentlich hoch. Ich selbst trug enge braune Wildlederhosen, meine braune Wildlederjacke, braune Lederschuhe und meine Versace-Sonnenbrille. Ich zog mein neues Designer-T-Shirt an. Dann schnappte ich mir ihre Händchen und machte mich auf den Weg zur Mall. Ich war mir sicher, daß jeder auf seine Kosten kommen würde.

Am Ende des Tages hatten die Zwillinge es geschafft, ihre Frisuren zu ruinieren und ihre Sweatshirts mit heißem Kakao vollzukleckern. Ich konnte nicht fassen, daß ich den Mann, den ich mir so genau ausgemalt hatte, meinen Erlöser, nicht getroffen hatte. Statt dessen sprach mich so ein Flachwichser auf mein T-Shirt an. Ich verdrehte die Augen und verzog das Gesicht, als würde er nach Scheiße stinken. Als er es endlich kapiert hatte, trollte er sich. Später im Bus dachte ich, vielleicht ist man hier nicht an Frauen wie mich gewöhnt. Vielleicht stand man hier auf Manieren, affektierte Zimtzicken und so'n Scheiß. Vielleicht war mein T-Shirt mit der Aufschrift

DAS SIND NICHT MEINE VERFICKTEN KINDER! zuviel für ihre zarten Augen und Ohren. Es gab keinen Zweifel, ich mußte einen Weg finden, regelmäßig nach Brooklyn zu kommen, wenn ich nicht durchdrehen wollte.

3

»Daddy«, sagte ich sanft und setzte auf meinen Kulleraugenaufschlag. »Ich will mir nächsten Freitag bei Earline's die Haare machen lassen.«

Als würde er eine Verschwörung wittern, fragte Santiaga: »Warum willst du dafür extra nach Brooklyn? Kannst du dir nicht hier irgendwo die Haare machen lassen?«

»Ach komm, Daddy«, flehte ich. »Hier draußen wissen die nicht, wie man meine Frisur hinkriegt. Earline macht den Scheiß – Verzeihung, mein Haar – anständig!«

»Hier draußen gibt's jede Menge schwarze Friseure. Fahr nach Wyandanch. Das dauert fünfundvierzig Minuten. Ist doch Quatsch, daß mein Baby n Haufen Busse und Züge nach Brooklyn nimmt.«

»Bus! Zug! Davon red ich doch gar nicht. Ehrlich gesagt, wollte ich dich anhauen, mich am Freitag mitzunehmen«, bettelte ich lachend.

»Winter, du weißt, daß ich Arbeit und Vergnügen trenne. Ich mach meine Touren immer solo. Ich will nicht, daß du was mitkriegst oder mehr weißt als nötig. Das wäre unklug. Und ich war schon immer ein kluger Mann. Entspann dich ne Weile. In ein paar Wochen kriegt deine Mutter ihr Auto. Dann könnt ihr Stoff geben und das ganze Girlieprogramm abziehen.

»Jedenfalls«, sagte er cool lächelnd, »gibt es im ganzen Land kein weibliches Wesen, das besser aussieht als Winter, auch ohne Earline's Hilfe.« Obwohl ich enttäuscht war, ging das Kompliment runter wie Öl und tat wie immer seine Wirkung. Ich akzeptierte Santiagas Argumente und ging auf mein Zimmer, um meine Karten neu zu mischen und nach einer anderen Fahrtmöglichkeit nach Brooklyn zu suchen.

Einige Tage später rief ich aus heiterem Himmel meinen alten Sugar Daddy Sterling an. Nachdem ich mir das Hirn zermartert hatte, war mir klar geworden, daß er der einzige Schleimscheißer war, der sich genug freuen würde, mich zu sehen, um mich hier draußen abzuholen. Der Preis dafür war, daß ich ihn nicht nur ertragen mußte, sondern auch noch so tun, als ginge er mir nicht am Arsch vorbei. Ich mußte plausible Antworten parat haben, wenn er mich weinerlich fragte, wo ich gesteckt hab, warum ich ihn hab sitzenlassen, warum ich nicht angerufen hab, bla, bla, bla, bla, bla. Dann mußte ich ihn geschickt loswerden, denn ich würde bestimmt nicht den Freitagabend mit ihm verbringen. Ich mußte hart bleiben, damit er nicht anfing rumzuwinseln. Gleichzeitig mußte ich lieb sein, damit er sich von Zeit zu Zeit wieder als Taxi mißbrauchen ließ. Das Schlimmste, was passieren konnte, war, daß ich ihn ranlassen oder ihm während der Fahrt kurz einen blasen mußte, um ihn gefügig zu machen. Ich machte mir trotzdem keine Sorgen. Ich hatte es schon mit ihm gemacht und würde es jederzeit wieder tun, vor allem, wenn ich dafür endlich aus Long Island rauskam.

Unmittelbar nachdem Santiagas Lex am Freitagnachmittag aus der Einfahrt geschossen war, sah ich Sterlings kleinen LeCar mit zerbeultem Kotflügel vorfahren. Ich schluckte und beschloß, so zu tun, als sei es eine Limousine. Als ich meiner Ma sagte, daß ich zu Earline fahre, wollte sie mitkommen. Ich erklärte ihr, das ginge nicht, weil ich bei Tante Laurie übernachtete und sie nicht nach Hause bringen konnte, wenn sie bei Earline fertig war. Sie verzog das Gesicht, als würde es ihr nicht passen, daß ich bei ihrer Schwester übernachte. Ich fügte schnell hinzu, daß ich gleich am Samstagmorgen zurück sei, um auf die Kinder aufzupassen. Das stimmte sie versöhnlich, und ich düste los.

In Earline's Salon pulsierte reines Adrenalin. Ich war wie ein Junkie, der sich einen Schuß setzt, als ich mich auf den neuesten Stand bringen ließ. Die Mädels sülzten den üblichen Scheiß: Wer es wem besorgte, wer schwanger war, wer oben schwamm, wer nicht und warum. Wer im Knast war, für wie lange und wer bald rauskam. Plötzlich stieß mich Natalie mit dem Ellbogen an und gab mir unauffällig zu verstehen, daß ich zur Tür sehen sollte, ohne mir was anmerken zu lassen. »Da ist Tasia«, nuschelte sie aus dem Mundwinkel.

»Ach ja? Na und?« fragte ich und wartete auf die Fakten.

»Sie fickt mit deinem Macker, mit Midnight.«

Diese Neuigkeit traf mich direkt ins Herz. Sie sprach von meinem zukünftigen Ehemann.

»Und sie fährt voll auf ihn ab! Vor allem seit er diesen neuen Acura mit den Felgen hat.« Für volle drei Sekunden blieb mein Herz stehen. Ich brauchte nur eine Sekunde, um Tasia abzuschätzen. Meine Augen fixierten ihre Ohren, mmpff, billige Ohrringe aus 10karätigem Gold. Dann ihre Klamotten. Sie war ne einigermaßen coole HipHop-Braut. Sie hatte dicke Fick-mich-Titten, einen flachen Bauch und einen runden Arsch. Der Typ braune Haut mit Schlitzaugen. *Gewöhnliche Schlampe!* dachte ich. Da, wo sie ihre Kleider herhatte, gab's den gleichen Scheiß noch tausendmal, weshalb also auf jeder Party vier oder fünf Mädels damit rumliefen. Es gab nichts Besonderes an ihr oder ihrer Aufmachung. Kein Problem, sie auszuschalten. Aber was mich fertigmachte, war die Entfernung nach Long Island. Eine Sekunde später konzentrierte ich mich auf das Wesentliche. Midnight hatte einen neuen Acura! In dem würde *ich* fahren, den brauchte er für eine Bitch wie *mich*.

Als mein Haar schließlich wieder weich wie Butter war, stiefelte ich mit Natalie zu Tante Laurie. Ich mußte mich wenigstens bei ihr blicken lassen und eine Stunde oder so in der Wohnung abparken. Ich wußte, daß meine Mutter anrufen würde, um mich zu kontrollieren. Ich ging auf die Piste, aber Tante Laurie konnte wenigstens bezeugen, daß sie mich gesehen hatte und daß ich bei ihr übernachten würde, wie ich es meiner Mutter gesagt hatte. Wir wollten zu Big Moe's gehen, einer Bar mit Tanzfläche im Viertel, die beim Jungvolk Freitagabends angesagt war. Big Moe oder seine Türsteher steckten ihre Nase nie in anderer Leute Angelegenheiten und kontrollierten keine Ausweise oder so'n Scheiß.

Ich kann euch gar nicht sagen, wie mein Herz raste, als ich wieder die Luft von Brooklyn schnupperte. Schon drei Blocks vor Moe's Club standen die Autos Stoßstange an Stoßstange. Die Lautsprecher der Autos und Jeeps waren voll aufgedreht, aus jedem dröhnte was anderes. Die Anlagen versuchten einander auszustechen. Hier ein bißchen HipHop, dort ein bißchen Reggae, Rocksongs und sogar langsame Tracks. Ich war in feinster Brooklyn-Manier mit fünfzehn rattenscharfen Mädels unterwegs, die zusammenhielten wie Pech und Schwefel. Im Club setzte ich meinen Plan in die Tat um. Ich hatte nicht lange Zeit, denn in meinem Hinterkopf ragte bedrohlich Long

Island auf. Midnight stand auf der rechten Seite des Clubs, wo es heller war. Er hing mit fünf anderen Niggern ab. Von der Seite erkannte ich sein ernstes Gesicht und sah ihn auf die anderen einreden. Ich lächelte in mich ein und dachte: *Nur dieser Nigger kommt auf die Idee, seine Geschäfte hier abzuwickeln, wo alle anderen versuchen, sich zu amüsieren.* Ich kniff Natalie, und unsere ganze Gang schob auf Midnight und seine Jungs zu. Wir schmissen uns an seine Leute ran, indem wir sie anrempelten und unter dem Vorwand, daß der Club so gerammelt voll war, unsere Tittchen an ihnen rieben. In nur einer Sekunde hatten meine Mädels seine Jungs abgelenkt. Ich ging auf ihn zu, fuhr ganz langsam mit der Zunge über die Lippen und sagte mit rauher, sexy Stimme: »Was läuft, Midnight, hab dich ne Weile nich gesehn.«

Ich brachte den Text extrem sinnlich rüber. Als wär ich seine Ex und er würde mir fehlen. Ich stand so dicht vor ihm, daß nur ein Zentimeter fehlte und ich hätte ihm meine Zunge in den Rachen schieben können. Er sah mich gleichgültig an, komplett ungerührt. Meine Gefühle liefen Amok. Meine Nippel waren hart, und die Muskeln meiner Möse pulsierten.

»Was willst du?« sagte er schließlich. Na, da war ich vielleicht bedient. Ich wußte, mein Parfüm wirkt. Ich hatte es extra aufgelegt, damit er dem Duft auf den Leim kroch, wenn ich näher kam. Mann, ich trug Ohrringe aus 18karätigem Gold und 1karätigen Diamanten, viel mehr als die Zwei-Dollar-Zehn-Karat-Nutte, mit der er angeblich rumvögelte. Aber ich wollte keine Szene, ich wollte *ihn*. Ich würde also cool bleiben müssen, um ihn rumzukriegen.

Zuckersüß sagte ich: »Was ich will?« Ich berührte seine Hand und sah ihm fest in die Augen: »Oh, ich will alles.«

Seine Hand zuckte zurück, als hätte ich ne ansteckende Krankheit, und er zischte verächtlich: »Na, dann bist du ja nicht besser als die anderen Flittchen hier.«

Es zerriß mich förmlich vor Wut, als ich schnallte, daß er mich nicht mal in Betracht zog. Mann, der tat gerade so, als sei ich nicht mal ne Frau. Ich mußte automatisch an Santiaga denken, der Midnight dafür die Zunge ausgerissen hätte, daß er es wagte, so mit mir zu reden.

Wie ein Zigeuner, der Gedanken lesen kann, sagte Midnight: »Was is, willst du's Daddy petzen? Ich bin mein eigener Boss.« Er drehte sich um und ging.

Ich fühlte mich so verarscht, daß ich meinen Mädels nicht ins Gesicht sehen konnte. Ich würde zugeben müssen, daß ich wie ein Stück Scheiße abserviert worden war. Ich riß mich zusammen, besann mich auf die freche Brooklyn-Göre, die ich war, schnappte mir den nächstbesten Nigger und fing an zu tanzen. Ich würde wie eine Furie abgehen und Midnight zeigen, was er verpaßte. Ich gab einem Mädel meine Coach-Tasche und wackelte mit dem Arsch, daß es nicht mehr feierlich war. Ich versuchte Midnights Aufmerksamkeit zurückzugewinnen, indem ich den Flachwichser vor mir als Requisite mißbrauchte. Mein Körper tanzte und schwitzte, hin und her gerissen zwischen Wut und Verlangen. Ja Verlangen, denn ich war definitiv spitz. Das spärliche Licht machte es schwierig, Midnights Augen zu erkennen. Als mein Körper vor Erschöpfung kurz vorm Zusammenklappen war, sah ich, daß Midnight in meine Richtung kuckte und auf mich zukam. Ich lächelte innerlich: *Ich wußte doch, daß er zurückkommt.*

Als er näher kam, raffte ich, daß er seinen Kumpel, der hinter mir stand, meinte. Mit seinem Freund im Schlepptau verließ er den Club.

Später gingen wir zurück zu den Projects. Ich war frustriert, ließ mir aber nichts anmerken. Wir alberten rum und zogen gackernd über andere her, als ein funkelnagelneuer, pechschwarzer, glänzender Acura mit Alufelgen neben uns hielt. Wir stoppten, um uns den, ich schätz mal, fünfzigtausend Dollar schweren Wagen mit Viertausendfünfhundert-Dollar-Felgen genauer anzusehen. Das Fenster auf der Beifahrerseite wurde runtergefahren. Midnight saß am Steuer und tat das, was er am besten kann – gut aussehen. Ich war nicht so bescheuert zu glauben, daß er meinetwegen hielt. Darauf war ich heut nacht schon mal reingefallen. Ich blieb also bei den Mädels stehen. Er wußte wohl, daß er jeden von uns ranpfeifen konnte und keine auch nur einen Moment an die anderen gedacht hätte. Wahrscheinlich taten wir alle das gleiche, wir malten uns aus, wir würden auf dem Beifahrersitz des Schlittens sitzen, der durch die weichen weißen Ledersitze und die Holzverkleidung noch gewann.

»Winter!« Er rief meinen Namen so grob, daß ich am liebsten auf seinen Schwanz gesprungen wäre und bis zum Umfallen gefickt hätte. »Steig ein.«

Ich kann mich nicht erinnern, wie ich ins Auto gekommen bin. Nichts. Ich hatte das Gefühl, in den Sitz gezaubert oder gebeamt worden zu sein, wie bei *Raumschiff Enterprise* oder so. Ich drehte mich um. Das Fenster war zu. Midnight nahm den Finger vom Knopf. An meinem Fenster klebten achtundzwanzig Augenpaare und starrten mich an. Sie waren zwar meine Freundinnen, aber sie waren eifersüchtig. Ich dachte nur: *Alles klar. Was habt ihr erwartet? Oder habt ihr's vergessen? Ich bin die Ghetto-Queen!* Als das Fenster sich schloß, konnte ich Natalie sagen hören: »Schläfst du denn nun bei mir oder bei deiner Tante?« Ich reagierte nicht, dachte nur, hoffentlich weder noch. Während der Fahrt gewann ich mein Selbstvertrauen langsam zurück. Ich kapierte, daß er den Spieß umdrehte und auf unnahbar machte. Aber das machte nichts, er war ja zurückgekommen. Ich hatte ihn beeindruckt. Ich war grob zu ihm gewesen, und jetzt war er grob zu mir.

Das Auto roch neu und sauber. Die Anlage klang, als würde auf dem Rücksitz eine Band spielen. Er sagte kein Wort, aber das störte mich nicht, ich war an sein komisches Schweigen gewöhnt. Es machte mir nichts aus. Es machte mich nur noch spitzer. Daß er so geheimnisvoll war, würde den Sex um so aufregender machen. Ich öffnete meine Coach-Tasche und holte meinen Taschenspiegel raus. Er beachtete mich nicht. Ich kippte den Spiegel so, daß ich sein Gesicht sehen konnte, ohne daß er es merkte. Er war echt schwarz, wunderschön. Eine lange schmale Nase und dicke volle Lippen thronten über weißen Zähnen – weiß wie die T-Shirts, die er im Sommer trug.

Plötzlich wurde die Musik im Radio von Sister Souljahs lauter und penetranter Stimme unterbrochen. Ich beugte mich vor und streckte die Hand aus, um den Sender zu wechseln, aber Midnight fing meine Hand ab: »Faß das nicht an.« Ich pfiff durch die Zähne, verdrehte die Augen und blieb unbeweglich sitzen, während Sister Souljah von einem schwarzen Kampf faselte. *Mmpff,* dachte ich, *wenn es irgendwo einen Kampf gibt, dann ist sie die einzige, die ihn kämpft. Alle, die ich kenne, machen sich keinen Stress und genießen das Leben.* Sie dagegen, die mit diesen Freitag- und Samstagnacht-Kommentaren den geilen HipHop-Mix im Radio vermasselt, ist die einzige, die total verkrampft ist. Ich konnte es nur persönlich nehmen. Sie fing davon an, daß die jungen schwarzen Drogendealer die starken Männer der Community sind, aber daß sie die Branche wechseln müssen, weil sie sonst die Community zerstören. Ich glaub, Souljah hört sich einfach nur gern reden. Sie hatte ganz offensichtlich keinen Schimmer, denn die Drogendealer zerstören gar nichts. Wenn die Leute nicht Schlange stehen würden, um ihre Ware zu kaufen, gäbe es die Branche auch nicht. Ich kenne keinen Drogendealer, nicht einen einzigen, der jemals jemanden gezwungen hat, Drogen zu nehmen. Die Leute machen das freiwillig. Es ist ihre Entscheidung. Die Nigger, die ich kenne, die Drogen verkaufen, versuchen sogar, den beknackten Crackheads zu helfen. Sie sagen ihnen, sie sollen es nicht übertreiben, und fragen, ob sie für den Scheiß wirklich ihr letztes Was-auch-immer versetzen wollen. Ich kenne sogar einen Dealer, der einem schwangeren Mädchen gesagt hat, er verkauft ihr kein Crack mehr, bis das Baby da ist. Die blöde Kuh ist einfach zu einem anderen gegangen und hat das Crack trotzdem gekriegt. Als sie dann ihr Baby hatte, einen kleinen Jungen, wollte sie den auch noch verscherbeln. Na, wessen Schuld ist das? Die Leute tun, was sie tun wollen. Vielleicht liegt da das Problem. Vielleicht will Sister Souljah, daß die Leute tun, was *sie* will.

»Warum hörst du dir diesen Schwachsinn an?« fragte ich Midnight.

»Was weißt du denn schon?« schnauzte er mich mit seiner tiefen, coolen Stimme an. Da raffte ich, daß wir auf dem Long Island Expressway waren.

»Wo bringst du mich hin?«

»Nach Hause, kleines Mädchen«, antwortete er. »Dein Vater hat mich angepiepst und will, daß ich dich nach Hause bringe.«

»Ich dachte, du bist dein eigener Boss.«

»Für hundertfünfzig Mäuse tu ich ihm den Gefallen.

Rein geschäftlich. Ich les dich auf, setz dich ab, kassier die Kohle und weg bin ich.«

Die hundertfünfzig Dollar wechselten so beiläufig den Besitzer, als hätte ein Kurier ein Paket abgeliefert. Nachdem er Midnight das Geld gegeben und die Tür geschlossen hatte, ging mein Vater schweigend durchs Wohnzimmer. In seinem Zimmer war es dunkel. Er setzte sich auf seinen Stuhl, lehnte sich zurück. Das Mondlicht, das durch die Vorhänge schien, erleuchtete die Hälfte seines ernsten Gesichts. »Winter«, sagte er leise.

»Ja, Daddy?« sagte ich.

»Wie kommst du darauf, daß du in Brooklyn übernachten darfst?«

»Ich hab Mami gefragt. Ich wollte meine Freunde sehen. Natalie und ich wollten . . .«

»Du scheinst es nicht zu kapieren.«

»Was kapier ich nicht?« fragte ich und versuchte, nicht respektlos zu klingen, denn so was duldete Santiaga nicht.

»Wer du bist. Wer ich bin. Wer wir sind.« Er betonte jedes Wort einzeln. Er klang für mich langsam wie'n Philosoph oder so was. Die ganze Sache machte null Sinn. »Du bist meine Tochter. Du kannst nicht einfach so durch die Gegend ziehen, ganz ohne Schutz.«

»Durch die Gegend?« sagte ich fassungslos. »Ich bin nach Hause gefahren. Nach Brooklyn. Ich kenne nichts anderes. Da sind meine Leute. Jeder kennt mich. Das sind meine Straßen, Daddy!«

»Denkst du, diese Straßen lieben dich? Diese Straßen lieben dich nicht. Sie kennen dich nicht mal. Du könntest tausend Nächte und tausend Tage durch diese Straßen gehen, und sie würden nicht mal deinen Namen kennen. Diese Straßen lieben niemanden.« Das war doch krank. Bei seinen Worten fühlte ich mich unbehaglich, weil ich nicht wußte, worauf er hinauswollte. Ich war gewohnt, mich relaxed und überlegen zu fühlen.

»Was meinst du damit, Daddy? Meinst du, daß ich nicht mehr nach Hause darf?«

»Nein!« sagte er schnell. »Das nicht.«

»Denn ich versteck mich vor niemandem, Daddy, und ich hab vor niemandem Angst. Das hast du mir beigebracht.«

»Das hat nichts mit verstecken zu tun. Wir müssen smart sein. Auch das hab ich dir beigebracht. Warum bist du was Besonderes, Winter?« fragte er, als sei das die Scheiß-Fünfzigtausend-Dollar-Frage bei *Jeopardy*. Ich ließ mir die Frage durch den Kopf gehen, aber ich kam nicht drauf. »Ich mache dich zu was Besonderem – Santiaga! Dein Vater. Dein Schutz! In den Projects konntest du machen, was du wolltest, weil ich alles unter Kontrolle hatte. Meine Augen haben alles gesehen. Deshalb war alles locker. Jetzt ist das hier unser Zuhause. Ich bin hier. Wenn ich hier bin und du da bist, kann ich dich nicht sehen. Wenn ich dich nicht sehen kann, kann ich dich nicht beschützen. Wenn du ungeschützt bist, bist du angreifbar. Dir könnte sonstwas passieren.«

»Aber Tante Laurie hat mich gesehen. Sie wußte, wo ich bin. Onkel Stevie war auch da, genau wie immer.«

»Sieh mich an, Winter, und vergiß nie, was ich dir jetzt sage. Santiaga hat dich lieb. Deine Mutter hat dich lieb. Das ist alles, worauf du dich verlassen kannst.«

»Ja, Daddy«, antwortete ich leise und wandte mich ab, um auf mein Zimmer zu gehen. Es war zweifellos Zeit für einen fetten Joint.

Zum Glück hatte ich vorhin in Brooklyn fünf Dollar investiert. Ich ging zum Wäscheschrank und schnappte mir ein paar Handtücher. Ich schloß meine Tür, holte die Pakkung Räucherstäbchen. In meinem Kopf schrie es: *Mann, ohne Räucherstäbchen fliegst du auf!* Ich ging zum Fenster, damit die leichte Brise den Rauch vertrieb, setzte mich aufs Bett und zog die Schuhe aus. Ich öffnete mein Hemd, ließ den BH aufschnappen und meine Titten Atem schöpfen. Ich streifte meine Hausschuhe über, ging zum Kleiderschrank, steckte die Hand unter die zusammengelegten Blusen und kramte Tabak und Blättchen hervor. Ich legte das Gras ins Papier, drehte den Joint, leckte ihn an und hielt ihn mir als Appetitanreger unter die Nase. Ja, ich mußte relaxen. Ich war sexuell frustriert, saß in der Vorstadt fest, und mein Traummann war ein Heiliger.

Als ich gerade mit dem Handtuch die Ritze unter der Tür zustopfen wollte, klopfte meine Ma und stieß ohne zu zögern die Tür auf. Ich sprang auf, warf das Handtuch auf das Bett über den Joint.

»Hey Mami«, sagte ich und machte auf locker. Ich musterte ihr Gesicht. Man wußte immer, wenn Santiaga sauer war, weil man es am Gesicht meiner Mutter sah.

»Dein Vater ist ganz schön explodiert, als ich ihm erzählt hab, daß du in Brooklyn übernachtest.«

»Ja, wir haben uns unterhalten«, sagte ich in der Hoffnung, an diesem Abend einer zweiten Predigt zu entgehen.

»Ich hab ihm gut zugeredet, aber du weißt ja, wie er ist.«

»Ooh, scharfes Design«, sagte ich und zeigte auf die frisch manikürten, lackierten und makellosen Nägel. »Wo hast du das machen lassen?«

»In einem kleinen Laden, etwa fünfzehn Minuten von hier. Santiaga hat mich hingefahren.«

»Was hast du noch gekauft? Erzähl mir nichts. Ich weiß, daß du noch was gekauft hast.«

»Ach, nur ein Kleid für meine Party«, sagte sie.

»Ach so«, antwortete ich gelangweilt.

»Ich weiß, mir geht es mit den Parties genauso. Ich brauch endlich n Auto, damit ich mal rauskomme.«

»Wann, glaubst du, kriegst du's?«

»Wenn's nach mir geht, und das tut's immer, dann nächstes Wochenende.« Sie lächelte zuversichtlich.

»Ja, aber so wie Santiaga redet, darfst du dann trotzdem nicht nach Brooklyn! Das ist doch krank.«

»Er will dich nur beschützen, und manchmal übertreibt er. Aber wir können ja heimlich fahren, Mädchen!« sagte sie lächelnd. Ihre mahagonifarbene Haut leuchtete im gedämpften Licht. Mami war schwer in Ordnung. Es ist echt ein Vorteil, Kinder zu kriegen, wenn man jung ist. Du kannst mit deiner Ma abhängen, als sei sie deine Schwester. Scheiß auf die alten Knacker, die über schwangere Teenager klagen. Ich und meine Ma konnten zusammen auf Parties gehen. Niemand ahnte, daß sie meine Ma war. Manche Klamotten in meinem Schrank standen ihr besser als mir. Ich kannte in Brooklyn Nigger, die lieber mit ihr als mit mir gefickt hätten. Das hätten sie natürlich nie zugegeben. Das wäre Selbstmord gewesen. Der Gedanke an Daddy holte mich ein.

»Heimlich«, lachte ich. »Santiaga regiert Brooklyn. Man kann sich nicht heimlich in sein Revier schleichen! Mann, er hat Midnight in einem Club angepiepst und mich nach Hause bringen lassen. Total peinlich. Woher wußte er, wo ich bin?«

»Na, du weißt doch, daß Big Moe Santiaga verpflichtet ist«, sagte Ma ausweichend. »Apropos Midnight, ich wette, du bist gern in seinem Schlitten mitgefahren.« Sie lächelte wissend.

»Was?« tat ich unschuldig. Sie lehnte sich auf meinem

Bett zurück, wälzte sich zur Seite und begann mich zu kitzeln wie ein Kleinkind. Sie kannte alle empfindlichen Stellen, und ich platzte vor Lachen.

»Midnight ist cool«, sagte ich nüchtern.

»Mach mir nichts vor, Alte«, sagte sie, als wäre sie eine von meinen Freundinnen. »Ich seh doch, wie du ihn ankuckst.«

»Wann?« fragte ich.

»Wann? Okay, als du dreizehn warst, als du vierzehn warst, als du fünfzehn warst, als du sechzehn warst«, lachte sie. »Er ist ne gute Partie. Ein guter Mann, loyal, stark und flüssig.«

»Er mag mich nur nicht«, sagte ich und gab damit etwas zu, was ich einer Freundin nie im Leben erzählt hätte.

»Das stimmt nicht«, sagte sie. »Midnight hängt nur am Leben. Santiaga würde ihn alle machen.«

»Das wär schön! Ich meine, wenn er nur Angst vor Santiaga hätte. Ich glaub, er kann mich einfach nicht leiden, Schluß aus, als Frau! Er ist total kaltschnäuzig zu mir, sagt überhaupt wenig. Nicht mal auf der Fahrt hat er versucht, nett zu sein.«

»Vertrau mir, es kann nicht sein, daß er mein Baby nicht mag. Du bist jung, na gut. Aber du hast alles, was ein Mädchen sich wünscht, schönes Haar, schöne Augen, Klamotten, Schmuck. Es kann nur an Santiaga liegen.«

»Und wann, glaubst du, wird Santiaga mir endlich nicht mehr dazwischenfunken?«

»Wer weiß?« seufzte sie.

Meine Mutter stand auf und ging zur Tür. Von draußen steckte sie ihren Kopf noch mal rein und lächelte: »Und steck den Joint nicht im Haus an. Dann flippt Santiaga endgültig aus.«

Verdammt, dachte ich. Irgendwie scheinen die beiden

alles zu wissen. Aber niemand konnte mich davon abhalten, mir die Dröhnung zu geben. Ich kletterte aus dem Fenster, setzte mich auf meine kleine Dachschräge und paffte meine Tüte in der Frühlingsbrise und im Mondlicht. Nachdem alle Sorgen wie weggeblasen waren, lehnte ich mich zurück, schloß die Augen und versank in meinen Träumen ...

Wir saßen alle im Wohnzimmer. Santiaga spielte Schach gegen sich selbst. Meine Mutter beschäftigte sich mit den Hunderten von Covern ihrer Plattensammlung. Meine Schwestern hingen vorm Fernseher und sahen Cartoons. Ich fläzte in einem Stuhl und erneuerte einen Nagel, als es an der Tür klingelte. Santiaga öffnete die Tür und stand Midnight gegenüber.

Midnight sah Santiaga fest in die Augen und sagte: »Wir müssen reden.« Santiaga führte ihn in sein Arbeitszimmer. Ich sprang aus dem Sessel, schlich auf Zehenspitzen zur Tür des Arbeitszimmers und preßte mein Auge ans Schlüsselloch. Midnight sprach ruhig und respektvoll: »Ich weiß, daß du deine Tochter liebst, und das tue ich auch.« Santiaga wirkte zunächst überrascht, dann eher verärgert. Er blieb cool. Als er zum Sprechen ansetzte, redete Midnight schnell weiter.

»Ich weiß, was ich als Mann zu tun habe. Ich habe lange dafür gearbeitet, und jetzt bin ich bereit. Ich wollte dir beweisen, daß du dich auf mich verlassen kannst. Daß ich deine Tochter wirklich liebe.« Midnight griff in seine Innentasche und holte eine elegante Schachtel aus schwarzem Samt hervor. Er ließ sie aufspringen und entblößte einen glitzernden 2karätigen Diamantring. Neugierig beäugte ich den Stein. »Ich will Winter heiraten«, sagte Midnight entschlossen. »Ich werde ihr die erlesensten Dinge bieten, wie sie es verdient. Wie du es immer getan hast. Ich hab genug Geld gebunkert, Bargeld. Vielleicht kaufen wir uns hier draußen ein Haus. Als Nachbarn.«

Santiaga lächelte bei dem Gedanken, mich in Reichweite zu behalten. Innerlich schrie ich: *O nein, Mann! Doch nicht hier!* Mein Herz fuhr dazwischen: *Okay, wo auch immer, du geiler Scheißkerl!* Santiaga sagte: »Winter ist noch jung.«

»Ja«, sagte Midnight fest. »Jung und schön. Wie deine Frau, als ihr geheiratet habt.« Santiaga musterte Midnights Gesicht, um sicherzugehen, daß man ihn nicht beleidigt hatte. Dann gewann Midnight Oberwasser.

»Ich respektiere dich als Mann, Santiaga. Schon immer. Ich habe dir immer gute Dienste geleistet. Aber ich bin jetzt mein eigener Boss, und ich will es so. Also, was sagst du?«

Santiaga umarmte Midnight. Mit dem Gesicht an Santiagas Schulter sah Midnight mich an, und seine männliche Autorität ließ mich dahinschmelzen. »Pack deine Sachen, Kleine, von nun an gehörst du mir.«

Ich war zwar scheißaufgeregt, aber er sollte sich bloß nichts einbilden. Ich stemmte meine Hand in die Hüfte und sagte: »Laß mal sehen, was du da hast.« Midnight öffnete die Schachtel und nahm den Ring. Als er ihn mir an den Finger steckte . . .

Das Telefon klingelte und riß mich aus dem Schlaf. Der Traum war im Arsch. Wenn es doch erst nach der Liebesszene geklingelt hätte.

Ich schnappte das Telefon und blinzelte verschlafen auf die Digitaluhr auf der Frisierkommode. »Es ist sechs Uhr morgens, Mann. Was willst du?« Es war Natalie. Sie lachte: »Ich kann wieder Ferngespräche führen! Hey, wach auf, Alte! Also, was war los? Wo seid ihr hingefahren? Hast du ihn rumgekriegt? Wie war's? Hat er einen kleinen oder einen großen?« Fragen über Fragen.

Ich war noch völlig verpennt. Ich sammelte Kraft, um mir eine Story zurechtzulegen, denn ich wollte es mir nicht nehmen lassen, ihr ein paar fette Lügen aufzutischen. »Wir waren frühstücken.«

»Wo?« fragte sie.

»In einem dieser großen schicken Restaurants in Queens. Er hat Steak mit Eiern und Kartoffeln gegessen und ich Garnelen und Pommes.«

»Garnelen und Pommes! Das ist doch kein Frühstück.«

»Mädchen, du weißt doch, daß ich nie frühstücke!«

»Egal«, kreischte Natalie. »Mach's nicht so spannend.« Bevor ich überhaupt anfangen konnte, füllte sie die Lükken selbst.

»O mein Gott. Warte, bis Tasia das rauskriegt. Das gibt Ärger!« Daß Natalie diese Nutte erwähnte, stachelte mich nur noch mehr an.

»Nach'm Frühstück sind ich und Midnight wieder ins Auto. Er hat mich zu einem der Aussichtspunkte am Wasser gefahren. Erst hat er mich geküßt. Mensch Mädchen, seine Lippen sind so was von voll und weich. Dann hat er mit seinen großen, starken Händen meine Titten gestreichelt. Mädchen, ich dachte, ich explodiere. Als er mir das Hemd ausziehen wollte, hab ich ihm was erzählt!«

»Was?!« kreischte sie. »Was ist passiert?«

»Ich hab zu dem Nigger gesagt: ›Hey, so nicht. Wenn ich mich auszieh, mußt du dich auch ausziehn. Du willst meinen Körper sehen? Hier ist er. Aber ich will deinen auch sehen!‹«

»Hast du nicht!«

»Doch! Hab ich«, sagte ich.

»Und was ist passiert?«

»Er hat sein Hemd ausgezogen und gesagt: ›Jetzt bist du dran.‹ Also hab ich's ausgezogen. Er hat seine Hosen ausgezogen und gesagt, jetzt du. Und ich hab sie auch ausgezogen.«

»O Scheiße!« Natalie flippte völlig aus. »Und dann?«

»Er hat seine Unterhose ausgezogen und gesagt, jetzt du.«

»Und hast du?«

»Worauf du dich verlassen kannst! Mädchen, ich hab seine dicken schwarzen Eier auf dem weißen Ledersitz gesehen, und das war's. Dann sind wir zur Sache gekommen!«

»Hat euch jemand gesehen?«

»Nein, Mann! Ich weiß nicht! Darum haben wir uns nicht gekümmert. Es war wild. Danach haben wir uns ausgeruht – splitternackt. Er splitternackt auf dem einen Sitz. Ich splitternackt auf dem anderen. Mit nem Joint!«

»Das glaubst du doch selbst nicht. Du lügst!« kreischte Natalie.

»Mm-mh Mädchen, echt wahr. Ich hab dafür gesorgt, daß mein Schweiß ins Leder trieft, damit jeder weiß: *Ich war da.* Die nächste Schlampe, die ins Auto steigt, wird mich in jeder Faser wittern!« Wir lachten

4

Die Zeit bis zum nächsten Wochenende verging wie im Flug. Um zwölf Uhr mittags wachte ich auf. Ich hörte die Stimme meiner Mutter. Sie keifte, daß sie es keinen Tag länger aushält, in diesem Haus eingesperrt zu sein.

Wo blieb ihr verfluchtes Auto? Sie wollte es jetzt wissen. »Heute ist der Tag! Der Tag, an dem mein beschissener Benz mit einer großen roten Schleife vor dem Schlafzimmerfenster stehen sollte. Wo ist er?« drängelte sie. Diesen Ton schlug meine Mutter selten an. Ich konnte mich eigentlich nicht erinnern, daß sie je so gezetert hatte. Es war, als würden zwei Concordes unaufhaltsam aufeinander zu rasen.

Meine drei kleinen Schwestern kamen in mein Zimmer gerannt und krochen zu mir unter die Decke. Ich rechnete damit, daß Santiaga zurückbrüllen würde, aber das tat er nicht. Statt dessen verlor sie komplett die Haltung und tat das, was sie mir eingebläut hatte, nie zu tun. Sie stellte klar, wer der Boss war. So was tat eine Frau nicht. Eine echte Bitch hatte ihren Mann im Griff, ohne daß er merkte, daß er nicht sein eigener Herr war. Eine echte Bitch war so gewieft, daß sie ihn glauben machte, er habe das Sagen, während sie Erzeugerin und Herrscherin all seiner Gedanken war. Heute nicht. Meine Ma sagte Santiaga, sie hört sich diesen Scheiß nicht länger an. Heute, an ihrem Geburtstag, würde sie mit ihm mitfahren. »Ich komme mit«, befahl sie. Wenn seine Geschäfte erledigt waren, soll Santiaga das Auto kaufen, auf das sie so lang gewartet hat. Andere Geschenke, was es auch sei, interessieren sie nicht. Durch die Wände konnte ich Santiagas Baß hören, aber nicht, was er sagte. Dann hörte ich die Tür zuschlagen. Die Stille verriet, daß beide gegangen waren. Wie meine Mutter letzte Woche gesagt hatte, es ging immer nach ihr.

Samstagabend, um sechs Minuten nach sechs, verließ uns das Glück. Sechs Stunden nach ihrem Streit. Ich erinnere mich genau. Genau um diese Zeit klingelte das Telefon. »Winter, zieh die Kinder an, ich hol euch ab.« Ich erkannte die bedächtige, feste Stimme nicht.

»Was? Wer ist da?«

»Hier ist Midnight. Hör zu, dein Vater will, daß ich euch abhole.«

»Oh, du bist ja bald ein richtiger kleiner Taxifahrer, hm?«

»Die Sache ist ernst«, sagte er. »Ich bin in zwei Stunden da.« Klick! Verflucht, sollte ich Santiaga anpiepsen? So was war noch nie passiert. Dann dachte ich: Midnight kann ich trauen. Ich zog die drei Mädchen an, und zwei Stunden später warteten wir ungeduldig an der Tür.

Meine achtjährige Schwester wollte mir den Vordersitz in Midnights Acura streitig machen. Ich befahl ihr, ihren Arsch gefälligst nach hinten zu den Zwillingen zu pflanzen. Ich fragte mich, wie sie auf die Idee kam, ich würde sie neben meinen Mann auf den Vordersitz lassen. Mann, sie war wahrscheinlich schon in ihn verknallt. Die kleinen Mädchen werden von Jahr zu Jahr frühreifer.

»Wohin fahren wir?« fragte ich. Ich wußte nicht, was ich denken oder fühlen sollte.

»Wir müssen uns beeilen. Steig einfach ein. Ich erzähl

dir alles, wenn wir da sind. Das ist nichts für kleine Mädchen.«

Midnight versuchte, die Leere mit dem Radio zu füllen. Außer der Musik war es die ganze Fahrt über komplett still, während eine meiner Schwestern hinten versuchte, das klebrige Papier von ihren Nimm Zwei zu pellen. *O Gott!* dachte ich, *hoffentlich leckt sie das Bonbonpapier nicht ab und stopft es zwischen die Sitze, wie sonst.* Ich stellte mir vor, wie Midnight anhielt und uns alle auf dem Expressway aussetzte, weil wir seine Ledersitze ruiniert hatten. Ich mußte lachen.

Genau in diesem Moment dröhnte die penetrante Stimme von Sister Souljah aus dem Radio und verschlug mir den Atem: »Früher glaubten die afrikanischen Stammesältesten, daß man erntet, was man sät. Wenn ihr etwas Gutes tut, wird euch Gutes widerfahren. Wenn ihr absichtlich etwas Schlechtes tut, dann wird das Böse euer Leben bestimmen.« Ich biß mir auf die Lippe und dachte: *Warum geht die Schlampe nicht einfach nach Afrika?* Die redet immer so'n afrikanischen Hokuspokus. Man sollte ihr einen Knochen durch die Nase stecken und ein Stück Holz unter die Lippe, vielleicht fühlt sie sich dann wohl und hält ihre blöde Fresse. Ich mußte lachen als ich dachte: *Die verdammten Afrikaner müssen ganz schön abgefuckt sein. Wenn sie glauben, daß etwas Gutes passiert, wenn man Gutes tut, warum enden sie dann alle kahlköpfig, nackt, stinkend und hungrig, das volle Programm. Die müssen ja ganz schöne Scheiße gebaut haben!! Mann, diese Schlampe hat keine Ahnung, die redet nur, um zu reden.*

Als wir ins Zentrum von Brooklyn kamen, fragte ich Midnight, wo er hinfuhr. Er bog rechts ab, unser altes Viertel lag links.

»Wirst du schon noch erfahren«, sagte er. Wenige Minuten später hielt er an, schaltete die Warnblinker an und befahl mir auszusteigen. Verwirrt gehorchte ich. Er kam auf meine Seite. Die Mädchen ließ er im Wagen zurück.

Ich sagte: »Wir können sie doch nicht im Auto lassen.«

»Komm her, ich muß dir was sagen.« Er legte den Arm um mich und sah mir fest in die Augen: »Deine Mutter ist im Krankenhaus. Man hat auf sie geschossen.«

Mein Kopf war plötzlich leer. Es war, als hätte jemand einen Schwamm genommen und einfach alles weggewischt. Eine Sekunde später schrie ich. Mein Kopf war leer. Mir war kalt. Midnight hielt mich im Arm. Er drückte mich an sich und hielt mich fest, um mein Gesicht und meine Tränen vor den Mädchen zu verbergen. Ihre Gesichter klebten an der Scheibe, und ich hörte so was wie: »Oooh, Winter küßt Midnight. Das sagen wir Mami.« Mein Körper konnte sich nicht bewegen, mein Kopf nicht denken. Ich war fassungslos. Was soll ich tun? Was soll ich jetzt nur tun?

»Wie geht's ihr? Wird sie . . . Wird sie . . .« Midnight hielt mich fest, noch fester, fast als wolle sein Körper mich zwingen, mich zusammenzureißen.

»Man hat ihr ins Gesicht geschossen. Ich weiß nicht, wie es ihr geht. Santiaga ist bei ihr. Ich paß auf deine Schwestern auf. Geh hoch. Vega bringt dich mit dem Fahrstuhl rauf«, sagte er und nickte zu einem von Daddys Männern, die in der Eingangshalle vom Krankenhaus standen.

»Kommst du mit?« bettelte ich.

»Nein, mein Platz ist hier. Die Kleinen sollen noch nichts mitkriegen.«

Santiaga sah komplett irre aus. Traurigkeit hatte seinen Blick verfinstert. Ich hätte schwören können, daß er Tränen in den Augen hatte, etwas, das ich bei ihm echt noch nie gesehen hatte. Er umarmte mich fest, zugleich hart und herzlich. Als er seinen Kopf auf meinen legte, sagte er flüsternd: »Es tut mir leid. Ich hab's verbockt. Ich hab's verbockt. Ich hab's verbockt.«

»Was ist passiert, Daddy? Geht es ihr gut?«

»Sie kommt durch. Sie operieren gerade«, sagte er matt. »Ich hätte ihr das Auto geben sollen«, murmelte er. »Ich hätte nicht zögern sollen.«

»Was ist passiert?« wiederholte ich.

»Ich hätte sie heut nicht mitnehmen sollen. Ich hätte es besser wissen müssen. Was fürn bescheuerter Fehler. Was für ein bescheuerter Scheißfehler. Ich zahl's diesen Wichsern heim. Das bedeutet Krieg.« Mit beiden Händen packte er mein Gesicht. »Sie kümmern sich um deine Mutter«, sagte er und wies mit den Augen auf seine Männer im Wartezimmer. »Du bleibst mit den Kindern bei Midnight.«

»Wohin gehst du, Daddy? Kann ich Ma sehen?« Meine Worte prallten an seinem Rücken ab. Er ging durch die Tür.

Ärzte, Krankenschwestern, Besucher – Mann, sie brauchten fast das ganze Krankenhaus, um mich zurückzuhalten. Ich wollte meine Mutter sehen. Sie sagten mir immer wieder: »Sie ist im OP. Danach kommt sie auf die Intensivstation. Bakterien, Infektionsgefahr, bla bla bla.« Pizzaz und Driguez, zwei von Daddys Leuten, standen neben den Türen zum OP. Sie versuchten nicht aufzufallen, aber für zwei riesige schwarze Nigger von der Straße war es schwer, in einem Krankenhaus nicht aufzufallen. Man würde sie schwerlich mit Ärzten oder so verwechseln.

Meine Gedanken lichteten sich, während ich wartete und wartete und wartete. Ich kam auf die Idee, Natalie anzurufen. Wenn jemand in unserem Viertel eine Nummer abzog, würde sie bestimmt was drüber wissen. Natalie klang schuldbewußt. Sie sagte so oft, es täte ihr leid, als hätte sie selbst abgedrückt. Ich mußte gar nichts sagen. Natalie sülzte mich voll. »Ich weiß, daß es die Nigger aus Gebäude C auf der anderen Seite waren. Die versuchen schon seit einiger Zeit, in unserm Viertel abzuräumen. Unauffällig haben sie die Leute abgezockt, ausgenommen und alle eingeschüchtert. Sie sind im Geschäft, aber, Mann, Santiagas Frau ins Gesicht zu ballern. Das ist kraß. Total unnötig! Hier sind doch genug Crackheads für alle. Aber sie werden's schon noch abraffen. Die Jungen jedenfalls. Die kriegen ihr Fett. Santiaga wird sie sich vornehmen. Heut nacht gibt's in Brooklyn ein Blutbad!« Sie war ganz aufgeregt, wie bei einem Schwergewichtskampf im Madison Square Garden oder so.

»Wo bist du?« wollte Natalie wissen.

»Im Krankenhaus«, nuschelte ich.

»Wo sind die Kinder, bei der Putze?«

»Nee, unten bei Midnight.«

»Midnight! Was macht der denn da?« Nach einer Pause keifte sie weiter. »Oh, *so* ist das also. Oh, das ist jetzt wohl dein Macker, hm?« Ich legte auf.

Driguez gab mir ein Zeichen, ihm zu folgen. Er beugte sich vertraulich vor und sagte: »Ich bring dich jetzt runter. Deine Mutter kannst du erst morgen sehen. Midnight wartet unten. Du fährst mit ihm.«

»Was ist eigentlich passiert?« fragte ich. Ich bekam keine Antwort.

»Setz die Kinder bei Tante Laurie ab«, bat ich Midnight vom Beifahrersitz. »Ich hab noch was zu erledigen.« Er sah mich verächtlich an, sagte, er habe von Santiaga andere Anweisungen bekommen und ich solle mich einfach hinsetzen und tun, was man mir sagt. »Nur einen Zwischenstop«, sagte ich, weil ich fand, ich sollte in Brooklyn sein, wo der ganze Scheiß abging, bei meinen Freundinnen. Und ich mußte auf alles vorbereitet sein.

»Das ist das Problem mit euch Frauen«, sagte Midnight trocken, als sei er vierzig und nicht zweiundzwanzig. »Ihr laßt euch nichts sagen. Ihr wollt nie zuhören. Nie tun, was man euch sagt. Wenn's dann ernst wird, fällt euch nichts Besseres ein, als zu flennen.«

Wir überquerten die Grenze nach New Jersey. Midnight fuhr auf den Parkplatz vom Marriott Hotel. Zwar hatte ich mir oft ausgemalt, daß ich und Midnight auf blitzsauberen, frisch gewaschenen Hotellaken schwitzend ineinander verschlungen lagen, aber nicht unter solchen Umständen.

»Hier übernachten wir«, sagte er. Meine Lippen verzogen sich zu einem breiten Lächeln. »Nein, die Sache ist ernst«, fauchte er, als sei meine Freude irgendwie verboten. »Ich check uns ein. Wahrscheinlich fragt niemand, aber wenn doch, sind wir eine Familie, die eine Suite mietet, Nachname Cooper.«

»Cooper, heißt du so?« fragte ich.

»Paß auf«, sagte er. »Du kennst nicht mal meinen Namen. Vergiß das nicht.« *Mmmpf*, dachte ich, *soll das vielleicht ne beschissene Antwort sein?*

Die Suite war astrein, vom Feinsten. Perfekt für eine Hochzeitsnacht. Es gab ein riesiges französisches Bett und ein Wohnzimmer mit ausziehbarem Sofa. In jedem Zimmer stand ein Fernseher. Das Badezimmer war ganz aus Marmor und wie neu. Ich ging rein, holte tief Luft und dachte, wenn die Kinder schlafen, können wir vielleicht vom Zimmerservice etwas Champagner kommen lassen und gemeinsam ein Schaumbad im Jacuzzi nehmen. Ich mußte Dampf ablassen, und warum nicht bei dem Mann, den ich schon immer wollte?

»Ihr vier könnt das Bett haben«, sagte Midnight und zeigte aufs Schlafzimmer. »Ich schlaf im Wohnzimmer. Wir bleiben die nächsten drei Tage hier, also macht es euch gemütlich und regt euch ab. Und ihr drei veranstaltet kein Chaos«, witzelte er mit einer gewissen Zärtlichkeit, die er wohl für Kinder reserviert hatte.

»Drei Tage!« bollerte ich, die Hand in der Hüfte. »Kann ich bitte kurz mit dir reden?« Ich zeigte auf das Wohnzimmer. Er ignorierte mich, schaltete für meine übermüdeten Geschwister den Disney Channel an und schlenderte dann ohne Eile ins Wohnzimmer.

»Was soll der Scheiß mit den drei Tagen? Ich hab nur ein Kleid dabei, und das hab ich an. Die drei kleinen Nervensägen ham auch nix anzuziehn und sind schon total bekleckert. Meine Mutter ist im Krankenhaus. Ich will zu ihr. Ich muß wissen, was los ist. Dieser ganze *Mission Impossible*-Scheiß gefällt mir nicht. Und dieser Mist, den du im Auto gesagt hast, von wegen, daß Frauen nur flennen, wenn's ernst wird, das ist Schwachsinn! Ich bin ein Fighter. Ich hab schon mal ne Kanone in der Hand gehabt und weiß, wie man damit umgeht. Ich kann ein Flittchen so schnell und sauber aufschlitzen, daß sie nicht weiß, wie ihr geschieht, bis sie verblutet ist. Dein gottverdammtes Problem, Midnight, ist, daß du glaubst, alles zu wissen. Was du nicht kapierst, ist, daß ich helfen kann. Ich kann deine rechte Hand sein. Sag mir einfach, was läuft. Was geht ab?«

Außer Midnights Kieferknochen bewegte sich nichts. Ein unverkennbares Zeichen dafür, daß ein Mann wütend ist, sagt Mama. Er faßte in seine Gesäßtasche, zog ein Bündel Geldscheine raus. »Gleich morgen früh kaufen wir euch Klamotten. Keine Panik. Mir ist klar, daß du ein Luxusweib bist. Papas Liebling braucht auf nichts zu verzichten. Wie viele Fighter kennst du, die mitten in einem gottverdammten Krieg nur an Mode und Klamotten denken? Nein Mann, du bist bestimmt nicht meine rechte Hand.«

Das dicke Geldscheinbündel beeindruckte mich, und ich freute mich aufs Shoppen. Ich fragte mich, ob das sein Geld war oder Santiagas. Vielleicht ein bißchen von beidem. Vielleicht nahm er sein eigenes Geld, wußte aber, daß er's von Santiaga zurückkriegt.

»Okay, eine letzte Frage«, drängelte ich, obwohl ich wußte, daß ich ihn nervte, aber ich genoß die Aufmerksamkeit. »Welche Klamotten tragen wir morgen früh beim Shoppen, wenn alles dreckig ist? . . . Schon gut. Ich weiß – der Wäscheservice.«

Als ich die 8 drückte, um die Wäscherei anzurufen, legte er seinen Finger auf die Gabel und unterbrach die Verbindung. Die muskulöse Hand auf meiner Schulter sagte er sarkastisch: »Tu doch mal so, als wenn du aus den Projects kommst. Zieh deine Klamotten aus und wasch sie im Spülbecken. Häng sie über der Heizung zum Trocknen auf. Du kannst doch Wäsche waschen, oder? Der Wäscheservice hat schon zu. Es ist fast Mitternacht.«

Nachdem ich die drei kleinen Nervensägen ausgezogen und ihre Klamotten ins Waschbecken gepfeffert hatte, steckte ich sie ins Bett. Ich erzählte ihnen, was für den nächsten Tag geplant war, und versprach ihnen, daß alles gut wird. Eine nach der anderen ratzte weg, als hätte man sie ausgeknipst. Ich streifte mein Kleid ab und begutachtete mich im Badezimmerspiegel. Gottseidank hatte ich Mamas Rat befolgt, immer schöne, saubere, sexy Unterwäsche zu tragen. Sonst wär ich hier noch mit ausgeleierten, durchlöcherten Unterhosen mit Bremsspur aufgelaufen. Allein der Gedanke! Ich schälte mich aus meinem Höschen, öffnete den BH und tat beides ins Waschbekken. Ich stellte mich unter die Dusche und ließ das Wasser immer heißer werden, um meinen Körper von der Anspannung dieses abgedrehten Tages zu erlösen.

Ich kam nur langsam runter. Was war mit Mama? Wie würde ihr Gesicht jetzt aussehen? War plastische Chirurgie nötig? War ihr Gesicht vorübergehend entstellt? Was würde Santiaga von ihrem Gesicht halten? Er würde natürlich dafür sorgen, daß sie medizinisch bestens versorgt wird und alles. Wie lange würde sie im Krankenhaus bleiben? O mein Gott. Würde ich zum professionellen Babysitter meiner drei kleinen Schwestern mutieren? Unsere Putze würde ganztags kommen müssen, um mit auf die Kinder aufzupassen. Und Midnight? Warum lag er mit der Welt im Clinch? Oder gefiel es ihm einfach nur, mir ans Bein zu pinkeln? Diesmal lag Mama falsch. Sie hatte gesagt, daß Midnight mich wollte. Sie hatte gesagt, daß nur seine Angst vor Santiaga ihn zurückhielt. Aber in seinen Augen sah ich was anderes als Angst. Er schien vor nichts und niemandem Angst zu haben. Er schien sich einfach nicht für mich zu interessieren. Jetzt mußte er es drei Tage mit mir aushalten, wie auf ner einsamen Insel. Und wenn ich die letzte Frau auf Erden wäre, würde Midnight mich noch abweisen. Was fiel dem bloß ein?

Als ich aus der Dusche kam, schnappte ich mir zwei Handtücher, wickelte mir eins ums nasse Haar und das andere um den Körper. Ich ging ins Wohnzimmer, wo Midnight vor dem Fernseher fläzte. Sein Hemd war offen. Darunter trug er ein strahlend weißes Unterhemd. Im Hosenbund konnte ich seine Waffe sehen. Meine Augen glitten an seinen Beinen runter. An seinem Knöchel war eine zweite Waffe. Die schwarze Haut, die Waffen, seine Muskeln, das weiße Hemd, die weißen Zähne und sein ungebändigter Zorn waren so verführerisch, daß ich es einfach noch mal versuchen mußte. »Soll ich deine Sachen waschen? Langsam bin ich gut darin.«

»Nein, schon gut«, sagte er, ohne mich auch nur eines Blickes zu würdigen. Ich setzte mich ihm gegenüber in einen Sessel.

»Ich bin müde«, sagte ich und streckte langsam die Arme über den Kopf.

»Dann geh ins Bett«, antwortete er grob, als ginge ihn das nichts an. Ich zog die Beine an und legte sie auf die Armlehne. Ich machte auf frisch geduschtes, beturbantes, handtuchumwickeltes Nivea-Mädchen. Ich spielte mit meinen Beinen, öffnete sie langsam und schloß sie langsam. Er hätte die Haare meiner Möse sehen können, wenn er nur gewollt hätte. Wenn ich erregt genug war, würden meine Säfte fließen und das Fick-mich-Mösen-Aroma freisetzen. Dagegen war er machtlos.

»Bist du schwul, Midnight? Macht ja nix. Jeder nach seiner Fasson und der ganze Scheiß.«

Er lachte, was selten vorkam, und sagte, ohne sich umzudrehen: »Geh ins Bett, kleines Mädchen.«

»Kleines Mädchen! Sind das für dich vielleicht Kleine-Mädchen-Titten?« Ich stand auf und ließ das Handtuch auf den Boden fallen. Ich wollte, daß er meine 75Ds sah, damit er seine Beleidigung zurücknahm. Ich wollte, daß er meinen ganzen Körper sah. Er war unbeweglich wie eine Mumie, unbeeindruckt von meiner Nacktheit – und ich meine, ich stand immerhin splitternackt in einer Hotelsuite, die zum Ficken gemacht war.

Midnight lehnte sich vor, grapschte sich die Fernbedienung und begann, durch die Programme zu zappen.

»Bis morgen früh«, sagte er schließlich, als sei er mein Vater. Ich biß mir auf die Lippe, hob das Handtuch auf und ging ins Badezimmer zurück.

Beim Waschen, Spülen und Auswringen reagierte ich mich an den Klamotten ab, als wären sie schuld an meiner Wut, und hängte sie einzeln zum Trocknen auf, einige über die Heizung, einige übern Duschvorhang. Ich schlich ins Schlafzimmer, um meine Schwestern nicht aufzuwecken. Ich nahm eines der Kissen vom Bett, pflanzte meinen nackten Arsch in den gemütlichen Sessel am Fenster und schlief ein.

Am Morgen trocknete ich die noch feuchten Klamotten mit dem Fön an der Badezimmerwand. Ich schlüpfte in mein Kleid und haßte die Vorstellung, die Mode von gestern wieder aufzuwärmen. Die Klamotten waren steif und rauh wie Schmirgelpapier. Als ich mein Haar zu einem Knoten hochsteckte, hörte ich Midnight reden. Ich stieß die Tür zum Wohnzimmer auf. Abrupt beendete er ein Gespräch auf seinem Handy.

»Was läuft?« fragte ich.

»Deine Mutter ist operiert worden. Sie ist noch auf der Intensivstation, aber sie kommt durch. Montenegro und Farrara sind im Krankenhaus und kümmern sich um sie.«

»Na klar!« brummte ich. »Ich bin sicher, die Bodyguards sind die ersten, die sie sehen will, wenn sie die Augen öffnet.« Ich verdrehte die Augen. »Komm schon, fahr mich zum Krankenhaus. Ich will meine Mutter sehen.«

»Nein!« antwortete Midnight kalt. »Dein Vater hat gesagt, du sollst dich locker machen. Wir ziehn die Gören an und gehen einkaufen. Da können sie sich austoben.«

»Hat Santiaga angerufen? Du hast gewußt, daß ich mit

ihm reden will. Warum hast du mich nicht ans Telefon geholt?« kreischte ich.

»Ganz ruhig, Winter.«

Ich weiß nicht, was passierte, aber irgendwie verlor ich die Kontrolle. »Bist du taub oder red ich vielleicht französisch, du Arschloch? Ich will zu meiner Mutter. Ich will mit meinem Vater reden.«

Ich drehte mich schnell um und grapschte mir das Hoteltelefon, um Santiaga anzupiepsen. Midnight packte mein Handgelenk, so daß ich das Telefon fallen ließ. Ich wirbelte herum und fragte: »Was zum Geier ist bloß mit dir los?« Er gab keine Antwort. Ich schubste ihn. Als ich nach ihm ausholte, wehrte er mich mit seinem kräftigen Körper ab. Hilflos pöbelte ich: »Hol den Wagen, Nigga! Ich will ins Krankenhaus.« Statt mir die Scheiße aus dem Leib zu prügeln, hielt er mich noch fester. Sein warmer Körper brach meinen Widerstand, und ich klappte weinend an seiner Brust zusammen. Über seine Schulter sah ich zwei meiner kleinen Schwestern gaffen. »Was macht ihr da?« fragte die Achtjährige.

Midnight drehte meinen Körper und mein Gesicht von den Mädchen weg und flüsterte mir ins Ohr: »Ist schon gut, Kleine, ich wußte, daß du früher oder später zusammenklappst. Aber du mußt dich zusammenreißen, sonst rasten deine Schwestern auch noch aus.«

Als ich Tränen auf meine Hände fallen sah, war ich sauer auf mich, weil ich heulte. Das paßte nicht zu mir. Aber es gefiel mir, Midnight so nah zu sein. Mir gefiel, wie er mich hielt. Mir gefiel sogar, wie er mich in diesem Augenblick behandelte. Also ging ich aufs Ganze. Ich wollte die Situation ausnutzen, noch ein bißchen flennen und ihm noch länger noch näher sein. Aber meine Schwestern funkten dazwischen. Eine nach der anderen fing an zu flennen. Midnight ließ mich los, sah sich die drei zeternden Zwerge an, und sein Gesicht verriet, daß er es nicht mehr lange aushalten würde. Er faßte in seine Tasche und holte ein Bündel Geldscheine raus. »Na gut, wer zuerst geduscht und angezogen ist, kriegt fünfzig Dollar.« Die Tränen trockneten, während sie aufgeregt ins Bad schossen, um sich um die Kohle zu kloppen. Das Geld war wie Riechsalz, das uns alle zur Besinnung brachte.

Midnight wandte sich an mich: »Yo, Gangsterbraut, noch zwei Tage, mehr nicht. Dann bist du wieder zu Hause. Versuch, cool zu bleiben.« Ich brachte keine Antwort raus. Ich war echt in diesen Nigger verknallt. Ich ließ mir meinen neuen Spitznamen auf der Zunge zergehen: »Gangsterbraut.«

Um den Bann zu brechen, wedelte Midnight das Geldbündel vor meinen Augen hin und her. »Yo, du mußt ne Fälschung sein. Wo ist Winter? Die läßt fürs Shoppen alles sausen«, sagte er und ließ ein seltenes Lächeln aufblitzen.

Ich lachte, nahm meine Jacke und sagte sexy: »Ich bin soweit.«

In der Mall lieferten wir uns einen erbitterten Kampf. Ich hielt das eine Ende des Bügels mit dem Minirock umklammert und Midnight das andere. Meine Schwestern rannten unter den Kleiderständern hin und her, während ich mich mit Midnight rumschlug. Eine Hand in die Hüfte gestemmt, biß ich die Zähne zusammen und zischte: »Ich trag oft solche Röcke. Das ist meine Sache. Tu nicht so, als hättest du mich noch nie im Mini gesehen.« Wie und warum kam Midnight bloß auf die Idee, mir vorzuschreiben, was ich zu tragen hab und was nicht.

Na, ich meine, wenn er mir vielleicht n bißchen die Muschi kitzeln würde, um mich glücklich zu machen, würd ich glatt in Erwägung ziehn, auf ihn zu hören.

»Hör mal gut zu, Kleine. Ich bin jetzt für dich verantwortlich. Was du vorher gemacht hast, ist deine Sache. Diese zwei Tage trägst du was Anständiges. Mach schon, leg den Scheiß zurück.« Er packte meine Hand und zog mich aus der Boutique, meine Schwestern taperten hinterher. Als er meine Hand berührte, schoß etwas zwischen meine Beine und durch meinen Körper. Ich wollte den Minirock echt haben. Aber als er mich so grob anpackte, wollte ich ihn um so mehr. Ich schien ihm nicht mehr egal zu sein, ich durchbrach seine eiskalte Fassade, und das war's wert, vorübergehend die Kontrolle abzugeben.

Er führte mich nach oben zu Bloomingdale's. »Warte hier.« Wie ein Leopard auf der Jagd bewegte er sich zwischen den Kleiderständern. Er hielt einen Eileen-Fisher-Anzug hoch. »Alles klar, der ist stark. So was würd ich für meine Schwester aussuchen. Nun zu den Schuhen«, sagte er.

Ich muß zugeben, der Hosenanzug war rattenscharf. Gute Qualität. Aber Midnights Kommentar stellte mich auf eine Stufe mit seiner Schwester.

»Und was würdest du Tasia kaufen?«

»Wem?«

»Tasia! Tasia! Deinem Mädchen! Mir ist es nämlich scheißegal, was du deiner Schwester kaufen würdest. Ich will wissen, was du Tasia kaufen würdest.«

»Tasia is nich mein Mädchen.« Er leugnete. Ich verdrehte die Augen.

»Ich hab was andres gehört.«

»Scheiß auf das, was du gehört hast. Du und diese blöden Schlampen, mit denen du dich rumtreibst. Die kenn' mich nich. Das sind bloß dumme Hühner, n Haufen dumme Hühner, die nix Besseres zu tun haben, als zuviel zu quasseln.«

Ich stemmte beide Hände in die Hüften. »Du hast also nicht mit Tasia gevögelt?«

»Ist es das, was du willst?« fragte er. »Daß ich dich vögle und dann mit nem anderen Flittchen drüber herzieh?« Ich stutzte und dachte: *Is das ne Fangfrage oder was?* Ja, er sollte mich vögeln. Hatte ich mich nicht klar genug ausgedrückt? Nein, ich wollte nicht, daß er mit nem anderen Flittchen über mich herzieht. Ich wollte ihn für mich allein. Hatte er mich Flittchen genannt?

»Scheiß drauf, trag doch, was du willst«, sagte er resigniert.

Ich kaufte alles, was ihm an mir gefiel. Für die Gören suchten wir auch Klamotten aus. Schließlich landeten wir im Spielzeugladen. Midnight wollte, daß ich ein paar Spiele für die Mädchen aussuchte, damit sie Mami und Daddy möglichst wenig vermißten und vor allem nicht so viele Fragen stellten. Je mehr Spaß sie hatten, desto weniger Fragen würden sie stellen. Am Ende waren wir so bepackt wie Weihnachten. Wir hatten soviel Spaß, daß wir vergessen hatten zu essen und einen Mordskohldampf hatten. Mir war klar, daß Midnight jetzt das Sagen hatte. Ich versuchte nicht mal zu fragen, wo wir essen würden oder gar ihn rumzukommandieren. Ich lehnte mich einfach zurück und ließ mich ins Lokal seiner Wahl kutschieren.

Wir fuhren zur North American Lobster Company irgendwo in Jersey City. Ich war rundum glücklich. Auf jedem der großen runden Tische standen Kerzen, die sexy flackerten. Die männlichen Gäste trugen weiße Hemden und Krawatten und hängten ihre Jacketts ordentlich über die Stuhllehnen. Die Frauen redeten mit weichen und ausdrucksvollen Gesichtern leise auf ihre Begleiter ein. Erste Sahne. Midnight war zweifellos genauso geschmeidig wie Santiaga. Er war wie für mich gemacht. Er hob Mercedes und Lexy in ihre Sitze und zog Porsches Stuhl vor.

»Hast du Kinder, Midnight?« Schweigen. »Beantworte die Frage«, bohrte ich.

»Hast mich schon mal mit nem Kind gesehen?« fragte er, plötzlich genervt.

»Darum geht's nicht. Ein Haufen Nigger hat Kinder, die man nie sieht.«

»Na gut, ich bin nicht n Haufen Nigger! Wenn ich ein Kind hätte, wüßte das jeder.«

Ich war erleichtert. »Wie alt bist du eigentlich?« fragte ich, obwohl ich die Antwort kannte.

»Du klingst langsam wie die Polizei.«

»Wohl kaum«, sagte ich und lächelte komplett sexy.

»Ich bin zweiundzwanzig.«

Ich hatte den Schuß gehört, und ohne gefragt worden zu sein, antwortete ich: »In drei Wochen bin ich achtzehn.«

Er sah mich ernst an: »Lügen fällt dir ganz schön leicht. Kein Zögern, kein Blinzeln, keine Skrupel, nichts. Du lügst, ohne mit der Wimper zu zucken.«

»Was glaubst du, wie alt ich bin?« fragte ich Midnight.

Porsche mischte sich ein: »Sie ist sechzehn. Im Januar wird sie siebzehn.« Ich kniff ihr unterm Tisch ins Bein.

Als wir wieder im Hotelzimmer waren, spielten wir Mau Mau, Quartett, Schwarzer Peter, Memory und Mensch ärger dich nicht, bevor die drei Kleinen wegratzten. Da alles unverkrampfter war als gestern abend, hoffte ich auf eine zweite Chance. Doch bevor ich zum

Angriff übergehen konnte, schnappte Midnight sich die Fernbedienung und schaltete die Nachrichten ein. Ich stand auf und stellte mich vor den Fernseher. Er hatte mit den Kindern gespielt, jetzt sollte er gefälligst mit mir spielen. Sofort breitete sich Ekel auf seinem Gesicht aus.

»Warum beschäftigst du dich nicht mit dir selbst?« fragte Midnight genervt.

Ich sah in den Spiegel, um zu checken, wie ich aussah, und mir gefiel, was ich sah. Also fragte ich: »Und wie?«

»Weiß nich. Was treibst du sonst so? Worauf stehst du?« Mir fiel nichts ein. »Was ist, Kleine, wie lautet die Antwort?«

Ich lächelte. Das Spiel gefiel mir.

»Die Antwort worauf?« fragte ich. Er schüttelte den Kopf, als sei ich eine herbe Enttäuschung. »Was? Was willst du hören, was soll ich sagen? Was?«

»Ich hab dich was gefragt. Worauf stehst du? Was magst du?« Langsam fiel der Groschen.

»Ich amüsier mich gern«, sagte ich pampig. »Weißt du, was das ist, Midnight? Was ich mag? Mich amüsieren, relaxen, mich zudröhnen, ficken, tanzen, abhotten, shoppen. Ich laß mich gern antörnen, und ich mag es, andere anzutörnen.«

»Was liest du so?« fragte er. »Welches Buch hast du zuletzt gelesen?«

»Ich mag Kino, ich häng gern mit den Mädels ab. Tatsache ist, wenn ich nicht hier wäre, wüßte ich genug mit mir anzufangen.«

»Was willst du mal werden, Winter?«

»Egal. Vielleicht so was wie du«, zickte ich zurück, um ihm zu zeigen, daß wir vom gleichen Kaliber waren.

»Ich hab Pläne«, sagte er und zog sich wieder zurück. Midnight ging zu seiner Ledertasche, zog den Reißverschluß auf und sagte: »Hier, such dir ein Buch oder eine Kassette aus. Beschäftige dich. Aber geh mir aus dem Weg.«

Die Kunst des Krieges, Die Verdammten dieser Erde, Der Judas-Faktor, so oder so ähnlich hießen die Bücher in Midnights Tasche. Klang nicht gerade spannend. Ich hatte nicht vor, nur seinetwegen so'n Scheiß zu lesen. Ich hatte es auf die Kassetten abgesehen: Sade, Al B. Sure, Stephanie Mills, En Vogue und Blackstreet. Das meiste war uralte Bumsmusik. Ich schnappte mir seinen Walkman. Das Kopfhörerkabel war in Midnights Brieftasche verheddert. Als ich am Kabel zog, sprang die Brieftasche auf. Ich drehte ihm den Rücken zu und filzte sein Zeug: ein Foto von einer dunkelhäutigen älteren Frau. Sie sah aus wie Mitte dreißig, hatte dunkle Augen und ein Tuch um den Kopf. Im nächsten Bildrahmen war ein Mädchen. Sie sah aus wie vierzehn, hatte ein niedliches Gesicht und große unschuldige Augen. Das mußte wohl seine Schwester sein. Für seine Freundin war sie viel zu jung. Sie war genauso dunkel wie er. In der Brieftasche war außerdem ein doppelt gefalteter Zettel. Er war alt und vergilbt. Ich öffnete ihn vorsichtig und versuchte, kein Geräusch zu machen. Es war ein Flugblatt, das einen Vortrag von Sister Souljah ankündigte. Ihr Foto nahm fast die ganze Seite ein. Die Stimme aus dem Radio und das Gesicht paßten nicht zusammen. Ich hatte sie mir wie einen Mann vorgestellt, mit rauhen Händen und hervortretenden Halsadern. Sie sah ganz normal aus. Und jung. Das Gesicht war nicht übel. Typisches Harlemgirl. Auf dem Foto stand ihr Mund weit offen. Unten auf dem Blatt stand der Veranstaltungsort: Brooklyn Friendship Baptist Church in der Herkimer Street. Ich faltete den Zettel schnell wieder zusammen und ließ ihn in die Brieftasche gleiten. Ich legte sie wieder in seine Reisetasche, ging zurück in mein Zimmer und schloß die Tür. Mit einem Kissen vom Bett machte ich es mir wieder im Sessel gemütlich. Ich legte eine alte Al-B.-Sure-Kassette ein, und bei »All I do is think about you night and day« döste ich ein. Ich kann nicht behaupten, mich an den ganzen Traum zu erinnern. Aber ich erinnere mich an eine Vision der Kinder von Midnight und mir. Es waren drei. Das älteste war ein zerzauster Wuschelkopf, mein Sohn. Ein richtiger Rotzbengel nach meinem Geschmack. Die Mädchen hatten gesundes Haar wie ich, ihre Haut sah aus wie flüssiger Karamel, und sie trugen Diamantohrringe. In farblich aufeinander abgestimmten Pelle-Pelle-Latzhosen und dem letzten Schrei in Sachen Schuhe sahen die drei einfach genial aus!

Als ich am nächsten Morgen die Tür aufstieß, lag Midnight in Unterwäsche ausgestreckt auf dem Fußboden und machte Liegestütze. Er keuchte und schwitzte. Meine Augen rasten über seinen Körper.

»Heut abend gegen zehn fahr ich euch nach Hause«, sagte er. Einatmen, ausatmen. »Die Luft ist rein. Santiaga ist da. Wir müssen nur noch überlegen, wie wir die Mädchen heute beschäftigen. Um sie abzulenken.«

Bei hundertfünfzig ließ er sich fallen und rollte auf den Rücken. Er wickelte seine Faust ins Unterhemd und entblößte seinen Waschbrettbauch.

»Was glaubst du, wozu die Kleinen Lust hätten?« fragte er. Ich antwortete nicht. »Winter, was is? Jemand zu Hause?« Ich grinste. Er sah mir in die Augen und grinste zurück. »Du reitest dich ständig in die Scheiße, und dann wunderst du dich, wenn's stinkt.«

Midnight setzte uns Punkt zehn zu Hause ab. Mein attraktiver Vater wartete vor der Tür. Sein weißer Leinenanzug leuchtete im Mondlicht. Die großen Hände vergrub er in den Taschen. Er umarmte Midnight, als gehöre er zur Familie. Er nahm meine kleinen Schwestern nacheinander in den Arm und gab mir mit seiner warmen, festen Umarmung das Gefühl, in Sicherheit zu sein. Das Haus war blitzblank. Die Musik, eine alte Earth-Wind-and-Fire-Platte, dudelte im Hintergrund. Santiaga ging mit Midnight in sein Arbeitszimmer. Kurze Zeit später kam Midnight wieder raus und wünschte allen eine gute Nacht, ohne auch nur in meine Richtung zu sehen. Santiago erwähnte, daß Mami nicht da sei, so als sei sie verreist und käme nächstes Wochenende mit Bonbons und Geschenken zurück, und schickte meine Schwestern ins Bett.

Daddy folgte mir in mein Zimmer. Ich wußte, daß ich die Klappe zu halten hatte. Santiaga sah friedlicher aus als am Tag der Schießerei. Ich schaltete die Lampe auf meinem Schminktisch an. Das zusätzliche Licht enthüllte eine komische Narbe an der rechten Seite seines Kopfes. Unter dem Haaransatz war eine kastanienbraune Beule versteckt. Die Narbe machte ihn männlicher denn je, einfach tough, sexy, nicht zu bremsen.

»Alles klar, Daddy, sag mir einfach, was los ist. Was ich tun soll. Ich bin dabei. Sag mir, was du vorhast!« Er lächelte. »Wie geht's Mami?« fragte ich.

»Deiner Mutter geht's gut. Sie ist ein Soldat. Ende der Woche kommt sie nach Hause. Na ja, dann trägt sie noch Verbände. Sie muß sich noch ne Weile schonen. Aber wir helfen ihr. Du weißt ja, wie eitel sie ist«, fügte er halb im Scherz hinzu, »also tu so, als wär mit ihrem Gesicht alles in Ordnung. In ein paar Wochen läßt sie sich operieren. Ich sorg dafür, daß sie das alles vergißt.« Er gab mir ein Zeichen, ihm zu folgen. Er führte mich durch die Diele zum hinteren Fenster. »Sieh dir das an.« Meine Kinnlade klappte runter, als ich den großen roten Mercedes-Benz S 600 V12 mit einer dicken roten Schleife und lauter kleinen Bändern sah.

»O Scheiße«, murmelte ich. In Gedanken entwarf ich schon eine neue Garderobe. Wenn man so einen Schlitten fährt, muß man sich volle Kante aufstylen. Ich und Mami mußten sofort shoppen gehen. Santiaga redete immer noch, aber ich konnte ihn nicht mehr hören. Ich sah nur, was Natalie und Simone für Gesichter machen würden, wenn ich nicht in einem 190er Baby-Benz, nicht in einem 280er, sondern in einem S 600 V12 in Brooklyn auflaufen würde. Würde meine Mutter mich damit fahren lassen? Oder würde sie nur an sich denken? Würde sie mich warten lassen, bis Santiaga mir ein eigenes Auto kaufte? Oder würden wir wie Schwestern einen draufmachen?

Moment mal. Sie war doch krank. Vielleicht mußte ich mit dem Auto Besorgungen für sie erledigen. Vielleicht würde sie ein Jahr oder so Beifahrer spielen. Okay, dachte ich. Vielleicht ließ sie sich von mir rumkutschieren, aber sie würde mich nicht mit Natalie und den anderen darin fahren lassen. Was für einen Sinn hatte ein Benz, wenn man ihn nicht seinen Freundinnen unter die Nase reiben und damit angeben konnte. Wißt ihr, wie viele Nigger mir am BH-Träger hängen würden, wenn sie mich hinter diesem Steuer sahen? Jede Menge Nigger! Sie müßten mich anflehen und Sachen machen, die sie sonst nie tun würden. Meinen Arsch küssen. Meine Zehen lutschen. Ich dachte, ich brech zusammen.

Santiaga sah mich an, als würde ich abdrehen. Ich ordnete meine Gesichtszüge. »Ich kenne viele Typen, die angeschossen wurden. Überall, Bein, Brust, Bauch, aber jeder, den es am Kopf erwischt hat, war hinterher nicht mehr derselbe. Deshalb mach ich mir Sorgen. Deshalb könnte ich mich in den Arsch beißen, daß ich den Scheiß zugelassen hab. Winter, wo hast du deinen Kopf? Ich red mit dir. Wenn wir zwei zusammenhalten, ergibt sich der Rest von selbst. Nun zu dir: Vergiß Brooklyn vorläufig, bis ich dir grünes Licht gebe.«

»Was!« sagte ich.

»Du solltest dich mal hören«, sagte er. »Vor zehn Minuten hast du noch gesagt: Sag mir, was los ist, ich bin dabei, Santiaga. Jetzt bist du drauf und dran, mich hängenzulassen.«

»Nein, Santiaga, ich laß dich nicht hängen. So was machen nur Schlappschwänze. Das hast du mir beigebracht. Ich tu, was du willst. Ich mach n Bogen um Brooklyn.«

»Und du mußt weniger reden. *Viel weniger.* Du weißt doch, wie's läuft. Je weniger du weißt, desto besser für uns alle. Und fühl dich nicht sicher, nur weil wir in der Vorstadt sind. Laß dir von niemandem in die Karten kucken, genau wie im Ghetto. Trau niemandem und beantworte keine Fragen. Gib niemandem unsere Telefonnummer, der sie nicht schon hat. Kein Grund, Panik zu schieben. Nur nicht nachlässig sein.«

Es entstand eine lange Pause. Ich brach das Schweigen. »Weißt du, als Midnight neulich angerufen hat und uns abholen wollte, da wußte ich nicht, ob ich dich anpiepsen sollte, um sicherzugehen, oder ob ich einfach tun sollte, was er sagt. Dann dachte ich, daß es klar geht, weil's immer so war.«

»Gut, daß du gezögert hast«, sagte Santiaga. »Aber Midnight ist sauber. Er ist so loyal, als wär er mein Sohn. Mit ihm gab's nie ein Problem. Ich hätte ihm nie meine Mädchen anvertraut, wenn ich ihm nicht auch mein Geld und mein Leben anvertrauen könnte. Ist doch alles glattgegangen, oder?«

»Ja, alles lief bestens. Er war ein echter Gentleman«, bestätigte ich mit Nachdruck, um keinen Keil zwischen die beiden Männer, die ich liebte, zu treiben. »Wo hast du Midnight kennengelernt?«

»Als er noch ein Kind war, hatte er Ärger mit dem Gesetz. Du weißt ja, wie's läuft. Keiner will so einem Jungen eine zweite Chance geben. Ist denen egal, daß er ohne Geld nicht überleben kann. Aber ich wußte sofort, daß er gut war. Man hat es in seinen Augen gesehen. Außerdem hatte er keine Familie. So einer ist loyal. Er mußte für sich selbst sorgen.«

»Was ist mit seiner Familie?«

»Du hast dich noch nie für irgendwas oder jemanden so interessiert. Warum die ganzen Fragen?«

»Weißt du, Daddy, ich werd erwachsen. Sieh mich an. Bald bin ich siebzehn.« Santiaga sah zu, wie ich vor ihm hin und her wirbelte.

»Ja, du wirst erwachsen. Ich hab in letzter Zeit oft darüber nachgedacht.« Er stützte den Kopf in die Hand, als sei das Thema zu heftig für ihn.

»Und?« fragte ich.

»Weißt du, was ich mir für dich wünsche? Ein geregeltes Leben. Mit einem *netten Kerl*. Einem angehenden Arzt oder Anwalt oder Ingenieur.«

»Du redest wirres Zeug, Daddy.«

»Nein, im Ernst, Winter. Von außen sieht mein Leben toll aus. Aber glaub mir, ob es nun gut oder schlecht, richtig oder falsch läuft, es hört nie auf. Ich kann nie abschalten und das Leben einfach genießen. Gerade wenn du denkst, du hast alle Fäden in der Hand, du kannst Luft holen, taucht der nächste auf. Er denkt, er hat dich im

Schlaf überrascht, nennt dich einen alten müden Trottel und greift an. Niemand will sein ganzes Leben ständig die Tür im Auge behalten müssen. Du sollst es mal besser haben, Winter. Relax. Nur kein Stress. Einer von diesen aufgeblasenen Ärzten, Anwälten, Ingenieuren in dieser Gegend kann dir das bieten. Ein Mann in Midnights Gewerbe nicht.«

5

Als Mama im Rollstuhl ins Haus geschoben wurde, war schlagartig alles vergessen, was Santiaga uns eingebläut hatte. Er hatte meinen Schwestern erzählt, daß Mama hingefallen war. Aber nichts hätte sie auf das vorbereiten können, was sie nun sahen. Jeder, der Mama kannte, konnte nur denken: Verdammt! Wer ist das? Die sieht ja gruselig aus! Ich und Magdalena versuchten zu lächeln und so zu tun, als sei nichts los. Aber den schockierten und entsetzten Ausdruck, der sich auf den Gesichtern der Kinder abzeichnete, konnte kein Scherz vergessen machen. Mama war dünner als sonst. Die Mundpartie war verzerrt und entstellt. Ein kleiner Teil ihres Gesichts war noch verbunden. Eins war mal sicher. Den fetten Benz würde *ich* fahren.

Später, als Santiaga weg war, stieß ich die Tür zum Zimmer meiner Mutter auf und ging leise rein.

»Wie läuft's, Mama? Wie geht's dir?« Sie lallte eine Antwort. Es klang wie ne alte Schallplatte, die eine Macke hat.

»Okay, Mama, sag nichts.« Ich hielt meine Hand hoch und grinste breit, um sie aufzumuntern. »Ich muß dir ne Menge erzählen. Ich sag dir, was Sache ist. Bei Nordstrom's gibt's den perfekten roten Lederanzug für dich, von Adrienne Vittadini. Ich hab sogar passende rote Handschuhe gesehen. Du mußt schnell gesund werden, damit wir die Gegend unsicher machen können!« Sie stöhnte und versuchte zu lächeln. Was ich sagte, tat ihr gut. Hey, das war schließlich meine Mama. Ich wußte, was ihr gut tat.

»Die Putze kommt jetzt ganztags. Wir kümmern uns um alles. Die Mädchen sind echt froh, daß du wieder da bist. Sie haben dich so vermißt. Oh, und Santiaga ist ohne seine Frau komplett aufgeschmissen. Du mußt schnell gesund werden. Er braucht dich.« Als ich Santiagas Namen erwähnte, kullerte eine Träne aus Mamas linkem Auge. »Keine Sorge, Mama. Wenn du irgendwas brauchst, besorg ich's dir. Wir besorgen's zusammen.« Ich beugte mich vor und gab ihr einen Kuß auf die Stirn. Dann flüsterte ich ihr ins Ohr: »Du bist doch eine echte Bitch, weißt du noch? Eine echte Bitch läßt sich nicht unterbuttern.« Statt zu lächeln, flennte sie. Ich versuchte, cool zu bleiben. »Mädchen, Santiaga sorgt dafür, daß du nur das Beste kriegst, keine Frage. Dein Gesicht wird besser aussehen als vor dem Unfall.« Auf Mamas Zeichen gab ich ihr Stift und Papier vom Nachtschrank. Sie kritzelte eine Nachricht für mich: *Fahr nicht nach Brooklyn.*

Als nächstes mußte ich was gegen die Langeweile unternehmen. Ich hatte mit den Mädels in Brooklyn telefoniert, aber aufgelegt, sobald sie Fragen stellten. Es waren meist kurze Gespräche . . . Natalie konnte nur ein Knebel davon abhalten, sich das Maul zu zerreißen. Ungefragt informierte sie mich, daß es einen Haufen Ärger gab und daß einige Leute verschwunden waren. Was echt nichts zu sagen hatte, außer daß ein paar neugierige Nigger gewisse Leute eine Weile nicht gesehen hatten, die aber genausogut bei Verwandten im Süden sein konnten oder so'n Scheiß.

»Hier brennt's.« So drückte Natalie es aus. Das hieß, überall waren die Bullen. Das kümmerte mich n Scheißdreck, weil es bei uns in Brooklyn immer von Bullen wimmelte. Manchmal sahen sie am Tatort in die andere Richtung, weil sie mit drinsteckten.

Jeder mußte schließlich irgendwie überleben, fand ich. Die Bullen waren keine Bedrohung, solange sie ihren Anteil bekamen. Santiaga sagte immer: »Jeder muß sein Stück vom Kuchen abkriegen.« Natalie ließ mich auch wissen, ob süße Jungs auf dem Markt waren und was sonst so abging. Midnight hatte sie nur einmal kurz im Vorbeigehen gesehen. Er hatte sie keines Blickes gewürdigt. Tat er nie, und Natalie sagte, er schien sich bedeckt zu halten. Er war nicht im Club gewesen, und Tasia trieb sich mit Nickel rum.

Ich wollte ihr nichts von dem neuen Benz stecken. Aber es kostete mich übermenschliche Kraft, die Sache für mich zu behalten. Dann fiel Natalie ein, daß ich nächsten Freitag Geburtstag hatte. Sie sagte, sie führt mich an meinem Geburtstag groß aus. Wir würden Champagner besorgen und uns amüsieren. Außerdem hing ihr Macker Slick Kid mit Bullet rum. Wir konnten einen flotten Vierer anpeilen und auf ihre Kosten Party machen. »Bullet?« fragte ich. »Der kleine Bullet?«

»Mädchen, zieh dich warm an. Der kleine Bullet ist jetzt der große Bullet, und klein ist an ihm bestimmt nichts.« Ich dachte kurz darüber nach. Ich fand schon immer, daß Bullet n Süßer war. Er war mit den Beinen genauso schnell wie mit dem Kopf, kurz, er hatte es drauf. Aber er war ne kleine Nummer. Nicht der Typ, mit dem ich gehen oder den ich heiraten würde, aber gegen einen kleinen Fick war nichts einzuwenden. Der Haken war, daß ich nicht nach Brooklyn konnte. Und daß ich das nicht verraten durfte.

Ich hatte faule Ausreden erfunden und Natalie angelogen. Sicherheit war bei uns oberstes Gebot. Die Parties am Samstagabend waren gestorben. Außer Magdalena, den Bodyguards und Daddys Leuten durfte niemand ins

Haus. Ich mußte mir was einfallen lassen. Ich brauchte dieses Date, um am Ball zu bleiben. Ich brauchte Aufmerksamkeit. Bei Mama war da in letzter Zeit nichts zu holen. Und Santiaga hielt entweder Besprechungen in seinem Arbeitszimmer ab, war unterwegs oder hing am Telefon.

»Okay, ich bin dabei«, sagte ich Natalie. »Wegen der Einzelheiten ruf ich dich noch an. Aber sag Bullet, ich bin dabei.«

Im Intrigieren war ich gut. Das hatte ich von Daddy. Ich betrachtete das Problem wie ein Schachspiel und ging es von allen Seiten an. Man mußte sich nur locker machen, und schon überblickte man die Lage. Wenn man im Stress ist, hatte Santiaga mir beigebracht, baut man Scheiße und übersieht das Wesentliche. Ich war zwar kein Schachspieler, aber das leuchtete mir gerade noch ein.

Die Gedanken rasten wie ein Schnellzug durch meinem Kopf. Ausgestreckt auf meinem Bett entwickelte ich einen genialen Plan. Ich sage genial, weil es kein einfacher 08/15-Plan war. Sondern einer, der alles und jeden und jede Eventualität berücksichtigte.

Mein Geburtstag war in einer Woche. Noch am selben Nachmittag nahm ich meinen Plan in Angriff. Mutter hatte ihr Zimmer verlassen und schlurfte langsam durchs Haus. Ihr Mund war noch immer schief und ihr Gesicht steif und leicht geschwollen. Weil ihr peinlich war, wie sie aussah, wollte sie das Haus nicht verlassen. Sie wartete auf eine Operation, die ihr Gesicht wiederherstellen sollte, für die es aber noch zu früh war. Der Arzt sagte, sie brauche noch ein paar Wochen, bis sie eine Operation durchstehen würde. Ich wußte, daß es ihr schlecht ging. Und genau das war die Voraussetzung für meinen Plan.

»Mama, du siehst heut aber gut aus«, log ich. »Man sieht schon, wie's heilt.« Ich berührte mit zwei Fingern ihre linke Gesichtshälfte. »Komm, laß uns in die Mall fahren.« Sie verdrehte die Augen. »Nein, echt Mami. Ich hab dir rattenscharfe Sachen ausgesucht. Du mußt mal raus. Ich weiß doch, daß du für Santiaga gut aussehen willst.« Mama lächelte. Echt komisch, alles konnte am Arsch sein, aber wenn man Santiaga erwähnte, sah Mami rosarot. Dennoch kniff sie: »Ich kann nicht fahren. Ich bin noch nicht soweit.«

»Mami, ich kann doch fahren. Ich fahr dich hin, wo du willst. Wie es sich für eine Königin gehört. Die Kinder können wir bei Magdalena lassen. Na, was ist?« Ich streckte die Arme aus und umarmte sie.

Sie lächelte. »Ich bin ganz heiß auf den Wagen, aber ich trau mich nicht.«

»Keine Sorge, Mami. Ich weiß, wie du dich fühlst. Wir sitzen beide schon zu lang in diesem Haus fest. Aber heut ist unser Tag. Warum sollen wir uns nicht mal amüsieren?« Ich half Mama, sich fertig zu machen. Wir versuchten, ihre linke Gesichtshälfte unter einer Perücke zu verstecken. Ich lieh ihr meinen scharfen Lederhut. Wir gingen nach draußen, zerschnitten die rote Schleife und schnüffelten uns an den neuen Ledersitzen high.

In dem Benz fühlte man sich wie der Präsident der Vereinigten Staaten. Er fuhr sich wie ein Privatjet. Nicht mal die Schlaglöcher konnten die sanfte Fahrt stören. Jeder, an dem wir vorbeifuhren, versuchte zu erkennen, wer drin saß, aber die getönten Scheiben schirmten uns ab wie Superstars. Mama wirkte glücklich, als sie nach und nach die Spezialausstattung ihres Wagens entdeckte: Holzverkleidung, eingravierte Initialen, CD-Spieler, Digitaldisplay, beleuchtete Spiegel und so weiter und so fort. Sie entspannte sich. Ich wußte, der erste Schritt war geschafft, nämlich Mama an die Idee zu gewöhnen, daß ich ihr Auto fuhr. Ich mußte sie auf meiner Seite haben, wenn ich Santiaga überreden wollte, mich an meinem Geburtstag den Wagen fahren zu lassen.

Mami und ich ließen uns in der Mall maniküren und pediküren. Wir ließen uns von diesem schwedischen Mannsweib sogar eine Massage verpassen. Zur Krönung des Tages gingen wir essen.

»Warte nur, bis Santiaga deine neuen Klamotten sieht«, stichelte ich. »Der wird nicht lang fackeln.«

»Das will ich hoffen«, witzelte sie. »Winter, Santiaga hat mir erzählt, daß Midnight auf dich und die Mädchen aufgepaßt hat, als ich im Krankenhaus war. Ich hab ihm nicht auf die Nase gebunden, daß das eine beknackte Idee war. Wir haben schon genug Ärger. Was ist passiert? Ich weiß doch, daß du Midnight magst.«

Ich wich ihrem Blick aus. »Nichts ist passiert, Mama, n Dreck ist passiert. Er hat genau das getan, was Santiaga von ihm erwartet hat. Er hat es voll durchgezogen. Ich bin eben nicht wie du, Ma. Ich krieg den Mann nicht rum, er mag mich nicht.«

»Er mag dich«, fauchte sie. »Er wäre schön blöd, wenn er dich nicht mögen würde. Du hast alles, was ein Mann sich wünschen kann.« Mama hatte schon wieder Tränen in den Augen.

»Ist doch egal. Santiaga hat gesagt, er will für mich keinen Mann wie Midnight, zu gefährlich und unsicher oder so ähnlich. Ich war echt schockiert, als er plötzlich davon anfing, daß ich so was wie'n Arzt oder Anwalt heiraten soll und nicht jemand wie ihn. Ist wahrscheinlich wegen der Sache mit dir, Mami. Was meinst du? Was würdest du tun, wenn du dich nochmal entscheiden müßtest? Würdest du einen Ingenieur oder Arzt heiraten?«

Mami weinte. »Niemals. Ich liebe Santiaga mehr als mein Leben. Zum Teufel mit anderen Männern. Santiaga ist der *einzige*. Er sorgt für mich. Er tut alles, was ein Mann tun muß. Er hat mir alles gegeben. Selbst wenn ich für ihn eine Kugel kassiert habe, was macht das schon. Besser, sie erschießen mich als ihn. Ohne ihn hat mein Leben keinen Sinn.« Ihre Worte trafen mich wie Felsbrocken. So hatte ich sie nie reden hören. Mamas Loyalität zu Santiaga beeindruckte mich, und ich hoffte, daß Midnight und mich eines Tages eine ebenso starke Liebe verbinden würde.

»Du glaubst also immer noch, daß Midnight eine gute Partie für mich ist?«

Mama schlürfte ihre Coke durch den Strohhalm und sagte: »Er ist schön, er ist stark. Er ist ein *junger Santiaga*. Was Besseres gibt es nicht. Ich nehm mir Santiaga vor. Bis du achtzehn bist, hab ich ihn soweit. Mann, immerhin redet er mit dir über Männer. Er merkt also endlich, daß du erwachsen wirst. Er kann dich nicht ewig einsperren.«

Ich seufzte und verdrehte die Augen. »Achtzehn! Bis dahin sterbe ich vor Geilheit.« Wir lachten.

»Du bist noch jung. Amüsier dich. Du mußt nicht rumsitzen und auf Midnight warten. Der kommt schon.«

»Wie soll er kommen, wenn er in Brooklyn ist und ich hier draußen?«

»Ich denk mir was aus. Wir laden ihn ein oder so. Wir arbeiten dran. Aber vergiß Brooklyn.«

»Wie lange?«

»Solange, wie Santiaga sagt.«

Am nächsten Tag erwähnte ich ganz nebenbei eine Party in der Hofstra University, die etwa eine Stunde von uns entfernt lag. Wenn ich Männer vom College kennenlernen sollte, wie Santiaga gesagt hatte, mußte ich langsam mal anfangen, auf die richtigen Parties zu gehen.

Am Ende der Woche hatte ich Mama mit Komplimenten über ihr Gesicht eingelullt. Sie hatte nichts dagegen, mir an meinem Geburtstag ihr Auto zu leihen, um zur Party in die Uni zu fahren. Aber noch mußte ich Daddy um Erlaubnis fragen, auch wenn's mein Geburtstag war. Santiaga zu überzeugen war immer eine schwere Geburt. Er war einfach von Natur aus mißtrauisch. Wenn er nur den geringsten Verdacht schöpfte, war das Ganze gelaufen. Am Montagabend wartete ich in der Küche auf ihn.

»Santiaga, wie geht's?« fragte ich zuckersüß.

»Mir geht's gut, Kleines. Was ist los?«

»Wer sagt denn, daß was los ist?«

»Du kuckst und klingst so unschuldig, als hättest du ein schlechtes Gewissen.« Das sollte witzig sein.

»Ich will dir was zeigen, Daddy. Warte hier.« Ich flitzte in mein Zimmer und holte mein Geburtstagskleid. Es war aus schwarzem Satin. In der anderen Hand hielt ich meine Joan-&-David-Schuhe. »Nur falls du's vergessen hast, ich hab Freitag Geburtstag.«

»Hab ich deinen Geburtstag je vergessen?« fragte er grinsend.

»Hör zu, Papa. An meinem Geburtstag gibt die Hofstra University eine Party. Da will ich hin. Mami hat gesagt, ich kann ihren Wagen nehmen. Ich will mir da Freunde suchen, ganz in deinem Sinn. Die Uni liegt in Long Island, und vielleicht treff ich ja sogar einen schnöseligen Jurastudenten.« Ich erlegte ihn mit meinem Lächeln. »Na, was sagst du, Santiaga?«

»Mit wem gehst du hin?«

»Mit Vanessa«, sagte ich zu meiner eigenen Überraschung. Ich hatte sie grad erfunden. »Sie hat kein Auto.

Deshalb hol ich sie ab. Ich hab sie in der Mall kennengelernt, sie wohnt etwa eine halbe Meile von hier in Deer Park. Sie ist seit einem Jahr an der Hofstra. Sie studiert Psychologie und . . .«

»Na schön, nicht so hastig. Wenn deine Mutter dir erlaubt hat, ihren Wagen zu nehmen, okay. Sei vorsichtig. Ach, und Winter, fahr ja nicht nach Brooklyn. Ich laß mich nicht verarschen. Keine faulen Ausreden. Daß das klar ist. Vergiß Brooklyn. Um drei bist du spätestens zu Hause. Winter, wenn du einen schnöseligen Jurastudenten kennenlernst, dann stell ihn mir vor, bevor . . .«

»Bevor was?« fragte ich unschuldig.

»Bevor ich ihm den Hals umdrehe, weil er Scheiße gebaut hat.«

Donnerstagabend verabredete ich mich mit Natalie. Ich machte auf cool, aber ich war so hippelig, daß ich kaum pennen konnte. Ich stellte das Radio an, dimmte das Licht und ließ mich von Jodeci in den Schlaf lullen.

Als ich Freitag morgen aufwachte, hüpften meine Schwestern in meinem Bett rum, grinsten mir ins Gesicht und führten sich auf, als hätten sie einen Zuckerflash oder so was.

»Was habt ihr in meinem Zimmer zu suchen?« fragte ich.

»Herzlichen Glückwunsch«, grölten die Zwillinge.

Porsche verdrehte die Augen: »Wir dachten schon, du wachst nie auf.«

»Was soll der Stress?«

»Daddy ist weggefahren«, sagten die Zwillinge.

»Na und?« keifte ich.

»Und er hat dein Geburtstagsgeschenk unten im Wohnzimmer gelassen, und wir warten, daß du's aufmachst.« Ich setzte mich auf und lachte.

»Warum wartet ihr drauf, daß ich *mein Geschenk* aufmache?«

»Weil alle wissen, daß du immer die schärfsten Sachen kriegst«, sagte Porsche. »Ich krieg immer ne Micky-Maus-Uhr oder Barbiepuppen oder so'n Ekelkram.« Meine achtjährige Schwester war neidisch. Sie war immer sauer, daß sie nicht ich war, und machte mir alles nach.

Wir stürmten das Wohnzimmer, und alle hielten den Atem an, während ich mir wieder mal die lange schlanke Schachtel vornahm. Sie enthielt die passende Diamantkette zu dem Armband, das ich vor einem Jahr bekommen hatte. Beim Anblick der glitzernden Edelsteine pfiff meine Schwester durch die Zähne. Ich war baff, wie klar jeder einzelne Diamant war.

»Siehst du, das mein ich«, maulte Porsche.

Am Nachmittag verstaute ich unauffällig meine Gucci-Tasche im Kofferraum vom Benz. Am frühen Abend warf ich mich in Schale. Meine Mutter stierte meinen Körper in dem hautengen Satinkleid an. Statt mir ein Kompliment zu machen, flennte sie los. Ich dachte nur: *Scheiße, in letzter Zeit flennt die nur noch.* Aber diese Nacht gehörte mir. Ich fuhr vorsichtig aus der Einfahrt, um das Vertrauen meiner Mutter in meine Fahrkünste nicht zu erschüttern. Ich war sicher, daß sie mich durchs Fenster beobachtete. Als ich außer Sicht war, drückte ich aufs Gas und fuhr auf den Highway. Santiaga hatte gesagt, vergiß Brooklyn, und das respektierte ich. Natalie, Slick und Bullet sollten am Busbahnhof in der 42. Straße in Manhattan auf mich warten. Sie hatten keinen blassen Dunst, daß ich in einem Benz kam. Ich konnte mir kein schöneres Geburtstagsgeschenk vorstellen als ihre blöden Gesichter. Vielleicht würde ich ihnen sogar auf die Nase binden, daß Santiaga *mir* den Benz zum Geburtstag geschenkt hatte.

Auf dem Weg in die Stadt hielt ich an einer Amoco-Tankstelle. Ich ließ den Kofferraum aufspringen, grapschte mir meine Tasche, peste aufs Klo und zog das affige Satinkleid aus. In Wahrheit wollte ich rote Ledershorts tragen und eine rote Lederweste, die meine Titten betonte und knalleng an meiner schmalen Taille anlag. Eine Bluse war überflüssig. Ich warf meine Strümpfe in den Müll. Meine Beine waren muskulös und makellos. Warum sollte ich sie verstecken? Ich hatte weder Narben noch blaue Flecken. Na und, dann war's eben kalt. Ich mußte ja nicht zu Fuß laufen. Im Benz war's kuschelig warm.

Ich legte die Diamantkette und das Armband an. Die weiche rote Lederjacke machte die Sache perfekt. Mit einem Taschentuch versuchte ich den verschmierten Spiegel abzuwischen. Nur eine winzige Fläche wurde sauber. Der Spiegel war völlig verdreckt. Ich zückte meinen Lippenstift, prüfte meine Frisur und schlüpfte in die roten Lederschuhe von Gucci. Fertig. Heute nacht konnten mir aufgeblasene Anwälte oder Ingenieure gestohlen bleiben. Heute nacht waren harte Brooklyn-Sitten und coole Nigger angesagt. Das schwarze Satinkleid breitete ich sorgfältig im Kofferraum aus, damit es nicht knitterte.

Im Wagen drehte ich das Radio voll auf, um mich während der Fahrt wach zu halten. Die Fenster ließ ich zu. Ich wollte langsam an die Ecke 42. Straße und 8. Avenue ranschleichen, mein Fenster runterlassen, dann rufen: »Überraschung, ihr Sackgesichter! Nun steigt schon ein!« Ich spielte die Szene immer wieder durch. Ich freute mich schon auf Natalies neidverzerrte Fresse. Doch ich wußte, daß sie schnell drüber wegkommen würde. Ich kannte sie. Sie würde froh sein, in meinem Schlitten mitfahren zu dürfen.

Im Radio fing plötzlich Sister Souljah an, irgend ne Scheiße zu reden. Ihre ordinäre Stimme übertönte die Musik. »Die meisten Leute, die an AIDS sterben, sind junge schwarze Frauen.« Noch bevor sie mir auf meine verdammten Nerven gehen konnte, stopfte ich ihr mit einer Kassette das Maul.

Ich bremste den Wagen ab und fuhr im Schneckentempo weiter. Natalie, Slick Kid und Bullet fläzten an der Ecke rum. Bullet sah gut aus. Ich sah seine glänzenden Goldzähne. So was törnt mich an. Ein Mund voller Gold ist komplett sexy. Das wirkt abgefuckt und verleiht Charakter. Natalie hatte recht, Bullet war breiter geworden. Er trug ausgebeulte schwarze Jeans auf Kniekehle und die neuesten Jordans. Slick trug eine Pelle-Pelle-Lederjacke, Rucksack und Jeans. Natalies Klamotten hatte ich neulich bei Banana Republic gesehen. Slick Kid drehte sich um und entdeckte meinen Benz. Er wußte nicht, daß ich es war, aber der Wagen war so scharf, daß ich seine volle Aufmerksamkeit hatte. Beim Anblick meiner Felgen bekam er Stielaugen. Er kam näher ran, und Natalie und Bullet folgten ihm. Als sie ganz nah am Fenster waren, ließ ich es runter und sagte sexy: »Wartet ihr vielleicht auf mich?«

Natalie kreischte: »Ich faß es nich! Mann, das is nich wahr! Das nehm ich dir nich ab, Alte.« Bullet und Slick Kid schnappten sich sofort einen Kerl, der Polaroid-Fotos knipste, und drückten ihm einen Zwanni in die Hand. Sie posierten auf der Kühlerhaube. Ich sprang raus, und wir posierten zusammen.

Bullet leckte sich die Lippen, legte den Arm um meine Taille und sagte: »Hey, du siehst gut aus.« Er löste seinen Arm und trat zurück. »Laß dich ansehen.« Langsam drehte ich mich einmal um mich selbst. »Kräftige schöne

Beine«, sagte er so sexy, als wären wir schon zugange. Er berührte meine Beine mit dem Finger, lächelte und sagte: »Keine Strümpfe. Nett.« Ich lächelte.

»Ich hab nicht vor zu laufen. Im Auto ist es warm. Steigt ein!« Wir stiegen alle ein. Im Rückspiegel prüfte ich Natalies Gesicht. Bingo, der pure Neid. Nur wenige Sekunden später, genau wie ich es mir gedacht hatte, war der Neid wie weggeblasen. Sie tuschelte mit Slick Kid. Die beiden knutschten und fummelten rum.

»Warte«, sagte Bullet. »Fahren wir in den Club in ... Nee, drauf geschissen, laßt uns ein ruhiges Plätzchen suchen. Ich hab keinen Bock, mich mit wem anzulegen, um zum Schuß zu kommen. Ich will lieber mit Winter abhängen. Laßt uns ins Marriott Ecke 44. und Broadway gurken.« Kurz bevor wir da waren, sprang Slick Kid aus dem Wagen und kaufte Alizé und Absolut-Wodka .

Slick und Natalie gingen ins Hotel, um uns einzuchekken. Ich und Bullet warteten im Wagen.

»Ich hab dich schon seit nem Jahr oder so nich mehr gesehn«, sagte er und sah mir in die Augen.

»Ja, stimmt ungefähr.« Ich machte auf schüchtern.

»Wo zum Teufel warst du?«

»Ich hab mich um meinen eigenen Kram gekümmert, genau wie du, Nigger. Als ich noch hier gewohnt hab, hast du nie ein Wort zu mir gesagt.«

»Ich häng am Leben.« Das war auf Santiaga gemünzt.

»Warum bist du dann hier?« fragte ich schnippisch.

»Die Zeiten ändern sich. Ich bin erwachsen. Ich mach jetzt mein eigenes Ding. Mach mir nichts vor, Winter. Du hast mich auch nicht beachtet.«

»Is doch egal. Warum Zeit vergeuden«, sagte ich. »Ich hab nämlich nich viel Zeit. Du gefällst mir. Und ich hoffe, ich gefall dir auch. Mir hat's schon lang niemand mehr besorgt.« Ich sah ihm voll in die Augen, um ihm zu zeigen, daß es mir ernst war. Er beugte sich zu mir rüber und schob seine Zunge in meinen Mund. Der Kuß war stark. Einen Moment lang war mein Kopf leer. Ich dachte schon, ich werd ohnmächtig. Ich erwiderte seinen Kuß mit der ganzen Geilheit, die sich in mir aufgestaut hatte. War eigentlich egal, wer er war. Er hatte einen warmen Körper, einen männlichen Körper. Er hatte Stil. Er konnte heut nacht alles von mir haben. Ich hatte es mehr als nötig.

Natalie klopfte ans Fenster und versuchte gleichzeitig, was zu erkennen. »He ihr da, Zimmer 609. Kommt rauf, wenn ihr fertig seid. Freut mich, daß ihr euch versteht.« Sie gackerte und reichte mir den Schlüssel. »Wir sind in 610.« Natalie ging zurück zum Hotel. Wir gaben den Wagen ab und gingen rauf.

Bullet mixte mir einen Drink aus Alizé und Absolut. Ich nippte daran und entspannte mich. »Zieh dein Hemd aus«, befahl ich. »Laß dich ansehen.«

Er grinste. »Oh, so läuft das also, hm? Du bist gern der Boss.« Er zog sein Hemd aus. Auf seiner Schulter war eine Waffe tätowiert, die eine Kugel abfeuerte. Ich wurde noch einen Tick heißer. Er ging zum Lichtschalter.

»O nein«, sagte ich, »ich will alles sehen. Mach alle Lichter an. Wir haben nichts zu verstecken.« Ich zog meine Jacke aus. Ich knöpfte meine Weste auf, zog sie aus und baute mich mit meinen prallen 75D-Girlietittchen und aufgerichteten Nippeln vor ihm auf. Ich mußte nichts sagen. Er machte sich sofort über mich her.

»Mach alles, wozu du Lust hast«, sagte ich. Ich preßte mich an ihn und lutschte an seinem Hals. Er schmeckte nicht salzig, und auch das gefiel mir, ein sauberer Körper. Ich ließ meine Shorts auf den Boden fallen. Ich machte seinen Gürtel auf und befaßte mich mit dem Reißverschluß. Seine Hosen fielen auf den Boden, und sein dikker Schwanz stach durch die Boxershorts. Ich besprang ihn, schlang die Beine um seine Hüften und zog seine Shorts mit den Füßen runter. Es war purer Sex, genau wie ich es mochte. Als ich sah, wie sich seine Beinmuskulatur und sein Arsch bewegten, wurde ich noch erregter. Ich ritt seinen Schwanz wie ein professioneller Jockey. Das Blut in meinem Körper spielte verrückt und raste durch die Venen, dann sammelte es sich im Zentrum und explodierte. Mein Körper bebte und entspannte sich. Ich drückte ihn zu Boden.

»O nein. Erst bin ich dran.« Er drehte mich auf alle viere und nahm mich von hinten. Sein Grunzen und Stöhnen fixte mich wieder an. Irgendwie bin ich pervers, denn je mehr ich einen Nigger antörne, je geiler er wird, desto geiler werde ich selbst. Zwei Orgasmen sind ne feine Sache. Wir landeten schließlich in der Badewanne unter Schaumbergen von Marriott-Schaumbad. Wir tranken unsere Drinks, pafften unser Gras und genossen die Stille. Dann polterten Natalie die Nervensäge und Slick Kid durch die Verbindungstür. »Wo steckt ihr denn?«

Slick Kid lachte. »Immer der Nase nach, Baby.« Plötzlich stand Slick Kid mit laufender Sharp-VL-Videokamera im Badezimmer. Er lachte sich schlapp und filmte mich und Bullet in der Wanne danach.

»Warte«, kreischte Natalie. »Ich will auch rein. Das macht dir doch nichts aus, Winter, oder?« Sie zog ihr T-Shirt und ihre Hosen aus und hüpfte zu mir und Bullet in die Wanne. Slick lachte und nahm uns auf, während er Sachen sagte wie: »Ah, Bullet, du Big Willie. Jetzt hast du also zwei Mädchen.« Bullet setzte sich für die Kamera zwischen mich und Natalie.

»Faß mein Mädchen nicht an«, witzelte Slick Kid.

Natalie war hin und weg. »Mann Leute, wir sind im Film. Wollt ihr wen grüßen?«

»O ja«, lallte ich. »Ich grüße Simone, Zakia und die alte Toshi und ganz besonders alle Sackgesichter bei Burger King in Brooklyn. Ich liebe euch alle! Bleibt sauber.« Slick Kid wollte auch drauf und begann, sich selbst zu filmen.

»Achtung, Nigger, hier ist Slick Kid. Ich wollte nur sagen, Gott ist schwarz.« Bullet applaudierte und grölte seine Grüße hinterher. Wir lachten, tranken, kifften. Wir spielten Karten, bestellten Videos und ließen uns vom Zimmerservice Buffalo Wings, Pommes und Limonade bringen. Wir amüsierten uns Brooklyn-mäßig.

Um 2.30 Uhr sagte ich, daß ich los muß. Bullet wollte, daß ich bleibe, aber ich sagte, ich hätte noch was Wichtiges zu erledigen, und vertröstete ihn auf später.

»Was ist mit dem Frühstück? Zeit für die Donuts!« rief Slick Kid. Sie beschlossen, im Zimmer zu bleiben, bis sie rausmußten, da sie ja immerhin dafür bezahlt hatten. Bullet wohnte bei seiner Großmutter und wollte, daß ich ihn nach Hause fahre. Ich sagte ihm, er soll locker bleiben, ich würd ihn irgendwann mal mit dem Benz abholen, und wenn er Bock hätte, könnten wir noch eins draufsetzen!

Ich nüchterte allmählich aus. Das war gut, denn während ich in der frühen Morgendämmerung durch den Nieselregen fuhr, mußte ich mir eine Story über die Collegeparty zurechtlegen. Ich war im ganzen Leben noch auf keiner gewesen. Santiaga auch nicht, soweit ich wußte. Aber ich wußte, wie clever Santiaga war.

Als ich in die Einfahrt fuhr, war Santiagas Lex nicht da.

Das überraschte mich, denn ich kam anderthalb Stunden zu spät und war hundertprozentig sicher, daß er mit der Miene eines sadistischen Gefängniswärters in der

Küche wartete, um mich zu fressen. Zum Glück bemerkte ich, daß ich noch die roten Ledershorts trug. In Panik fuhr ich den Wagen hinters Haus. Ich öffnete den Kofferraum, schnappte meine Gucci-Tasche und machte den Reißverschluß auf. Ich zog eine neue Strumpfhose raus und griff nach dem Satinkleid. Sanft schloß ich den Kofferraum, um Mami nicht zu wecken. Dann rannte ich unters Dach hinterm Haus und schälte mich aus den roten Klamotten. Ich hatte am ganzen Körper Gänsehaut und zitterte vor Kälte. Es war 4.30 Uhr. Als ich meine Gucci-Schuhe auszog, fiel mir auf, daß ich die Joan-&-Davids im Auto gelassen hatte. Ich krallte mir die Autoschlüssel, schnipste die Alarmanlage aus und schlich zurück zum Kofferraum. Ich steckte den Schlüssel rein und tauschte die Schuhe. Als ich wieder unterm Dach ankam, waren meine Füße voller Matsch. Ich zog meine Unterhose aus, um mir damit die Füße abzuwischen. Die neuen Strümpfe zog ich mir so hektisch an, daß mein großer Zeh hindurchstach. Die Laufmasche ging übers ganze Bein.

Ich atmete tief durch, um mich zu beruhigen. Menschen in Panik machen Fehler, weil sie das Wesentliche übersehen, ermahnte ich mich. Okay, ich zog also das Kleid an, ohne Strümpfe, und würde sagen, ich hätte sie mir auf der Party zerrissen. Ich versuchte gerade, mein Haar zu ordnen, als ich neben dem Haus ein Geräusch hörte. Es klang, als würde wer über knackende Zweige schleichen. Ich kickte die matschige Unterhose unter den Busch und stopfte meine roten Klamotten in die Mülltonne.

»Komm da raus, wer immer du bist, bevor ich dir dein beschissenes Hirn wegpuste.« Die Stimme kam von der Hausseite. Sie klang wie Mutter. Ich zitterte.

»Mami«, rief ich. »Bist du das?«

»Winter, ist alles in Ordnung?« Sie fragte, als wäre ich gefesselt und geknebelt.

»Mir geht's gut, Mami. Ich hab nur den Wagen hier hinten geparkt.« Mit Taschenlampe und der kleinen .22er, die Santiaga ihr zu ihrem Schutz gegeben hatte, kam sie um die Ecke gewankt.

»Die Lampe, halt mir nicht die Lampe ins Gesicht, Mami, bitte«, sagte ich, weil ich nicht wollte, daß sie meine Unterhose unterm Busch entdeckt. »Alles ist gut.« Ich ging zu ihr, nahm sie in den Arm und führte sie vors Haus. »Was ist mit dem Licht im Hof passiert«, fragte ich.

»Sie haben's kaputtgemacht. Sie haben alles kaputtgemacht. All unsere Sachen durchwühlt. Den Lex haben sie mitgenommen. Santiaga auch. Sie haben unser Haus auseinandergenommen.« Ihre Worte kamen wie in Zeitlupe bei mir an. Ich war wie gelähmt, doch innerlich wurde ich von Wut zerfressen.

»Wer hat Santiaga mitgenommen?«

»Die Polizei. Sie hatten irgendwelche Papiere und haben ihn aller möglichen Sachen beschuldigt. Sie haben alles durchsucht. Sie haben meine verdammte Matratze aufgeschnitten. Deine Schwestern haben eine Scheißangst gehabt und geschrien und geheult.«

»Wo haben sie ihn hingebracht?«

»Aufs Revier, das Übliche. Sie haben gesagt, sie wissen noch nicht, wo er hinkommt. Rufen Sie im Revier an, haben sie gesagt. Anklage wird frühestens Montag erhoben, weil Wochenende ist.«

»Wann sind sie hiergewesen?«

»Gleich nachdem du weg warst, ist Santiaga zurückgekommen. Er hatte das Gefühl, daß irgendwas faul ist. Komisch, daß du ihm nicht begegnet bist. Eine halbe Stunde später kamen die Bullen, dicke, weiße Cops, typisch Long Island. Sie kamen von überall, ohne jede Vorwarnung, die Einfahrt rauf, vom Himmel, vom Dach, vom Hof. Bevor ich wußte, was los war, waren sie im Haus, vorm Haus, überall, wie die Kakerlaken. Sie haben alle festgenommen, Santiaga, unseren Bodyguard, alle außer mir und den Kindern. Ich wußte nicht, wo ich dich finde, Winter. Schließlich hab ich Midnight angepiepst. Das war gegen zehn. Ich hab ihm erzählt, was passiert ist, und ihm gesagt, er soll zu dieser Uni fahren, um dich abzuholen. Er hat um Viertel vor zwölf zurückgerufen und gesagt, daß du nicht da bist. Er hat überall gesucht.«

Ich sah meine Mutter schuldbewußt an. Ihre Augen waren blutunterlaufen, ihr Mund verzerrt, ihr Gesicht tränenüberströmt. Wir mußten uns was einfallen lassen. »Was hat Santiaga gesagt?«

»Er war ruhig, cool. Natürlich haben sie ihm Handschellen angelegt und seine Hände hinterm Rücken gefesselt wie bei einem Verbrecher. Er hat mir fest in die Augen gesehen und gesagt, es tut ihm leid.« Mama war hysterisch oder übergeschnappt oder beides. »Ich hab Santiaga gesagt, er soll sich keine Sorgen machen. Ich hol ihn da raus. Da hat einer dieser Klugscheißer, kein normaler Cop in Uniform, sondern ein Fed oder so was, gesagt, ich werd ihn sehr, sehr, sehr lange nur hinter Gittern sehen. ›Das könnte euch so passen‹, hab ich diesen Arschlöchern gesagt. ›Das könnte euch so passen.‹ Ein anderer Bulle hat dein Foto gesehen und meinte: ›Hey Mann! Scharfe Braut!‹ Da hat Santiaga die Nerven verloren. Er hat gesagt, er sorgt dafür, daß der Cop seine eigenen Kinder nie wiedersieht. Der andere Cop hat Santiaga dann seine Rechte vorgelesen.«

»Mami, wie viele Cops waren hier?«

»Im Haus oder draußen?«

»Beides.«

»Etwa fünfzehn Cops drinnen und zwanzig draußen, im Garten, überall.« Ich setzte mich auf den Küchenstuhl.

Jemand hatte plötzlich das Tageslicht angeknipst. Ich gab meiner Mutter ein Beruhigungsmittel, das der Arzt ihr gegen die Schmerzen im Gesicht verschrieben hatte. Sie schlief mit den Kindern ein. Um neun Uhr morgens erschien Magdalena zur Arbeit.

»Was passieren?« fragte sie mit ihrem spanischen Akzent.

»Is ne lange Geschichte«, nuschelte ich. »Laß dir beim Aufräumen Zeit. Es hat keine Eile.« Ihr dreister Blick verriet, daß sie dieses Chaos nur beseitigt, wenn sie mehr Geld kriegt.

»Schon gut, darüber reden wir am Ende der Woche«, sagte ich. Geld, Geld, Geld, dachte ich. Santiaga ist weg. Woher sollen wir Geld kriegen? Mir fiel der Safe im ersten Stock ein, hinter dem Kleiderschrank meiner Mutter, von dem ich nichts wissen durfte. Ich rannte die Treppen hoch. Vorsichtig stieß ich die Tür zu meiner Mutter auf, um sie nicht zu stören. Sie saß auf dem Bett und rauchte eine Zigarette. Ich hatte sie noch nie rauchen sehen.

»Willst du zum Safe?« fragte sie. »Der ist geknackt. Leer. Geknackt.« Sie zeigte zum Schrank. Die Tür war offen und der Safe leer. »Die Arschlöcher hatten Durchsuchungsbefehle, Haftbefehle, den ganzen Scheiß. Sie haben gesagt, sie hätten uns schon lange beobachtet.«

»Und außer dem Geld haben sie nichts mitgenommen?«

»Außer dem Geld«, sagte sie verächtlich. »Okay, außer den hundertfünfzigtausend Dollar, die sie aus dem Safe gestohlen haben, als *Beweismaterial,* haben sie gesagt. Ha! *Beweismaterial.* Wahrscheinlich verpulvern sie die Kohle gerade. Sie haben Waffen mitgenommen. Jede Menge Waffen.«

»Koks?« fragte ich vorsichtig.

»Nein, Santiaga war gerade von einem Deal zurück. Es war nichts mehr hier.«

»Wieviel Geld hast du noch?« Ich wollte die Antwort gar nicht hören.

»Siebenhundert Mäuse, das ist alles«, sagte sie bitter.

Ich hatte noch neunhundertfünfzig Dollar. Das machte zusammen sechzehnhundertfünfzig Dollar, was gemessen an dem, was wir normalerweise ausgaben, nicht besser als siebzehn Dollar war. Wen konnten wir anrufen? Mein Kopf war leer. Ich setzte mich wie betäubt auf den Boden und fiel in geistige Umnachtung. Ich fühlte nichts. Das Klingeln des Telefons holte mich in die Wirklichkeit zurück. Ich hob ab. Tante Laurie, die Schwester meiner Mutter, war dran.

»Wo ist Santiaga?« blaffte sie. Da ich noch nicht drüber nachgedacht hatte, was ich den Leuten sage oder wann ich ihnen sage, was immer ich ihnen sage, sagte ich gar nichts.

»Winter, laß die Spielchen, hol Santiaga ans Telefon. Diese Sackgesichter haben Stevie heute morgen mitgenommen, und Santiaga muß Geld schicken, damit wir ihn rausholen können.«

»Santiaga ist grad nich da, Tante Laurie. Ruf später nochmal an. Mami fühlt sich nicht. Oder ich ruf dich zurück. Tut mir leid, was passiert ist. Ich werd's Santiaga ausrichten.«

»Winter, diese Sackgesichter sind völlig durchgeknallt. Sie haben alle verhaftet. Sag deinem Vater, wir brauchen Hilfe.«

Bei Sonnenuntergang war klar, daß wir am Arsch waren. Eine Frau nach der anderen rief mit angsterfüllter, wutverzerrter oder hysterischer Stimme an und verlangte, daß Santiaga ihren Mann, Bruder oder Sohn rettet. Man hatte alle geschnappt. Ich setzte mich mit Santiagas Anwalt Bob Goldstein in Verbindung. Er war schon an der Sache dran. Er sagte mir, im Moment könne man nur warten. Er hatte das Revier angerufen, um sich nach Santiaga zu erkundigen. Nun wartete er auf die Anklageerhebung und Santiagos Verlegung. Noch war offen, wie hoch die Kaution ausfallen würde, wie die Anklage lautete und welche Beweise sie hatten. Er bat mich, am Freitag in sein Büro zu kommen und meine Mutter mitzubringen.

Magdalena übertraf sich selbst, als sie das Haus aufräumte. Ich steckte ihr einen Fünfziger extra zu. Es brachte mich um, die Kohle abzudrücken, aber ich mußte mich gut mit ihr stellen. Ich brauchte sie, um auf die Kinder aufzupassen. Gierig griff Magdalena nach dem Geld.

6

Am Montagmorgen standen wir sehr früh auf. Nichts konnte uns davon abhalten, Santiaga bei der Anklageerhebung beizustehen. Wir wollten diesen Sackgesichtern zeigen, daß die Familie zusammenhielt. Meine Mutter verstaute die Mädchen auf dem Rücksitz und ließ sich auf den Beifahrersitz fallen. Als ich den Benz anließ, sah ich Blaulicht die Einfahrt raufkommen. Ein Cop sagte über Lautsprecher: »Machen Sie den Motor aus.« Was hatte ich für eine Wahl? Ich wollte das Gaspedal durchdrücken, die Polizei rammen, abhauen und zur Tagesordnung übergehen. Aber weil meine kleinen Schwestern im Wagen waren, machte ich den Motor aus.

»Steigen Sie aus dem Wagen. Steigen Sie aus. Raus aus dem Wagen.« Der Polizist gab dem Wagen hinter sich ein Zeichen. Es war ein Abschleppwagen der Polizei. Der Officer ging auf meine Mutter zu und reichte ihr einen Zettel: »Wir sind befugt, dieses Fahrzeug mitzunehmen. Regierungseigentum.«

»O nein, ihr Sackgesichter! Das ist mein Auto. Wie kommt ihr dazu, mir meinen Wagen wegzunehmen?« Ich heulte fast vor Wut. »Dazu habt ihr kein Recht.« Ich rastete total aus und schimpfte sie bekloppte Arschlöcher. Ich stieß die Autotür auf, sprang aus dem Wagen und schwang die Fäuste.

»Ma'am, Ma'am, Ma'am, beruhigen Sie sich, Ma'am. Hören Sie. Ich sag Ihnen, wie's läuft. Wir nehmen dieses Auto mit, und zwar hier und jetzt, heute, in dieser Minute.

Dazu sind wir befugt. Wenn Sie uns Ihre Gehaltsbescheinigung vorlegen und beweisen, daß Sie dieses Fahrzeug persönlich erworben haben, bekommen Sie es zurück. Wir behalten es sechzig Tage. Danach wird's versteigert. Alle Waren, die mit illegalen Geldern bezahlt sind oder aus kriminellen Aktivitäten stammen, werden beschlagnahmt.«

Auf der Suche nach einem Taxi blätterte Mama hysterisch in den Gelben Seiten. Es dauerte eine Stunde, bis sie einen Taxifahrer aus der Gegend fand, der sich bereit erklärte, uns in die Stadt zu fahren. Für hundert Dollar. Das Geld zerrann uns zwischen den Fingern.

Als wir endlich beim Gericht ankamen, war Santiaga längst weg. Ich rief die Anwaltskanzlei an. Die Sekretärin sagte, der Anwalt sei wohl auf dem Weg zur Kanzlei. Er habe Santiaga vor Gericht vertreten. Ich legte auf, ohne einen Ton zu sagen. Mit öffentlichen Verkehrsmitteln dauerte es fast den ganzen verdammten Tag, zurück zu fahren. Und vom Bahnhof mußten wir noch drei Meilen zu unserem »sicheren Heim« latschen.

Tränen waren in dieser Situation nicht angebracht. *Was würde Santiaga tun?* Er würde nachdenken, einen Plan entwerfen und nicht in Panik geraten. Also gut, am vernünftigsten war ein Flohmarkt, um den ganzen Krempel im Haus loszuwerden und Kohle lockerzumachen. Mir hatte es hier sowieso nie gefallen. Wir könnten wieder in die Stadt ziehen. Ich lief durchs Haus und versah in Gedanken alles mit Preisen. An wen konnten wir den Kram verkaufen? Wir kannten hier doch niemanden. Wir mußten eine Anzeige in die Zeitung setzen und Zettel mit Wegbeschreibungen aufhängen.

Ich fand Mama in ihrem Zimmer. Sie hatte eine neue Schachtel Zigaretten aufgerissen und machte sich darüber her.

»Was hältst du von einer Art Räumungsverkauf?« fragte ich sie. »Wenn wir den ganzen Kram im Haus verkaufen, sind wir wieder flüssig.«

»Ich will mit deinem Vater reden«, sagte sie.

»Im Ernst, Mama, was hältst du davon?«

»Ich will erst hören, was dein Vater sagt. Ich tu, was immer er sagt.«

»Aber Mami, wir müssen so tun, als wäre Santiaga nicht da. Er ist nämlich nicht da.«

»Willst du damit sagen, daß er nicht zurückkommt?« fragte sie, als wär sie total durchgeknallt.

»Nein, ich will damit sagen, daß wir unser Hirn ein bißchen anstrengen müssen. Wir können Santiaga morgen besuchen. Morgen früh weiß ich, wo er ist.« Der Gedanke, Santiaga zu sehen, heiterte Mami auf. Sie kam mir langsam vor wie eine billige Kopie ihrer selbst.

»Was machen wir mit den Kindern? Es ist zu nervig, sie mitzuschleppen«, sagte sie völlig überfordert.

»Magdalena paßt auf sie auf«, sagte ich.

»Oh, glaubst du wirklich? In letzter Zeit ist sie so komisch«, sagte Mami.

Um neun Uhr am nächsten Morgen hing ich am Telefon, um Santiaga ausfindig zu machen. Ich steckte Magdalena nochmal zwanzig Dollar zu und bat sie zu babysitten, während ich und meine Mutter was erledigten. Fast hätte sie die Augen verdreht. Die zwanzig Dollar steckte sie ein. Wir fanden raus, in welchem Knast Santiaga saß, und fuhren in die Stadt, um die Höhe der Kaution rauszukriegen. Der Gerichtsdiener grinste dämlich, als er Santiagas Nummer in den Computer tippte.

Selbstgefällig erklärte er: »Wegen der Schwere der Vergehen hat der Richter eine Kaution abgelehnt. Am Donnerstag kommt er raus nach Riker's. Da können Sie ihn besuchen.«

Das Gesicht meiner Mutter verdüsterte sich vor Enttäuschung. Als wir uns zum Gehen wandten, fing sie an zu flennen.

Zu Hause maulte Magdalena, daß das Telefon ständig geklingelt hätte. Wir dankten ihr für ihre Geduld und schickten sie für den Abend nach Hause. Gut, daß wir in zwei Tagen mit Santiaga reden konnten. Er würde uns raten, wie wir vorgehen sollten. Ich suchte noch immer nach einem Ausweg. Ich fragte meine Mutter, auf wessen Namen das Haus lief und ob es monatlich abbezahlt wurde oder bereits abbezahlt war. Sie sagte, es sei wohl abbezahlt, weil das nun mal Santiagas Art war, aber sie hatte den Papierkram nie gesehen, weil sie das nichts anging.

Als ich diesmal das Telefon abnahm, war Natalie dran. »Mädchen, was ist los? Burger King ist die reinste Geisterstadt.« *Alle sind eingelocht,* dachte ich. Wie kann man anfangen zu quatschen, bevor man überhaupt Hallo sagt, bevor überhaupt sicher ist, ob die richtige Person dran ist?

»Wen hat's erwischt?« fragte ich scheinheilig. Sie ratterte eine Liste von vertrauten Namen runter, Daddys Leute, Bodyguards und meine ganzen Onkel. Dann sagte sie: »Hab gehört, daß es Midnight heut abend auch erwischt hat.«

»Du spinnst«, nuschelte ich.

»Doch echt, Asia hat gesehen, wie ihm die Cops drüben vor Moe's Bar Handschellen angelegt haben.« Ich fragte mich, ob Natalie von Santiaga gehört hatte und nur darauf wartete, daß ich mich verriet. »Und Bullet hat mir das mit Midnight auch erzählt«, sagte Natalie.

»Wie geht's Bullet?« fragte ich.

»Ganz gut. Seine Freundin hat gerade ein Baby gekriegt. Es ist ein Junge, dreieinhalb Kilo schwer, ein ganz schöner Brummer, hm?«

»Seine Freundin! Natalie, du hast mir nicht gesagt, daß er eine Freundin hat.«

»Als ob dich das gestört hätte. Tu doch nicht so, Winter.«

»Darum geht's nich. Ich dachte, du bist auf meiner Seite. Ich dachte, du erzählst mir alles.«

»Ach ja, so wie du mir alles erzählst!« motzte Natalie. Ich hatte echt keine Zeit für Natalies Spielchen, also sagte ich ihr, ich muß Schluß machen.

»La Polizia«, sagte Magdalena, als sie ohne anzuklopfen ihren Kopf in mein Zimmer steckte. »Deine Mutter ist unter der Dusche.« Ich sprang auf, zog mir schnell was an und lief nach unten.

»Guten Morgen, Ma'am. Wir möchten mit Mrs. Santiaga sprechen. Wir wollen ihr ein paar Fragen stellen.«

Ich stemmte meine Hände in die Hüften und fragte, ob sie einen Haftbefehl hätten. Wenn nicht, hätte ich gesagt, daß Mama nicht zu Hause ist. Dann tauchte Mama plötzlich wie aus dem Nichts auf. Sie war in ein Handtuch gewickelt. Ihr Haar war naß, ihr Blick irre und der Mund verzerrt. »Was gibt's?« fragte sie.

»Wir wollen Ihnen einige Fragen stellen.«

»Haben Sie einen Haftbefehl?«

»Nein, Ma'am.«

»Dann macht, daß ihr rauskommt. Ich hab die Schnauze voll von euch.«

»Ma'am, wir wollen Ihnen nur einige Fragen über Ihren Mann stellen. Laut Gesetzbeschluß zur Bekämpfung des organisierten Verbrechens kann Anklage gegen Sie erhoben werden, wenn Sie vom Drogenhandel wußten oder in irgendeiner Weise damit zu tun hatten. Wäre schön, wenn Sie mit uns zusammenarbeiten würden. Ist besser für Sie.«

»Verpißt euch«, kreischte sie. »Seht ihr hier irgendwo einen Anwalt? Ihr wollt mir ohne Anwalt Fragen stellen? Seh ich vielleicht aus wie ein Volltrottel?«

»Stimmt. Sie haben das Recht auf einen Anwalt«, mischte sich sein Partner ein. »Aber wissen Sie, wir könnten unter diesen Umständen leicht einen Haftbefehl erwirken, Ma'am. Es sei denn, Sie arbeiten einfach mit uns zusammen.«

»Winter«, befahl Mama, »mach die verfickte Tür zu.«

Am Donnerstag morgen war Mama wie ausgewechselt. Sie trug ihr schönstes Kleid, um Santiaga auf Riker's Island im Sturm zu erobern. Sie bat mich, ihr beim Make-up zu helfen. Ich tat mein Bestes. Ich bürstete ihr Haar zurück und setzte ihr dieselbe Perücke auf wie damals, als wir shoppen waren. Mami trug einen Hauch von ihrem teueren Parfüm auf, das dick wie Sirup war. Bei dem teuren Zeug, hatte sie mal gesagt, darf man nicht übertreiben. Sie sah hübsch aus, zumindest im Vergleich zu den letzten Tagen, in denen sie sich so hatte gehen lassen, wie ich es noch nie erlebt hatte. Sie reichte mir das Visine. Ich gab ihr zwei Tropfen in jedes Auge. Ich riet ihr, die hochhackigen Schuhe in die Handtasche zu stekken und flache Schuhe zu tragen, weil wir zur Bushaltestelle laufen mußten. Sie protestierte.

»Wir sollten ein Taxi nach Riker's nehmen«, sagte sie.

»Wir sollten unser Geld lieber sparen. Wir sind knapp bei Kasse«, warnte ich.

»Wir sparen ein anderes Mal. Heute besuchen wir Santiaga.«

»Ja, wir haben einen Haftbefehl, und wir nehmen Sie zum Verhör mit aufs Revier«, erklärte derselbe Cop wie gestern. Sie kamen, als Mama und ich gerade gehen wollten. Als wir die Tür öffneten, wurden wir von den beiden Cops aufgehalten.

»Bin ich verhaftet?« fragte meine Mutter verächtlich.

»Wenn das nötig ist, um uns gesittet mit Ihnen zu unterhalten.« Mama reichte mir ihre Handtasche. Da sie sich weigerte, mit der Polizei zusammenzuarbeiten, streckte sie die Handgelenke aus, als wollte sie sagen: »Na los, verhaftet mich.« Die Polizei las Mama ihre Rechte vor, legte ihr Handschellen an und schob sie in den Wagen. Entsetzt beobachteten Magdalena und die Mädchen die Szene aus der Küche. Wie unter Schock stand ich da und sah zu, wie meine Mutter abgeführt wurde. Auf dem Weg nach draußen hielt der Partner des blasierten Cops inne, drehte sich um und blaffte mich an. »Übrigens, wie alt bist du?«

»Siebzehn«, platzte meine Schwester Porsche raus. »Und wohin bringen Sie meine Mutter?«

»Und du, Kleine, wie alt bist du?«

»Acht«, sagte sie schnippisch und stolz zugleich.

Mit Blaulicht fuhren sie davon.

Ich gab Magdalena einen Zwanziger, schnappte mir meine Sachen und spurtete in meinen Nikes zur Bushaltestelle.

Santiaga wurde von zwei Aufsichtsbeamten reingeführt. Sein Körper war angespannt und sein Gesicht ernst. Noch immer strahlte er Macht aus. Irgendwie sah er gut aus, sogar in der grünen Gefängniskluft, die bei ihm wie ein Freizeitanzug wirkte. Ich lächelte, als ich ihn sah, er lächelte zurück. »Wo ist deine Mutter, unten?« fragte er.

»Nein, sie fühlt sich nicht. Sie mußte zwei von den Pillen nehmen, und die haben sie komplett ausgeknockt. Du weißt doch, nur höhere Gewalt kann sie von dir fernhalten.« Ich hatte die Antwort die ganze Fahrt nach Riker's geübt. Hatte ja keinen Sinn, ihm noch zusätzlich Sorgen zu machen.

»Und meine Mädchen?«

»Denen geht's gut. Natürlich vermissen sie dich, aber sie sind hart im Nehmen. Die packen's schon.«

»Vielleicht.« Er lächelte. »Porsche hat sieben Jahre in den Projects auf dem Buckel, sie ist zäh. Aber Mercedes und Lexy sind echte Vorstadtkids.« Ich lachte, aber eigentlich wollte ich schnell zur Sache kommen.

»Daddy, morgen treff ich mich mit deinem Anwalt. Was soll ich ihm ausrichten?«

»Ich hab bei jeder Gelegenheit mit ihm telefoniert«, sagte er. »Er wird über Geld reden wollen. Darüber muß er sich keine Sorgen machen. Ich hab Geld.«

»Daddy, sie haben den Safe im Haus ausgeräumt. Sie haben hundertfünfzig Riesen eingesackt.« Er hob die Hand, um mich zu stoppen.

»Schnapp dir Midnight. Er hat noch fünfzig Dollar von mir.« Ich war sicher, er meinte damit fünfzigtausend Dollar. »Er kümmert sich um alles. Sag ihm von mir, es ist soweit.«

»Daddy, es heißt, daß sie Midnight auch einkassiert haben. Ich weiß nicht, ob's wahr ist. Aber ich hab's jedenfalls gehört.« Daddy zog die Augenbrauen zusammen, als habe er diese Möglichkeit nicht bedacht.

Nach einer kurzen Pause sagte er: »Der ist bald wieder draußen. Sie haben nichts gegen ihn in der Hand. Er ist sauber. Dafür hab ich gesorgt. Bleib locker und warte, bis er sich meldet. Auf den ist Verlaß. Immer. Und sag Goldstein, er soll *den Schlüssel benutzen*. Als Anzahlung auf sein Honorar.«

»Daddy, sie haben Onkel Steve einkassiert, und Harry, Van und Ron.«

»Ich weiß. Ich hab sie gesehen. Driguez, Pizzaz, alle sind hier. Ist fast wie zu Hause.« Er lächelte, allerdings wohl nur, um mich zu beruhigen. »Sie versuchen, meine Nigger weichzuklopfen, sie einzuschüchtern, bis sie singen. Du weißt, was ich meine. Mir geht's gut, Winter, mach dir um mich keine Sorgen. Um Mama mußt du dich kümmern. Seit dieser Kugel ist sie empfindlich. Sie weiß es nicht, aber es ist so.«

»Santiaga, ich finde, wir sollten das Haus verkaufen. Wir brauchen Cash.«

»Mir gefällt, wie du denkst«, sagte er. »Sag's Goldstein. Sag ihm, ich hab gesagt, er soll es verkaufen. Winter, du mußt stark sein. Es ist soweit. Denk an alles, was ich dir beigebracht hab. Sperr die Ohren auf. Folge meinen Anweisungen bis ins letzte, und laß dir von niemandem in die Karten gucken.« Den letzten Satz sagten wir im Chor. Ich hatte ihn so oft gehört, doch nie darüber nachgedacht, wie wichtig er war. Aber allmählich fiel der Groschen.

»Sag deiner Mutter, ich will sie nächsten Donnerstag sehen. Sag ihr, sie soll sich zusammenreißen und am Donnerstag ihren Arsch herbewegen, und zwar in ihren schärfsten Klamotten, damit ich mit ihr angeben kann.«

Magdalena stand mit gepackten Sachen an der Tür, als ich nach Hause kam. Sah aus, als hätte sie die Schnauze voll.

»Was ist los?«

»Es reicht.« Sie rieb die Hände aneinander. »Fertig.«

»Was reicht? Willst du mehr Geld?« fragte ich sie. »Ich geb dir mehr Geld. Ich wollte dich am Freitag bezahlen. Das ist morgen, Zahltag. Mann, ich hab dir diese Woche jeden Tag was zugesteckt!«

»Geht nix um Geld, Miss Winter. Aber brauch ich mein Geld jetzt.«

»Magdalena«, flehte ich, »komm schon, Mädchen, du weißt doch, daß ich dich brauche. Mein Vater ist futsch. Meine Mutter ist futsch. Ich bin mit den Kindern allein. Wenn du gehst, hab ich niemanden mehr.«

Magdalena brach in Tränen aus. »Kinder weg.«

Jede einzelne Silbe versetzte mir einen Schlag. Wie in Zeitlupe. »Kinder weg.« Ich verlor die Beherrschung. Tränen schossen mir in die Augen. »Kinder weg?! Was zum Geier meinst du damit, Magdalena?« Ich packte sie an den Schultern und schüttelte sie unkontrolliert. »Wo sind meine Schwestern? Was zum Geier meinst du mit Kinder weg? Hä? Hä? Hä?«

»Leute von Jugendamt kommen und sagen, Polizei schickt sie. Sagen, müssen Kinder mitnehmen, weil kein Erwachsener in Haus.«

»Was redest du, Magdalena? Du bist erwachsen!«

»Aber Miss Winter. Ich gesagt, ich nix Verantwortung. Ich gehen um sieben. Hatten Papier von Regierung. Kinder weg. Tut mir leid, sehr leid«, heulte sie. Dann hupte jemand, das Signal ihres Sohnes, der sie jeden Abend in seinem abgewrackten Siebziger-Jahre-Schlitten abholte.

Als sie die Hand aufhielt, kreischte ich: »Du Schlampe!

Du hast uns verraten. Du hast uns verraten.« Meine Stimme hallte durch das riesige leere Haus. »N Scheißdreck werd ich dir geben«, keifte ich und warf ihr eine Vase nach, als sie durch die Tür floh.

Jeder Schritt im Haus klang wie durch ein Mikro verstärkt. Ich konnte meinen Herzschlag in der Brust und in den Ohren hören. Ich hörte plötzlich allen möglichen Scheiß, den ich vorher nie gehört hatte, Geräusche und Heizkörper und tropfende Wasserhähne. Ich hing hier fest, ohne Auto, ohne Familie. Kein Schwein weit und breit.

Genau in diesem Moment wurde Sterling, mein alter Sugar Daddy, für mich der wichtigste Mensch der Welt. Ich rannte nach oben, holte mein Schmuckkästchen, suchte seine Nummer und rief ihn an. Erst mußte ich mich abregen. Sterling durfte auf keinen Fall denken, daß ich ihn brauche. Sonst würde er versuchen, den Spieß umzudrehen.

»Sterling, ich bin's, Winter. Gerade mußte ich an dich denken. Ich saß hier in Unterwäsche am Kamin und dachte, verdammt, Sterling fehlt mir. Hast du Lust, mich zu sehen? Ich hab jedenfalls Lust auf dich.«

»Winter«, sagte er entschuldigend, »ich hab Besuch.« Eine Träne lief mir über die Wange. Ich räusperte mich, um meine Stimme wieder in den Griff zu kriegen.

»Wer ist bei dir?« Er antwortete mit einem Schweigen. »Ist sie besser als ich, Sterling? Du weißt doch, wie ich's dir besorgen kann, und heute nacht brauch ich dich, jetzt gleich.«

»Okay«, sagte er. »Gib mir ein paar Stunden. Ich hol dich um elf ab.« Ich packte meine Tasche. Da ich fast pleite war, packte ich auch den Diamantschmuck ein. Ich rannte durchs Haus und machte alle Lichter, Fernseher und Radios an, um mich nicht so allein zu fühlen.

Wenn ich in jener Nacht mit Sterling gevögelt habe, so kann ich mich nicht daran erinnern. Ist ja auch egal. Ich war mit meinen Gedanken woanders. Sterling, die alte Dumpfbacke, raffte das natürlich nicht. Er tat, was ich wollte. Am nächsten Tag hatte ich ihn soweit: Er ließ sich von mir bei der Arbeit absetzen, so daß ich sein Auto nehmen konnte. Ich versprach, ihn später abzuholen. Die Vorstellung, zwei Nächte hintereinander mit mir zu verbringen, war fast zuviel für ihn.

Ich tuckerte mit dem LeCar zurück nach Long Island, in der Hoffnung, daß meine Mutter wieder auf freiem Fuß war und ich sie zu Hause antraf. Irgendwann würde sie kapieren, daß sie mitspielen mußte, selbst wenn sie nichts sagte außer: Ich weiß nichts, ich weiß nichts, ich weiß nichts. Dann würden die sie freilassen. Mann, sie war doch vollkommen unschuldig. Ich fand's zum Kotzen, sie mir im Knast vorzustellen, vor allem weil sie so zerbrechlich war. Seit wann war es ein Verbrechen, das Geld seines Mannes auszugeben? Dann wäre ja die Hälfte aller Frauen in diesem Land hinter Gittern. Wenn sie nicht zu Hause war, würde ich zum Revier fahren. Die wollten sie bestimmt nur weichklopfen. Damit sie ihnen Beweise gegen Santiaga liefert, was sie nie im Leben tun würde. Ich würde meine Ma abholen. Dann würden wir die Mädchen suchen.

Die Einfahrt zu unserem Haus war blockiert. Nicht von einem normalen Polizeiauto – ihr wißt schon, die mit der Sirene –, sondern von einem, das verdeckte Ermittler fahren. Ich hielt am Straßenrand und stapfte die gewundene Einfahrt zum Haus hoch.

»Entschuldigen Sie, Officer, ich wohne hier und . . .«

»Das Haus und alles, was drin ist, sind jetzt Eigentum der Bundesregierung. Niemand darf das Grundstück betreten.«

»Wer sind Sie?«

»Das FBI«, sagte er wichtig und mit stolzgeschwellter Brust.

»Das müssen Sie mir erklären«, sagte ich behutsam. »Wie können Sie anderen Leuten ihr Eigentum stehlen, ihr Haus wegnehmen und einer Frau nicht mal erlauben, ihre Kleider oder die Fläschchen für ihre kleinen Schwestern zu holen?« Ich baute auf Mitleid, denn gegen die Glock hatte ich keine Chance.

»Miss, in Amerika werden alle Waren beschlagnahmt, die mit illegalem Geld aus illegalen Geschäften erworben sind. Wenn Sie also was aus dem Haus haben wollen, müssen Sie nur eine Gehaltsbescheinigung vorlegen, um zu beweisen, daß Sie einem geregelten Job nachgehen. Wenn die Gegenstände im Verhältnis zu Ihrem Verdienst stehen und Sie das dem Richter beweisen können, bekommen Sie alles zurück. Die nötigen Formulare erhalten Sie auf dem Revier. Wir können sie auch Ihrem Anwalt zuschicken.«

Ich hätte ihm am liebsten ins Gesicht gespuckt, aber das war im Moment nicht klug. Ich mußte sofort zu Santiagas Anwalt. Sonst kamen mir diese Schwanzlutscher nur mit dem ganzen Behördengesülze und schickten mich mit leeren Händen weg. Ich würde den Anwalt auf die Sache mit meiner Mutter ansetzen. Während ich den LeCar mit sechzig Meilen pro Stunde voll ausreizte, überschlug ich in Gedanken den Wert aller Sachen in meinem Zimmer – Schmuck, Kleider, Schuhe, elektrische Geräte, Fernseher und so weiter. *Hut ab vor der verfickten Polizei,* dachte ich. Das war doch ein Riesenbeschiß. Wenn hier einer kriminell war, dann ja wohl die.

Goldsteins Büro war feudal. Die Stühle waren mit butterweichem Leder bezogen, die Wände aus Walnußholz. Durch die Fenster sah man auf die Skyline der Stadt. Überraschte mich nicht. Es gehörte zum Stil meines Vaters, sich mit Hochkarätern zu verbünden. Ich setzte mich in den großen Stuhl. Er war für Klienten vorgesehen und stand direkt vor dem Stuhl des Anwalts. Darin sah man ganz schön alt aus, kann ich euch sagen. Man fühlte sich plötzlich ganz klein. Und gerade wenn man anfing, sich wohl zu fühlen, verlangte der Anwalt ein Minimum von zehntausend Riesen, nur um überhaupt an deinem Fall zu schnuppern.

»Sie sind also Santiagas Tochter? Schön, schön.« Er lächelte wie ein Gentleman. »Wo ist Ihre Mutter? Ich dachte, ich hätte Sie gebeten, Ihre Mutter mitzubringen.«

»Sie sitzt im Knast.« Er zog seine linke Augenbraue hoch, griff sich einen gelben Block vom Schreibtisch und hörte sich meine ganze Story an. Er unterbrach mich kein einziges Mal. Nur die Falten auf seiner Stirn zeigten eine Reaktion. Ab und zu kritzelte er was auf seinen Block.

»Also gut, das sind mindestens fünf Fälle. Ihr Vater ist einer. Ihre Mutter ist der zweite. Ihre Schwestern der dritte. Sie wollen, daß ich mich um Ihr Haus kümmere, das macht vier. Die Autos, macht fünf. Das ist eine Menge Arbeit.«

Ich sah, daß er zum Todesstoß ansetzte, weil er mich abschätzte wie ein Schwein vor der Schlachtbank. Er wollte nur den Schinken. »Also gut. Santiaga sagt, ich soll den Schlüssel benutzen.« Er wiederholte Santiagas Worte zu sich selbst. Dann grummelte er was von einer Vollmacht. Er fand das Dokument, das er gesucht hatte. Er lächelte und versprach, sich um alles zu kümmern. Er würde den Schlüssel benutzen und mich wissen lassen, was er noch braucht. Er fragte mich nach meiner Telefonnummer und Adresse.

»Haben Sie mir nicht zugehört? Ich hab keine Adresse. Ich muß sehen, wo ich unterkomme. Ich ruf Sie an.«

»Ach übrigens«, sagte er, als ich zur Tür ging, »wie alt sind Sie?«

»Siebzehn, wieso?«

»Weil ich wette, das Jugendamt sucht Sie schon.«

»Ich kann für mich selbst sorgen.«

»Ja, aber offiziell ist der Staat Ihr Vormund, bis Sie achtzehn sind. Sie sind minderjährig. Aber keine Sorge«, sagte er und lächelte wieder, »wir müssen nur Ihre Mutter finden. Mein Büro ist unser Treffpunkt. Wenn ich Ihre Mutter habe, bring ich sie her. Melden Sie sich in regelmäßigen Abständen bei einer meiner Sekretärinnen. Die wissen Bescheid.«

7

Mit dem Geld aus der Handtasche meiner Mutter hatte ich insgesamt $ 1480, eine Diamantkette, ein Diamantarmband, Diamantohrringe und die Klamotten, die ich am Leib trug.

Wäre da nicht das pink leuchtende Schild mit der Aufschrift DINER gewesen, als ich aus Goldsteins Büro kam, hätte ich glatt verschwitzt zu essen. Seit drei Tagen hatte ich nicht mal an Essen gedacht. Während ich aß, arbeitete mein Gehirn auf Hochtouren. Hatte ich ein Problem gelöst, tauchte prompt das nächste auf. Wann würde meine Ma rauskommen? Wieviel würde der Anwalt verlangen? Mir fiel nichts ein, weil ich mich nicht entspannen konnte. Nach außen war ich cool, aber innerlich hatte ich weiche Knie. Normalerweise plante ich Parties. Hier ging's ums Überleben. Früher hatte Santiaga so was erledigt. Im Moment war nur eins klar: Ich war auf mich gestellt. Die Mädchen waren noch klein und süß. Um die würde sich schon jemand kümmern. Ich dagegen mußte auf mich selbst aufpassen.

Ich wußte nicht mal, ob ich nach Brooklyn durfte. Vielleicht war ja ein Killer auf mich angesetzt oder so was Abgefahrenes. Ich durfte mich nicht so reinsteigern. Aus Respekt vor Santiaga und meiner Ma beschloß ich zu warten. In Brooklyn gab es zu viele offene Fragen. Tante Laurie war bestimmt sauer, weil ich sie wegen Onkel Steve nicht zurückgerufen hatte. Mittlerweile mußte sie gehört haben, daß auch Santiaga im Knast saß. Jeder würde von unserer Familie erwarten, die Kohle abzudrücken und alle rauszupauken, wie sonst auch. Aber wir brauchten das Geld selbst, vor allem für Santiaga. Auf keinen Fall würde ich *die* um was bitten. Ich konnte mir genau ausmalen, wie herablassend sie mich dann behandeln. Entzückend. War absolut nicht mein Stil, klein beizugeben.

Ich wußte, daß ich zur Not bei Natalie unterkommen konnte, ihrer Ma wär das scheißegal. Wahrscheinlich würd sie's nicht mal merken. Aber nachdem sie diese Scheiße mit Bullet abgezogen hatte, vertraute ich Natalie nicht mehr. Realistisch betrachtet war Natalie meine Rettung. Sie wußte, was abging. Ich mußte sie benutzen. Mußte rauskriegen, was ich wissen wollte. Ihr so wenig erzählen wie möglich und sie ab und zu ausbremsen. Die sollte bloß nicht denken, daß sie mir das Wasser reichen kann. Im Grunde hatte ich nur ein Problem: Kohle. Oder eher: keine Kohle.

Ich knabberte anderthalb Stunden an meinem Cheeseburger Deluxe rum, bis der Plan stand. Die ungeduldige Kellnerin versuchte, mich aus dem Diner rauszuekeln, indem sie extrem genervt schnaufte. Der Schlüssel zum Erfolg war Midnight. Er hatte die fünfzigtausend Dollar, von denen mir Santiaga erzählt hatte. Das war zwar Santiagas Geld, und ich wußte nicht, wie hoch die Anwaltskosten waren, aber es konnte nicht schaden, die Kohle erstmal abzugreifen. Da ich nicht im Gefängnis saß, konnte ich mich wenigstens nützlich machen. Man mußte das Geld arbeiten lassen. Es investieren und mindestens verdoppeln. Dann konnte ich die fünfzigtausend dem Anwalt geben und den Rest einsacken.

Sterling mußte ich noch ausnutzen, bis ich Antworten auf die dringlichsten Fragen über Ma, Paps und meine

Schwestern hatte. Was war daran so schlimm? Er schien es zu genießen, benutzt zu werden. Ich tat einfach so, als wäre mir plötzlich aufgegangen, daß er der Richtige für mich war. Er würde mich mit seinen treudoofen Augen anglotzen und sich freuen, daß ich endlich zur Vernunft gekommen war. Die Schnalle, die bei ihm war, bevor ich letzte Nacht aufgetaucht war, mußte eben warten. Danach konnte sie den Trottel wiederhaben. Ich wollte nur seine Kohle abzocken, mich in der Wohnung breitmachen und mit der alten Schrottbeule rumzockeln.

Goldstein fand Ma ratzfatz. Er erzählte mir, ihr wird vorgeworfen, sich der Staatsgewalt widersetzt und einen Police Officer beleidigt und tätlich angegriffen zu haben. Er nahm an, daß sie mit diesen Beschuldigungen nur versuchten sie festzuhalten, um sie über Santiaga und seine Geschäfte auszuquetschen. Er hatte ihnen mitgeteilt, daß er sie vertritt. Das Gericht war so überlaufen, daß nicht vor Montagmorgen Anklage erhoben würde. Das sei gut, denn er müsse erst an Santiagas Bankschließfach, damit wir das Finanzielle regeln konnten. Er sei 98prozentig sicher, den Staatsanwalt dazu zu bekommen, die Anklage gegen Mom abzumildern, ganz fallenzulassen oder sie zumindest vorläufig freizulassen, weil sie nicht vorbestraft war. Dann müßte sie keine Kaution hinterlegen. Sie müßte nur zur Verhandlung erscheinen. Er ermahnte mich streng, ihn am Montag gegen drei Uhr anzurufen.

Ich konnte nichts weiter tun. Da ich noch zwei Stunden Zeit hatte, bevor ich Sterling abholen mußte, ging ich shoppen. Nichts Teures, nur was man so von Gap und Banana Republic braucht, um übers Wochenende und durch die Woche zu kommen. Ich genehmigte mir einen Einsatz von dreihundert Dollar.

Warum groß Worte über Sterling verlieren? Schließlich hatte er seine Freundin neulich nacht eiskalt abserviert. Er war froh, daß ich die zwei Wochen, »die meine Eltern verreist waren«, bei ihm wohnte. Er konnte angeblich verstehen, daß ich in dem großen Haus nicht allein sein wollte.

Montagabend wurde Mama freigelassen. Sie trug noch dieselben Klamotten. Sie sah beschissen aus. Die Perücke war weg, das Haar schrie nach Earline's und der Mund war schief, offenbar für immer. Sie kotzte sich darüber aus, daß die Feds ihre Klamotten, Pelze, Schuhe, Möbel, ihren Schmuck und ihr Haus beschlagnahmt hatten. Sie tobte, weil ihre Plattensammlung futsch war, für die sie siebzehn Jahre gebraucht hatte. »Hast du so was schon mal gehört? Das ist gesetzlich sanktionierter Raub!« kreischte sie. »Und wenn die glauben, sie können mir meine Babies wegnehmen, sind sie auf dem Holzweg. Die hol ich mir gleich morgen früh zurück, sobald das Jugendamt aufmacht. Und Magdalena mach ich fertig. Die kann doch nicht einfach ne wildfremde Frau ins Haus lassen. Und wehe, ich erwische irgendso'n Sackgesicht in meinem roten Benz oder in meinen Klamotten. Der kann sich auf was gefaßt machen.«

»Wo willst du wohnen?« fragte ich Mama.

»Mach dir um mich keine Sorgen. Was können die mir jetzt noch antun?« fragte sie. »Das Gesicht haben sie mir schon zerschossen. Was kommt als nächstes?« Sie lachte wie der Pinguin in Batman.

»Willst du zu Tante Laurie?«

»Ja.«

»Die ist bestimmt angepißt wegen Stevie und dem Geld und allem«, warnte ich sie. Sie tat meinen Einwand mit einer Handbewegung ab.

»Nach allem, was ich für sie getan hab. Santiaga hat diesem Looser von einem Ehemann als einziger einen Job gegeben. Dafür sollte sie dankbar sein. Die soll mal schön Platz machen. Mich behandeln, wie's sich für eine Königin gehört. Bis Santiaga wieder da ist. Der bringt das alles wieder in Ordnung.« Als Santiagas Name fiel, kam sie besser drauf. Der Ausdruck in ihren Augen und auch in ihrer Stimme veränderte sich.

»Ich hab Santiaga gesehen«, sagte ich. »Es geht ihm gut. Er hat natürlich nach dir gefragt. Er will, daß du ihn am Donnerstag besuchst. Du sollst dich aufstylen, hat er gesagt. Er will mit dir angeben.« Mama weinte.

Die Zwillinge waren getrennt worden. »Wir machen das normalerweise ungern, aber all unsere Einrichtungen sind überlastet. Für Mercedes Santiaga haben wir einen Platz in Manhattan gefunden. Die andere, Lexy, ist in Brooklyn. Porsche Santiaga ist in Queens. Wir könnten sie jederzeit entlassen, aber sie brauchen eine stabile Umgebung. Wie es aussieht, Mrs. Santiaga, läuft ein Strafverfahren gegen Sie. Sie sind obdachlos. Die Adresse, die Sie hier angeben, die Wohnung Ihrer Schwester, ist eine Sozialwohnung. Das heißt, sie muß gewisse Auflagen erfüllen. Ihre Schwester hat bereits drei Kinder in ihrer Wohnung. Es gibt nur drei Schlafzimmer. Es verstößt gegen das Gesetz, dort noch drei Kinder einzuquartieren, oder auch nur eins. Ihre Schwester hat eine Tochter und zwei Söhne. Laut Vorschrift dürfen Jungen und Mädchen kein Zimmer teilen, wenn sie älter als zehn sind. Sie haben angegeben, daß die Söhne Ihrer Schwester zwölf und fünfzehn sind. Da sind wir machtlos. Haben Sie keinen Verwandten, der nicht in einer Sozialwohnung wohnt?« Unsere Leute wohnten alle in den Projects. Wir würdigten diese Frage keiner Anwort.

»Hören Sie, Miss, ich will nur meine Kinder«, sagte meine Mama. »Ich kann sehr ungemütlich werden. Aber ich versuche, nett zu sein und Ihnen entgegenzukommen. Ich hab ne Menge durchgemacht. Ich bin unschuldig. Ich bin nicht perfekt, aber meine Kinder gehören zu mir. Ich bin kein Junkie, kein Crackhead und nicht kriminell. Alles, was ich will, sind meine Kinder, und zwar noch heute.«

»Sie sind zur Zeit arbeitslos«, sagte die Lady, als wär das ganz was Neues. »Wir können Ihnen höchstens einen Kompromiß anbieten und Sie und Ihre Kinder in einer Unterkunft für Familien unterbringen, wo Sie selbst kochen können. Die Kinder bekommen Essensmarken und werden medizinisch versorgt, aber für diese Einrichtungen gibt es eine Warteliste. Ohne Einkommen und ohne Wohnung können wir Ihnen die Kinder nicht überlassen. Um ehrlich zu sein, Mrs. Santiaga, es gibt da noch ein anderes Problem. Die Mädchen sind schon fünf Jahre alt, aber noch nicht im Kindergarten. Warum? Haben sie Privatunterricht?«

»Nein. Wenn Sie sich das Geburtsdatum meiner Mädchen angesehen hätten, wüßten Sie, daß sie erst fünf geworden sind, nachdem die Aufnahmefrist für den Kindergarten abgelaufen war.«

»Ach ja, okay, Mrs. Santiaga. Jedenfalls sind wir bereit, Sie in einem Frauenhaus unterzubringen, bis Sie alles geregelt haben. Das ist manchmal besser, als in sozialen Brennpunkten zu leben. Die Mädchen haben gesagt, und unsere Unterlagen bestätigen das, daß Sie noch ein Kind haben, eine gewisse Winter Santiaga. Sind Sie das?« fragte sie mit hochgezogenen Augenbrauen.

»Nein, ich bin Rosie, eine Freundin der Familie«, log ich.

»Wir müssen wissen, wo sich das andere Kind aufhält. Dem Gesetz nach ist sie noch minderjährig, und wir sind für sie verantwortlich. Wir können sie in einer Jugendwohnung mit gelockerten Vorschriften unterbringen. Schließlich ist sie schon älter. Wir können ihr helfen, die Schule zu beenden. Solange es keine Anzeichen für emotionale Probleme, Gewaltbereitschaft oder Lernstörungen gibt, muß sie nicht ins Erziehungsheim. Wann können Sie sie herbringen oder uns eine Adresse geben, wo wir sie abholen können?«

Meine Mutter warf einen Blick auf den stiernackigen Sicherheitsbeamten in der Ecke des Zimmers. Sie sah mich an und sagte: »Das ist unglaublich.« In Erinnerung an ihre Zeit hinter Gittern sagte sie höflich, aber säuerlich: »Kann ich Ihre Karte haben, Miss? Ich ruf Sie an.«

»Rufen Sie bald an. Wir müssen Winter finden. Soll ich Sie schon mal auf die Warteliste für die Familienunterkunft setzen?«

Meine Mutter senkte den Blick. »Ja. Aber ich denke, wir werden uns sehr bald vor Gericht sehen. Ich will meine Mädchen sofort.«

In Goldsteins Büro explodierte meine Mutter. Goldstein glänzte durch die Gelassenheit des hochbezahlten älteren Gentlemans. Er ließ sie pöbeln und blieb höflich.

»Immer der Reihe nach«, sagte er ruhig. »Zunächst einmal arbeiten wir mit einem Startkapital von fünfzigtausend Dollar aus Santiagas Schließfach. Das eigentliche Geld liegt auf den Konten. Aber die sind eingefroren. Seine Geschäftsunterlagen sind beschlagnahmt. Das Geld ist frühestens wieder verfügbar, wenn der Fall abgeschlossen ist. Wenn überhaupt. Unter diesen Umständen ist das ein lächerlicher Betrag. Außerdem müssen wir noch siebentausendfünfhundert für Mrs. Santiagas Fall abziehen.«

»Siebentausendfünfhundert Dollar? Wofür?« kreischte meine Mutter.

»Dafür, daß alle Anklagen gegen Sie fallengelassen wurden, Mrs. Santiaga. Das war kein Kinderspiel. Ich mußte dem Staatsanwalt in Long Island ganz schön Druck machen. Sonst würden Sie jetzt bis zu anderthalb Jahren absitzen. Meinen Sie nicht, Ihre Freiheit ist das Geld wert?«

»Aber ich habe mich nicht gewehrt. Und einen Police Officer hab ich auch nicht angegriffen. Wie soll das mit Handschellen überhaupt gehen?«

»Wie dem auch sei, ich habe mich um alles gekümmert. Mein Honorar beträgt siebentausendfünfhundert Dollar. Für das Verfahren um Ihre Kinder bekomme ich dreitausend Dollar Vorschuß. Und das ist ein Freundschaftspreis. Das Familiengericht ist eine ungemütliche Angelegenheit. Wenn sich die Sache hinzieht, entstehen zusätzliche Kosten. Für Mr. Santiaga brauche ich einen Vorschuß von fünfzigtausend Dollar. Sonst nehm ich den Fall gar nicht erst an. Das ist ein großer Fall. Er muß vielleicht sogar mit lebenslänglich rechnen. Viel hängt davon ab, daß die Fälle getrennt verhandelt werden. Es gibt mehrere Mitangeklagte. Solche Fälle können sich ewig hinziehen. Es ist noch zu früh, darüber zu sprechen, aber wenn wir in Berufung gehen, kommen immense Kosten auf uns zu. Darauf müssen Sie vorbereitet sein. Es kommt ganz darauf an, wie weit Santiaga gehen will.«

»Was genau wirft man meinem Vater vor?« fuhr ich dazwischen. Der Anwalt legte einen Umschlag in Santiagas Akte. Ich sah zehn grüne vom Gericht ausgestellte Zettel.

»Ich will eine Antwort«, sagte ich. »Was wirft man ihm vor?«

»Alles. Suchen Sie sich was aus. Verschwörung, Mord, Waffenbesitz, Geldwäsche, Steuerhinterziehung . . .«

Das war lächerlich. Die Leute verstanden Santiagas Welt einfach nicht. Das war rein geschäftlich. Nur der Dealer selbst und das Team, das er aufgebaut hat, halten das Drogengeschäft sauber. Wer im Team aufmuckt oder aus der Reihe tanzt, muß bestraft werden. Ebenso Angreifer von außen. Man muß auf Verstöße reagieren; sonst läuft das Geschäft nicht korrekt, und darauf warten die anderen nur. Die konnten uns doch nicht einfach ihre Regeln aufzwingen. Schließlich kannte Santiaga seine Leute besser als jeder Außenstehende. Jeder wußte, worauf er sich bei diesem Spiel einließ. Niemand war gezwungen mitzumachen. Sie kannten das Risiko. Außerdem machten die Drogendealer Amerika reich. Gäbe es ohne uns vielleicht heiße Schlitten, lange Ledermäntel und Goldketten? Wir brachten Unmengen von Geld in Umlauf. Mehr als die popligen Steuerzahler. Wir beschäftigten die Hälfte der Männer im Ghetto. Niemand sonst gab ihnen Jobs. Warum also sollte man Gangstas hassen?

Goldstein wollte sechzigtausendfünfhundert Dollar im voraus. Fünfzigtausend hatte er schon. Sobald ich Midnight gefunden hatte, mußte ich das Geld abgreifen und Goldstein seine zehntausendfünfhundert rüberwachsen lassen. Dann hatte ich noch neununddreißigtausendfünfhundert, die ich investieren und verdoppeln wollte. Daddy hatte gesagt, Midnight käme wieder frei. Ich würde ihm anbieten, mein Partner zu werden. Schließlich kannte er das Geschäft. Er würde einschlagen, solang er seinen Anteil bekam. Mama und Goldstein beendeten ihre Unterhaltung. Mama fragte, ob sie die Mädchen besuchen könnte. Goldstein versprach, sich darum zu kümmern.

Auf dem Weg nach draußen fragte ich Mama: »Wie war die Nacht bei Tante Laurie?«

»Nicht anders als erwartet. Sie fragt die ganze Zeit, ob Santiaga für schlechte Zeiten Geld beiseite geschafft hat. Ich soll endlich kapieren, daß es brennt und sie die Kohle braucht.«

»Was hast du gesagt?«

»N Scheißdreck hab ich gesagt. Ein Blick hat gereicht.« Mama zog eine potthäßliche Fratze und drehte die Augen weg. Ich lachte. Mama war ne echte Komikerin. »Nachdem ich so'n Gesicht gezogen hatte, wußte sie, was Sache ist. Wag ja nicht, mich anzubetteln!« sagte Mama.

Ich erzählte Mama nichts von dem Geld, das Midnight für Santiaga aufbewahrte. Keine Ahnung wieso, aber ich hielt einfach die Klappe

Nachdem ich Midnight mehrmals angepiepst hatte, meldete er sich endlich: »Wer ist da?« Der Schreck fuhr mir durch alle Knochen.

»Winter.«

»Was willst du?«

»Santiaga . . .«

»Laß uns essen gehen.« Er klang komisch. »Ich bin in Manhattan. Wir können uns um acht an der Ecke 34. Straße und 8. Avenue treffen. Du kannst dir aussuchen, wo wir hingehen.«

Ich legte auf und entwarf eine nette kleine Geschichte für Sterling, damit er keinen Koller kriegte, wenn ich heute ohne ihn ausging. Dann kaufte ich für den Abend ein neues Outfit.

Die kalte Luft schnitt mir ins Gesicht. Der Wind peitschte die Falten meines Wollminirocks hoch und machte mich zur wandelnden Peepshow. Trotzdem fühlte ich mich in den neuen Klamotten relaxt. Ich war zwar knapp bei Kasse, aber diese Investition hatte sich absolut gelohnt. Wenn ich Midnight auf meiner Seite hatte, würden wir was Neues aufziehen und wie Katzen auf den Füßen landen.

Von Midnights Entscheidung hing das Leben meines Vaters und sogar mein eigenes Leben ab. Auf keinen Fall sollte er den Eindruck haben, ich wäre verzweifelt. Ich war nicht so blöd, ohne einen *echten Player* ins Geschäft einzusteigen. Midnight kannte sich aus. Außerdem wußte er, daß mein Vater hinter ihm stand. Santiaga könnte ihn sogar vom Knast beraten. Santiaga war solange ganz oben gewesen, daß Midnight in den letzten Jahren alle Tricks gelernt haben mußte. Erst mußten wir die Unstimmigkeiten klären, die es zwischen uns gegeben hatte. Obwohl ich nie verstanden hatte, was sein Problem war. Er führte sich auf, als sei meine Anmache ein Verbrechen. Jetzt, wo die Lage ernst war, mußte er wohl oder übel raffen, daß wir uns zusammentun mußten, wenn wir nicht selbst bald zum Fußvolk gehören wollten. Ich nahm mir vor, ihm nicht ans Bein zu pinkeln. Die Sache war rein geschäftlich.

»Am Telefon redet man nicht übers Geschäft.« Midnight war an den Straßenrand gerollt und hatte blitzschnell das Fenster runtergelassen. Er stieg nicht mal aus dem Wagen. Er sagte nicht mal Hallo, Peace oder Wie läuft's. »Es geht ums Geld, oder? Montagmorgen kriegst du's. Wo soll ich's hinbringen?«

»Ich dachte, wir gehen essen«, sagte ich freundlich und sah gnädig darüber hinweg, wie er mit mir umsprang.

»Das hab ich nur gesagt, damit du am Telefon die Klappe hältst. Viele Brüder sitzen im Knast, weil sie oder irgendeine bescheuerte Freundin am Telefon nicht die Klappe halten konnten. Ich wußte, was du willst, ich kümmer mich drum. Wir treffen uns Montag um halb zwei auf dem Pier vor Louie's Restaurant am South Street Seaport.« Er drückte auf einen Knopf und schloß das Fenster. Als er losfuhr, trat ich mit dem Fuß gegen den Wagen.

»Moment mal. Was zum Geier soll das? Was zum Geier glaubst du, wer du bist?« Er ging in die Eisen, legte den Rückwärtsgang ein und ließ das Fenster zum Beifahrersitz runter.

»Bist du nicht ganz dicht? Willst du etwa eine Szene machen?«

»Ich mach dir einen ganzen Film, wenn du mich so respektlos behandelst.«

»Respekt«, lachte er verächtlich. »Was weißt du schon von Respekt? Ich hab deinen nackten Arsch auf Video gesehn. Wie du mit Bullet Champagner schlürfst. Wer hätte gedacht, daß Santiagas Tochter mit einem Nigger Schampus schlabbert, der für die andere Seite arbeitet! Während dein Daddy von den Feds hopsgenommen wird, besäufst du dich splitternackt mit dem Feind.« Seine Worte waren wie Messerstiche. Es verschlug mir die Sprache. Man hatte mich reingelegt. Aber ich konnte doch nichts dafür. Ich würde meinem Papa nie weh tun. Meine Brust krampfte sich zusammen. Mein Mund öffnete sich und blubberte drauflos.

»Ja, ich war mit Bullet zusammen. Na und! Hast du damit ein Problem?«

»Deinetwegen saß ich eine Nacht im Knast. O Mann! Slick Kid hat das Video mit zu Big Moe's gebracht, um zu feiern, daß eine Nullnummer wie er Santiagas Tochter reingelegt hat. Er hat das Video auf dem Fernseher hinter Moe's Bar gezeigt. In unserem Laden! Wo wir immer das Sagen hatten. Ich häng im Hinterzimmer rum und kümmer mich ums Geschäft, als Moe reinkommt und mir erzählt, was abgeht. Ich geh in die Bar und verlier die Nerven. Ich bin der einzige Nigger im Team, den die Feds nicht kassiert haben. Sie haben nichts gegen mich in der Hand, aber zwei Nächte hab ich im Knast gesessen, weil ich diesen abgefuckten Nigger zu Brei geschlagen hab, weil du ein *notgeiles Flittchen* bist. Also verpiß dich. Montag kriegst du das Geld.« Er fuhr weg.

Was ich fühlte, war mit Wut nicht annähernd zu beschreiben. Meine Gedanken spielten Pingpong. Ich rannte zum nächsten Telefon und rief Natalie an. Sie nahm ab. Ihre normalerweise schroffe Stimme klang verschlafen.

»Hallo?«

»Wie geht's Slick Kid?«

»Oh, vergiß ihn. Mit dem bin ich fertig. Der ist doch ein Witz.«

»Dann weißt du also, daß er das Video mit meinem nackten Arsch überall rumzeigt?«

»Nimm's nicht persönlich. Ich bin auch drauf. Wozu der Stress? Wir sehen doch gut aus. Kein Nigger kann behaupten, wir hätten Orangenhaut oder Schwangerschaftsstreifen oder sonst was. Alles in Topform. Ich sollte dem Trottel dankbar sein. Ich kann mich vor Niggern kaum retten. Er wollte mich in den Dreck zu ziehen, aber ich hab den Spieß umgedreht, ha, ha, jetzt stehen alle auf mich!«

Meine Wut prallte an Natalies Gelassenheit ab. »Warum hast du mir nicht erzählt, daß Bullet auf der anderen Seite mitmischt?«

»Ach das. Bullet ist in Ordnung. Er arbeitet sich hoch.

Es geht ihm nur ums Geld. Er hat nichts gegen dich oder deine Familie. Er ist cool. Er mag dich wirklich. Ich meine, in echt.«

»Ach ja? Mit Frau und neugeborenem Baby?!«

»Was? Oh, hat er's dir nicht erzählt? Erinnerst du dich noch an Patches? Alle Jungs in seiner Familie hatten diesen großen behaarten schwarzen Fleck im Gesicht, so'n Muttermal. Mann, Sarias Baby hat genauso nen schwarzen haarigen Leberfleck wie Patches. Na, und Saria schwört immer noch, es sei Bullets Baby, sei n echtes Wunder oder so. Bullets Großmutter meint, nie im Leben hat ihr feiner Enkel so'n häßliches Gör gezeugt. Bullet steht wie der letzte Trottel da. Er ist Saria auf den Leim gegangen, hat sie mit Spielzeug für das Kind überschüttet. Und als er mit Zigarren und Champagner im Wartezimmer sitzt, huscht Patches Jr. an ihm vorbei. Monica ist dicke mit Sarias Freundin Fatimah, und der hat Saria erzählt, Patches ist vielleicht *häßlich,* aber er weiß *original* wie man eine Pussy ausschlürft! Deshalb hat sich Saria weiter mit ihm getroffen. Als sie schwanger wurde, hat sie Bullet gesagt, das Kind wär von ihm, weil Patches komplett blank ist. Sie *wußte,* daß Bullet ein guter Kerl ist und sich ums Kind kümmert. Ich hab Bullet heut gesehen. Er hat gesagt, sobald Saria wieder auf den Beinen ist, poliert er ihr die Fresse. Er hat gesagt, er wußte, daß sie ein Flittchen ist. Er wollte nur ein Mann sein und für das Baby einstehen, weil Saria felsenfest geschworen hat, es ist von ihm.«

»Scheiße!« Mehr brachte ich nicht raus. Irgendwie schaffte es Natalie immer, mich aus dem Konzept zu bringen.

»Oh, ich hab deine Mutter gesehn. Ich hab sie fast nicht wiedererkannt! Ich dachte, ihr Gesicht soll operiert werden.«

»Ja, das wird schon.« Ich fand's zum Reihern, daß meine Mutter wie eine Geistesgestörte durch die Gegend eiert.

»Das mit deinem Vater tut mir leid.« Ich wußte, daß ich auflegen mußte. Natalie wollte mich nur ausquetschen, damit sie sich weiter das Maul zerreißen konnte.

»Oh, Natalie, ich muß Schluß machen. Die Bullen verpassen meinem Benz grad n Strafzettel.« Ich knallte den Hörer auf.

Schneeweiße Klamotten waren genau das Richtige. Die Farbe Weiß war für mich wie ein neuer Anfang. Als sich Montagmorgen um zehn Uhr bei Bloomingdale's die Türen öffneten, war ich schon da. In ein paar Stunden traf ich mich mit Midnight. Ich hoffte, daß Midnight sich mittlerweile abgeregt hatte, damit er vernünftig und meinem Vorschlag gegenüber aufgeschlossen war. Meine Ma hatte definitiv recht. Irgendwie mochte Midnight mich wohl doch. Meinetwegen hatte er Slick Kid verprügelt! Warum hätte er Slick sonst aufmischen sollen? Er war für mich in den Knast gegangen. Um meine Ehre zu verteidigen.

Mein Nicole-Miller-Kleid war gar nicht so teuer. Die Schuhe und die Tasche trieben die Rechnung in die Höhe. Ich probierte einen neuen Friseur aus. Mir war er jedenfalls neu. Diese Mädels aus der DomRep machten das super! Sie drehten mein seidiges Haar zu einem schlichten chinesischen Haarknoten auf.

Um ein Uhr mittags brummte der South Street Seaport. Die Lunch-Guerilla kämpfte mit klirrenden Gläsern, Löffeln, Messern und Gabeln. Die Leute draußen. Man konnte die Brise vom East River spüren und schmecken. Mit meinen Diamanten fiel ich zwischen den reichen Geschäftsleuten, die hier Mittag machten, überhaupt nicht auf. Als Midnight kam, schien sich alles um ihn herum zu verlangsamen. Er hatte die Ausstrahlung und den Körper eines NBA-Spielers. Er hatte alles unter Kontrolle. Eine Kellnerin führte ihn zu seinem Platz und reichte uns beiden die Karte. Jemand füllte unsere Gläser.

»Ich hab doch gesagt, wir treffen uns auf dem Pier vor dem Restaurant. Kannst du nicht einmal tun, was man dir sagt?«

»Ich war hungrig.« Seine schlechte Laune vermasselte mir die Tour.

»Wir haben ein Problem«, sagte er.

»Wir?« sagte ich spöttisch.

»Hör zu, ich hab keinen Bock auf deine Spielchen. Das Geld ist weg.«

»Wie meinst du das? Das ist doch Schwachsinn. Nein, das ist mehr als Schwachsinn. Das ist abgefuckt. Du hast das Geld selbst genommen. Ich wollte mit dir teilen. Santiaga hat gesagt, du bist ehrlich. Aber er ist kaum zwei Minuten weg, und was passiert?!« Midnight verschränkte die Hände auf dem Tisch. Seine Kieferknochen arbeiteten, und er verzog verächtlich den Mund.

»Wenn ich mir nicht zu schade wär, würd ich dir hier vor allen Leuten die Fresse polieren. Jetzt hör mal gut zu, Kleine. Dein Vater war wie ein Vater zu mir. Er hat mir ne Chance gegeben. In fünf Jahren hab ich nicht einen Penny abgezockt. Obwohl das ein Leichtes gewesen wär. Aber Santiaga hat mich gut bezahlt. Ich hab genug Kohle.« Er packte mich grob am Kinn und fügte hinzu: »Also wag ja nicht, mit deinen hübschen Lippen meinen guten Ruf zu zerstören. Es hat lang genug gedauert, ihn aufzubauen, und glaub mir, ich hab ihn mir verdient.«

»Aber was ist dann passiert? Was ist mit dem Geld meines Vaters passiert?« fragte ich verzweifelt.

»Was darf ich Ihnen bringen?« fragte die Kellnerin.

»Wir brauchen noch eine Minute«, sagte Midnight. Die Kellnerin schnaufte genervt und zog ab. Als wollten wir sie um ihr Trinkgeld bringen oder so was. »Du mußt nicht wissen, was passiert ist. Weniger ist mehr.«

»Und was sag ich Santiaga?«

»Ich red mit Santiaga«, sagte er.

»Und was ist mit mir?« Meine Stimme zitterte. Ich bemühte mich mit aller Kraft, nicht zusammenzuklappen oder auszuflippen und Steakmesser durchs Lokal zu werfen.

»Ich überleg mir was. Laß mir bis Freitag Zeit. Ich versuch, dir zu helfen.«

Die Kellnerin kam zurück. »Tut mir leid«, sagte sie. »Mittags ist hier großer Andrang. Sie müssen jetzt bestellen oder . . .«

Midnight stand auf und legte einen Zwanzig-Dollar-Schein auf den Tisch. »Wir gehen.«

Als ich Mama anrief, fragte sie nach den siebenhundert Dollar, die ich aus ihrer Handtasche genommen hatte. Als ich ihr gestand, ich sei pleite, motzte sie rum und kreischte, sie brauche Geld, um Santiaga zu besuchen. Da ich ihr nichts von meinen letzten fünfhundert Dollar abgeben wollte, versuchte ich, sie einzuwickeln, aber sie sprang nicht drauf an. Ich wußte, wie sie sich in was reinsteigern konnte, und versprach ihr, meine Sachen im »Haus von Sterlings Mutter« nach Kleingeld zu durchsuchen. »Santiaga hat doch gesagt, du sollst ihn Donnerstag besuchen.«

»Das hat er dir gesagt! Ich bin doch kein Kind. Ich besuche meinen Ehemann, wann es mir paßt, und heute paßt es mir. Du mußt sofort Geld auftreiben. Wir treffen uns um drei bei Goldstein.«

Ich sprang in die Bahn und düste zurück zu Sterlings Wohnung. Ich mußte mein Kleid ausziehen und eine andere Tasche holen, bevor ich Mama traf, sonst war sie angepißt, daß ich ihr Geld für Klamotten ausgegeben hatte. Ich nahm die Preisschilder und Quittungen aus meiner weißen Handtasche und legte sie beiseite, falls ich die Sachen zurückgeben mußte, wenn das Geld alle war. Die Vorstellung tat mir weh. Das Kleid würde bestimmt keinem so gut stehen wie mir.

Als ich bei Goldstein ankam, hatte meine Mutter ein Kleid an, das ich schon oft an Tante Laurie gesehen hatte. Sie trug eine lange blonde Perücke, die auch Tante Laurie gehörte und überhaupt nicht zu Mamas Gesicht paßte. Sie verbarg damit ihre linke Gesichtshälfte. Das Ding bedeckte zwar die Narbe, aber das war's echt nicht wert. Ich gab ihr einen Kuß, und sie fragte sofort: »Hast du das Geld?«

»Ja, Mama. Ich habe genug, um Santiaga zu besuchen, was essen zu gehen und dich zurück nach Brooklyn zu bringen.«

»Na gut«, sagte sie. »Dann laß uns gehen.«

»Willst du nicht zu Goldstein?«

»Ich war schon bei ihm. Der hat sie nicht alle. Er sagt, ich kann Porsche morgen sehen, aber nur unter Aufsicht. Wir können sie nicht mit nach draußen nehmen. Die Leute behandeln mich, als hätte ich was verbrochen, als wär ich n Kinderschänder oder pervers oder so was.«

Im Knast schleusten sie uns durch die Sicherheitskontrolle, überprüften unsere Personalien, ließen uns unsere Schuhe ausziehen und beölten sich über das

Loch am großen Zeh in Mamas Strümpfen. Sie filzten uns und brachten uns mit einem Bus zum Wartesaal. Wir mußten uns in ein großes Buch eintragen, bekamen die Haftnummer meines Vaters, wurden ermahnt, sie nicht zu vergessen, und dann setzten wir uns. Der Raum war voll mit Frauen jeden Alters und jeder Hautfarbe, einige hatten Kinder dabei, meist in Sonntagskleidern. Etwa fünfzig verschiedene Parfüms, Deos und Kölnischwasser verpesteten die Luft. In jeder Ecke stand ein Aufsichtsbeamter, der nichts tat, außer aufzupassen, daß wir nichts taten. Einer kam den Korridor entlang, der zu den Gefangenen führte. Jedesmal, wenn er reinkam, brüllte er den Namen des Gefangenen, begleitete den Besucher nach hinten und gab ein Zeichen, wenn die Zeit rum war.

Als er schließlich Santiagas Namen rief, stand meine Mutter auf. Eine junge Puertoricanerin mit einem Baby auf dem Arm tat es ihr gleich.

Meine Mutter ging zum Aufsichtsbeamten und fragte: »Meinen Sie Ricky Santiaga?«

Der Officer antwortete: »Ja, Ma'am.« Aber keine der beiden ließ sich beirren. Ich wartete auf meinem Stuhl, weil ich erst nach Mama dran war, und sah mir das Hickhack an.

Die Puertoricanerin war so um die zweiundzwanzig. Sie hatte lange, pechschwarze Haare, die ihr bis zum Arsch reichten. Sie trug einen Anzug von Donna Karan, was ich deshalb erwähne, weil er aus der teuren Kollektion war. Die meisten können sich nur DKNY leisten. Sie hatte einen fetten Diamantring, aber keinen Ehering. Ihr Sohn trug Baby-Jordans und eine Latzhose von Guess mit passendem Hut. An seinem winzigen Handgelenk hing ein goldenes Taufarmband.

Der Officer hob die Hand und sagte: »Sorry, Ladies, nur ein Besucher zur Zeit. Wer will zuerst?«

Ich dachte: »So cool soll mein Sohn auch mal aussehen.«

Meine Mutter sagte: »Ich weiß nicht, wen von uns Sie meinen. Ich bin hier, um meinen Mann zu besuchen, Ricky Santiaga.«

Die Puertoricanerin war stolz, aber zurückhaltend. Sie sagte: »Schon in Ordnung, Officer, ich warte.«

Meine Mutter explodierte und gab dem Mädel Saures: »Was heißt das, du wartest? Ich will Ricky Santiaga besuchen. Wen willst du besuchen?«

»Nein, schon in Ordnung«, sagte sie und versuchte, meine Mutter abzuschütteln.

»Was heißt in Ordnung?« Das Gesicht meiner Mutter war wutverzerrt, und ihr schiefer Mund zuckte. »Wen willst du besuchen? Willst du etwa sagen, daß du meinen Mann besuchen willst?« Die Lady sah sie ausdruckslos an und antwortete nicht. »Ich hab dich was gefragt«, kreischte meine Mutter.

Der Aufsichtsbeamte ging dazwischen. »Ma'am, das ist doch ganz egal. Die Lady sagt doch, daß sie wartet. Also kommen Sie mit und lassen Sie sie in Ruhe.« Er packte meine Mutter entschlossen am Arm und führte sie den Flur runter zu Santiaga.

Sobald meine Mutter außer Sichtweite war, begann ich meine Nachforschungen. Ich ging zum Anmeldungsbuch und sagte dem Officer, ich wollte mich vergewissern, ob ich auch die richtige Nummer für meinen Vater aufgeschrieben hatte. Ich suchte die Nummer, die ich und meine Mutter eingetragen hatten, und glitt mit dem Finger über die Zahlen, bis ich sie ein zweites Mal fand. Mein Finger rutschte nach links zu den Namen der Besucher. Dulce Tristemente. Langsam näherte ich mich Miss Dulce, setzte mich neben sie und sagte: »Sie wollen also zu Ricky Santiaga?«

Sie sah mich nervös an und sagte: »Nein!« Aber dann sah ich das Armband des Babys, in das in Blockbuchstaben RICKY SANTIAGA JR. eingraviert war.

»Du lügst, du Schlampe! Du willst meinen Vater besuchen? Du beschissene Nutte. Wie kannst du es wagen herzukommen und meine Mutter zu blamieren!«

»Hör zu, ich hab dir nichts getan, also laß mich verdammt nochmal in Ruhe.«

Die zierliche, einssechzig kleine, süße Dulce verwandelte sich in eine Furie, typisch Puertoricanerin. Wenn sie sich prügeln wollte, kein Problem. Aber sie sollte bloß nicht frech werden und sich einbilden, daß sie was Besseres ist. »Wir können vor die Tür gehen«, drohte ich ihr.

»Nein, das können wir gleich hier regeln«, sagte sie und reichte ihren Sohn einer älteren Frau neben sich weiter. »Na was ist, komm schon.«

Der Aufsichtsbeamte aus der rechten Ecke warf sich zwischen uns. Er grinste und sagte: »Ladies, dies ist ein Gefängnis. Wollen Sie sich etwa *wegen einem dieser Knackis* gegenseitig umbringen?« Dulce und ich stauchten ihn zusammen. Darauf er: »Ich schmeiß euch beide raus, wenn ihr nicht die Klappe haltet. Sie setzen sich jetzt auf diese Seite«, sagte er. »Und Sie auf die andere.« Wir tauschten einen wütenden Blick. Sie sollte wissen, daß ich sie erwischen würde, und nächstes Mal hatte ich ein Messer dabei.

Als ich mir das Baby auf ihrem Schoß ansah, mit den pechschwarzen Locken, den großen braunen Augen, den Klamotten und vor allem dem Armband, wußte ich, das war der Sohn meines Vaters. Ich fragte mich, wieviel

Geld Dulce abgezockt hatte. Bei ihr hatte man bestimmt keine Razzia gemacht. Sie hatte wahrscheinlich Unmengen von Schmuck und Bargeld gebunkert. Und ihre Klamotten hatte sie also offensichtlich auch noch. Nicht auszudenken, wieviel von unserem Familienvermögen sie verschlang. Der Gedanke, daß er für diesen kleinen Bastard besser sorgte als für *mich, seine Erstgeborene,* machte mich fuchsteufelswild. Während sie im Luxus schwelgte, kämpfte ich ums Überleben. Und warum? Nur weil sie Santiaga den Sohn geschenkt hatte, den er sich immer gewünscht hatte.

Als Mama wieder rauskam, blickte sie nur kurz zum Baby und warf dann den Kopf in den Nacken. Dulce stand mit dem Baby auf. Ebenso die alte Lady, die wohl die Großmutter oder so was war. Sie gingen zu einem der Aufsichtsbeamten. Da ich regungslos sitzenblieb, fragte Mama, ob ich meinen Vater nicht besuchen will. Innerlich kochte ich.

»Nein, wohl kaum. Heute nicht«, sagte ich.

Mama glättete Tante Lauries Kleid. Sie holte einen kleinen Spiegel vor und prüfte unsicher ihre Perücke. Sie warf einen letzten Blick auf Dulce, musterte sie von oben bis unten, nahm meine Hand und sagte: »Komm, Winter.«

Auf der Busfahrt nach Hause erklärte mir Mama, das Ganze wäre nur eine Verwechslung. Santiaga hatte ihr gesagt, daß der Knast voller Schwarzer und Latinos war und viele Insassen dieselben Nachnamen hatten. »Das passiert ständig«, sagte sie. »Mach dir keine Sorgen.« Ich hörte schweigend zu. Meine Mutter tat mir leid. Zum ersten Mal in meinem Leben war ich echt sauer auf Santiaga.

Am nächsten Morgen wartete ich in der Penn Station

auf meine Mama. Wir wollten Porsche in ihrer Gruppe in Queens besuchen. Am Tag zuvor war soviel passiert, daß ich kaum dazu gekommen war, überhaupt an meine Schwester zu denken. Ich beschloß, ihr für fünf Dollar ein Stofftier zu kaufen. In Long Island hatte sie eine Sammlung aus Stofftieren, die Santiaga ihr von überall mitbrachte. Bei der letzten Zählung waren es sechsundachtzig. Santiaga hatte sogar extra Regale für die Tiere anfertigen lassen. Es gab drei Ebenen, die sich über alle vier Wände erstreckten. Porsche hatte jedem Stofftier einen festen Platz zugewiesen. Jedes hatte einen Namen, und sie kannte sie alle auswendig. Wenn die Zwillinge in ihr Zimmer schlichen, um damit zu spielen, sah Porsche das sofort, denn sie schafften nie, sie wieder richtig zurückzustellen.

Ich suchte einen Pu der Bär aus, weil Porsche den immer gemocht hatte. Ich sah auf den Preis. Pu kostete mehr als zehn Dollar. Hinter mir hörte ich die Stimme meiner Mutter: »Ja. Genau das Richtige für deine Schwester.«

»Ja, der wird ihr gefallen«, sagte ich, ohne mich umzudrehen. Als ich aufsah, ließ ich den Bären fallen. Mama hatte *eine Glatze, ihr ganzer Kopf war kahlrasiert.* Sie trug einen Lederminirock aus der geschmacklosen Garderobe von Tante Laurie. Oben rum eine billige weiße Bluse von der Stange. Vollplastik. An den Füßen *unverzeihliche* Zwei-zum-selben-Preis-Zehn-Dollar-Schuhe von Payless.

»Ma – was – Oh, o mein Gott. Was ist passiert?«

»Mach nicht so einen Aufstand«, sagte sie und schlug mir fröhlich auf den Arm. »Ich wollte einfach ich selbst sein. Gefällt's dir?« Sie stand mitten im Laden, warf die Hände in die Luft, als sei sie ein Model. »Winter, diese kurzen Schnitte sind der letzte Schrei. Gewöhn dich dran! Komm schon, sonst verpassen wir den Zug. Schnapp dir den anderen Pu da drüben. Der hier ist ganz schmutzig.« Sie hob ihn auf und setzte ihn ins nächste Regal.

Auf der Fahrt nach Queens lag Mama mir damit in den Ohren, daß ich wieder nach Brooklyn kommen sollte. Tante B, ihre andere Schwester, hätte gesagt, ich kann bei ihr wohnen und mir das Zimmer mit meiner Cousine Bianca teilen. Zum ersten Mal in meinem Leben stand Brooklyn nicht auf meinem Wunschzettel.

Porsche war bockig. Sie verschränkte die Arme vor der Brust wie eine Erwachsene und verdrehte die Augen. »Was ist denn mit deinem Kopf, Mama? Ham die dir das im Knast angetan? Hat die Polizei dir den Kopf rasiert?«

»Baby. Das ist der letzte Schrei, frisch aus der *Vogue*. Ihr seid nur nicht auf dem neuesten Stand! Keine Sorge, da kommt ihr schon noch hinter.«

»Warum bin ich hier eingesperrt und Winter nicht, Mama?« Mama sah die Frau an, die unseren Besuch überwachte, und riß die Augen auf, um ihr zu bedeuten, sich um ihren eigenen Mist zu kümmern. »Was glotzen Sie denn so?« Eingeschüchtert von dieser Mama mit Glatze und schiefem Mund, wandte sich die Aufseherin ab.

»Erstens«, flüsterte Mama und beugte sich zu Porsche, »ist das nicht Winter. Das ist Rosie.« Porsche machte große Augen. »Was?« fragte sie. Mama legte vier Finger über Porsches Mund und zwinkerte, während sie flüsterte: »Sschh. Willst du, daß sie deine Schwester auch noch einsperren? Spiel einfach mit. Nenn sie Rosie.«

Der Wachhund räusperte sich. »Entschuldigung, Mrs. Santiaga, bitte lassen Sie das.« Meine Mutter stand auf und stemmte eine Hand in die Hüfte.

»Fällt Ihnen nichts Besseres ein, als mich rumzuschubsen? Das ist meine Tochter. Ich rede nur mit ihr. Wirst du auch gut behandelt, Baby?«

»Das Essen ist zum Kotzen. Es gibt kein Kabelfernsehen und kein Sega Genesis. Ich wollte Kleider von zu Hause haben, aber die geben sie mir nicht. Meine Stofftiere geben sie mir auch nicht. Die Betten sind zu klein. Meine Betreuerin stinkt aus dem Mund. Und ich langweil mich zu Tode. Wann kann ich mit euch nach Hause kommen?«

Meine Mutter umklammerte Porsches Schultern. »Keine Sorge, Baby, Mama holt dich hier raus.«

»Was ist mit Lexy und Mercedes? Kommen die auch mit uns nach Hause?«

»O ja«, sagte Mama, aber ich wußte, daß sie Porsche einen vom Pferd erzählt. »Bald sind alle wieder da, und wir feiern eine tolle Party, Mami und Daddy und Winter, Lexy, Mercedes und Porsche, eine große glückliche Familie. Bibo und Ernie und Bert kommen auch.« Porsche winkte ab: »Ich kuck doch nicht mehr Sesamstraße.« Als der Wachhund Porsche nach unserem Besuch aus dem Zimmer schleifen wollte, schlug und biß sie um sich, kreischte und heulte Rotz und Wasser. Sie wollte mit uns kommen. Mama machte die Aufseherin zur Schnecke und zerrte an Porsche. Ich ging dazwischen. So läuft's eben. Schließlich wurden wir von einem Wachmann rausgeschmissen. Die Aufseherin war völlig aufgelöst.

Im Zug versuchte ich, mit Mama zu reden. Ich wollte kapieren, was mit ihr los war. Irgendwie hatte sie sich verändert. Zum ersten Mal in meinem Leben schämte ich mich sogar ein bißchen für sie. Ich erwischte mich dabei, daß ich so tat, als wäre ich allein und hätte nichts mit der glatzköpfigen Geistesgestörten neben mir zu tun. Ich starrte geradeaus und drehte meine Beine in die andere Richtung, als würden wir zufällig nebeneinandersitzen. Mama redete trotzdem weiter auf mich ein und machte unmißverständlich klar, daß wir zusammengehörten.

»Jetzt mal im Ernst, Mama. Warum hast du dir die Haare abrasiert?« Sie machte einen Witz, doch ich packte sie am Arm. »Nein, im Ernst. Warum hast du dir die Haare abrasiert?«

»Ich war einfach sauer.«

»Sauer? Auf wen?«

»Also, angefangen hat es mit Tante Laurie. Sie wußte, daß ich die blonde Perücke brauche. Aber plötzlich wollte sie die blonde Perücke wieder haben, weil sie angeblich zu ihrem Tigerkleid paßt und sie heut abend ausgeht. Und dabei weiß sie ganz genau, daß ich gerade kein Geld hab, um zu Earline's zu gehen, und ich werd Earline bestimmt nicht um einen Gefallen bitten. Deine Tante wollte mir damit nur eins auswischen. Sie weiß ganz genau, daß ich mir sonst nie was leih. Also hab ich mir gesagt: Der werd ich's zeigen. Ich werd sie nie wieder um eine Perücke bitten. Ich schneid meine Haare einfach ab.«

»Aber jetzt kann jeder deine Narbe sehen und wo sie dich operiert haben und alles.«

»Genau«, sagte sie lächelnd.

»Aber warum?« fragte ich.

»Als ich versucht hab, mein Haar vorm Spiegel zu stylen, hab ich plötzlich geschnallt, daß ich nie im Leben eine Schönheitsoperation bezahlen kann. Ich muß damit leben. In Brooklyn wirst du nicht respektiert, wenn du schlecht drauf bist. Ich saß im Wohnzimmer und hab mir Tante Lauries alte Platten angekuckt. Ich hab Grace Jones gesehen, eine coole Braut. Dann fiel der Groschen.

Das war ein Zeichen. Ich bin ins Badezimmer gerannt und hab's einfach abrasiert. Wie Grace Jones. Der ist egal, was die Leute sagen, und mir auch.« Den Rest der Fahrt schwiegen wir.

Es war klar, daß ich mein Nicole-Miller-Kleid zurückgeben mußte. Ich konnte meine letzten vierhundertfünfzig Dollar doch nicht für Klamotten ausgeben. Ich würde es zurückbringen, mir das Geld zurückgeben lassen und was Neues kaufen. Das bevorstehende Treffen mit Midnight war wichtig für mich. Ich mußte dafür sorgen, daß alles perfekt war. Auch wenn er es geschafft hatte, einen Teil von Daddys Geld aufzutreiben, mußte ich ihn knakken, damit er wenigstens offen mit mir darüber redete, wie es weitergehen sollte. Jetzt, wo Santiaga im Knast saß, mußte auch er schließlich Geld verdienen. Oder etwa nicht? Er konnte es sich nicht leisten, mich abblitzen zu lassen.

Ich war wegen der Verabredung am nächsten Abend so hippelig, daß Sterling die ganze Zeit fragte: »Was is los? Stimmt was nicht? Was hast du? Du hörst mir ja gar nicht zu!«

Ich lächelte zuckersüß und dachte: *Hallo, du Idiot, ich hab dir noch nie zugehört.* Ich konnte nicht fassen, wie bescheuert Sterling war. Er machte mich krank. Er trug enge Tangas statt Boxershorts. Wenn er Zähne putzte, hinterließ er Zahnpasta im Waschbecken, wenn er auf Klo war, Pisse auf der Klobrille. Aber was mir echt den Rest gab, waren die Bremsspuren in seinen Unterhosen, die er auch noch offen rumliegen ließ, weil er zu faul war, den Deckel vom Wäschekorb zu schließen. Das Schlimmste war, daß er mich an meine Lage erinnerte – obdachlos und abgebrannt. Dafür haßte ich ihn. Nachdem die Rechnungen bezahlt waren, hatte Sterling pro

Woche zwischen einhundert und einhundertfünfzig Dollar übrig. Er hätte sich wirklich denken können, daß er für das Geld keine Spitzenware kriegt. Freitag würde es für ihn vorbei sein. Ich würde ihm erzählen, daß meine Eltern zurück sind. Meine Sachen würde ich in einem *seiner* Koffer mitnehmen. Später würde er versuchen, mich in Long Island anzurufen und keinen Anschluß kriegen. Für den Rest seines Lebens würde er sich fragen, wohin ich verschwunden war. Mit dem Geld von Midnight würde ich ins Geschäft einsteigen. Hey Mann, vielleicht ließ mich Midnight in seiner Bude hausen, bis ich was Eigenes hatte.

Ich tauschte mein Nicole-Miller-Kleid ohne Probleme gegen eins von Calvin Klein. Alles lief glatt. Obwohl die Verkäufer genau sahen, daß ich das Kleid schon getragen hatte. Warum sollten sie sich mit einer Stammkundin anlegen? Ich hatte noch genug Zeit, mir Haare und Nägel machen zu lassen. Mein Haar war zu einem Knoten hochgesteckt, meine Haut perfekt, glatt und rein. Fehlten nur noch die Diamanten.

Ich versuchte zu schätzen, wieviel Geld Midnight mitbringen würde. Ich entwarf Plan A und Plan B. Das Kapital für Plan A betrug so um die fünfzigtausend Dollar. Ich würde Santiagas Anwalt was abgeben, auch wenn ich wegen Dulce noch immer angepißt war. Ein paar tausend brauchte ich für eine Wohnung. Mit ein bißchen Glück würde ich was finden, das groß genug für mich, Ma und meine Schwestern war. Den Rest des Geldes würden ich und Midnight investieren. Nun zu Plan B. Wenn er nur zwanzigtausend ranschaffte, würde ich dem Anwalt zehn geben, sieben investieren und drei behalten. Alles weitere würde man sehen, wenn die Investition sich auszahlte.

Ich saß im Central Park vor der Statue an der Ecke 59.

Straße und 8. Avenue und wartete auf Midnight. Als sein frisch gewaschener schwarzer Acura mit den glänzenden Felgen um die Ecke bog, machte mein Herz einen Sprung. Er fuhr an den Bordstein. »Steig ein.«

»Wie geht es dir, Midnight?« fragte ich sexy und cool zugleich. Diesmal würde ich weiblicher und beherrschter sein, sagte ich mir.

»Alles klar«, sagte er kühl.

»Wieviel hast du aufgetrieben?«

»Ach ja«, sagte er, »wir fahren zum Museum rüber. Das ist nur ein paar Meter von hier.«

»Was?« fragte ich mit zusammengekniffenen Augen. Er hob die Hand, um mich zum Schweigen zu bringen.

Ich fragte mich, was hier abging. Schweigend stieg ich ein. Links auf dem Rücksitz sah ich aus dem Augenwinkel einen Kofferriemen. Panik machte sich in mir breit, als ich schnallte, daß Midnight seine Koffer gepackt hatte. Mir schossen die verschiedensten Gedanken durch den Kopf. Der erste war: Verrat. Midnight hatte das Geld. Alles, dachte ich. Er hatte Santiagas ganzes Geld. Jetzt wollte er mich mit einem kleinen Happen abspeisen, so tun, als sei der Rest gestohlen und sich nach Kolumbien oder so absetzen.

Midnight mußte die ganze Zeit auf der anderen Seite gestanden haben. Er hatte Daddy verraten und verkauft, und deshalb war er als einziger nicht im Knast. Jetzt zockte er auch noch die anderen ab. Entzückend.

Aber als ich mich zur Seite drehte und ihn ansah, wirkte er vollkommen aufrichtig. Ein neuer Gedanke. Er würde mir das Geld zeigen, alles, in einem gelben Umschlag! Nein – in einem Koffer, in einem schwarzen Koffer! Dann würde er sagen, daß wir uns zusammen eine Weile absetzen sollten, um Pläne zu schmieden und

Kohle zu scheffeln, und zwar richtig Kohle. Das Geld würden wir Santiagas Anwalt schicken, und auch Mama würden wir was geben, dann brannten wir durch. Nur warum hatte er mir dann letztes Mal nicht gesagt, daß ich die Koffer packen soll?

»Steig aus und warte auf den Stufen«, unterbrach Midnight meine Gedanken.

»Wohin fährst du?« Ich hatte Schiß.

»Ich park den Wagen.«

»Was ist mit dem Museum?« fragte ich, nachdem er geparkt hatte.

»Wir gehn nich rein«, sagte er.

»Und was woll'n wir dann hier?«

»Komm mit. Wir setzen uns da vorn hin.« Er zeigte auf einen Tisch mit Bänken. Alles war voller Vogelkacke.

»Komm hier rüber«, sagte ich und deutete auf einen überdachten Tisch.

Midnight packte mich am Arm. »Ich sagte, setz dich hin, das bißchen Vogelscheiße bringt dich nicht um. Ich muß mein Auto im Auge behalten.«

Ich schnappte mir eine liegengelassene Zeitung vom Tisch, um die Kacke auf der Bank abzudecken. Es kostete mich alle Kraft, nicht zu zeigen, daß ich stocksauer war. Herablassend fragte ich: »Also, was geht ab?«

»Ich red nich im Wagen«, flüsterte Midnight. »Man weiß nie, wer mithört.«

Ich kicherte. Entweder hatte er in den letzten vier Tagen den Verstand verloren, oder er machte nur einen Witz.

»Für dich is wohl alles n Witz, Winter, hmm?«

Jetzt hatte ich aber genug. Er sollte mich gefälligst nicht wie ein Baby behandeln. »Also, was soll das ganze Gepäck? Verreist du?«

»Ja, ich hau ab.«

»Wohin?« Mich überkam das nackte Grausen.

»Meine Sache. Ich verdrück mich. Mehr mußt du nich wissen.«

»Muß ich doch«, sagte ich und stand auf. »Ich muß wissen, was zum Geier hier läuft. Santiaga hat gesagt, du hast sein Geld, und mittlerweile mußt selbst du geschnallt haben, daß ich es brauche.«

»Ich hab mit Santiaga geredet«, sagte er. »Er weiß, was passiert ist. Das Geld ist weg. Sogar das Geld, das er für solche Fälle beiseite geschafft hatte. Jemand, dem er vertraut hat, hat ihn abgelinkt. Ich glaube, die Nigger auf der Straße *und* die Bullen waren hinter ihm her. Die Polizei hat Sachen rausgefunden, die nur die Familie wissen kann. Jetzt treten die Nigger als Kronzeugen gegen Santiaga auf. Das ist übel. Echt übel.«

»Eine Frage, Midnight. Wie hast du deine Haut gerettet? Wieso sitzen alle anderen im Knast, während du in deinem verfickten Acura durch die Gegend schüsselst wie Graf von Arschlochshausen?«

»Weil ich smart bin. Ich wußte, daß dieser Tag kommt, und hab vorgesorgt. Nichts dauert ewig. Ich hab mit niemandem geredet. Ich hab nie was in meiner Wohnung aufbewahrt. In dieser Branche kannst du dir nicht das Maul zerreißen wie'n Waschweib. Meistens verraten die Nigger sich selbst – am Telefon oder im Auto. Die Feds hören mit, beschatten uns, nehmen jeden Scheiß auf und schnüffeln rum. Die meisten Nigger schmeißen mit Geld um sich, protzen rum, ziehen eine Monstershow ab, ohne eine vernünftige Erklärung parat zu haben, woher die Kohle kommt. Alles fürn Arsch. Bescheidenheit heißt das Zauberwort. Aber man kann ihnen nichts vorschreiben. Jeder auf seine Weise.

Ich hab's auf meine gemacht. Und es hat funktioniert, das ist alles.«

»Willst du damit sagen, du bist was Besseres als mein Vater?« fragte ich unter Tränen.

»Nee, überhaupt nicht«, sagte er. »Dein Vater ist ein kluger Mann. Ich hab viel von ihm gelernt. Aber manchmal sieht ein Mann wie dein Vater alles und jeden, nur nicht sich selbst. Dein Vater ist clever, aber er hat sich von Frauen dazu hinreißen lassen, Fehler zu machen. Und das wußte er auch.«

»Frauen? Meinst du damit meine Mutter?«

»Vor allem«, sagte er so lässig, daß ich ihn hätte umbringen können. Wußte Midnight von Dulce? Hatte er sich mit Santiaga in Dulces Wohnung getroffen, genauso wie er sich mit Santiaga in unserem Haus traf? Welche Geheimnisse kannte er noch?

»Frauen«, sagte er, als wäre er ein alter Mann, »werden von ihren Gefühlen gesteuert. Deshalb muß ein Mann stark sein. Frauen machen manchmal Druck, wenn sie was haben wollen, ohne an die Folgen zu denken.«

»Klingt nicht, als würdest du Frauen mögen.«

Er lachte: »Ich mag Frauen, aber sie müssen smart sein. Ein smarter Mann sucht sich keine Frau ohne Grips. Die will nur immer haben, haben, haben und saugt ihn aus.« Das ging unter die Gürtellinie. Er fand, daß ich ihn aussauge. Oder vielleicht fand er, daß Mama Santiaga aussaugte. Wie man es auch nahm, es war unter der Gürtellinie, eine Beleidigung, eine kalte Dusche. Ich hatte keine Zeit, mich mit so was aufzuhalten, also berappelte ich mich: »Und ich? Was soll ich jetzt machen? Was hat Santiaga gesagt?«

»Santiaga hat gesagt, du sollst zurück nach Brooklyn gehen. Die Luft ist rein.«

»Und dann? Wo soll ich wohnen?«

»Deine Tante B hat Platz für dich. Santiaga hat sich schon darum gekümmert.« Nach Brooklyn zurückzugehen war doch gaga.

»Was ist? Ist Brooklyn nicht mehr gut genug für dich?« fragte er.

»Für dich ist es ja auch nicht mehr gut genug. Deshalb haust du doch ab, oder?«

»Ach was. Ich lebe bescheiden. Brooklyn war völlig okay. Ich hau ab, weil es keinen Grund gibt zu bleiben. Die Feds warten doch nur auf eine Gelegenheit, mir was anzuhängen. Sie haben's nicht gern, wenn man schlauer ist. Sie haben nichts gegen mich in der Hand. Meine Bude war sauber. Keine Drogen. Kein Schmuck. Kein Geld. Mann, war'n die sauer. Ich warte doch nicht darauf, daß die mir was anhängen – und diese Wichser werden mir was anhängen. Ich bin weg. Ich bin so weg, als wär ich nie dagewesen. Ich hab schon mal gesessen. Das erste und das letzte Mal. Wenn ich geschnappt werde, gehen dabei gnadenlos alle drauf, im Kugelhagel. Ich geh nie wieder in' Knast.«

Klare Worte. Er sprach mit so einer Überzeugung, daß ich nicht mal so tun konnte, als würde ich ihm nicht glauben. Aber ich wollte trotzdem wissen, was mit dem Geld war. Irgendwie konnte ich nicht glauben, daß nichts übrig war. Was war mit ihm? Wie wollte er zu Geld kommen? Wo wollte er hin? »Und wie kommst du da, wo du hingehst, an Kohle?«

»Ich werd n ehrlicher Mensch, Kleine. Mach dir mal um mich keine Sorgen. Ich hab da noch was laufen. Hör zu«, sagte er und zog einen weißen Briefumschlag aus der Tasche, »das ist für dich.«

Ich sah den Umschlag an. Ich wußte, daß Geld drin war. Ich atmete tief durch.

»Sei nicht blöd, Winter. Lern, dein Hirn zu benutzen, sonst endest du wie alle anderen.« Er sagte noch was, aber meine Gedanken schweiften ab. Wieviel war in dem Umschlag? Was kaufte ich mir als erstes? Was tat ich als nächstes?

Midnight pflanzte mir einen Kuß aufs Gesicht, und mit den Worten »Paß auf dich auf« verabschiedete sich der feuchte Traum meiner Kindheit.

»Kann ich nicht mitkommen?« platzte ich peinlicherweise raus.

»Nein.«

»Nein? Warum nicht? Ich will doch nur mitkommen. Du hältst mich vielleicht für unterbelichtet, aber das bin ich nicht. Ich hab den Durchblick. Ich weiß, wie's läuft. Wir legen unser Geld zusammen und ziehen was auf. Ich bin schon siebzehn. Ich bin gar nicht mehr so jung.«

»Das hat nichts damit zu tun«, sagte er.

»Woran liegt es dann? Woran?« fragte ich immer wieder. »Verrat mir das große Geheimnis, warum du mich nie wolltest. Warum sagst du immer nein? Warum läßt du mich in Brooklyn, obwohl du weißt, was mit meiner Familie ist. Bald weiß es jeder, und du verpißt dich einfach, als sei das völlig in Ordnung.«

»Ich hab's dir doch schon gesagt. Ich hab was vor. Das mit deiner Familie ist kein Geheimnis. Das weiß schon jeder. Du versteckst dich vor Natalie und den dämlichen Schlampen, dabei wissen sie's längst.« Er packte die liegengelassene Zeitung vom Tisch neben uns. Er zerknüllte sie in seiner Faust und stieß sie mir ins Gesicht. »Kannst du nicht lesen? Santiaga war jeden Tag in der Zeitung. Seite zwei, Seite drei, Seite vier. Siehst du? Davon rede ich die ganze Zeit – Frauen ohne Grips! Du weißt nich mal, was um dich rum passiert. Du weißt höchstens, was auf der Titelseite steht. Aber du kennst jeden beschissenen Designer bei Bloomingdale's. Nein Mann, du kannst bestimmt nicht mitkommen. Du dämliche Gans saugst mich nicht aus, nicht mich.«

Midnight ging weg. Ich stand auf den Stufen und flennte wie blöd. Er fuhr direkt an mir vorbei. Ich riß den Umschlag auf und traute meinen Augen nicht, als ich nur Zehner, Zwanziger und Fünfziger sah. Insgesamt waren es dreitausend Dollar. Dreitausend mickrige Dollar. Was zum Henker sollte ich denn damit? In dem Umschlag war eine Visitenkarte. Auf der Rückseite stand in sauberer Handschrift: *Ich weiß, du kannst sie nicht leiden, aber sie kann dir helfen, wieder auf die Reihe zu kommen.* Ich drehte die Karte um und sah Sister Souljahs Namen mit Adresse und Telefonnummer. Ich pfiff durch die Zähne und steckte den Umschlag in meine Handtasche.

8

Als ich einen netten kleinen Coffee Shop sah, kaufte ich am Kiosk eine Zeitung und ging rein. Drinnen blätterte ich durch die Wohnungsanzeigen. Ich nahm ein Fläschchen Nagellack aus meiner Handtasche und flatschte einen roten Spritzer auf die Angebote, die ich mir ansehen wollte. Ich hatte längst beschlossen, nicht nach Brooklyn zurückzugehen, wo alle vor Mitleid zerfließen würden. Natalie sollte bloß nicht glauben, daß sie in meiner Liga spielt. Ich wollte eine nette Bleibe suchen, wo ich über die Zukunft nachdenken konnte.

Das Geld für den Tee und die Pommes und einen Dollar Trinkgeld ließ ich auf dem Tisch liegen. Als ich schon halb aus der Tür war, drehte ich mich nochmal um und sackte das Trinkgeld wieder ein. Ich mußte schließlich sparen. Dann machte ich mich auf den Weg zu einer Wohnung in Harlem.

Das Haus war ein typisches New Yorker Stadthaus inmitten von typischen New Yorker Stadthäusern. Das hier hatte ein dekoratives Eisentor. Links und rechts neben dem Eingang standen Blumentöpfe. Die Hausbesitzerin kam an die Tür und spähte durch den Vorhang. Sie war nicht mal einssechzig, sehr dunkelhäutig und trug einen bunten Schal um den Kopf, ein Kleid und Pantoffeln. Nachdem sie die Tür geöffnet hatte, blieb sie hinterm verschlossenen Tor stehen und musterte mich vom Kopf bis zu den Zehen. Sie hatte einen fetten westindischen Akzent: »Gu'n Tach, Kindchen, was kann ich für Sie tun?«

»Ich interessiere mich für die Wohnung, die zu vermieten ist.« Ich war selbstbewußt, hübsch, teuer gekleidet und kam frisch vom Friseur.

»Sind Sie allein?« Das war doch wohl nicht zu übersehen.

»Ja«, antwortete ich und versuchte, nicht pampig zu klingen. Sie griff in die Tasche ihres bunten Kleides, zog einen kleinen Schlüssel raus und schloß das Tor auf.

»Wie heißen Sie?« fragte sie.

»Winter Schulman«, sagte ich gestelzt.

»Sind Sie verheiratet?« fragte sie.

»Nein, nein.«

»Haben Sie Kinder?«

»Nein.«

»Oh«, sagte sie, »die Leute, die hier wohnen, arbeiten nämlich, und kleine Babies sind wundervoll, aber sie können einem ganz schön den Schlaf rauben.«

»Nein, ich hab keine Kinder«, beruhigte ich die mißtrauische alte Schachtel. »In welchem Stock ist die Wohnung?« fragte ich, um die Sache zu beschleunigen.

»Oh, im ersten Stock. Wir gehen gleich hoch. Wie haben Sie von der Wohnung gehört?«

»Aus der Zeitung«, sagte ich und fragte mich, warum sie eine Anzeige in die Zeitung setzt, wenn's so'n Geheimnis war.

»Oh«, sagte sie, »wie alt sind Sie?« fragte sie, noch immer mißtrauisch.

»Zweiundzwanzig.«

»Oh, sind Sie Studentin?«

»Ja, genau«, log ich. Ich nahm an, das wollte sie hören.

»Oh, wie schön. Was studieren Sie?«

Ich stockte, mir fiel nichts ein. Ich sah auf meine Schuhe und sagte hastig: »Mode.«

»Oh, wie schön. Sie sind hübsch, Kindchen. Man sacht ja, daß diese Models gut verdienen. Aber hamse denn geregelte Arbeitszeiten?«

Ich kapierte nicht, was sie meinte. »Was? Ich meine, wie bitte?«

»Nun, wie gesagt, die Leute in diesem Haus arbeiten. Die meisten sind tagsüber nicht da. Mein Mann und ich drehen tagsüber die Heizung runter. Gegen 6 oder 7 Uhr abends schalten wir sie wieder an. So sparen wir Geld.«

»Ja, aber bald ist Frühling«, sagte ich.

»Oh, im Herbst sind Sie doch auch noch hier, oder?« fragte sie mit drohendem Unterton. »Ich vermiete nicht wochenweise. Das hier ist kein Hotel. Wenn Sie hier wohnen wollen, müssen Sie einen Mietvertrag für mindestens ein Jahr unterschreiben«, sagte sie. »Warten Sie hier, ich bin gleich wieder da.« Sie verschwand hinter der Wohnungstür und kam mit einer Schreibunterlage zurück.

Die merkt keine Einschläge, dachte ich. Was macht ein Vertrag schon fürn Unterschied? Wenn ich genug hab, verpiß ich mich. Was will sie da machen, die Mietpolizei rufen? In New York gab es zwanzig Millionen Menschen.

»Kommen Sie rein«, sagte sie und gab mir ein Zeichen, ihr die Treppen nach oben zu folgen. Sie zog einen riesigen Schlüsselring raus. Eine Zweizimmerwohnung mit einer kleinen Küche. Die Bude war so klein und kompakt, als würde Barbie drin wohnen. Für mich war's genau das Richtige. Fehlte nur noch ein kleines Sofa, ein riesiger Fernseher mit Kabelanschluß und ein schniekes Designertelefon. Ich sah mich schon barfuß mit meinen hübschen pedikürten Zehen durch die Wohnung steppen und im dicken Teppich versinken.

Das Wohnzimmer war um einiges kleiner als mein

Zimmer in Long Island, aber sie war cool. Damit konnte ich definitiv leben. »Ich nehm's.« Ich lächelte die Lady an und griff nach meinem Geldumschlag. Ich zählte die Scheinchen.

»Eins nach dem andern, Kindchen«, sagte sie und beäugte das Geld mißtrauisch. Zum ersten Mal sah ich wer beim Anblick von Cash die Nase rümpfen. »Sie müssen dieses Formular ausfüllen.«

»Warum?« fragte ich freundlich. »Ich hab Ihnen doch schon alles gesagt.«

»Ich weiß«, sagte sie. »Aber so läuft's nun mal. Ich brauch das für meine Unterlagen.« Sie gab mir ein Formular, auf dem ich Namen, Adresse, Beruf und meinen Schulabschluß angeben sollte . . . »Wissen Sie, ich bin die Vorsitzende von unserem Anwohnerverein«, sagte sie beiläufig. »Ein kleiner Verein. Wir stehen noch am Anfang. Die meisten anständigen Leute im Viertel machen mit. Aber Sie wissen ja, es gibt immer ein paar . . . Wir versuchen, das Viertel aufzuräumen, die Drogen zu bekämpfen, damit alle es besser haben. Wir sind sehr vorsichtig, weil viele Drogendealer auf Bargeld bauen. Sie schicken junge hübsche Dinger wie Sie vor. Aber mit diesem Abschaum haben Sie natürlich nichts zu tun.« Sie lächelte und fügte hinzu: »Das sieht man. So ein reizendes Gesicht. Haben Sie einen Scheck?«

»Nein, hab ich nicht.« Ich zögerte.

»Oh. Hier, Sie brauchen bestimmt einen Stift.« Sie gab mir einen Kuli und rückte mir nicht von der Pelle, während ich schrieb, was mir grad so einfiel, und mir dachte, ich spiel ihr Spiel mit, und sobald ich die Schlüssel hab, schließ ich die Tür ab und red nie wieder mit ihr, außer wenn die Miete fällig ist. Ich hieß Winter Schulman, ging aufs Brooklyn College, ich war dreiundzwanzig Jahre alt, hatte vorher in der Green Street 123 gewohnt und so weiter und so fort.

Sie überflog das Formular und warf mir nach jedem Abschnitt einen prüfenden Blick zu, als hoffte sie, ich wäre dämlich genug, mich zu verraten. Ich lächelte höflich.

»Ich dachte, Sie sind zweiundzwanzig«, bohrte sie.

»Ach ja, tut mir leid. Ich hatte grad Geburtstag. Hab mich noch nicht dran gewöhnt, daß ich dreiundzwanzig bin.« Ich lachte.

»Keine Sorge, Kindchen, je älter man wird, desto mehr Geburtstage vergißt man. Ich bin auch dreiundzwanzig.« Sie lachte sich halbtot über ihren Witz. Ich zog meinen Umschlag hervor, zählte sechshundertfünfzig Dollar ab und gab sie ihr.

Sie räusperte sich. »Das ist ein Mißverständnis. Zusammen macht das neunzehnhundertfünfzig Dollar. Die Miete für einen Monat und zwei Monatsmieten Kaution.«

»Kaution? Wofür?«

»Das ist normal. Nur für den Fall, daß Sie irgendwas in der Wohnung kaputtmachen, den Teppich ruinieren, oder falls Sie die Miete mal nicht zahlen können. Keine Sorge, Kindchen, wenn Sie ausziehen, bekommen Sie's zurück. Wenn alles in Ordnung ist, bekommen Sie die beiden Monatsmieten erstattet. Wenn Sie Ihre Schlüssel verlieren, kostet das hundert Dollar, weil wir Sicherheitsschlösser haben und das ganze Schloß ersetzen müssen.«

Endlich mußte ich ihr nicht länger in den Arsch kriechen. Kam absolut nicht in die Tüte, daß ich ihr mein ganzes Geld in den Rachen schob. Sie sah mein angepißtes Gesicht. »Jeder anständige Vermieter hier in der Gegend wird das gleiche verlangen.«

»Tut mir leid, Miss«, sagte ich, »das soll wohl'n Witz sein. Ham Sie nich kapiert, daß ich Studentin bin?«

Sie warf mir einen grantigen Blick zu: »Als ich studiert habe, hatte ich zwei Jobs. Um es in diesem Land zu was zu bringen, muß man arbeiten. Deshalb hab ich's soweit gebracht. Ich mußte mir dieses Haus erarbeiten. Ich war mir für keine Arbeit zu schade. Ein Dollar ist ein Dollar ist ein Dollar.«

Ich drückte ihr die Papiere in die Hand und zog ab. Sterling war doch nicht so bekloppt, dachte ich. Ich mußte ihm nur eine neue Geschichte auftischen. Eine bessere Geschichte. Ich würde bei ihm unterkriechen, bis mir was einfiel.

In Sterlings Wohnung war es still, als ich meinen Schlüssel ins Schloß steckte. Drinnen stand ein Koffer. Ich hob den Koffer auf die Couch und öffnete ihn. Es waren meine Sachen, sorgfältig zusammengelegt. Ich durchwühlte meine Jeans, T-Shirts und Kleider und prüfte, ob alles da war. In den Seitentaschen waren mein Schmuck und meine Badezimmerutensilien in einer Plastiktüte. Ich lachte. Hmm, schade, daß er mit seinem eigenen Zeug nicht so ordentlich umging!

Als Sterling aus dem Hinterzimmer kam, erschrak ich. Ich hatte nicht damit gerechnet, daß er zu Hause war. Unterwegs hatte ich für diesen Moment geübt. Die Vorstellung konnte beginnen. »Wie fühlst du dich, Baby? Du bist früh zu Hause.«

»Du siehst gut aus«, sagte er mit einem Blick auf meine Klamotten, genau die, die bei Midnight nicht gezündet hatten.

»Gefall ich dir?« Ich drehte mich neckisch um mich selbst.

»Wie immer«, sagte er sanft.

»Sterling, setz dich hin. Ich muß dir was erzählen.« Sterling zögerte mißtrauisch. »In den letzten Wochen war'n wir ne coole WG und . . .«

»Und heute ziehst du aus, oder?« unterbrach er und versuchte energisch zu klingen. Er bewegte die Lippen, aber es kam kein Ton. Sollte ich etwa von seinen Lippen lesen? Dann sagte er superleise: »Winter, ich hab Besuch.«

»Besuch«, rief ich überrascht. Er legte mir seinen langen Finger auf die Lippen, um mich zum Schweigen zu bringen.

»Weißt du noch, als du angerufen hast, weil ich dich aus Long Island abholen sollte? Ich war nicht allein. Sie ist hinten, und ich will keinen Stress, Winter. Du hast gesagt, du haust heute ab. Du bist schon zwei Wochen hier.«

Sterling sah besorgt aus. Allein der Anblick von diesem Schwächling machte mich krank. Aber ich wußte nicht, wo ich hinsollte. Ich bewahrte einen kühlen Kopf, oder versuchte zumindest so auszusehen. »Oh, kein Problem, Sterling, wimmle sie einfach ab.« Ich lachte. Er sagte kein Wort. Also schlug ich ihm was anderes vor. »Okay, heut nacht schlaf ich im Wohnzimmer, aber ich finde . . .«

Ein Mädchen kam aus dem hinteren Zimmer. Sie hatte Übergewicht und dicke Pausbacken, wie diese Puten im Kirchenchor, die man sonntags im Kabelfernsehen sieht. Sie trug ein langes unförmiges Blümchenkleid – sollte wohl ihr Fett kaschieren. Sterling würde mich doch bestimmt nicht für diese Kuh aufgeben. »Sterling.« Sie klang wie seine beschissene Mutter. »Du hast gesagt, fünf Minuten.«

»Oh. Winter, das ist Judy.«

Wir sahen uns an, aber keiner sagte ein Wort. Sie kam näher und setzte sich auf den Stuhl mir gegenüber. Ich merkte, daß Sterling die Stille unangenehm war. Er spielte mit den Fingern.

»Du wohnst also in Long Island?« fragte Judy säuerlich.

»Ja.«

»Da gibt's n paar nette Häuser. Der Verkehr am Freitagabend muß die Hölle sein.«

»Ja.« Ich sah Sterling an und verdrehte die Augen.

»Ich hab deine Sachen gepackt«, erklärte Judy. »Du hast n guten Geschmack.«

»Ja«, sagte ich und schnallte, daß ich mich komplett zum Affen machen würde, wenn ich blieb.

»Wo willst du denn nächstes Jahr aufs College gehen? Sterling hat mir erzählt, daß du siebzehn bist. Hast du schon mal ernsthaft drüber nachgedacht?«

»Eigentlich nicht«, sagte ich trocken; ich hasse diese eingebildeten College-Zicken, die sich zu fein sind, für ihren Mann zu kämpfen, wie es in Brooklyn Sitte ist. Die können nur klugscheißen, als wär'n sie was Besseres oder als könnten sie beweisen, daß sie was Besseres sind.

»Ich hatte keine andere Wahl, als aufs College zu gehen. Da ließen meine Eltern nicht mit sich reden«, fügte sie hinzu, als hätte ich sie was gefragt. Daß ich sie ignorierte, interessierte sie einen feuchten Dreck. »Was machen deine Eltern, ich meine beruflich? Sie müssen gut verdienen, wenn es ihnen egal ist, ob du aufs College gehst.«

Sterling unterbrach sie: »Winter, ich helf dir die Sachen runtertragen.«

»Aber ich hab niemand, der mich fährt«, maulte ich. »Sterling, fährst du mich nicht nach Hause?«

Judy mischte sich ein: »Nein, tut mir leid, unser Film fängt um fünf nach acht an. Sterling hat deinen Vater vorhin schon angerufen. Er holt dich um halb acht unten ab.«

Was für eine Nummer zog dieser miese kleine Nigger hier eigentlich ab? Und wie kam diese fette Kuh auf die Idee, daß sie was zu melden hat?

»Ist deine Mutter denn nun die Schwester oder dein Vater der Bruder von Sterlings Mutter?«

»Soll das n beschissenes Verhör werden?« Mir platzte der Kragen.

Sie kuschte. »Sterling, tut mir leid. Ich wollte deine Cousine nicht ärgern. Ich wollte doch nur nett sein.« Dann wandte sie sich wieder an mich. »Tut mir leid. Ich fand's nur nett von deinen Eltern, daß sie Sterling zugetraut haben, den Babysitter zu spielen. Eure Eltern müssen sich echt nahstehen. Ich sag dir, ich hab ihn in den letzten Wochen so vermißt, daß ich dachte, ich sterbe. Zugegeben, erst war ich eifersüchtig, als Sterling sagte, daß du für volle zwei Wochen kommst. Eifersüchtig, daß er sich die ganze Zeit nur um dich kümmert. Jetzt seh ich, daß er recht hatte. Du *bist* noch ein Kind. Er hat deinen Eltern nur einen Gefallen getan. Na los, ich komm mit euch runter.«

Sie ging zum Schrank, schnappte sich meine Jacke und sagte: »Das ist deine, oder? Ich hab sie nicht eingepackt, weil ich dachte, es wird heut abend vielleicht kühl. Hier, vergiß sie nicht.«

Im Fahrstuhl herrschte eisiges Schweigen. Draußen gab Sterling mir einen Umschlag.

»Ruf mich an, damit ich weiß, daß du sicher angekommen bist.« Ich schnappte mir den Umschlag, in dem ich einen lächerlichen Geldbetrag vermutete, biß mir auf die Lippen und stapfte mit dem Koffer, in dem alles war, was ich besaß, davon. Keine Ahnung, warum ich nicht explodiert bin. Keine Ahnung. Ich hatte einfach keine Kraft mehr. Es kam alles so unerwartet.

Was wär wohl passiert, wenn ich dem Mädel die Fresse poliert hätte? Wenn jemand leicht zu durchschauen war, dann Sterling. Aber diesmal nicht. Weil Sterling mir nicht gewachsen war, heulte er sich bei seiner mütterlichen Freundin aus. Die schwänzelte wahrscheinlich seit Jahren um ihn herum und hoffte sehnsüchtig auf einen Verlobungsring, aber wenn ihr mich fragt, das hatte keine Zukunft. War doch offensichtlich, daß sie keine geile Fickmaus war, sonst hätte er sie gar nicht erst angelogen, um mit mir zusammensein zu können.

Im Bahnhof klappte ich zusammen und rief Natalie an. Es gab nur einen Ort, wo ich hin konnte, einen Ort, den ich mal heiß und innig geliebt hatte – Brooklyn. Als Natalie ranging, war sie komplett aus dem Häuschen, von mir zu hören. »Wo warst du, Alte? Wir warten auf dich! Wo hast du dich versteckt? Warum läßt du uns hängen? Warum rufst du erst jetzt an?« Für etwa drei Sekunden hatte ich ein schlechtes Gewissen, daß ich mich nicht gemeldet hatte. Vielleicht war die Luft in Brooklyn wirklich rein. Vielleicht hatte ich nur die Nerven verloren und Gespenster gesehen. Ich erzählte ihr, ich sei auf dem Weg zu Tante Bs Wohnung. Gegen zehn würde ich da sein. »Gut. Das wird gefeiert. Um elf bei mir. Wir gehn in den Club.«

* * *

»Warum hast du nicht vorher angerufen?« Das war alles, was Tante B zu sagen hatte, als sie die Wohnungstür öffnete. Ich war völlig von der Rolle, weil Midnight, Mama und Santiaga so getan hatten, als würde Tante B sich freuen, mich zu sehen. Sie wirkte genervt. Sie schickte mich ins Zimmer meiner Cousine Bianca und schrie mir durch den Flur hinterher, ich soll das Bett auf der linken Seite nehmen. »Und bring ja nich Biancas Sachen durcheinander, sie kann's nämlich nich ab, wenn wer an ihre Sachen geht.« Als ich an der kleinen Küche vorbeiging, sah ich zwei lange Männerbeine. Da also liegt das Problem, sie hat Besuch, Männerbesuch, und ich hab dazwischengefunkt. Alles klar. Ich stellte meinen Koffer ab, ging ins Bad, frischte mich auf und machte mich auf den Weg zu Natalie.

Als ich gegen Natalies Tür hämmerte, öffnete Simone, mit breitem Grinsen im Gesicht und prallem Kugelbauch. Toshi kreischte: »Überraschung, Bitch.« Alle meine Freundinnen waren da – Asia, Zakia, Natalie – und auf dem Tisch standen Hennessy und Alizé Maracuja und Joints wie in alten Zeiten. Ich fühlte mich echt gut. Und in wenigen Minuten würde ich mich noch besser fühlen, das war mal sicher.

Als ich mir meinen zweiten Joint ansteckte, dachte ich, das macht das Leben lebenswert, gute Freunde, Gras für lau und Fun. Simone klärte mich über die Höhen und Tiefen einer Schwangerschaft auf. »Ist gar nicht so schlimm, wie immer behauptet wird«, sagte sie. Sie war nicht mehr mit Little Biz zusammen. »Eine echte Bitch braucht heutzutage keinen Nigger mehr, um zu überleben. Außerdem kommt früher oder später der nächste um die Ecke.« Ich hatte gehört, daß es nicht gut ist, während der Schwangerschaft zu trinken. »So abgefuckt wie die Welt heute ist, braucht das Baby n bißchen Maracujaschnaps zur Einstimmung.« Wir lachten uns schlapp. Simone konnte nicht mehr und bepißte sich vor Lachen. Ich lachte, bis ich Bauchschmerzen hatte, während Natalie genug Frühlingsfrische im Wohnzimmer versprühte, um uns alle zu ersticken.

Zakia, Monique, Reese und Toshi spielten Spades. Ich beobachtete Toshi beim Bescheißen, wie immer. Sie hatte den Bogen raus. Während sie dich mit dem größten Schweinkram vollaberte, tauschte sie die Karten aus und gab ihrem Partner mit den Augen Zeichen. Mit Reese, die bei Spades immer ihre Partnerin war, verständigte sie sich sogar durch verschlüsselte Songs. Mit der Nummer hätte sie im Zirkus auftreten oder es in Las Vegas oder Atlantic City mit den Profis aufnehmen können.

Die Party war erst um fünf Uhr morgens zu Ende. Natalies Mom kam nach Hause. Man sah, daß sie selbst high war, aber die Stimmung war einfach versaut. Eine nach der anderen brach auf. Ich stieß Simone an, die auf dem Sofa eingeratzt war. »Na los, Mädchen, laß uns zusammen gehen.«

»Klingt gut«, murmelte Simone.

Draußen wurde es langsam Morgen. Ein blaugrauer Himmel lag über den Projects, die um diese Zeit am ruhigsten waren. Um Viertel nach sechs kam die Sonne raus und machte mit dem Mond kurzen Prozeß. Drinnen war das Partyvolk in voller Montur ins Koma gefallen. Außer den durchgeknallten Crackheads war niemand auf der Straße. Ich war überrascht, meine Mutter bei meiner Tante im Treppenhaus zu treffen. Sie hatte eine Glatze und war dünner als das letzte Mal, das ich sie gesehen hatte. Als sie mich sah, lächelte sie, lachte aus unerfindlichem Grund und fing davon an, sie hätte gehört, ich sei wieder da. Sie wollte nur mal nach mir sehen. Sie wußte ja, wie Tante B manchmal sein konnte. Ich sah, daß sie zugedröhnt war. Nicht eine Minute glaubte ich ihr, daß sie um diese Zeit im Treppenhaus nach mir suchte. Ich fuhr mit ihr und Simone im Fahrstuhl rauf. Simone stieg im zweiten Stock aus, ich im vierten. Als sich die Fahrstuhltür schloß, kauerte Mama in einer Ecke und rieb sich die Arme, als sei ihr kalt. Kurz bevor sich die Tür vor ihr verzerrtes Gesicht schob, sagte sie so was wie: »Siehst gut aus, Winter.« Ich war froh, daß die Tür so schnell zuging, denn ich konnte das Kompliment echt nicht erwidern.

Am Nachmittag weckte mich Tante B, weil sie sich Geld pumpen wollte. Ich wußte, daß ich es nie wiedersehen würde. Ich war ja nicht bekloppt. Außerdem saß ihr Mann mit meinem Vater im Knast. Wenn ich ihr jetzt Geld gab, wäre das nur der Anfang. Sie würde immer mehr verlangen. Irgendwann verlangt sie vielleicht sogar Miete für das Bett und die zwei Quadratmeter daneben. Sie war komplett pleite wie alle meine Tanten dieser Tage. Aber *ihre Wohnungen* waren schließlich nicht gestürmt und durchsucht worden wie *unser Haus.* Ihre Sachen waren nicht beschlagnahmt und irgendwo zu einen Spottpreis versteigert worden. Sie hatten noch Klamotten, Schmuck, Stereoanlage und all die feinen Sachen.

»Nee«, antwortete ich.

»Ach komm, Mädchen«, drängelte sie. »Nur zwanzig Mäuse. Am Mittwoch kriegst du's wieder.«

»Nee, echt«, sagte ich, ohne eine Miene zu verziehen, »ich hab nichts. Ich muß mir selbst was leihen.« Ich ging zu meiner Coach-Tasche und leerte mein Zeug auf dem Bett aus. »Siehst du? Ich hab nichts.« Ich bewahrte mein Geld nicht in meiner Tasche auf, denn genau das erwarten die Leute, sondern im BH, ein Trick, den mir meine Mutter vor langer Zeit beigebracht hatte.

Tante B biß sich auf die Lippen: »Na gut«, und verzog sich. Mann, ist die bescheuert, dachte ich. Sie hätte sich von dem langbeinigen Nigger Kohle geben lassen sollen, der letzte Nacht in der Küche saß. Eine Möse sollte immer Eintritt kosten.

Simone rief an und fragte, ob ich mit ihr shoppen gehe. »Heut abend ist ein Konzert. Wir sollten uns Klamotten besorgen und uns was Süßes aufreißen.« Ich war dabei.

Als ich die ganzen Klamotten in den Läden sah, beschleunigte sich mein Puls. Jeden Tag schien neue Mode reinzukommen, und der Mist, den ich vor wenigen Wochen und sogar Tagen gekauft hatte, törnte mich längst nicht mehr an. Ich verarschte Simone, die was brauchte, um ihren dicken Bauch zu verstecken. Sie behauptete dagegen, daß Männer schwangere Bräute liebten, und wollte ihren Bauch unter einem Trägertop rausquellen lassen! Bei der Vorstellung, wie abgedreht das bitteschön aussehen würde, lachten wir uns schlapp. Simone suchte sich unterdessen einen Riesenstapel Klamotten aus.

»Scheiße Mann, ich muß schon wieder pinkeln.« Es war so ungefähr das dritte Mal in einer Stunde, daß Simone pinkeln mußte. Abgesehen davon war sie unterwegs nochmal bei McDo aufs Klo gegangen. Ich hatte inzwischen das perfekte Outfit und passende Schuhe gefunden. Es brachte mich um, daß ich alles in allem fünfhundert Dollar zahlen mußte, obwohl es im Vergleich zu meinen sonstigen Shopping-Orgien das reinste Schnäppchen war. Simone kam endlich vom Klo zurück. Die Kassiererin gab mir das Wechselgeld. »Wieviel?« fragte Simone gönnerhaft.

»Nicht der Rede wert«, sagte ich, als hätte ich ein

Schweizer Nummernkonto oder so was. »Willst du noch zu Nordstrom's? Die haben geilen Designerscheiß. Da gibt's sogar ne Abteilung für Fettsäcke«, witzelte ich.

»Nee, ich hab alles, was ich brauch«, sagte Simone. »Laß mal.«

In Simones Wohnung fiel der Groschen. Alle Klamotten, die sie im Laden anprobiert hatte, waren in ihrer riesigen Coach-Tasche. Sie besaß sogar eins von diesen Geräten, mit denen man die Alarmetiketten von den Klamotten löst. Und sie hatte Accessoires, Gürtel, Modeschmuck. Sie hatte Sachen, die ich sie nicht mal in die Hand hatte nehmen sehen. In ihrem Schrank waren noch mehr Sachen, an einigen hingen noch die Preisschilder. Sie hatte bis zu zwei oder drei gleiche Teile in verschiedenen Größen. Also echt, Simone war ein Profi. Durch die Schwangerschaft konnte sie noch mehr mitgehen lassen, weil sie mehrere Schichten übereinander ziehen konnte, ohne aufzufallen. »Bist du schockiert?« fragte sie.

»Nee, nich schockiert. Ich bin nur stocksauer, daß ich fünfhundert Scheine hinblättern mußte, obwohl ich alles umsonst hätte haben können.«

Simone stöhnte. »Ja, so warst du schon immer. Keine Sorge, du kannst es zurückbringen. Ich hol's dir später wieder.«

»Ich zieh's aber heut abend an.«

»Na, dann bringst du's eben Montag zurück. Das klappt schon, aber du mußt aufpassen. Die wollen dann deinen Ausweis sehen, und wenn der Computer sagt, daß du zu oft Sachen umtauscht, hetzen sie dir die Bullerei auf den Hals. In diesen Läden mußt du aufpassen, die denken sich jeden Tag was Neues aus. Aber ich bin denen voraus. Ich kenn alle Tricks.«

»Wie viele Karten hast du für's Konzert?«

»Vier«, sagte Simone. »Eigentlich wollte ich mit Natalie, Toshi und Zakia gehen. Aber Natalie geht mit Will. Du kannst ihre Karte haben.«

»Wer ist Will?« fragte ich.

»Dieser Nigger aus Fort Green. Ein Player. Er hat einen spezial angefertigten gelben Land Rover mit Alufelgen. Den mußt du sehen. Der ist echt fett. Natalie wird ne Monstershow abziehen. Mit der ist heute nicht zu rechnen. Dieser Nigger hat die ganze Loge für das Konzert aufgekauft. Seit sie zusammen sind, pinselt er ihr den Bauch.«

Wie zum Geier sollen wir zum Konzert kommen? fragte ich mich heimlich. Soll *ich* etwa mit der Bahn fahren oder zu Fuß laufen oder in ein Taxi steigen, während Natalie in einem Rover daherkommt?

O nein. Da mußte sich doch was machen lassen. »Hast du ein Telefonbuch, Simone?«

»Was?«

»Die Gelben Seiten. Wir mieten uns ne Limousine.«

»Alles klar.«

9

Das Beste, was Brooklyn, Uptown und die Bronx zu bieten hatten, strömte in die Konzerthalle. Wie immer spielte sich die größte Show vorm Eingang ab. Die Mädels kamen in Leder, Lack, Latex, Spitze, Plastik, einfach alles. Mit dem ganzen Gold an Halsketten, Armbändern und Zähnen hätte man locker Fort Knox voll gekriegt. Die Kerle trugen Nikes, Fila, Armani, Versace, Kani, Mecca, alles brandneu und vom Feinsten. HipHop-Vibes lagen in der Luft, und während wir uns anstellten, musterten wir jeden von oben bis unten, um die Lage zu checken. Es war alles auf einmal: Autoschau, Frisurenschau, Modeschau und Fleischbeschau. Jeder Typ und jedes Mädel im Publikum waren genauso wichtig wie die Stars auf der Bühne.

Dann begann die Show, und die Leute flippten total aus, als die HipHop-Stars die Bühne abräumten. Aus den riesigen Lautsprechern dröhnten die heißesten Songs, und die Menge hatte den Rhythmus im Blut. Der MC ließ die Jungs »Make money money« singen, doch wir Mädels übertönten sie mit »Take money money, take money money!« Natalie saß oben in der Loge mit Will, an dessen Händen dicke Klunker prangten. Schon gut, Gelder waren also vorhanden.

Alles war cool, bis sie klatschend aufstand und ich sah, daß sie ein himmelblaues Chanel-Kostüm für mindestens drei Mille trug. Wie konnte diese Schlampe es wagen, meinen Stil zu kopieren. Das ging nun echt zu weit. Trotz des Lärms war es in meinem Kopf ganz still. Ich zitterte vor Wut über Santiaga und Mom. Wenn Midnight mich nicht *im Stich gelassen* hätte, würden wir jetzt da oben in der Loge sitzen und eine Show abziehen. Das konnte ich nicht auf mir sitzenlassen. Ich beugte mich ganz nah an Simones Ohr: »Siehst du Natalie?«

»Klar, jeder sieht sie!«

»Das Kostüm ist der Hit«, gab ich widerwillig zu.

»Wenn der Chanel-Laden nicht so scharf überwacht würde, hätte *ich* das Kostüm an! Ich hab dir doch gesagt, dieser Nigger ist verrückt nach Nat.« Ich hatte nur ein Jahr in Long Island gewohnt. War Natalie plötzlich angesagt? »Seit wann ist Natalie so ne Luxusbraut?« fragte ich.

»Alte, du hast ja keine Ahnung. Seit sie dieses kleine Video mit dir gedreht hat, ist sie bei uns so was wie'n Star.«

»Welches Video?«

»Tu nich so, Winter. Das Video mit dir und Bullet und ihr und Slick Kid. An einer Stelle lutscht sie Slick Kids Schwanz, voll sexy. Jetzt sind die Nigger hinter ihr her, als wär sie Vanessa Del Rio oder so.« Natalie winkte uns zu, als sie merkte, daß wir in ihre Richtung sahen. Völlig überkandidelt, die Frau. Sie gab uns zu verstehen, daß wir uns hinterher treffen sollten. Simone nickte lächelnd und flüsterte mir zu: »Es steigt ihr ein bißchen zu Kopf, aber sie ist in Ordnung.«

Die letzte Band gab nochmal richtig Stoff. Ich ging mit, aber innerlich kochte ich. Der MC kam auf die Bühne, um das Konzert zu beenden, und schrie dann: »Ein besonderer Dank an Sister Souljah, die diese Show auf die Beine gestellt hat, alle Erlöse fließen ihrem Kinderprogramm zu.« Sister Souljah kam von der Seite auf die Bühne. Ihre Klamotten hatte sie sich im Schlußverkauf bei Macy's zusammengesucht. Die Leute klatschten. Wie soll diese Schlampe bitte der Community helfen, wenn sie nicht mal weiß, wie man sich stylt? Ich sah auf ihr Handgelenk, keine Rolex, nicht mal ne Timex, nichts. Keine Klunker um den Hals, nichts. Ihre Frisur war fett, aber das hilft auch nichts mehr, wenn man die Kunst der Accessoires nicht beherrscht. Außerdem konnte ihr Schwabbelbauch ein paar Sit-ups gebrauchen. Mmmpf, Midnight hatte vielleicht Nerven. Die Kuh würde ich bestimmt nicht um Hilfe bitten.

»Was geht ab, Alte?« Natalie grinste von einem Ohr zum anderen, als wir uns in die Eingangshalle drängten. »Winter, ich hab dich heut nachmittag angerufen, um dich zu fragen, ob du mit uns kommen willst, aber du warst schon weg. Na komm schon, Mädchen«, sagte sie und klammerte sich an Wills Arm fest. »Kommt mit uns essen.« Sie stieß mir den Ellbogen in die Rippen und flüsterte: »Will lädt uns ein. Willst du bei uns mitfahren?«

»Nee, wir ham selbst n Wagen«, mischte Simone sich ein.

»Ach, was denn für einen, Winter?« fragte Natalie.

»Eine Limousine, mit Chauffeur, Champagner, das volle Programm.«

»Na gut, cool. Sagt dem Fahrer, er soll uns nachfahren. Wir treffen uns da und essen einen Happen, bevor wir zur After Show Party gehen.« Jetzt gab Natalie auch noch Anweisungen!

Will war irgendwie sexy. Ich wußte nicht genau, was es war. Vielleicht war es der einkarätige Diamantstecker in seinem Ohr. Oder ich war einfach nur spitz. Ich stand auf dem Schlauch und wollte mal wieder durchgefickt werden, ohne vorher lange dumm rumzusülzen. Vielleicht paßte mir einfach nicht, daß er mit Natalie zusammen war. Wenn sie mit ihm zusammen war, benahm sie sich ganz anders als sonst, als wäre sie was Besseres oder so. Wenn sie ihm für dieses Chanel-Kostüm nur anständig den Schwanz gelutscht hatte, *konnte ich mir eine ganze Garderobe verdienen.*

Alles was in Brooklyn schwarz war, drängte sich in Juniors Restaurant. Nigger, die ich ewig nicht gesehen hatte. Die Leute reagierten unterschiedlich auf mich, aber niemand ließ raushängen, daß ich auf dem absteigenden Ast war, denn, mit oder ohne Vater, keiner konnte ein Isaac-Mizrahi-Kleid so tragen wie ich. Mein Haar war erste Sahne, und ich sah einfach tipptopp aus. Wir drängten uns in eine Nische und bestellten. Natalie redete zu laut, wie immer. »Ich lad euch ein. Bestellt, was ihr wollt«, kreischte sie.

Will benahm sich zwischen den ganzen Weibern wie der König der Löwen. Er war ruhig. Er zahlte und zeigte es allen Niggern, die sich in dieser Nacht mit nur einer Frau begnügen mußten. Wir drehten voll auf, eine Gang von aufgebrezelten Mädels, die Sachen bestellten, die sie sowieso nicht essen würden, und die Sau rausließen.

Das Geld in meinem BH piekte meine rechte Titte. Ich ging zum Klo, um es zurechtzurücken. Danach sah ich in den Spiegel und legte Lippenstift nach. Ich leckte einen Finger an, um eine Strähne zu zähmen, die sich selbständig gemacht hatte. Als ich aus der Toilette kam, stand Will am Münztelefon. Mir schoß durch den Kopf: Warum benutzt er das Münztelefon? Ich hatte längst sein Motorola-Startac-Handy registriert. Ich versuchte, mich an ihm vorbeizudrängeln.

»Bist du nicht Santiagas Tochter?« fragte er, obwohl er die Antwort kannte – jeder kannte sie.

»Und wenn schon«, zickte ich ihn an.

»Na, na, ich hab großen Respekt vor ihm. Das Leben meint es *immer noch* gut mit dir.« Er sah mir tief in die Augen, als wollte er mich hypnotisieren oder so.

»Ich kann auf mich selbst aufpassen«, antwortete ich, damit er nicht auf die Idee kam, mich zu bemitleiden.

»Ja, das seh ich. Du solltest mich auf dich aufpassen lassen.« Mit dem rechten Arm winkte ich ab, nein danke, kein Interesse. »Komm schon, Mädchen. Gib mir deine Telefonnummer. Ich weiß, daß du auf mich stehst. Ich seh's dir an.«

»Hör zu, Mann. Mit mir läuft das nicht. Natalie ist meine Freundin . . .«

»Und dir würde das Chanel-Kostüm viel besser stehen als ihr. Du mußt nur ein Wort sagen, und ich reiß es ihr vom Leib. Es gehört dir.«

Ich dachte kurz drüber nach. Ich müßte lügen, wenn ich nicht zugeben würde, daß das ein gutes Angebot war. Er grinste abgebrüht, ließ seine Goldzähne aufblitzen und kaute gleichzeitig sexy auf seinem Kaugummi rum.

»Komm schon. Verrat mir deine Nummer. Ich setz sie zu Hause ab, mach ne Kehrtwende und hol dich ab. Dann können wir reden und haben den Rest der Nacht, um uns kennenzulernen.« Meine Nippel wurden hart und stachen durch mein enges Kleid. Er sah sie auch, leckte sich die Lippen und grinste noch breiter.

Ich suchte in meiner Coach-Tasche nach einem Stift, doch er hatte längst einen in der Hand. Er kritzelte gerade die Nummer, die ich ihm diktierte, auf eine Streichholzschachtel, 555 . . ., als Natalie um die Ecke kam. Sie sah ihn an.

»Warum benutzt du das Münztelefon?« fragte sie, nur um überhaupt was zu sagen. Als er nicht antwortete, bemerkte sie meine geöffnete Tasche. Dann sah sie den Stift in seiner Hand und sagte: »Du kleines hinterhältiges Flittchen. Du mieses hinterhältiges Scheißflittchen.«

»Reg dich ab, Natalie. Er hat mich gefragt . . .«

»Was hat er dich gefragt? Was hast du sie gefragt?« Sie wirbelte zu Will herum.

»Baby, ich hab sie n Dreck gefragt. Sie wollte einen Stift haben. Ich mußte einen Anruf erledigen. Ich wollte nicht, daß man ihn zum Handy zurückverfolgen kann, deshalb hab ich das Münztelefon benutzt. Ich hab ihr den Stift gegeben, und das war's. Komm her. Warum bist du immer so mißtrauisch?« Er zog sie an sich und umarmte sie, um sie zu beruhigen. Als sie ihr Gesicht zwischen seinen breiten Schultern vergrub, sah er mich über ihre Schulter an und wartete auf die letzten vier Ziffern. Mit den Lippen formte ich lautlos: 4728. Er erwiderte still: »Ich ruf dich an.«

Die Mädels am Tisch hatten keine Ahnung, was passiert war, aber alle spürten, daß die Atmosphäre geladen war. Als unser Essen kam, rührte Natalie keinen Bissen an und sagte kein Wort. Will schleimte sie voll, aber *mir* warf sie haßerfüllte Blicke zu. »Hübsches Kleid«, platzte Natalie plötzlich raus.

Toshi sagte: »Ja, geiles Teil.«

»Ist das von Simone?« zickte Natalie. Verständnislos sah Simone zwischen mir und Natalie hin und her. Ich biß wütend die Zähne zusammen.

»Nee, das hat sie heut gekauft«, sagte Simone. »Ich wünschte, ich hätt's geklaut. Ich könnte die Kohle, die sie dafür abgedrückt hat, echt gebrauchen.« Alle außer mir und Natalie lachten.

»Dein Kostüm ist auch hübsch«, antwortete ich herablassend. »Genau *mein Stil.*«

»Hab ich für fünfzig Mäuse bei der FBI-Versteigerung in eurem Haus in Long Island geschossen.«

Über den Tisch hinweg packte ich Natalie am Hals. Zakia ging dazwischen und versuchte, uns zu trennen, während Simone mich zurückhielt. Toshi hielt Natalie fest, und Zakia befahl Will, sich da rauszuhalten.

»Du hinterhältiges Flittchen«, kreischte Natalie. »*Immer* denkst du, daß es nur *um dich* geht. Alles dreht sich um dich! Ich war immer deine Freundin, und jetzt fällst du mir in den Rücken. Alle zerreißen sich das Maul über deine durchgeknallte, glatzköpfige Crackhead-Mutter. Jeder weiß, daß du *pleite* bist und kein Zuhause hast. *Ich* halt zu dir, und *du* nutzt mich nur aus. Glaub bloß nicht, daß du damit durchkommst. Zu Will komm ich später. Hier geht's nur um dich und mich.«

»Du bist doch nur ein billiges Flittchen, Natalie. Du kopierst seit jeher meinen Stil, weil du selbst keinen hast. Und zum letzten Mal, *dein Macker hat sich an mich rangemacht.* Wenn du so *geil* bist, wie du tust, warum schnüffelt er dann an meinem Arsch? Also reg dich ab.«

»Aus dir mach ich Hackfleisch, Winter. Laß dich bloß nicht erwischen. Aus dir mach ich Hackfleisch.«

»Ja, ja, ja. Kommt ihr, Mädels?« fragte ich und stand auf, um zu gehen. Alle sahen sich fragend an und warteten, was die anderen taten. Simone kam mit mir, die anderen blieben bei Natalie.

»Wenn ich nicht schwanger wär«, sagte Simone, »hätte ich denen was erzählt. Aber ich muß aufs Baby aufpassen.« Sie zeigte auf ihren Bauch. Ich und Simone tranken die ganze Nacht. Um fünf Uhr morgens torkelte ich in Tante Bs Wohnung und schlief in voller Montur ein.

Am Sonntag wachte ich um fünf Uhr nachmittags mit

dickenm Schädel auf, schälte mich aus den Klamotten und nahm eine heiße Dusche. Ich ließ die letzten vierundzwanzig Stunden nochmal in meinem Kopf abspulen, und meine Tränen mischten sich mit dem Duschwasser. Bei dem Gedanken, daß meine persönlichen Angelegenheiten quer durch Juniors Restaurant posaunt worden waren, zitterte ich noch immer.

Um sechs rief Will an. »Na, was ist? Bist du fertig? Ich hol dich ab.«

»Laß den Scheiß. Du hast nicht mal mit der Wimper gezuckt, als deine Freundin gestern auf mich losgegangen ist.«

»Das hat doch nichts zu sagen. Wenn ich dazwischen gegangen wäre, hätte sie nur noch mehr aufgedreht. Ich hab dafür gesorgt, daß sie Dampf abgelassen hat, bis sie fix und alle war.«

»Ach, wirklich«, sagte ich spöttisch.

»Komm um sieben runter. Ich hol dich ab. Ich komme in meinem grünen Q45, nicht im Rover.«

»Na gut, wir treffen uns hinter Gebäude B.« Mir war klar, daß ich gefährlich lebte, aber ich hatte keine Angst. Natalie kapierte einfach nicht, daß mein Interesse an Will rein geschäftlich war. Sie war viel zu beschränkt, um die Ideen und Geschäftspläne zu kapieren, die ich im Kopf hatte. Sie war zu weit gegangen, als sie mich in der Öffentlichkeit zum Affen gemacht hatte. Ich wollte ein eigenes Imperium aufbauen, damit ich mich mit so ner Kinderkacke wie Natalie und ihren abgedrehten Drohungen nicht mehr abgeben mußte.

Das Auto war dunkelgrün und neu. Extra angefertigte mintgrüne Ledersitze mit dunkelgrüner Einfassung. Auch der Teppich war mintgrün. Als ich ins Auto stieg, streifte ich meine Schuhe ab, um ja keinen Dreck zu machen. »Hübsche Füße, Winter. Was ist mit den Sohlen?«

»Was?«

»Deine Fußsohlen. Sind die weich wie Seide oder hart und rauh wie Schmirgelpapier?«

»Ich bin keins von diesen zweitklassigen Weibern, mit denen du dich abgibst.«

»Zweitklassig, hm?« wiederholte er ruhig, ohne auch nur im geringsten beleidigt zu klingen.

»Genau, ich rede von spröden Knöcheln und Ellbogen. Von rauhen Füßen und abgesplittertem Nagellack. Daran bist du doch gewöhnt«, lachte ich. »Und durchgefurzte Unterhosen und schmuddelige, durchgescheuerte BHs und muffige Achselhaare und . . .«

»Schon kapiert, Winter . . . Alles klar.«

»Gut. Wenn du mich nicht beleidigst, beleidige ich dich auch nicht. Wohin fahren wir?«

»Ich will den neuen Bruce-Willis-Streifen sehen.«

»Oh«, erwiderte ich gelangweilt.

»Schlag was anderes vor.«

»Ich will reden.«

»Scheiße. Warum wollen Frauen immer reden? Wir haben uns grad erst kennengelernt. Worüber können wir schon reden?«

»Über etwas, an dem mir sehr viel liegt . . . übers Geschäft.«

Er lachte. »Aha, ›übers Geschäft‹. Was fürn Geschäft?«

»Du weißt, was fürn Geschäft.«

»Oh«, sagte er und zögerte. »Das ist nicht dein Ernst. Das ist Männersache, wie Football, nur noch brutaler. Das ist nichts für dich.«

»Ich bin damit aufgewachsen. Ich weiß, worauf ich

mich einlasse. Im Moment sitz ich in der Klemme. Ich brauch Kohle, und zwar schnell. Du weißt, wovon ich rede.«

»Weißt du, woher *ich* weiß, daß *du* keine Ahnung hast, wovon du redest? Weil du einfach drauflosquatscht, obwohl du mich nicht mal kennst.«

»Daran hab ich schon gedacht, aber irgendwo muß ich ja anfangen. Es bringt doch nichts, mir den Kopf darüber zu zerbrechen, wem ich trauen kann und wem nicht. Das Risiko nehm ich in Kauf. Ich seh das so: Wer sich mit mir einläßt, geht auch ein Risiko ein. Wir haben beide was zu verlieren.«

»Ja, aber ich bin der falsche Mann. So haben wir nicht gewettet. Ich hab dich nach deiner Nummer gefragt, weil du ein Klasseweib bist. Ich wollte dich kennenlernen. Ne Runde plaudern, ins Kino gehen. Jetzt versuchst du abzulenken. Ich kann mit dir keine Geschäfte machen, Winter. Ich bin ein Profi, ich spiel in der Oberliga.«

»Na gut, sieh's doch mal von einer anderen Seite. Betrachte es als Investition. Ich investiere in dein Geschäft, und du gibst mir meinen Anteil vom Gewinn.«

»Und wenn ich dir dein Geld nicht zurückgebe? Kapierst du jetzt? Diese Branche ist wie ein Schachspiel. Du mußt jeden möglichen Schachzug und jeden Spieler bedenken. Auf jeden Schachzug mußt du clever reagieren. Du brauchst eine Gang zur Abschreckung. Sonst kann jeder x-beliebige Nigger dich verarschen, abzocken und umnieten. Santiaga ist weg, seine ganze Gang ist weg. Die Sache hat sich erledigt. Ich sahne ab und dann verzieh ich mich, bevor es zu spät ist.« Mir fiel alles aus dem Gesicht. Will sah meine Enttäuschung. »Also gut, wieviel willst du einsetzen?«

»Ich hab zweitausendfünfhundert Dollar«, sagte ich

stolz. Will hörte gar nicht wieder auf zu lachen. »Was ist daran so scheißkomisch?«

»Mit so popligen Beträgen geb ich mich gar nicht erst ab. So wie du geredet hast, dachte ich, es geht um einen Monsterdeal. Du redest vom Deal an der Ecke. Du willst anderen Dealern ihr Revier streitig machen. Glaubst du allen Ernstes, daß du's mit denen aufnehmen kannst, nur weil du Santiagas Tochter bist?«

»Na, dann sag *du* mir, was ich tun soll. Ich will in deine Gang. Bring mir alles bei. Sag mir, was ich tun soll.« Als wir ins Autokino fuhren, sah Will aus, als würde er drüber nachdenken.

»Weißt du, Winter, man kann sein Geld auch anders verdienen.«

»Und wie?«

Will lächelte. Ich warf ihm einen Hey-du-Wichser-ich-bin-doch-keine-billige-Nutte-Blick zu. »Scheiße Mann, ich geh doch nicht anschaffen.«

»Ich würde Santiagas Tochter nie auf den Strich schikken. Dafür bist du zu gut.«

»Was ist dein Angebot?«

»Bleib einfach bei mir, Winter. Willst du Popcorn?«

»Nein«, sagte ich gefrustet.

Will holte von allem eine *extragroße* Portion. Extragroße Cola, extragroßes Popcorn, eine extragroße Portion Nachos. Während ich ihm dabei zusah, wie er sein Popcorn mampfte, fragte ich mich: *Was hat Will eigentlich vor? Wer ist er?* Hatte er was zu bieten, oder verschwendete ich nur meine Zeit? Offensichtlich wollte er keine Geschäfte mit mir machen. Er wollte nur Sex. Ich wollte ihn mir genau ansehen, aber es war zu dunkel. Nur ab und zu flackerte ein blaues, gelbes oder rotes Licht durch den Wagen. Soweit ich mich erinnerte, sah er nicht schlecht aus. Doch ich fühlte nicht annähernd das gleiche wie bei Midnight im Wagen. Er war ein heißer Typ, und ich würde ihn ranlassen, wenn ich sicher war, daß ich bekam, was ich wollte. Ich hatte schon viele Nigger gekannt, die mit Schmuck, Autos und Klamotten angaben und die Mädels mit nichts als Verbrennungen vom Teppich auf dem Rücken sitzenließen, nachdem sie ihn weggesteckt hatten. Ich brauchte Cash, eine Ausbildung, ein starkes Team und einen echten Mann, der für mich sorgte – in jeder Hinsicht. Ich begann also, ihm ins Hirn zu scheißen: »Ich möchte dich was fragen, Will.«

»Was?«

»Du bist doch ein großer Geschäftsmann, oder?«

»Allerdings«, sagte er selbstbewußt.

»Du läßt dein Geld arbeiten und paßt auf, daß niemand dir ans Bein pinkelt. Mit Kleingeld gibst du dich gar nicht erst ab.«

»Na und? Worauf willst du hinaus?« fragte er leicht genervt.

»Warum verschwendet ein Mann, der so hart für sein Geld arbeitet, drei Mille für ein Chanel-Kostüm an ein Flittchen wie Natalie?«

»Verdammt, dieses Kostüm hat's dir angetan, was?«

»Nein, im Ernst. Ist doch kein Geheimnis, daß Natalie rumbumst. Du solltest besser aufpassen, mit wem du dich abgibst.«

Will war sauer. »Na gut, dann reden wir eben Klartext. Ich sag dir jetzt, was ich sonst nur meinen Jungs sage. Niemand lutscht meinen Schwanz wie Natalie.«

»Ja, aber deinen Schwanz kannst du dir auch in der 42. Straße lutschen lassen.«

»Nein, nicht so. Schwanzlutschen ist eine Kunst. Und Natalie beherrscht sie. Sie kriegt meinen ganzen Schwanz in den Mund und hat immer noch Platz für meine Eier. Wenn ich in ihrem Mund abspritze, schluckt sie's runter als wär's Ahornsirup. Sie hat sich das Dreitausend-Dollar-Kostüm verdient, Mann.« Er lachte. »Einer von meinen Jungs aus Fort Green hat neulich gesagt, daß Natalie mit diesem anderen Typ in unserem Revier rumvögelt. Ich hab ihm gesagt, wenn sie *seinen* Schwanz so lutscht wie meinen, dann versteh ich, daß er dafür sein Leben riskiert. Aber solange sie *meinen Schwanz* so lutscht, kriegt sie alles, was sie will.«

»Warum wolltest du dann meine Nummer?«

»Eine Braut muß mehr drauf haben als Schwanzlutschen. Das ist mal sicher.«

»Oh, du meinst also . . .«

»Ich meine, du bist Santiagas Tochter, du bist schön, jung, erste Sahne. Man muß dir nicht sagen, wie du dich zu benehmen hast. Du hast von Natur aus Klasse, das ist was ganz anderes.«

»Oh, du willst also damit angeben, daß Santiagas Tochter dein Mädchen ist. Aber nebenbei läßt du dir von Natalie den Schwanz lutschen und überschüttest *sie* mit Kohle und Klamotten.«

»Erstens hab ich nie gesagt, daß ich ihr Kohle gebe. Ich geb ihr *Dinge,* die sie will. Und wenn du willst, daß ich ihr den Laufpaß gebe, mußt du's mir besser besorgen als sie.« Will rieb sich mit der linken Hand den Sack, bis sein dikker, steifer Schwanz durch die Hose stach.

»Oh, du hast echt den Nerv zu verlangen, daß ich dir den Schwanz lutsche?«

Will fing an zu lachen. »Hör zu, Mädchen, du kapierst es einfach nicht. Einige Nigger rauchen Gras, andere stehn auf Koks, und wieder andere stehn auf Mösen. Ich laß mir eben gern einen blasen. Wenn grad kein *Mädchen* da ist, laß ich mir von den Crackheads einen blasen. Manche Nigger sind so geil auf Crack, daß sie mir für einen Zug von ihrer Pfeife den Schwanz lutschen.« Er lachte. »Männer haben stärkere Kiefer. Das kommt noch besser.«

Die Leinwand wurde schwarz. Wills Lippen bewegten sich. Er redete, aber ich konnte nichts hören. Das war's. Jedes Gefühl für Will war tot. Ich versuchte mir einzureden, daß Will noch immer ein möglicher Geschäftspartner war, wenn ich mich erstmal beruhigt hatte. Doch Tatsache war, daß ich neben einem Mann saß, der es in Ordnung fand, sich von einem anderen Kerl den Schwanz lutschen zu lassen. Irgendwie hielt Will nur den Junkie für schwul. Will betrachtete sich als »echten Mann«, als mächtigen Dealer. Nur daß wir uns richtig verstehen, ich kann keinen Mann ernst nehmen, der bi ist. Ein halber Mann kann mich weder verführen noch antörnen. Ich muß wissen, daß mein Mann durch und durch ein echter Kerl ist. Bei Midnight mußte ich mir da keine Sorgen machen. Wenn ein Crackhead auch nur vorschlug, ihm einen zu blasen, würde Midnight ihm eine Kugel in den Kopf jagen. Nicht auszudenken, was Santiaga in so einer Situation tun würde.

Bis zum Ende unserer Verabredung tippelte und tänzelte ich wie ein Boxer. Ich mußte meine Trümpfe geschickt ausspielen. Wer wußte, wann ich Will nochmal brauchte. Andererseits hatte ich nicht vor, am Ende der Nacht mit dem Kopf zwischen seinen Beinen zu landen.

Morgen würde ich mit meinem Vater meine finanziellen Möglichkeiten besprechen. Meine Wut auf ihn verflog allmählich. Ich fühlte mich in die Ecke gedrängt. Ich brauchte einen guten Rat von Daddy, dem Mann, der mich immer geliebt hatte. Mir graute davor, mit ihm unter polizeilicher Aufsicht durch eine dicke Glasscheibe oder eine kleine Öffnung oder über ein schmuddeliges altes Telefon zu reden. Privatsphäre konnte man knicken. In jedem Wort konnte eine versteckte Botschaft liegen. Die Vorstellung, meinen Vater nicht berühren zu können, zu sehen, wie er in bedächtigen Schritten rumschlurfte, weil Hände und Füße zusammengekettet waren, war mir zuwider. Und was sollte ich ihm über meine Mutter erzählen? Was hatte er schon gehört? Wem würde er die Schuld geben? War der Zustand meiner Mutter nicht seine Schuld? War es nicht der Zwischenfall mit Dulce, der Mama den Rest gegeben hatte? Wieviel kostete Dulce meinen Daddy? Hatte sie Geld versteckt, das Santiaga gehörte? Morgen würde ich von ihm die Antwort auf all meine Fragen bekommen. Ich kroch ins Bett, sah, daß meine Cousine wieder da war, und schlief sofort ein.

»Ich hab gesehn, wie du aus seinem Wagen gestiegen bist, du Schlampe. Wenn ich dich erwische, bist du dran.« Mit diesem Anruf weckte mich Natalie um fünf Uhr morgens. Das konnte mich nicht erschüttern. Sie war zu zierlich, um ein echter Fighter zu sein. Alles hatte sich verändert, dachte ich, und zwar gewaltig. Es hatte Zeiten gegeben, da hatte sie nicht mal im Traum daran gedacht, mir zu drohen, und schon gar nicht, es durchzuziehen und mich anzurühren. Sie war die Klatschkönigin des Viertels. Deshalb kannte sie meine Lage. Sie wußte, daß meine Familie nicht mehr so dicke war wie früher. Meine einzige Sorge war jetzt, wann und wie Natalie zuschlagen würde. Würde sie mit einem Messer aus einer dunklen Ecke springen, vielleicht bei der Treppe, wo das Licht immer kaputt war? Oder würde sie einen der Crackheads dafür bezahlen, mir was anzutun? Ich mußte auf der Hut sein.

Um sechs, sieben, acht, neun und zehn Uhr klingelte das Telefon. Jedesmal legte der Anrufer auf. Ich wußte, es war Natalie. Um acht Uhr explodierte meine Tante. Sie stapfte im Flur auf und ab und pöbelte. Es gäbe in dieser Wohnung drei erwachsene Frauen, und eine davon hätte ja wohl einer anderen den Kerl ausgespannt! Ich reagierte nicht. Bianca sah mich an und verdrehte die Augen, als wollte sie sagen, die Alte spinnt doch, schlaf weiter.

Genervt stand ich auf und ging unter die Dusche. Der Dampf umgab meinen nackten Körper, und die heißen Wassertropfen liefen an meinen Brüsten runter. *Zeit, hier abzuhauen,* sagte ich mir. *Und wohin?* Keine Ahnung, aber ich wußte, daß ich mich schnell verdrücken mußte. *Wo Midnight jetzt wohl ist?* Ich sah ihn in einer Villa in Spanien sitzen und an einem Tequila Sunrise nippen. Tequila, war das ein spanischer oder ein mexikanischer Drink? Ach, war doch scheißegal! Vielleicht versteckte Midnight sich auch in einer Hütte in Alabama. Nee, dafür war er zu geschmeidig. Er saß im Hinterzimmer eines eleganten Clubs in Chicago – der ihm gehörte. Jede Nacht warf er sich in Schale und verschmolz mit der Dunkelheit, trug aber immer noch seine Sonnenbrille. Er verdiente eine Höllenkohle, aber das *eigentliche* Geschäft lief im Hinterzimmer ab. Er sparte genug Geld, um mich aus dieser Affenscheiße zu retten. Er würde mich in den Nachtclub bringen und mich auf die Bühne ins Scheinwerferlicht stellen. Ich würde ein phänomenales silbernes Designerkleid tragen. Ein Kleid, das extra für mich gemacht war. Auf der ganzen Welt gab es nur eins davon. Ich würde silberne Schuhe tragen, extra aus Italien eingeflogen, und handgearbeitete Strümpfe mit Designer-Strapsen. Midnight würde sagen: »Ladies und Gentlemen, ich möchte Ihnen meine Frau vorstellen, Winter Storm, die neue Managerin meines Clubs.« Die Menge würde jubeln, und ich würde meine neue Rolle als First Lady der Stadt huldvoll annehmen. Ich lachte mich unter der Dusche halb tot.

* * *

»Hast du mich nicht klopfen hören?« Die scharfe Stimme meiner Tante schnitt durch den Lärm der Dusche.

»Was ist, Tante B?«

»Hier ist jemand, der dich sprechen will.«

Ich zog den Duschvorhang zurück und sagte: »Oh, Tante B, ich hab vergessen, es dir zu sagen. Ich mein, ich hab vergessen, dich zu bitten: Falls Natalie vorbeikommt oder anruft, sag ihr, ich bin schon weg.«

»Wieso?« fragte sie mißtrauisch. »Ich dachte, sie ist deine Freundin?«

»Ist sie auch ... Aber heut paßt es mir nicht. Mir geht soviel durch den Kopf.«

»Oh«, sagte Tante B, »du denkst bestimmt an die Limousine, mit der du Samstagabend rumgefahren bist, oder vielleicht denkst du an Natalies Freund. Wie heißt er doch gleich? Bianca!« rief meine Tante nach ihrer Toch ter. »Wie heißt noch der Freund von Natalie?«

Bianca antwortete nicht.

Ich war sprachlos. Und nackt. Allmählich fröstelte ich, weil die kalte Luft rein und der heiße Dampf rauszog.

Meine Tante trat einen Schritt zurück. »So verdammt alt bin ich nun auch wieder nicht. Ich weiß, was hier läuft, vor allem in meiner Wohnung.«

»Tante B«, sagte ich, »wer ist an der Tür?«

Sie steckte ihren Kopf wieder rein und sagte: »Wirst du schon sehn, zieh dich an.«

Während ich mich abtrocknete, huschte ich ins Schlafzimmer. Bianca war verschwunden. Ich dachte, verdammt, wo ist die so schnell hin? Ich griff in meinen Koffer, zog Jeans und T-Shirt raus. Als ich unter dem zusammengefalteten Kleid, das ich letzte Nacht ausgezogen hatte, nach meinem BH griff, sah ich sofort, daß die Sicherheitsnadel nicht mehr da war. Ich fuhr mit der Hand an der BH-Naht entlang. Die Nadel war weg. Meine zweitausendfünfhundert Dollar waren weg. Irgendwas war hier faul. *Keine Panik,* murmelte ich vor mich hin. Ich nahm mein Kleid und schüttelte es aus, falls das Geld sich darin verfangen hatte. Nichts. Ich schüttelte meine Nylonstrumpfhose. Hektisch machte ich den Koffer auf und fuhr mit der Hand durch die Seitentaschen. Ich suchte auch dort, wo ich das Geld nie im Leben hingelegt hätte. Mir brach der Schweiß auf der Stirn aus und vermischte sich mit den Wassertropfen vom Duschen.

Tante B steckte ihren Kopf ins Zimmer, schüttelte mißbilligend den Kopf und sagte: »Was fürn Chaos. Laß deinen Besuch bitte nicht warten.« Sie räusperte sich. »Suchst du was?«

Ich öffnete meinen Mund, um was zu sagen, schloß ihn aber gleich wieder. »Nö.« Sie zog ab. Alles klar, kapiert. Sie war an meinen Sachen gewesen. Meine Tante hatte mein Geld geklaut. Sie dachte, jetzt wären wir quitt, weil sie pleite war und glaubte, daß ich irgendwo noch mehr versteckt hatte. Diese Schlampe hatte meine letzte Rettung gezockt. Ich schrie laut auf, keine Worte, nur Ton. Ich hätte mir in den splitternackten Arsch beißen können.

Die Hände in die Hüften gestemmt kam meine Tante

zurück, gefolgt von einer älteren weißen Frau. Sie spähte ins Zimmer und versuchte so schnell sie konnte soviel sie konnte zu sehen. Meine Tante drehte sich zu ihr um und sagte: »Viel Glück mit ihr. Sie ist eine Katastrophe, sie hört auf niemand. Sie macht, was sie will. Und sie lügt ununterbrochen. Winter, das ist Mrs. Griswaldi. Sie kommt vom Jugendamt.«

»Freut mich, dich kennenzulernen, Winter. Wir haben dich schon überall gesucht. Gottseidank kam heute morgen der Anruf wegen deiner neuen Adresse. Komm, zieh dich an. Laß uns gehen.«

»Mit Ihnen geh ich nirgendwo hin.«

Mrs. Griswaldi beugte sich zu mir. »Tut mir leid, daß du das so siehst, Winter. Mir tut alles leid, was bisher passiert ist. Die nächsten 330 Tage ist der Staat dein gesetzlicher Vormund. Bitte komm mit. Der Marshal begleitet uns.« Im Flur sah ich einen Mann in Uniform stehen.

»Moment mal, warten Sie. Tante B, kann ich kurz mit dir sprechen?« Tante B sah Mrs. Griswaldi an, als brauche sie plötzlich deren Erlaubnis, um sich in ihrer eigenen Wohnung zu unterhalten. Mrs. Griswaldi sah auf ihre Uhr und sagte: »Du hast fünf Minuten. Die Zeit ist knapp. Du bist nicht die einzige, die wir heute nachmittag abholen müssen. Pack bitte alles ein, was du mitnehmen willst.«

Ich packte Tante Bs Hand, sagte: »Entschuldigen Sie mich eine Minute«, und schloß die Tür. »Komm schon Tante B, *wir sind doch eine Familie.* Hast du mich echt verpfiffen? Hast du mir das beschissene Jugendamt auf den Hals gehetzt? Ist es schon so weit gekommen? Verdammt, ich hätte dir schon noch Geld gegeben.« Vor Wut schossen mir Tränen in die Augen.

»Sei nicht albern, Winter. Denkst du, ich hol das Jugendamt in meine Wohnung? Diese neugierige Lady schnüffelt in der ganzen Bude rum. Glaubst du, ich will noch mehr Ärger? Du bist einfach ein dummes Gör, Winter. *Du* hast hier nichts zu melden. Sieh dich doch an. Wahrscheinlich hat diese blöde Kuh Natalie dich verpfiffen. Jetzt weiß die weiße Lady alles über uns. Sie weiß, daß in dieser Wohnung zu viele Leute wohnen. Sie weiß, daß Alvin im Knast ist. Sie weiß, daß deine Mutter auf Droge ist. *Sie hat meine Arme auf Einstichwunden untersucht.* Sie glotzt mich an, als hätte ich was zu verbergen. Ich will nur, daß sie sich verpißt, bevor sie mich anzeigt. Also pack deinen Scheiß zusammen und mach, daß du wegkommst. Dafür, daß du so verdammt schlau bist, bist du ganz schön bescheuert. Ich kann keinen Stress brauchen.«

»Und was ist mit meinem Geld? Das ist alles, was ich habe.«

Meine Tante sah mir eiskalt in die Augen und sagte: »Welches Geld?« Sie griff mit beiden Händen in ihre Taschen und kehrte sie nach außen. In den Taschen war nichts außer Fussel. »Ich hab kein Geld. Und soweit ich weiß, hattest du auch kein Geld.«

Tante B warf mir einen verächtlichen Hab-ich-dir-doch-gleich-gesagt-Blick zu. Ich vergaß mich. Ich weiß nur noch, daß ich meine Hände um ihren Hals legte und sie würgte. Sie schnappte nach Luft. Ich fiel nicht auf ihre Show rein. Ich riß ihr das T-Shirt vom Leib. Sie wehrte sich, aber ich war stärker. Ich riß ihr den BH runter. Da war kein Geld. Mrs. Griswaldi und der Marshal stürzten ins Zimmer. Der Marshal hielt mich fest. Mrs. Griswaldi hob Tante B vom Boden auf und half ihr, sich zu sammeln.

Meine Tante wehrte Mrs. Griswaldi ab. Mit einer aufgeschlagenen Lippe und nichts als ihrer Hose am Leib schnappte sie sich einen Fetzen ihres T-Shirts vom Boden, um ihre Titten zu bedecken. »Sehen Sie«, sagte sie zu

Mrs. Griswaldi und atmete schwer, »Winter ist gewalttätig und verzogen. Sie müssen sie einsperren. Man kann ihr nicht trauen. Ich kann nur sagen, ich hab sie bei mir aufgenommen, und sie tanzt mir auf der Nase rum. Ihnen wird sie auch auf der Nase rumtanzen.«

Sie versuchte nur, mich zu provozieren. Ich murmelte: »Du Junkie-Schlampe«, und packte meine Sachen.

10

Das »Haus des guten Gelingens« war eine Jugendwohnung für Mädchen zwischen dreizehn und achtzehn. Fragt mich nicht, wie sie auf den Namen gekommen sind. Für mich war's ein Witz, genau wie alles andere auch. Ein Haufen bunt zusammengewürfelter Mädchen sollte hier auf große glückliche Familie machen. In jedem Zimmer waren vier Mädchen. Es gab etwa zehn dieser Zimmer, außerdem zwei Küchen und ein riesiges Wohnzimmer, das gleichzeitig Aufenthaltsraum war. Und es gab Büros, in denen die zuständigen Leute taten, was immer sie zu tun vorgaben. Den Büros gegenüber lagen ein paar kleinere Zimmer, in denen Betreuer und Personal schliefen, wenn sie Nachtschicht hatten.

Minimale Aufsicht hieß, daß die Mädchen zwar gewissen Regeln gehorchen mußten, aber mit »kleinen Freiheiten« belohnt wurden. Oder wie Mrs. Griswaldi es ausdrückte: »In den nächsten dreißig Tagen wirst du beurteilt. Wenn es keine Anzeichen für Gewalttätigkeit oder eine Lernstörung gibt, wirst du wie eine junge Erwachsene behandelt und hast entsprechende Pflichten.« Ich stand also unter Arrest und konnte weder abhauen noch kommen und gehen wie ich wollte. Während sie entschieden, ob ich reif für die Welt war, durfte ich dreißig Tage nicht raus.

Ich hatte keine Angst. Santiaga hatte mich dazu erzogen, stark zu sein. Ich geb zu, daß mir so abgefuckte Filmszenen im Kopf rumspukten, wie daß mich ein lesbischer Kampftrupp brutal aus dem Bett ins Badezimmer zerrt und mir einen Besenstiel in die Möse rammt. Aber ich würde mich mit Händen und Füßen wehren. Nur über meine Leiche würde ich mir von irgendwelchen Tussen die Fotze abschlecken lassen oder umgekehrt. Dieser ganze Scheiß ließ mich kalt.

Doch das »Haus des guten Gelingens« war nicht wie im Film. In dem Zimmer, in das ich eingeteilt wurde, traf ich auf die verschiedensten Typen. Zunächst war da dieses Mädel aus Haiti. Über die kann ich nur sagen, daß sie die fettigste Person war, die ich je gesehn hab. Sie hatte ungepflegte, zerzauste Michael-Jackson-Schmalzlocken. Das Haaröl vermischte sich mit der Vaseline auf ihrem Gesicht. Außerdem schmierte sie Hände und Füße mit Fettcreme ein und wirkte rundum naß. Sie hieß Claudette. Einen schlimmeren Albtraum als ihre Klamotten gab es nicht. Es war, als hätte sie sich ein Jahr aus der Vergangenheit ausgesucht, sagen wir 1975, und beschlossen, nur Klamotten aus diesem Jahr zu tragen. Zu allem Überfluß war sie auch noch farbenblind. Das rote T-Shirt trag ich zu den grünen Schlaghosen und dem gelben Hut mit der fetten rosa Blume und dazu die Plateau-Holzlatschen, bei denen meine braune Hornhaut erst so richtig gut zur Geltung kommt. Ich muß wohl nicht erwähnen, daß Claudette meist für sich blieb. Nur einmal sah ich sie mit den anderen Mädels. Das war, als alle zusammenlegten, um ihr einen billigen Walkman zum Geburtstag zu kaufen. Es war geradezu albern, wie glücklich sie darüber war. Angeblich hatten sie ihn nur gekauft, weil Claudette auf Mittelwelle immer einen abgefuckten christlichen Radiosender mit Gospelmusik und einem laut kreischenden, abgedrehten Prediger hörte. Als die anderen es nicht mehr ertragen konnten, kauften sie ihr das Radio mit den Kopfhörern.

Lashay war der reinste Horrortrip. Sie war ziemlich drall und hatte ein breites, niedliches Gesicht. Sie gehörte zu den Mädchen, denen es egal war, daß sie Größe 46 hatten. Sie trug trotzdem Größe 42. Sie hatte breite Hüften, einen dicken Hintern und eine schmale Taille – jedenfalls im Vergleich zu ihrem fetten Arsch. Ihr zu sagen, sie sei fett, war zwecklos. Ihrer Meinung nach waren ein Hüftumfang von einszwanzig, eine Taille von neunzig Zentimetern und ein Tittenumfang von einem Meter die perfekte Figur! Daß sie auch noch in Trägertops rumlief, war echt kriminell. Außerdem trug sie Daisy-Duke-Shorts und Schuhe mit schiefen Absätzen, die bei jedem ihrer Schritte um Gnade flehten. Ihr Thema waren »die Boys«, die, wenn man ihr glauben durfte, *alle* in *sie* verknallt waren. Sie hatte so ziemlich jede verdammte Ausgabe des *Word Up!*-Magazins und klebte die Bilder ihrer Lieblingsrapper in einer wilden Collage an die Wand. Sie war eine echte Angeberin. Für mich war sie eher ne Lachnummer. Wie wollte man mit ausgelatschten Schuhen und verwarzten Klamotten von irgendeinem Stand in der U-Bahn angeben?

Rashida lebte in ihrer eigenen Welt. Sie war hübsch, aber das war ihr egal. Sie machte nichts aus sich. Sie kämmte ihr Haar immer zum Pferdeschwanz zurück, jeden Tag. Für neue Schnitte, Haartücher oder Zöpfchen hatte sie nichts übrig – sie hatte einfach keinen Stil. Sie hatte eine ganz niedliche Figur, verhüllte sie aber, als sei das eine Strafe oder so was. Sie hatte den Nerv, hier und heute, billige No-Name-Schuhe zu tragen. Ihr wißt schon, die Dinger, die für vier Dollar im Supermarkt verkauft werden. Sie dekorierte ihren Teil des Zimmers null und war supersauber und ordentlich. Sie war immer nur am Lesen. Sie sah nicht mal fern, außer vielleicht die blöden Nachrichten.

Noni war das Mädel, deren Bett ich kriegte. Sie wurde in ein anderes Zimmer verlegt. Die Mädels sagten, Noni raucht wie ein Schlot, obwohl Rauchen nicht erlaubt war. Sie hatte eine Schnur gespannt und einen Vorhang um ihr Bett gezogen. Das hatte nichts gebracht, sagten sie. Der Rauch verpestete das Zimmer trotzdem. Sie sagten, sie hat schwache Nerven, ihr Stiefvater sie mißbraucht und ihre Mutter sie verprügelt. Wenn sie rauchte, fühlte sie sich gut, und sie trat jeden in den Arsch, der versuchte, ihr die Zigaretten wegzunehmen oder sie zu verpetzen. Die Betreuer der Nachtschicht ließen sie einfach rauchen, weil es angenehmer war, Noni zum Freund als zum Feind zu haben. Die Folge war, daß die anderen es ihr nachmachten. Als ein Mädel im anderen Zimmer achtzehn wurde, mußte sie raus und auf eigenen Beinen stehen. Und weil in dem Zimmer noch drei andere Raucher schliefen, gab man das frei gewordene Bett Noni. Ich kriegte ihr Bett und landete bei Claudette, Lashay und Rashida.

Meine erste Woche war der Wahnsinn. Ich wurde ins Büro meiner Sozialarbeiterin gerufen. Sie hieß Kathy Johnson. Sobald ich im Zimmer war, nahm ich sie ins Visier. Ihr Haar war artig zurückgekämmt. Ihre Dauerwelle mußte dringend aufgefrischt werden. Sie hatte verzweifelt versucht, die krausen Strähnen mit Gel zu glätten, das zu weißen Schuppen verklumpte. Sie machte ihre Nägel selbst, aber glaubt mir, sie war sicher zu faul, die alte Schicht Nagellack zu entfernen, und malte die neue Schicht einfach drüber. An den Füßen trug sie billige Treter. Unten drunter klebte hundertpro ein Schild mit der

Aufschrift »Kunstleder«. Ihr Hosenanzug war von JCPenney's oder Sears und eindeutig aus Polyester oder Kunstseide.

»Komm rein, Winter. Setz dich«, sagte sie, als brauchte ich ihre Hilfe. Sie schlug den Pappordner auf und blätterte durch einige Papiere. Ich sah mir ihre linke Hand an. Kein Verlobungsring, kein Ehering, nichts. An der Wand hing ein Diplom der Fordham University.

»Winter, wo gehst du zur Schule?« fragte sie.

»Ich bin auf die Half Hollow High in Long Island gegangen.«

»Was ist dann passiert?« fragte sie.

Ich zog die Luft zwischen den Zähnen ein und sagte: »Das steht doch alles in der Akte.«

»Okay, Winter. Bist du vorzeitig abgegangen? Hast du dich nach Long Island in einer anderen Schule angemeldet? Und wie willst du deinen Schulabschluß hinkriegen? Das muß ich schon von dir persönlich hören.«

Ich antwortete kurz und knapp. Weshalb sollte ich die Sache kompliziert machen, wo sie selbst doch ein wandelndes Beispiel dafür war, wo man sich seine Schulbildung hinstecken konnte. Was sollte ich tun? Versuchen, so zu werden wie sie? Eine teure Schule bezahlen, viel, viel Geld abdrücken, damit ich einen billigen Job mit popligem Gehalt bekomme? Und was krieg ich dafür? Ein bekloptes Diplom in einem billigen Büro, wo ich nicht genug Kohle für eine anständige Maniküre, Pediküre oder Dauerwelle verdiene? Ich sollte sie lieber fragen, was eigentlich *ihr* Problem war.

Sie fragte nach meinen Schwestern, die ich fast völlig verdrängt hatte. Sie fragte nach meiner Mutter und nach meinem Vater und steckte ihre Nase in alles, was sie einen feuchten Scheißdreck anging, so daß ich ihr schließlich antwortete, was mir gerade einfiel. Sie fragte, ob ich lesen und schreiben kann. Ich sagte ihr: »Klar, und sprechen kann ich auch.«

Nach zwei Stunden durfte ich gehen. Ich fragte, was mit Geld ist? Sie erklärte, ich bekäme sechzig Dollar pro Woche. Die Einrichtung bekam achthundert pro Monat und Mädchen. Nach Abzug der Kosten blieben sechzig Dollar pro Woche als Taschengeld übrig.

»Welche Kosten?« fragte ich.

»Wir kümmern uns um alles, was du brauchst, Winter. Wir sorgen für Essen, Kleidung, zahlen die Miete usw.«

»Sie meinen, Sie haben die Klamotten gekauft, die die Mädels tragen?«

»Nein, nicht direkt. Es gibt Gutscheine. Dein Sozialarbeiter, also ich«, sagte sie stolz, »begleitet dich alle zwei oder drei Monate, um das zu kaufen, was du brauchst.«

»*Sie* wollen *mir* beim Shoppen helfen?« wiederholte ich und lachte.

Mrs. Johnson sagte: »Weißt du, wenn du dich nicht an die Regeln hältst, verspielst du deine Sonderrechte. Auch den Ausgang am Abend, am Wochenende und deine wöchentlichen Bezüge.«

»Bezüge?« fragte ich.

»Dein Geld. Weißt du, Winter, du gehörst zu den älteren Mädchen hier. Die meisten der Sechzehn- und Siebzehnjährigen arbeiten nach der Schule. Du wirst nicht lange hier sein. Ich würde vorschlagen, daß du dich auf die Zukunft konzentrierst. Ich helf dir, wo ich kann.«

Nach einem abgepackten Mittagessen mußte ich zur Anstaltspsychiaterin. Die Frau war selbst eine arme Irre. Sie fragte mich alle möglichen Sachen über meine Mutter und meinen Vater. Ob mein Vater mich anfaßt, ob ich je Sex mit ihm haben wollte, ob meine Mutter mich je geschlagen hat. Immer wenn ich eine Frage verneinte, formulierte sie sie neu und fragte wieder denselben Scheiß. Zum Beispiel wie ich mich gefühlt hab, als sie meine Schwestern mitgenommen haben. Sie hätte mich genausogut fragen können, ob ein brennendes Haus heiß ist! Sie fragte mich nach meiner Beziehung zu meinen Freunden und zu Männern. Ich dachte nur, Lady, glaubst du echt, daß ich das ausgerechnet dir alter Schachtel auf die Nase binde? Zum Spaß erfand ich Sachen – ich krieg Ausschlag, wenn ich mit mehr als zwei Leuten im selben Zimmer bin. Ich bin Jungfrau und will warten, bis ich dreißig bin. Am liebsten masturbiere ich zum Klang der Waschmaschine – ich hätte mich schlapplachen können. Sie saß da, mit ihrem großen, gelben Block, und suchte allen Ernstes nach einer Erklärung für die ganze Sülze, die ich ihr auftischte.

Und noch mehr Tests. Lesen und Mathe. Wenn sie irgendwas rausfanden, dann, daß ich lesen, schreiben und rechnen konnte. Wie Santiaga sagen würde, alles andere ist komplett überflüssig. Ich mußte zur Verhütungstante, die ein echt persönliches Gespräch führen wollte. Ich hatte darauf zwar keinen Bock, aber die Gratis-Kondome nahm ich trotzdem an. Auch wenn im ganzen Haus nicht ein Mann war. Vielleicht konnte ich sie brauchen, wenn man mir mehr Leine ließ.

Abends gingen die meisten Mädels aus. Sie hatten bis elf Uhr Ausgang. Einige hatten Jobs, andere hatten frei. Wenn man nach elf Uhr zurückkam und die Sperrstunde verpaßte, bekam man den Rest der Woche Hausarrest. Wer dreimal in dreißig Tagen zu spät kam, verlor dieses »Sonderrecht« auf Dauer. Ich hockte also mit den Mädchen da, die ihre Strafe absaßen, den Neulingen, die wie ich noch getestet wurden, und den uniformierten Ladies, die die Tür bewachten und über das Kommen und Gehen der Mädchen Buch führten.

Ich lag auf dem Bett und machte eine Liste mit den Dingen, die ich brauchte. Ganz oben stand ein Schloß. Ich mußte meinen Koffer abschließen, bevor jemand die Tante-B-Tour abzog und meine Klamotten abzockte. Wenn irgend jemand sich an meinen Sachen zu schaffen machte, gab's Ärger. Nachdem die Liste fertig war, dachte ich nach. Ich mußte aus dem Nichts was zaubern. Ohne Startkapital.

Plötzlich hatte ich eine geniale Idee. Ich sprang aus meiner Koje und ging ins gegenüberliegende Zimmer. »Noni, leih mir einen Dollar. Ich muß ein paar Anrufe erledigen.«

»Wann krieg ich's wieder?«

»Freitag.«

»Na gut, ich leih dir einen Dollar, nicht mehr. Wenn ich's am Freitag nicht wiederkrieg, pump ich dir nie wieder was.«

»Cool«, antwortete ich, nahm die vier Quarter und wartete, daß Jinja endlich das Münztelefon freigab.

»Simone. Was geht ab, Alte? Ich hab n Auftrag für dich. Bist du flüssig?«

»Ja, geht so. Hab schon gehört, daß du Stress hast.«

»Nee, ich hab keinen Stress, jedenfalls nichts, womit ich nicht fertigwerde. Hör zu, ich hab hier ne Liste mit Sachen, die du mir besorgen mußt. Kostet so um die zweihundert.«

Simone lachte. »Von wegen.«

»Um so besser«, sagte ich. Ich las ihr die Liste vor und bat sie, alles in eine Kiste zu packen. »Freitagmorgen ruf ich dich an. Ich schick wen vorbei, der die Kiste abholt. Sonntagabend kriegst du die Kohle.«

Mit mir waren wir vierzig Mädchen. Jede von uns hatte mindestens sechzig Dollar pro Woche. Einige hatten Jobs. Insgesamt bekamen die Mädchen im »Haus des guten Gelingens« mindestens zweitausendvierhundert pro Woche. Auf keinen Fall würde ich mich in eine McDonald's-Polyester-Uniform stecken lassen. Kann ich Ihnen helfen, Sir? Darf es zu den Pommes eine Cola sein? Von wegen! Ich würde hier ein Geschäft aufziehen und alle mit dem versorgen, was sie brauchten. Erstmal würde ich ihnen verklickern, *was* sie brauchten. Ich war noch drei Wochen eingesperrt. Das waren drei Freitage, es war also bestenfalls mit Einnahmen von siebentausendzweihundert zu rechnen. Ich brauchte nur fünftausend. Wenn ich meine »Sonderrechte« erhielt, würde ich mein Geld auf der Straße investieren, es mindestens verdreifachen, mir eine eigene Bude besorgen und ein neues Leben anfangen. Ich konnte Simone zu meiner Partnerin machen. Sie kannte das Geschäft und war nicht so eine Klatschtante wie Natalie. Sie bekam bald ein Baby und konnte meine Hilfe brauchen. Zusammen würden wir absahnen.

Bis Freitag nutzte ich jeden Tag, um die Mädchen im Haus kennenzulernen. Das war nicht schwer. Jeden Morgen stylte ich mein Haar neu und schickte mich auf, als hätte ich eine ganz besondere Verabredung. Allerdings ging ich nirgendwo hin, und das wußte auch jeder. Die Mädels beobachteten mich und fragten mich, wie ich mein Haar stylte, wie ich mir die Hände manikürte, die Zehen pedikürte und wo ich meine Klamotten und Schuhe herhatte. Ich gab ihnen auf alles eine Antwort. Nach einer Weile begannen sie, mich auszufragen, wer ich war, woher ich kam.

Nach und nach erzählten sie mir ihr Leben. Meine Geschichten gefielen ihnen aber besser, weil ihre meist traurig waren. Ich erzählte ihnen von der riesengroßen Geburtstagsparty, die Santiaga an meinem fünften Geburtstag geschmissen hatte. Sie fand im Ballsaal eines Hotels statt. Santiaga ließ den Saal mit fünfhundert Luftballons füllen, hundert für jedes Jahr, das ich auf der Welt war. Alle Kinder aus unserer Straße kamen. Ich bekam mein erstes Partykleid, in dem ich mich mit dreizehn nicht mal hätte begraben lassen, das ich aber als Fünfjährige klasse fand. Ich trug Lackschühchen von Gucci und weiße Spitzenstrümpfe. Wir machten Familienfotos, und Santiaga schenkte mir ein Armband mit einem Elefanten aus 24karätigem Gold. Bis zu meinem zwölften Geburtstag bekam ich jedes Jahr ein neues Goldtier. Als ich dreizehn wurde, machte ich aus dem Armband eine Halskette. Die trug ich zwar nicht mehr, aber ich bewahrte sie als Andenken auf. Natürlich fragten sie, wo mein ganzes Zeug war, und ich log, es werde gelagert, bis meine Eltern das Mißverständnis aufgeklärt hätten.

Ich fand raus, welche Mädels Jobs hatten und welche nicht. Wer zusätzlich Geld verdiente und welchen Geschmack sie hatten. Während ich mir den Mund fusselig redete, plante ich die ganze Zeit, was ich verkaufen, welche Dienstleistungen ich anbieten, welche Preise ich verlangen konnte und wieviel ich in den ersten paar Wochen voraussichtlich einsacken würde. Lashay hatte am Wochenende Ausgang. Als sie am Freitag loszog, bat ich sie, sich mit Simone in der Pizzeria um die Ecke zu treffen und die Kiste für mich abzuholen.

Als erstes schnappte ich mir das Schloß und die Kette für meinen Koffer, den ich seit meiner Ankunft wie ein bissiger Hund bewacht hatte. Ich legte das ganze neue Zeug rein und kettete ihn zu. Ich breitete die Zeitschriften, die ich bestellt hatte, auf meinem Schreibtisch aus und eröffnete offiziell mein Geschäft. Meine erste Kundin und diejenige, die ich zu meiner besten Kundin machen wollte, war Claudette. Sie würde ein gutes Beispiel dafür abgeben, was ich wert war. Ich fand raus, daß Claudette ihr Geld nie ausgab. Sie war siebzehn, arbeitete in der Woche und schickte hundertfünfzig Dollar im Monat an diesen durchgeknallten Priester, den sie sich immer reinzog. Den Rest legte sie zur Seite.

»Claudette, hast du eigentlich einen Freund?«

»Nee«, sagte sie schüchtern.

»Oh, du darfst wohl als Christin keinen Freund haben.«

»Doch, ich *darf* einen Freund haben. Es gibt nur gewisse Dinge, die wir nicht tun dürfen.«

»Und wie läuft das ab?« fragte ich sie. »Du lernst einen netten Typ kennen, und wenn er schnallt, daß du ihn nicht ranläßt, macht er die Fliege.«

»Nein, so weit kommt's gar nicht erst. Ich mag ihn. Er mag mich nicht, das war's.«

»Ich weiß, was dir fehlt.«

»Was fehlt mir denn, Winter? Du weißt das doch bestimmt. Du weißt soviel.«

»Wenn ich dir zeig, was dir fehlt, und dir geb, was dir fehlt, dann kostet das.«

»O nein«, sagte sie. »Ich will kein Geld ausgeben.«

»Wenn ich mit dir fertig bin, kannst du jeden Mann haben, der dir gefällt. Dein ganzes Leben wird sich ändern. Deinem Prediger gibst du doch auch Geld, oder?«

»O ja, aber das ist ganz was andres.«

»Aber du hast nichts davon.«

»Das weißt du doch gar nicht. Er macht mich glücklich, jeden Tag glücklicher.«

»Ich mach dich noch glücklicher, und wenn ich dir erstmal gezeigt hab, wie's geht, kannst du's selbst nachmachen. Okay, ich mach dir n Vorschlag. Ich mach dich zurecht. Wenn's dir gefällt, bezahlst du mich. Wenn nicht, sind wir quitt.«

Ich reichte ihr einen Stapel Zeitschriften. Sie sollte mir zeigen, wie sie aussehen wollte. Ich kaute Claudette ein Ohr ab und belaberte sie, bis sie einsah, daß sie sich verändern wollte. Als sie endlich in Erwartung eines neuen Haarschnitts auf dem Stuhl saß, hätte ich mich kaputtlachen können. Alles, was ich übers Haareschneiden wußte, war, wie ein guter Haarschnitt aussehen soll, wenn er fertig ist, und was ich bei Earline's abgekuckt hatte. Was mich aber beruhigte, war, daß ich Claudettes Haar kaum noch mehr verhunzen konnte. Ich begann also zu schnippeln, bis sie fast eine verdammte Glatze hatte.

Meiner Meinung nach brauchte sie eine Rundum-Erneuerung. Ich verpaßte ihr Lockenwickler. Und wenn ich mich selbst loben darf, das Ergebnis sah verschärft aus. Ich klatschte ihr eine Gesichtsmaske drauf und holte die ganze Vaseline und das billige Make-up aus dem Neunundneunzig-Pfennig-Shop runter. Ich zückte mein Nageletui, gab ihr Tips und französische Maniküre und Pediküre. Ich ließ sie den roten Rock, die löchrigen Stinkesocken und Sandalen ausziehen und sagte ihr, daß sie, weil ich sie mag, einen kurzen Blick in meinen Koffer werfen darf. Vorsichtig nahm ich die Kette ab, damit sie kapierte, daß sie in den Genuß eines besonderen Privilegs kam. Von nun an, sagte ich, kann sie ihre Klamotten bei mir bestellen. »Laß uns die Sache langsam angehen«, sagte ich.

Sie suchte sich eins von meinen Designerkleidern aus. Als sie einen Blick in den Spiegel warf und die französische Maniküre sah, die großen Locken, das natürliche Gesicht mit dem erstklassigen MAC-Lippenstift und das

Donna-Karan-Kleid, lächelte sie sich zu und begaffte sich von links, von rechts, von vorn und von hinten.

Soweit ich das beurteilen konnte, stand sie unter Schock.

»Jetzt probier die hier mal an«, sagte ich. Ich nahm meine Schuhe aus dem Schuhkarton, in dem ich sie aufbewahrte. Sie waren eine Nummer zu klein für sie, aber ihr dämmerte, worauf ich hinauswollte.

»Also Claudette«, sagte ich und nahm ihr Gesicht in meine Hände, so daß sie mir direkt in die Augen sehen mußte, »mein Kleid und meine Schuhe kann ich dir nicht geben, aber sieh dich an und stell dir vor, daß du immer so aussehen kannst, wenn ich dir helfe. Dein Leben wird sich ändern.«

»Wieviel?« fragte Claudette.

»Für Gesicht, Haare, Nägel und Füße?«

»Ja, und das Kleid.«

»Oh, das Kleid kannst du dir nicht leisten, es gehört mir. Aber ich kann dir eins besorgen, das genauso schön ist. Nachher zeig ich dir meinen Katalog. Wenn du was bestellst, kommen wir ins Geschäft.«

»Woher willst du wissen, daß ich mir das Kleid nicht leisten kann?« fragte Claudette scharf.

»Selbst wenn du's kannst, was ich bezweifle, geb ich's dir nicht. Das ist ein exklusives Designerstück«, log ich, um sie anzufixen. »Es gibt nur ein ganz paar davon, aber du kannst was kriegen, das fast genauso schön ist. Ich versuch, das Richtige für dich zu finden.« Ich berechnete ihr sechzig Dollar. Sie zahlte. Ich bemerkte den neuen Schwung in ihrem Gang. Für weitere sechzig Dollar überzeugte ich sie, eine von meinen Jeans und eine Bluse zu kaufen, die ich von Banana Republic hatte. Ich riet ihr, weniger knallige Farben zu tragen. Kurz, ich hatte eine Stammkundin angeworben. Wir schrieben Woche zwei im »Haus des guten Gelingens«, und ich hatte schon hundertzwanzig Dollar plus meine sechzig Dollar Taschengeld eingesackt. Wenn ich durch Claudette erst bekannt wurde – nicht, weil sie davon erzählte, denn sie war etwas schüchtern, sondern nur weil sie plötzlich nicht mehr das Landei von früher war –, würde ich im Geld schwimmen.

Die Sache kam schnell ins Rollen. Ich hatte alles, was die anderen brauchten, und zwar *zu besseren Preisen, als sie es irgendwo anders kaufen konnten.* Alle waren glücklich. Ich stellte aus den Modefotos in den Zeitschriften einen Katalog zusammen und numerierte die Teile. Alle im Haus bestellten ihre Klamotten bei mir. Simone zockte sie und verkaufte sie mir billig. Ich verscherbelte sie für weniger als die Hälfte vom Ladenpreis an die Mädels weiter. Lashay verdiente sich als ahnungsloser Kurier was dazu. Sie traf sich mit Simone, holte die Ware und lieferte alles bei mir ab. Ich hatte Zigarettenschachteln in rauhen Mengen für Noni, Familienpackungen mit Süßigkeiten für Lashay, Klamotten, Frisuren, Fingernägel, Pediküre und Modetips für jeden, der wollte, und warf zur rechten Zeit Bier und Joints auf den Markt. Wenn Simone gut drauf war, hatte ich sogar Handys und CD-Player im Angebot. Nach einundzwanzig Tagen hatte ich zweitausendfünfhundert Dollar in der Tasche, ohne mein Zimmer je verlassen zu haben.

Kathy Johnson, meine Sozialarbeiterin, empfahl mir, die Schule abzuschließen. Ich war dagegen und bat sie, sich darum zu kümmern, daß ich vorzeitig abgehen konnte. Damit es kein Drama gab, ließ ich mich breitschlagen, die bekloppte Abschlußprüfung abzulegen. Ich tat sogar so, als hätte ich vor, mir einen Job zu suchen. Die anderen Mädels steckten mir, wie man die Sache aufzog. Ich mußte nur jede Woche ein Formular ausfüllen, in dem ich erklärte, daß ich nach einem Job gesucht hatte, und wo. Ich schrieb die Firmennamen und die Adressen aus den Stellenanzeigen ab, füllte das Formular aus und gab es ab. Damit war die Sache gegessen. Für mich war jedenfalls klar, daß ich nie Arbeit finden würde. Ich war schließlich längst groß im Geschäft. Mrs. Johnson drohte, mich bei irgendwelchen Technik- und Wirtschaftsschulen anzumelden. Als wollte ich den Rest meines Lebens Kühlschränke reparieren oder so'n Kack.

Die Psychiaterin empfahl mir wöchentliche Sitzungen und stempelte mich als eine Art Soziopathin ab. Wegen der abgedrehten Stories, die sie mir als Tatsache abgenommen hatte. Entweder weil sie gebildet oder einfach dämlich genug war. Sie riet mir, meine kleinen Schwestern zu besuchen und gemeinsam mit meiner Familie eine Beratung aufzusuchen. Das sah ich ganz anders. Warum sollte ich meine Schwestern besuchen, wenn ich einen Scheißdreck für sie tun konnte. Sie würden sofort davon anfangen, daß sie mit mir kommen wollten. Was sollte ich dann tun, sie von einem Heim ins nächste schleppen?! Was fürn beknackter Vorschlag.

An meinem ersten freien Tag traf ich mich mit Simone. Wir hatten regelmäßig telefoniert, aber nur übers Geschäft gesprochen, weil die Zeit knapp war. In unserem Stockwerk gab es nur ein Telefon, und jeder wollte es benutzen. Wenn ich das Telefon in Beschlag genommen hätte, wären nur meine Kundinnen sauer geworden. Simone schien echt froh, mich zu sehen. Wir trafen uns in einer Pizzeria. Sie brachte mich auf den neuesten Stand, was in Brooklyn abging. Natalie und Will waren noch immer zusammen. Natalie haßte mich und zog überall über mich her. Meine Ma war ganz unten. Sie war in einem einteiligen Catsuit gesichtet worden, ihr wißt schon, diese billigen Leggings mit Body dran, wo man keine Unterwäsche drunter trägt. Sie hatte noch immer eine Glatze, ein schiefes Gesicht und war auf Crack. Natürlich drückte Simone es anders aus, aber reden wir doch Klartext. Ich bin smart. Da draußen glaubte niemand, daß Santiaga je wieder rauskam. Tante B machte gegen Geld die Beine breit. In meiner Familie schlug sich jeder allein durch, und wir waren alle irgendwie am Arsch. Simone erwähnte nebenbei, daß sie in ihrer Wohnung ein Zimmer für das Baby herrichtete. Sie hatte ein neues Kinderbett, Bettzeug, Spielsachen und den ganzen Mist. Alles in rosa. Ich fand das bescheuert. Was, wenn das Baby ein Junge war? Sie hatte ein Ultraschallbild und war sicher, daß es ein Mädchen war, also war alles in bester Ordnung. Sie sagte, sie sei jetzt im siebten Monat und ständig müde. Sie hatte Geld für das Baby zur Seite gelegt und wollte im achten und neunten Monat kürzertreten. Na, ich war schließlich nicht taub und hörte den Schuß. Ich mußte so bald wie möglich aktiv werden. Wenn sie kürzertrat, gingen die Umsätze zurück. Sehen wir den Tatsachen doch ins Auge. Sie war eine Ladendiebin. Ich nicht. Sie kannte sich aus und hatte Beziehungen. Ich nicht. Um ehrlich zu sein, ich wollte auch gar keine Ladendiebin sein, solange ich dafür meine Leute hatte. Wie Simone.

»Simone, ich will Geld investieren.«

»In was?«

»Crack.«

»Damit kenn ich mich nicht aus, Winter, das weißt du doch. Du weißt, daß ich eine Kiff-Connection hab, aber die ist draußen in Brooklyn, weitab vom Schuß.«

»Nein, drauf geschissen. Ich brauch hier eine Connection. Kiff ist cool, aber Crack bringt mehr ein. Wenn diese Schwachköpfe erst mal drauf sind, bleiben sie dir treu. Ich muß mein Geld mindestens verdreifachen.«

»Ich kenn jemand, mit dem ich reden kann, ein Cousin in Uptown. Aber er stellt sich immer tierisch an, vielleicht will er nicht mal mit mir reden: Er tut immer so, als hätte er damit nichts zu tun, dabei weiß jeder Bescheid. Winter, ich weiß nicht, ob das ne gute Idee ist. Wenn sie dich erwischen, gehst du ewig in den Knast.« Sie zögerte, senkte den Blick: »Sieh doch, was mit deinem Vater passiert ist.«

Genau, dachte ich, mit meinem Vater sollte ich quatschen. Und egal, was Simone auch sagte, mein Vater hatte mindestens *zwanzig Jahre gut abgeräumt.* Das konnte niemand bestreiten. Das ist Macht. Sein eigenes Reich im eigenen Viertel aufbauen oder sogar in anderen Vierteln. Autos kaufen, Jeeps, Flitzer. Jeden Tag die schärfsten Designerklamotten tragen. Grundstücke, Villen kaufen können und nebenbei auch noch Wohnungen. Auf Leute scheißen, bevor sie auf dich scheißen. Das ist Macht. Wer wollte das bestreiten? Ein normaler Nigger arbeitet die ganze Woche für das Kleingeld, mit dem er zur Arbeit fährt, und für das Bier, das ihm hilft zu vergessen, wie hart er arbeitet. Mein Paps war lange Zeit ganz oben gewesen. Hinterher ist man immer schlauer. Mit seiner Hilfe würde ich aufsteigen. Alle Welt würde mir in den Arsch kriechen. Okay, vergleichen wir, zehn Jahre gut leben und zwanzig Jahre richtig gut leben gegen sechzig Jahre Krampf. Muß ich mehr sagen?

Zu Simone sagte ich: »Hör zu, kümmer dich um diese Connection. Versuch, ein Treffen abzumachen. Hier ist eine Liste mit den Sachen, die ich brauche. Wir treffen uns hier am Freitagabend um neun. Dann hol ich die Sachen ab.«

»Was ist mit Lashay?« fragte Simone.

»Wer?« Ich war mit meinen Gedanken bei Santiaga. »Oh, die brauch ich nicht mehr. Ich hab jetzt abends Ausgang. Ich darf bis elf Uhr wegbleiben.«

»Was soll sie jetzt machen?«

»Das, was sie gemacht hat, bevor ich da war.« Ich umarmte Simone und verdrückte mich.

Auf der Busfahrt zum Gefängnis grübelte ich, wie ich Santiaga stecken konnte, was ich von ihm wollte, ohne daß die Aufsichtsbeamten oder die von der Telefonüberwachung was mitkriegten. Santiaga hatte mir beigebracht, mir nicht in die Karten kucken zu lassen. Die Sache mit Dulce würde ich nicht ansprechen, weil er sonst noch sauer wurde, und dann konnte ich nachher ohne die Infos abziehen. Ich würde sagen, ja, ich hab Porsche, Mercedes und Lexy gesehen. Wie es ihnen ging? Prima. Sie wurden immer größer und gingen zur Schule. Aber was konnte ich über Mama sagen? Also, das war echt ungewöhnlich, aber als ich in Riker's ankam, hatte ich noch immer keine Antwort. Ich wurde durchsucht und durchleuchtet, die ganze Prozedur, und hatte noch immer keine Antwort. Bis ich dran war, mich ins Buch einzutragen, biß ich mir beim Gedanken an Mama nervös auf die Lippe. Trotz allem war sie die Frau, die Daddy liebte, und das wußte ich.

Der Aufsichtsbeamte sagte, ich soll mich doch setzen. Ich stand lieber. Irgendwie hatte ich das Gefühl, im Stehen besser denken zu können. Deshalb lief ich in einer Ecke des Raums auf und ab, auf und ab.

Als der Aufsichtsbeamte zurückkam, sagte er: »Tut mir

leid, Miss Santiaga, Ricky Santiaga will Sie heute nicht sehen.«

»Was? Haben Sie ihm gesagt, wer ich bin? Haben Sie ihm gesagt, daß seine Tochter Winter Santiaga hier ist?«

»Ja, hab ich ihm gesagt.«

»Wie meinen Sie das, er will mich nicht sehen? Was hat er gesagt? Wie hat er es gesagt?«

»Er hat nichts gesagt. Ich hab ihm gesagt, daß Sie hier sind. Er hat nur den Kopf geschüttelt. Er muß nicht rauskommen. Jeder Gefangene hat das Recht, Besucher abzuweisen.«

Mir liefen Tränen übers Gesicht. Der Aufsichtsbeamte sagte: »Hören Sie, wenn Sie mir Ihren Namen und Ihre Adresse aufschreiben, geb ich's ihm weiter. Vielleicht schreibt er Ihnen.« Ich kritzelte Name, Adresse und Telefonnummer auf einen Papierfetzen und schrieb drunter: Daddy, bitte ruf mich sofort an. Ich brauch dich. Winter.

Im »Haus des guten Gelingens« fragte mich jeder, was mit mir los sei. Ich sah in ihre Gesichter und dachte: *Ihr seid nicht meine beschissene Familie. Also tut auch nicht so.* Ich ließ sie eiskalt abblitzen, ging wortlos zu meinem Bett, zog nur die Schuhe aus, verkroch mich unter der Decke und schlief. Ich verschlief den ganzen Nachmittag, den Abend und die Nacht. Ich verschlief den nächsten Morgen, den nächsten Nachmittag und auch den nächsten Abend. Die Mädchen kamen und gingen. Kann ich einen Joint kaufen? Hast du noch Haarfestiger? Wann kannst du mir die Haare machen? Wo ist dein Katalog? Ich reagierte nicht.

Als ich den dritten Morgen im Bett blieb, kam meine Sozialarbeiterin Mrs. Johnson. »Winter, wenn es ein Problem gibt, können wir drüber reden. Wir finden bestimmt eine Lösung.« Ich starrte ihr ins Gesicht, drehte mich auf die andere Seite und zog die Decke wieder über den Kopf.

Mittags kam die Psychiaterin vorbei und bestand auf einer Sitzung. »Es bringt nichts, Aggressionen in sich reinzufressen«, sagte sie. Ich solle lieber was essen oder wenigstens etwas Wasser trinken. Ich reagierte nicht. Um eins kam eine von den Wachweibern, tippte mich mit dem Schlagstock an und sagte, ich soll mich anziehen und zusehen, daß ich ins Büro der Psychiaterin kam. Das Gorillaweibchen mit dem Pokerface ließ keinen Zweifel daran, daß sie mir Beine machen würde. Wie ferngesteuert setzte ich mich auf.

Rashida saß auf ihrem Bett und beobachtete mich mit Tränen in den Augen. Während die Aufseherin vor der Tür wartete, kam Rashida zu mir rüber und sagte: »Schon gut, Winter, du mußt nichts sagen. Ich kann dich verstehen. Was immer auch passiert ist, ich weiß, was du durchmachst. Ich hab's hinter mir. Man fragt sich, ob es nicht besser wäre, tot zu sein. Aber ich will dir was sagen. Ich hab mal Tabletten genommen, weil ich sterben wollte. Man denkt, wenn man tot ist, hat man keine Schmerzen, oder? Falsch«, antwortete sie sich selbst. »Ich bin auf dem Operationstisch gelandet, und die Ärzte haben mir den Magen ausgepumpt. Ich hatte wahnsinnige Schmerzen. Als es mir wieder besserging, hatte ich immer noch Schmerzen. Deshalb hab ich's nochmal versucht. Ich hab mir die Pulsadern mit einem Messer aufgeschlitzt, eine todsichere Methode, dachte ich. Und wenn ich tot bin, hören die Schmerzen auf. Falsch. Als ich aufwachte, lag ich im Krankenhaus, und überall waren Schläuche. Als die Betäubung nachließ, hatte ich noch wochenlang Schmerzen. Ich hatte einen

Gips, Schmerztabletten und Schmerzen. Sobald die Wirkung der Schmerzmittel nachließ, hatte ich wieder Schmerzen. Sogar als es mir besserging, hatte ich noch Schmerzen. Schmerz gehört zum Leben. Das wollte ich dir sagen, Schmerz gehört zum Leben dazu. Wenn deine Zeit gekommen ist, stirbst du. Wenn deine Zeit noch nicht gekommen ist, bleibst du am Leben. Bis dahin mußt du das Beste draus machen. Wenn du Gott findest, das Gute in dir, werden die Schmerzen weniger, und wenn der Schmerz doch mal wiederkommt, mußt du dich nur Allah anvertrauen, dann läßt der Schmerz nach.«

Keine Ahnung, wovon die redete. Die Tante vom Sicherheitsdienst rief: »Mach schon, Santiaga, die Ärztin wartet.« Ich stand auf.

Rashida sagte: »Hör zu, ich geh heute zu Sister Souljah. Die Schwester ist echt klasse. Sie hat mir geholfen, mich ein bißchen besser zu verstehen und wieder auf die Reihe zu kommen. Wenn du mitkommen willst, lad ich dich ein.«

»Du lädst mich ein! Das kostet Geld?! Wozu schiebst du ihr Geld in den Arsch?« Mein Gesicht war wutverzerrt, und mein plötzlicher Stimmungsumschwung traf Rashida unvorbereitet. »Wenn's ein Konzert wäre, könnt ich's ja verstehen«, fuhr ich fort. »Dann kriegt man wenigstens was für sein Geld. Aber du kriegst nur Scheiße zu hören, und Souljah sackt die Kohle ein. Du kriegst nichts, du blöde Kuh!«

Diese dramatische Persönlichkeitsveränderung schien Rashida zu schockieren. »Ich bin höchstens ne blöde Kuh, weil ich auch noch versuch, dir zu helfen!« kreischte Rashida.

Als sie aus dem Zimmer stürmte, wahrscheinlich nur,

um vor mir zu flüchten, rief ich ihr nach: »Tu mir einen Gefallen.«

»Oh, jetzt soll ich dir plötzlich einen Gefallen tun.«

»Frag Sister Souljah, ob sie jemand namens Midnight kennt.«

Die Sitzung bei der Psychiaterin belebte mich. Nicht weil *sie* was Bestimmtes getan oder gesagt hätte. Aber die Story, die *ich* ihr auftischte, brachte mich zum Lachen, und das half gegen meine Depression. Ich erzählte ihr von meiner besten Freundin Natalie. Seit unserer Kindheit waren wir unzertrennlich. Wir waren so unzertrennlich, daß ich weinte, wenn sie weinte, daß ich krank wurde, wenn sie krank war. Wenn sie glücklich war, war ich auch glücklich. Sogar wenn wir getrennt waren, konnte ich Natalies Gefühle spüren, und sie meine. Natalie hatte mit einer ihrer Freundinnen Knatsch, weil sie über sie gelästert hatte, und das Mädchen hatte Natalie bewußtlos geschlagen. Ich war seit drei Tagen ans Bett gefesselt, weil ich, wie Natalie, bewußtlos war. Danach stellte sie mir tausend Fragen, die ich brav beantwortete. Ich kann die Antworten hier nicht wiederholen, weil ich sie spontan erfand und genauso spontan gleich wieder vergaß.

An jenem Tag beschloß ich, daß meine Familie für mich gestorben war. Dadurch wurde alles leichter. Ab jetzt hieß es, ich gegen den Rest der Welt. Simone war meine Geschäftsverbindung. Ich hatte gelernt, daß man niemandem trauen konnte. Reine Zeitverschwendung. Wie Santiaga sagen würde – ich meine, das weiß doch jeder –, Zeit ist Geld, und Geld ist Zeit.

Simone war wie immer pünktlich. Sie lieferte, ich drückte die Kohle ab.

»Was ist bloß mit dir los, Winter?« fragte sie, als sei ich anders als sonst.

»Nichts. Ich rechne nur nochmal alles durch. Was ist mit der Connection?«

»Fehlanzeige. Vergiß es, Winter. Er will keinen Ärger. Er war schon volle Kante sauer, daß ich überhaupt mit dir über seine Geschäfte gesprochen hab. Ich hab ihm gesagt, daß ich dir vertraue, daß du sauber bist, aber er meint, verarschen kann er sich allein.«

»Scheiße!« sagte ich gefrustet.

»Gibt's keinen anderen Ausweg?« fragte sie.

»Ich hab ein paar Ideen im Kopf. Laß mich drüber nachdenken. Sonst irgendwelche Neuigkeiten?«

»Ich hab mich immer noch nicht entschieden, ob ich morgen abend ins Konzert geh oder nicht.«

Ich lachte sie aus: »Mit der Wampe?«

»Nein, du dumme Nuß, nicht deshalb. Aber wenn ich hingeh, muß ich wach bleiben. Und diese Scheißschlaferei wird immer heftiger.«

»Wer spielt?«

»Wu-Tang.«

»Laß uns hingehn«, sagte ich.

»Was ziehst du an?« fragte sie.

»Hey, bei Saks in der Fifth Avenue gibt es dieses rosa Wildlederkleid mit passender Jacke, der absolute Hammer, sag ich dir. Besorg's mir. Die Schuhe hab ich schon. Ich wollte warten, bis du sie mir holst, aber es war nur noch ein Paar in meiner Größe da, und ich wollte nicht, daß mir jemand zuvorkommt. Wenn du das Kleid und die Jacke zockst, geb ich dir dafür $ 350. Das ist etwas mehr als die Hälfte vom Preis.«

»Es gehört dir schon, Winter. Wir treffen uns um neun bei dir. Wie kommen wir hin?« fragte Simone.

»Mit ner Limousine, wie immer«, sagte ich und grinste schief.

»Na gut, Großkotz.«

Als ich zurückkam, entschuldigte ich mich bei allen dafür, daß ich die letzten paar Tage so mies drauf war. Ich erzählte ihnen, meine Mutter sei im Krankenhaus und sehr krank. Ich war deprimiert, weil die Ärzte sagten, vielleicht käme sie nicht durch. Heute hatte ich sie besucht, und Gottseidank würde sie es schaffen. Sie nahmen meine Entschuldigung an. Ich gab ihnen Rabatt auf den Scheiß, den sie fürs Wochenende brauchten, und alles war wieder cool. Keines der Mädels war nachtragend. Jeder hatte eben mal n schlechten Tag.

Ein Mädel nach dem anderen ging auf die Piste. Ich nicht, denn Freitagnacht war für mich die Nacht des Geldes. Mit Schwein würde ich auf zweitausendachthundert kommen.

Rashida kam rein und warf mir einen finsteren Blick zu. Aus rein geschäftlichen Gründen entschuldigte ich mich sofort bei ihr. In Wahrheit war Rashida eine von vielleicht zwei Mädels im »Haus des guten Gelingens«, die nie was bei mir kauften. Sie brauchte nichts. Aber so ne Haßkappe kann ansteckend sein, und als Geschäftsfrau konnte ich mir nicht leisten, bei den anderen abgemeldet zu sein. Ich sah das von der sportlichen Seite. Rashida nahm meine Entschuldigung an, doch ich hatte nicht das Gefühl, daß sie versöhnt war. Sie blieb mißtrauisch. Aber ich würde sie schon einlullen. Ich würde rausfinden, was ihr gefiel, und es ihr aufdrängen.

Am Samstagmorgen bummelte ich durch die Läden. Eigentlich brauchte ich gar nicht zu shoppen, weil Simone mir alles besorgte, was ich haben wollte. Aber nichts konnte einen Einkaufsbummel ersetzen. Ich mußte außerdem den Finger am Puls der Mode behalten. Simones Job war easy, weil ich ihr immer sagte, was ich wollte, in welchem Laden sie es klauen sollte, in welcher Abteilung und manchmal sogar von welchem Kleiderständer. Ich war in Sachen Kosmetik immer auf dem neuesten Stand, obwohl ich selbst außer Lippenstift nicht viel brauchte. Meine Haut war glatt, meine Wimpern von Natur aus dunkel und lang. Einige der Mädels hatten unreine Haut, Pickel, andere sogar Narben, Messerstiche, die sie kaschieren wollten. Sie kamen zu mir, weil ich mich mit Hautcremes, neuen Farben, Trends und dem ganzen Scheiß auskannte, während sie nicht mal ahnten, daß so was existierte. Ich drehte ihnen meinen Rat, meine Produkte und meinen Stil wie einen Zaubertrank an, den nur ich bereiten konnte.

Als ich mich umsah, entdeckte ich einen schnuckligen rosa Wildlederhut. Er paßte perfekt zu Kleid, Jacke und Schuhen. Den sollte Simone auch mitgehen lassen, obwohl ich versucht war, ihn selbst zu kaufen, nur um sicherzugehen. Manchmal antwortete Simone nicht gleich, wenn ich sie anpiepste. Man konnte es ihr kaum übelnehmen, denn meistens war sie grad mitten dabei, *was abzuzocken.*

Später ging ich in ein Pfandhaus, um anzutesten, wieviel ich im Notfall für Diamantarmband, Halskette und Ohrringe kriegen konnte. Es stellte sich raus, daß die Ladenbesitzer nicht nur Halsabschneider waren, sondern auch noch Perverslinge, die mir zu verstehen gaben, daß sie nichts dagegen hätten, mich im Hinterzimmer kurz mal durchzuficken. Das Armband, für das mein Vater mehrere tausend abgedrückt hatte, war ihnen vierhundert Dollar wert. Na, wenn ich verzweifelt war, konnte ich wenigstens vierhundert Dollar flüssig machen und das Ding später zurückkaufen.

In einem chinesischen Laden sah ich ein fettes Nageldesign. Ich ging rein und ließ mir die Hände machen. Die Lady verlangte einen Wucherpreis. Ich ließ durchblicken, daß sie ungefähr fünfzig Dollar über dem üblichen Preis lag. Aber sie war smart. Ich hatte ihr Nageldesign noch nirgendwo gesehen und sagte mir deshalb, *hey, sie ist Geschäftsfrau, ich bin Geschäftsfrau. Das sollen diese Arschlöcher gefälligst respektieren.* Ich hatte ein rattenscharfes Design und keinerlei Skrupel, meine treuen Kunden für dieses Privatvergnügen bluten zu lassen.

11

Am Samstagabend war das »Haus des guten Gelingens« wie ausgestorben. Außer dem Sicherheitspersonal war nur Rashida da. Sie lag auf dem Bett und las, natürlich, ein Buch.

»Was läuft, Mädchen?« fragte ich Rashida, um unser angespanntes Verhältnis mit einer kleinen Plauderei aufzulockern.

»Für dich ist ein Brief gekommen«, sagte sie säuerlich. »Liegt auf deinem Bett.«

Winter

Dieser Brief ist für die schönste Tochter der Welt. Ich konnte neulich nicht mit Dir reden. Ich mußte mich auf die Dinge konzentrieren, die erledigt werden müssen. Um ehrlich zu sein: Ich mußte mich dringend rasieren und zum Friseur. Ich wollte nicht, daß Du denkst, Dein Paps bringt's nicht mehr (ha ha).

Paß auf, Du mußt Dir um mich keine Sorgen machen, ich hab alles im Griff. Ich bin ein Fighter, genau wie Du. Dazu hab ich Dich erzogen. Ich muß zugeben, ich wünschte, der Rest der Familie wäre so stark wie wir zwei. Andere haben dem Druck nicht standgehalten. Ich dachte, ich kann mich darauf verlassen, daß bestimmte Familienmitglieder sich um gewisse Dinge kümmern, jetzt bin ich schlauer. Lerne daraus, Winter. Wenn Du Kohle hast, bist Du der Größte. Alle halten zu Dir. Ohne Kohle bist Du einen Scheißdreck wert. Die Leute vergessen, was Du für sie getan hast, was sie Dir schulden.

Ich hab eine kleine Bitte, Winter. Wenn Du mir diesen Gefallen

tun kannst, gut. Wenn nicht, zerbrich Dir nicht den Kopf. Setz Dich mit Midnight in Verbindung. Er muß was für mich erledigen. Sag ihm, er soll mir schreiben oder mich besuchen.
Papa Santiaga

Die zwei Tränen, die mir über die Wangen rollten, waren nicht vorgesehen.

»Ist alles in Ordnung?« fragte Rashida. »Geht's deiner Mutter gut?«

»Klar, alles cool«, sagte ich und wischte mir hastig die Tränen ab.

»Warum tust du das immer?« fragte Rashida.

»Was?«

»So tun, so als hättest du alles unter Kontrolle. Warum kannst du nicht einfach zugeben, wenn was nicht stimmt. Warum läßt du dir nicht helfen?«

»Du spinnst! Das sind Freudentränen; ich fühl mich super. Aber wenn wir schon mal dabei sind, warum trägst du immer diesen bekloppten Zopf? Warum versuchst du nicht, ein bißchen zu leben? Trag dein Haar doch mal offen.«

»Kommt drauf an, was man unter leben versteht, Winter.«

»Oh, du bist wohl anders als alle anderen«, sagte ich scharf.

»Ich versuche, es nicht zu sein.«

Ich legte es drauf an. »Hast du'n Kerl, Rashida?«

»Nee.«

»Wahrscheinlich wegen dem bekloppten Zopf.« Ich lachte.

»Hör zu«, sagte Rashida, als wär sie kurz vorm Ausrasten. »Ich bin nicht Claudette. Ich weiß, wer ich bin. Ich bin nicht auf der Suche nach einem Mann, ich bin noch nicht soweit. Darum kümmer ich mich, wenn ich mit mir selbst klarkomm.« Ich ignorierte ihre Ausflüchte und stichelte: »Du magst also lieber Mädchen, hm? Hey, das ist cool, jeder wie er will.«

»Du hast ne Schacke, Winter! Das hab ich nicht gesagt. Ich laß mir nur Zeit. Ich bin erst sechzehn.«

»Bist du noch Jungfrau, Rashida?«

»Du etwa nicht?« gab sie zurück.

»Doch, schon . . . *Scheiße,* nein«, sagte ich und mußte lachen. »Ich bin am Vögeln, seit ich zwölf bin. Hab spät angefangen. Und du?«

»Nun, man könnte sagen, daß ich Jungfrau bin, weil ich nie freiwillig Sex hatte. Ich hatte nie Lust auf einen Mann. Man könnte wohl sagen, daß es mir schwerfällt, einem Typen zu vertrauen. Deshalb warte ich auf einen, der kein Problem damit hat, die Sache langsam anzugehen.«

»Viel Glück!« sagte ich skeptisch. Bloß keine intimen Details. »Hey, willst du heut abend mit mir ins Konzert gehen?« fragte ich.

»Wer spielt?«

»Wu-Tang und Death Squad. HipHop eben.«

»Nee, laß mal stecken«, sagte Rashida wenig begeistert.

»Komm doch mit. Sonst bleibst du als einzige hier«, warnte ich sie.

»Ist schon in Ordnung. Hat ne Weile gedauert, aber jetzt macht's mir nichts mehr aus, allein zu sein. Der Sicherheitsdienst ist ja auch noch da.«

Um zwanzig nach zehn war klar, daß Simone nicht mehr auftauchen würde. Ich war nicht sauer auf sie, aber allein wollte ich nicht gehen. Sie fläzte bestimmt irgendwo auf ihrem dicken Hintern und schlief oder mampfte. Endlich schaffte ich es, Rashida zu bequatschen, mein Adrienne-Vittadini-Kleid anzuprobieren. Sie drehte sich um sich selbst und glotzte in den Spiegel.

»Siehst du, das mein ich. So ein Kleid bringt nur Ärger. Und Ärger kann ich nicht brauchen. Ich hab's anprobiert. Bist du jetzt zufrieden? Du kannst es zurückhaben.«

Rashida sah so scharf in meinem Kleid aus, daß ich froh war, als ich's wieder hatte.

Als die Lichter ausgingen, lag ich wach in meinem Bett und dachte an Santiagas Brief. Ich weiß, ich hatte mir vorgenommen, so zu tun, als sei er tot. Doch jetzt war alles anders. Ich verstand, warum er sich letztes Mal geweigert hatte, mich zu sehen. Er hatte mir nichts anzubieten. Er hatte das Gefühl, nichts für mich tun zu können. Ich glaubte ihm, wenn er sagte, daß er mich nicht sehen wollte, weil er nicht auf der Reihe war. Was er nicht wußte, war, daß er trotzdem immer mein Held sein würde. Vorher war ich ganz geknickt gewesen, geradezu am Boden zerstört. Jetzt kapierte ich, daß er und ich vom gleichen Schlag waren. Wir waren dazu geboren zu gewinnen. Und wenn wir gerade mal nicht obenauf waren, war das halb so wild, weil wir daran arbeiteten.

Wenn ich Simone nächstes Mal sah, mußte ich sie bitten, ein bißchen rumzuschnüffeln und in Erfahrung zu bringen, ob irgend jemand bei uns in Brooklyn Midnight gesehen oder was von ihm gehört hatte. Wenn jemand wußte, wo er war, wenn über ihn geredet oder auch nur geflüstert wurde, wußte Natalie davon. Es würde nicht leicht sein, Simone zu überreden, Natalie auszuquetschen, denn seit wir zwei so dicke waren, machte Simone kein Hehl daraus, daß Natalie ihr auf die Nerven ging. Außerdem würde Natalie abraffen, daß ich dahinterstand. Und mir würde sie bestimmt nichts verraten. Aber ich war sicher, wenn jemand was wußte, dann Natalie.

Und wenn Natalie was wußte, wußten es auch andere, denn Natalie konnte nie ihre Fresse halten!

Es war Monate her, daß Midnight mich stehenlassen hatte. Santiagas Brief rückte ihn wieder in den Mittelpunkt meiner Gedanken. Es war Wochen her, daß ich mir im Dunkeln seinen Körper auf meinem vorgestellt hatte. Ich liebte ihn immer noch, soviel war klar. Ihn ausfindig zu machen, würde sowohl meinen Daddy als auch mich glücklich machen. Rashidas Stimme unterbrach meine Gedanken. Ich hatte gedacht, sie schläft schon.

»Weißt du noch, daß du gesagt hast, ich soll Souljah fragen, ob sie Midnight kennt? Hab ich getan. Und ich glaube, der Typ ist der Grund dafür, daß du Sister Souljah nicht leiden kannst.«

»Was?« antwortete ich und war ganz Ohr. »Ich hab dir doch gesagt, daß ich sie nicht mal kenne.«

»Ja, aber du kennst diesen Midnight. So wie Souljah geglotzt hat, als ich sie gefragt hab, ob sie Midnight kennt, kennt sie ihn gut. Du weißt schon, so wie Mann und Frau eben.« Ich spürte Hitze in mir aufsteigen. Wie gelähmt saß ich im Dunkeln und wartete, daß Rashida weiterredete. Aber sie schwieg.

»Was hat sie dir erzählt?« fragte ich und versuchte gleichgültig zu klingen.

»Oh, jetzt willst du plötzlich wissen, was Souljah zu sagen hat!« kicherte Rashida. Die bildete sich doch glatt ein, Oberwasser zu kriegen. Aber ich ließ mir nichts anmerken.

»Nein, Rashida, ich will nur wissen, ob Souljah gesagt hat, daß sie mit Midnight zusammen ist.«

»Tu nich so, Winter. Ich hör's an deiner Stimme. Du bist in den Typ verknallt, und Sister Souljah ist seine

Freundin. Deshalb kannst du sie nicht leiden. Du bist eifersüchtig!«

Okay, wenn sie mir ans Bein pinkeln wollte, mußte ich ihr eben eins reinwürgen. »Sister Souljah soll mit einem Drogendealer zusammensein?« Rashida verstummte. Also machte ich weiter. »Wäre Sister Souljah keine falsche Ratte, wenn sie mit einem Drogendealer gehen würde?«

»Ist Midnight Drogendealer?« fragte Rashida. Als hätte sie nicht gehört, was ich gesagt hab.

»Ist Midnight mit Souljah zusammen?« drängelte ich und wartete auf eine Antwort.

Verunsichert gab Rashida zu: »Na ja, Souljah hat nicht direkt gesagt, daß sie mit Midnight zusammen ist. Aber als ich seinen Namen erwähnte, hatte sie diesen Blick. Als wär sie verliebt. Sie hat gelächelt wie im Film, weißt du, wie Diana Ross bei Billie Dee Williams oder Jada Pinkett bei Alan Payne, oder wie Nia Long bei Larenz Tate in *Love Jones*. Du weißt schon, was ich meine.«

Ich stellte mir vor, wie die dämliche Kuh im Dunkeln versuchte, das Lächeln nachzuahmen. In diesem Moment wurde mir klar, daß sie total durchgeknallt war und ich ihr nicht trauen konnte. Als Mittelsmann hatte sie jedenfalls ausgesorgt. Ich mußte soviel aus ihr rausquetschen wie möglich und sie dann abwürgen.

»Was hat Souljah noch gesagt?«

»Na ja«, sagte Rashida widerstrebend. »Sie war neugierig, woher ich Midnight kenne. Ich hab gesagt, ich kenn ihn nicht, aber daß eine Freundin ihn kennt.«

»Was hat sie dann gesagt?«

»Sie hat gesagt, sie hat neulich grad mit ihm gesprochen, und es ginge ihm schon viel besser.«

»Was noch?«

»Das ist alles.«

Ich ließ jede Einzelheit sacken. Was meinte Souljah damit, daß es Midnight *schon viel besser ging*? War er krank? Rashida versuchte immer noch, zwei und zwei zusammenzuzählen: »Also hab ich recht? Bist du in Midnight verknallt? Ist er Drogendealer?«

»Nein«, sagte ich zu Rashida, »ich bin genau wie du. Ich liebe niemand. Midnight ist mein Cousin. Wir sind zusammen aufgewachsen. Nachdem er weggezogen ist, hab ich nichts mehr von ihm gehört. Meine Mutter hat ihn praktisch großgezogen. Er muß sich unbedingt bei meiner Mutter melden wegen ihrer Krankheit, weißt du?« Rashida schwieg. »Er ist kein Drogendealer. Das hab ich nur gesagt, um dich ein bißchen zu erschrecken. Man sollte niemandem so nachlaufen wie du Souljah. Stell dir vor, wie enttäuscht du gewesen wärst, wenn sie sich als Heuchlerin entpuppt hätte.«

»Stimmt«, murmelte Rashida, »aber sie ist keine Heuchlerin. Sie ist für die Menschen da. Sie hat mir sehr geholfen. Allein mit ihr zu reden, zu wissen, daß sie zuhört und mich lieb hat, bedeutet mir sehr viel.«

»Glaubst du echt, daß sie dich *lieb* hat?«

»Ich mein ja nur . . .« wich Rashida aus. »Es ist ihr nicht egal, was aus mir wird, wie meine Geschichte endet, das ist mehr, als ich von den meisten Leuten behaupten kann. Von meiner Familie jedenfalls nicht.«

»Wenn du meinst, Rashida«, sagte ich verächtlich.

»Ich wünsche, du würdest mal zu Souljah mitkommen oder bei ihrer Frauengruppe mitmachen oder so was.«

»Wohl kaum«, gab ich zurück.

Früh am Sonntagmorgen rief ich Simone an. Es nahm keiner ab. Vielleicht ließ sie es sich grad irgendwo besorgen, schwanger oder nicht. Darüber konnte ich nicht sauer sein. Simone hatte hart für ihr Baby gearbeitet. Sie hatte einen guten Fick verdient. Ich lachte bei dem Gedanken an die Position, in die der Kerl sie drehen mußte, um ranzukommen. Den Rest des Tages bummelte ich durch die Läden. Es gab viel zu tun.

Sekunden nachdem ich am späten Nachmittag zurückgekommen war, rief Lashay mich ans Telefon. Ich ging ran.

»Winter! Sitzt du?« fragte Simones Stimme.

»Was ist los?« lachte ich. »Kriegst du Drillinge oder was?«

»Ich bin aufgeflogen.«

»Was?«

»Ich sitz *im Knast*. Ich war das ganze Wochenende hier. Mir ist kalt, ich hab Hunger, und ich will verdammt nochmal hier raus.«

»Was ist passiert?«

»Was passiert ist? Das bescheuerte rosa Kleid ist passiert. Der Scheißfummel war so teuer, daß sie dafür einen extra Wachmann hatten! Jedenfalls brauch ich fünfzehnhundert Dollar für die Kaution.«

»Fünfzehnhundert Dollar«, wiederholte ich. »Warum soviel? Wieso überhaupt Kaution?«

»Na ja, ich war schon öfter hier. Dieser Spielverderber von einem Richter versucht, mich für ein Jahr einzubuchten. Wenn diese Wichser versuchen, mir mein Baby wegzunehmen, können sie mich gleich wegen Mord verknakken!«

»Also gut, Simone, wen soll ich um Geld bitten? Mit wem soll ich reden?«

»Laß den Scheiß, Winter. Das ist überhaupt nicht komisch. Schaff die Kohle ran, und sobald ich hier raus bin, machen wir weiter wie bisher.«

»Was ist mit deinem Geld? Wo hast du's versteckt?«

»Du meinst das *Geld fürs Baby*? Das kann ich nicht anrühren, Winter. Das gehört dem Baby. Komm schon, nur dieses eine Mal. Ich mach's wieder gut, sobald du mich hier rausgeholt hast. *Du weißt schon, wie*!«

»Kann nicht deine Ma oder sonst jemand einspringen?«

»Winter, das ist eine total beknackte Frage. Du kennst die Spielregeln. Ich muß auf mich selbst aufpassen.«

»Warum kannst du dann nicht das Geld fürs Baby als Kaution nehmen? Du kannst es ihm doch zurückzahlen.«

»Verdammt, Winter! Weil dem Baby sonst was zustoßen könnte. So wie die Wichser hier rumstressen, kann's jeden Moment soweit sein. Jetzt hör mal zu, Winter, vielleicht brauch ich das Geld sowieso fürn Anwalt. Der Pflichtverteidiger, den die mir gestellt haben, hat n nervöses Zucken und n ekliges Hautproblem. Der redet schon jetzt davon, schuldig zu plädieren. So ne Scheiße. Dieses Sackgesicht hat im Gang mit dem Staatsanwalt gekumpelt wie nix Gutes. Eins macht mir Sorgen.« Simones Stimme klang ernst. »Winter, ich kann das Baby nicht hier drin kriegen, echt nicht. Es ist dreckig, es ist kalt, es ist naß. Sie werden es mir wegnehmen. Gib dir einen Ruck. Du kannst dich auf mich verlassen. Du weißt, daß du dich auf mich verlassen kannst. Ich bin Downtown.«

Das war es, was ich an Freunden haßte. Dachte sie echt, daß ich ihr das abnehmen würde? Wenn Simone mich reinlegen wollte, mußte sie schon früher aufstehen! Daß sie wegen dem rosa Kleid verhaftet wurde, hatte sie sich doch aus den Fingern gesogen. Und jetzt sollte ich mich wohl schuldig fühlen und mein hart verdientes Geld auf ihren Arsch setzen. Woher sollte ich wissen, daß sie die Wahrheit sagte? Klar, sie hatte mir bei meinen Geschäften geholfen, aber eigentlich auch nicht, wenn man's recht bedachte. Sie hat die Ware rangeschafft, aber ich hab sie dafür *bezahlt.* Alles war sauber und fair. War ja nicht so, als hätte sie mir einen Gefallen getan. Wir waren Partner, ganz klar. Sie hätte sich nie darauf eingelassen, wenn sie nicht ihren Anteil abgekriegt hätte. Schließlich mußte ich mit den ganzen durchgeknallten Weibern im »Haus des guten Gelingens« klarkommen. *Ich* mußte jede Einzelne überreden, die Kohle rüberwachsen zu lassen. Diese Haarprodukte und der ganze Scheiß wären fürn Arsch gewesen, wenn mein Stil sie nicht überzeugt hätte. Außerdem, wem wollte sie weismachen, sie hätte das Geld *für das Baby* gespart. Mann, ich hatte auch für was gespart! Und sie tat so, als wäre das Baby wichtiger! Wahrscheinlich hatte sie nicht mal was gespart. Sie hatte irgendwas Beknacktes mit der Kohle angestellt. Und jetzt wollte sie, daß ich mit meiner Kohle auch noch was Beknacktes anstellte. Allmählich fiel der Groschen. Erst erzählt sie mir, daß sie kürzertreten will. Genausogut hätte sie sagen können, daß sie's ganz lassen will. Jetzt sollte ich ihr auch noch Geld geben. Sie zahlt's mir zurück, hatte sie gesagt. Das konnte ich mir lebhaft vorstellen. Ich hol sie da raus. Sie kriegt Schiß, daß der Richter sie einbuchtet. Dann kommt sie mir mit ner fadenscheinigen Ausrede. Daß sie zu müde zum Zocken ist oder so was. Sie schläft immer ein. Sie muß abwarten, bis das Baby da ist, nur um sicherzugehen. Wenn das Gör dann da ist, sülzt sie mich voll, daß das Baby ihr Leben verändert hat und sie keinen Ärger will. Kurzum, sie bescheißt mich. Wie man's auch drehte und wendete, ich wäre der Verlierer. Ich dachte eine Sekunde darüber nach. Wenn ich meinen Partner im Stich ließ, war ich die Bitch. Aber ich war lieber eine flüssige Bitch, soviel war sicher. Wie Santiaga immer gesagt hatte: Wenn du Kohle hast, finden alle dich super. Wenn du pleite bist, kennt niemand deinen Namen.

Ich mußte was Eigenes aufbauen. Nachdem ich shoppen war, hatte ich nur noch zweitausendfünfhundert auf der Kralle. Die würde ich brauchen. Einen Scheißdreck würde ich Simone geben. Ich legte meinen Finger auf die Gabel und unterbrach die Verbindung. Simone rief noch einmal an. Für schlappe zwei Zigaretten ging die Schnalle vom Wachdienst ran: »Winter ist nicht da.«

Am Dienstagabend war ich voll da. Ich hatte tagsüber ein Paket für Santiaga gepackt. Darin war alles, was er nur brauchen konnte. Ich hatte was von meiner Kohle abgezwackt, um ihm Salvatore-Ferragamo-Schuhe zu kaufen und eins der scharfen weißen Versace-Hemden, die er immer trug. Die Hosen erstand ich bei Barney's. Ich kaufte ihm eine Schachtel Zigaretten und eine Kiste Zigarren zum Handeln. In einen Umschlag legte ich zweihundertfünfzig Dollar Taschengeld. Außerdem schenkte ich ihm eine Flasche Issey-Miyake-Rasierwasser, damit er auch im Knast nett duftete. Ne Menge Leute denken, daß ein Knacki nur seine Gefängniskluft tragen kann. Aber wer sich nicht total bescheuert anstellt und draußen noch Familie hat, kann seine Zeit im feinsten Fummel absitzen. Wenn ein Mann sich Respekt verschafft, kann er sein Zeug behalten, weil kein Nigger versucht, es ihm zu klauen. Solche Probleme würde Santiaga bestimmt nicht haben. Ich wußte, daß dieses Paket wichtig war. Ich mußte zeigen, daß Santiaga draußen Familie hatte, die für ihn sorgte.

Bei meinem nächsten Besuch würde es keine Überraschungen geben. Ich machte mich auf alles gefaßt, so daß ich damit umgehen konnte, falls Daddy mich nicht sehen wollte. Denn nachdem ich das Paket abgegeben hatte, würde es nicht lang dauern, bis er mich sehen wollte oder mir wenigstens wieder schreiben würde.

Wie im Viehwagen karrte man uns im Bus nach Riker's Island. Ich teilte den Bus in Queens mit sechzig anderen Frauen und Kindern. Chemische Kriegsführung beschreibt am besten, was passiert, wenn billiges Parfüm, Körperpuder, Körperspray, Deo, Haarspray und vollgepißte Pampers aufeinandertreffen. Ich stand lieber, nachdem ich mich fast auf einen Sitz gesetzt hatte, der mit rotem Saft bekleckert war. Mein weißer Haifischlederrock wäre ruiniert gewesen. Ein Glück für die Mutter und das Gör, daß ich es rechtzeitig bemerkt hatte. Sonst hätte es im überfüllten Bus eins auf die Mütze gegeben. Im Wartesaal von Riker's war die Luft nicht besser. All diese Körper auf so engem Raum . . . Sagen wir einfach, es war eine Bullenhitze.

Ich war keine zehn Sekunden im Wartesaal, als ein bewaffneter Aufsichtsbeamter mich aus der Masse der wartenden Frauen herauspickte. Er war an die einsneunzig und hatte eine stählerne Brust. Sein Topfschnitt war total out. Zum Totlachen. Er ging, als hätte er einen Besenstiel im Arsch. Typisch Bulle. Er grinste selbstgefällig. Beide Hände ruhten auf der Knarre, die mit all dem anderen Scheiß, den Cops so mit sich rumschleppen, um seine Hüfte hing.

Er sagte: »Jetzt bin ich mal gespannt, welchen von diesen Loosern hier du besuchen willst.« Ich verdrehte die Augen und wandte mich ab. »Ich kapier's nicht«, sagte er leise, damit die anderen ihn nicht hörten. »Ich seh mir das jeden Tag mit an. Ihr werft euch für diese Bestien in Schale, obwohl ihr nichts davon habt. Ihr kommt von weit her mit Bus und Bahn angereist und könnt diese

Trottel nicht mal berühren. Und sie können euch nicht berühren. Und ein Brother mit einem guten Job und Beihilfe hat keine Chance? Na, wie sieht's aus, Zimtschnecke?« fragte er mit ausgestreckten Armen. »Gib mir deine Nummer. Ich ruf dich an, sobald ich Feierabend hab. Ich lad dich zum Mittagessen ein, zum Abendessen, zum Frühstück . . .« schlug er vor. »Wo immer du willst.« Ich hätte diesem Arschloch am liebsten die Meinung gegeigt, aber er hatte eine Knarre.

Statt dessen sagte ich: »Nee, laß mal stecken, kein Interesse.«

»Hast du Kinder?« fragte er.

»Nein, ich hab keine beschissenen Kinder«, antwortete ich patzig. »Ich bin hier, um meinen Vater zu besuchen, nicht meinen Kerl.«

»Oh, und wo ist dein Kerl? Wenn ich dein Kerl wär, würd ich hier neben dir sitzen.« Ich schwieg.

»Ich geb dir meine Nummer. Vielleicht denkst du über das nach, was ich gesagt hab, und rufst mich mal an.« Er gab mir seine Karte.

»Das bezweifle ich«, sagte ich und zermalmte sein Ego unter meinem Absatz.

»Wen willst du besuchen?« fragte er streng, als würde es sich um eine polizeiliche Angelegenheit handeln. Neugierig beäugte er das Paket auf meinem Schoß. »Ricky Santiaga«, las er auf dem Paket für Daddy. »Also, da kommst du ungefähr vier Tage zu spät.« Ich wandte mich ihm wieder zu und sah ihm haßerfüllt in die Augen.

»Wovon reden Sie?« fauchte ich.

»Vor vier Tagen hat dieser Santiaga zwei Gefangene kaltgemacht. Er ist nicht mehr hier. Wir haben ihn in den Norden verlegt.« Mir gefiel nicht, daß der Typ mich verarschte. Würde er die gleiche Scheiße reden, wenn ich ihm meine Nummer gegeben hätte? »Oh, du glaubst mir nicht«, gluckste er. »Na, dann stell dich doch an. Laß dich durchsuchen. Geh durch die Metalldetektoren. Am Ende wird man dir doch nur dasselbe erzählen. Vielleicht sagen sie, daß Santiaga ›verdächtigt wird‹, zwei Gefangene getötet zu haben. Aber egal, was man dir sagt, er ist nicht hier.«

»Wie find ich raus, wo er ist?« fragte ich, mittlerweile verzweifelt.

»In ein paar Tagen wird er dir wahrscheinlich schreiben. Er kann doch lesen und schreiben, oder?« fragte er und erwartete glatt eine Antwort. »Nun, hier ist nichts selbstverständlich.« Hastig stand ich auf.

»Er schreibt dir bestimmt. Ist ja nicht so, daß er was Besseres zu tun hätte«, brüllte der Aufsichtsbeamte. Ich floh in Richtung Tür. Die letzten Worte, die ich ihn sagen hörte, waren: »Ruf mich an. Ich kann dich glücklich machen.«

Na klar, dachte ich. Wenn man sich ansah, wie Männer mich behandelt hatten, bevor Santiaga erwischt wurde, und wie sie jetzt mit mir redeten, lagen Welten dazwischen. Wie Santiaga gesagt hätte, sie muckten auf und rückten einem auf die Pelle. Ich wußte, was hinter den Gittern in Riker's passiert war. Mangelnder Respekt. Jemand hatte meinem Vater ans Bein gepinkelt. Er war gezwungen, ein abschreckendes Beispiel zu setzen. Jeder sollte Bescheid wissen. Leg dich nicht mit Santiaga an. Darauf steht der Tod, Baby, wie im Ghetto. Ich atmete tief durch. Hatte ja keinen Sinn, geknickt zu sein. Mein Vater war ein echter Mann. Das liebte ich an ihm am meisten.

Nächste Station war der Schnapsladen und ein halber Liter Hennessy, um runterzukommen. Ich schlich in ein

Kino in Queens und kaufte eine Karte. Welcher Film? Irgendein Film. Ich wollte nur meine Ruhe haben, von niemandem gesehen oder um Schnaps angehauen werden. Ich war ganz allein, mit einer braunen Papiertüte und zwei Kaugummis mit Melonengeschmack gegen meine Fahne.

Licht an, dann wieder aus. Ich blieb, um das gleiche nochmal zu sehen, was ich schon beim ersten Mal nicht gesehen hatte. Ein magerer weißer Junge in Uniform hielt mir die Taschenlampe ins Gesicht. Aber nachdem er mein Gesicht, die Haare, den Rock und die brandneuen Joan-&-David-Pumps angeleuchtet hatte, verzog er sich wieder, denn wie ein obdachloser Penner sah ich nun echt nicht aus. Außerdem hatte ich ja eine Karte.

Als ich aus der Dunkelheit des Kinos in die Nacht wankte, hatte ich mich abgeregt. Bei einem Rasta, der mir über den Weg lief, kaufte ich für fünf Dollar Gras. Eigentlich wollte er mich aufreißen, aber da hatte er sich verrechnet. Immer wenn ein Nigger ein Mädchen sieht, das allein ist, denkt er, er kann sie besteigen. Aber noch entscheide ich, wen ich ficken will und wen nicht, selbst wenn ich besoffen bin.

Während der silberne Zug durch die Unterwelt rauschte, wurde mein Körper hin und her geschleudert. Die blinkenden Lichter gingen mir tierisch auf die Nerven, und meine Gedanken kreisten schneller als die Zugräder. Die Irren im Zug waren noch aufgedrehter als sonst. Mir gegenüber saß eine alte Schachtel mit einer monstermäßigen Unterlippe, dafür aber ohne Oberlippe, und murmelte: »Das ist gelogen, das ist gelogen, ihr wißt doch, daß das gelogen ist.« Ich mußte lachen, weil mir alles überzeichnet vorkam. Die Leute hatten den Nerv, mich anzuglotzen, als sei *ich* hier die Bekloppte.

Weil ich vom Kiffen hungrig war, brachte ich Daddys

Paket, das immer schwerer zu werden schien, in ein Schließfach in der Penn Station, Manhattan, in der 34. Straße. Für fünfzig Cent schloß ich alles weg und ließ den Schlüssel in meine Handtasche fallen. Jetzt war ich bereit zur Nahrungsaufnahme. Meine Wahl fiel auf ein Steak-&-Brew-Restaurant. Dort aß ich allein im Halbdunkel.

»Macht es Ihnen was aus, gleich zu bezahlen, Miss?« fragte die gehetzte Kellnerin. »Es ist Viertel nach zehn, und meine Schicht war um zehn zu Ende, tut mir leid.«

»Kein Problem.« Ich zahlte die Rechnung. Erst nach ein paar weiteren Bissen von meinem Steak – gut durch – raffte ich, was die Kellnerin gesagt hatte. Es ist Viertel nach zehn, es ist Viertel nach zehn, es ist Viertel nach zehn. Um elf mußte ich zurücksein. Ich rannte aufs Klo, pinkelte und machte mich frisch. Dann nahm ich die Bahn zur 14. Straße. Ich mußte noch ganz zur East Side rüberlatschen.

Auf dem Weg zum »Haus des guten Gelingens«, spürte ich eine sanfte Brise zwischen den Beinen und paffte meinen letzten Joint. Ich hatte noch zehn Minuten und keinen Bock, mir mein freies Wochenende zu verscherzen. Meine fünf Zentimeter hohen Absätze klackten auf dem Pflaster wie Musik. Meine Erkennungsmelodie. Keine Ahnung, ob jemand mich hörte, aber mir kam's tierisch laut vor.

Als ich um die Ecke kam, war ich aus heiterem Himmel nervös und hatte das dumpfe Gefühl, daß was faul war. Die Straße verwandelte sich in eine Geisterbahn. Die mageren Bäumchen wirkten wie bewaffnete Feinde. Ich sah allen möglichen Scheiß wie Scharfschützen auf den Dächern und Schlangen auf dem Boden. Ich haßte diese Straße, die so ausgestorben war, als läge sie in der Vorstadt. Ich meine, in einer normalen Straße in New

York gibt es Straßenlaternen und Menschen, jede Menge Menschen. Bodegas und Nigger, die auf Kisten hocken und Karten spielen oder würfeln oder Bier schlürfen. Aber diese Straße war zum Kotzen.

Auf halbem Weg zum Vordereingang trat eine Gestalt aus dem Dunkel, wie in einem alten Hitchcock-Streifen. Der Schreck schoß mir heiß durch den Körper. In meinem Kopf waberte mein zugedröhntes Hirn hin und her. Meine Augen konzentrierten sich auf den Schatten im Dämmerlicht. In mir klingelten die Alarmglocken. O Scheiße, es war Simone! Verdammt, hatte sie mich gesehen? Dachte sie, sie könnte sich mit dem dicken Bauch hinter der schmalen Mauer auf dem Treppenabsatz verstecken? Was hatte sie in ihrem Zustand vor? *Leck mich doch!* sagte ich mir. Sie kann nichts ausrichten. Im Bruchteil einer Sekunde sprang sie vom Treppenabsatz wie ein übergewichtiger Akrobat. Und links und rechts von der Treppe schossen vier wildgewordene Tussis in schwarzen Reeboks, schwarzen Jeans und knallgelben Kapuzenpullis auf mich zu wie Killerbienen. Nur in Brooklyn wagten es die Weiber mitten in der Nacht, wo man sich lieber bedeckt hielt, so grelle Farben zu tragen. Ich zerknüllte meine Handtasche wie eine Papiertüte. Fünf gegen einen. Ich drehte mich auf dem Absatz um und rannte, als wären meine Joan & Davids Air Jordans.

»Bleib hier, Simone, bleib hier«, kreischte eine von ihnen, aber Simone walzte weiter wie ein altersschwacher Lieferwagen und zeterte so was wie: »Die Scheißschlampe krieg ich dran.«

»Bleib hier, Simone!« Aber sie verfolgte mich wie ein wildgewordener Stier. Die Kleine drohte mich einzuholen, aber meine schlanken, muskulösen Schenkel führten diese Dumpfbacken vor. Ich nahm meinen Minirock hart ran. Ich flog fast um die verdammte Ecke und sah mich gerade rechtzeitig um, um Simone voll auf die Fresse fliegen zu sehen.

Ich flitzte die Stufen zur U-Bahn runter. Zwei der Killerbienen blieben mir auf den Fersen. Die anderen kümmerten sich wahrscheinlich um Simone. Als ich versuchte, die letzten fünf Stufen auf einmal zu nehmen, landete ich auf der untersten Stufe. Ich hatte das Gleichgewicht verloren. Ich hatte einen Schuh verloren. Sie waren immer noch hinter mir. Ich sah, daß der Zug gerade abfahren wollte, und schoß schlingernd zwischen den Türen hindurch. Als ich mich umdrehte, um zu sehen, ob ich sie abgehängt hatte, schlossen sich die Türen. Was immer sie auf der anderen Seite der Tür aus Glas und Metall brüllten, wurde vom Quietschen des abfahrenden Zuges erstickt. Aber ihre Mittelfinger verstand ich.

Erleichtert ließ ich mich in die schmale Lücke zwischen einer fetten Lady und einem jungen Kerl mit Kopfhörern plumpsen. Ich hatte nur einen Schuh an, die Knöpfe meiner Bluse waren aufgesprungen und meine Titten hüpften rein und raus, rein raus, weil ich so heftig atmete. Ich schnappte nach Luft. Als ich aufsah, merkte ich, daß die Hälfte der Fahrgäste mich anglotzte. Ich biß mir auf die Lippe, knöpfte mir die Bluse zu und fauchte: »Was gafft ihr so blöd?«

Bei der nächsten Station stieg ich aus und nahm die Bahn nach Uptown. Ich war sicher, daß die Tussen aus Brooklyn nicht in diese Richtung fahren würden. Ich griff in meine Coach-Tasche, um zu checken, was noch da war. Mein Cutter. Ich ließ meine Finger über den Griff gleiten und dachte: *Alles klar. Simone war smart genug, sich eine eigene Gang zu suchen, weil sie wußte, daß sie allein gegen mich keine Chance hatte. Sogar wenn sie zu zweit gewesen wären, hätte ich gekämpft. Aber fünf? Vielleicht waren sie bewaffnet.*

Ich tastete nach dem gelben Umschlag, den ich am Boden der Coach-Tasche festgeklebt hatte. Das Klebeband ruinierte zwar das Innenleder, aber seit Tante B meine Kohle abgegriffen hatte, ließ ich mein Geld und meinen Schmuck nirgends liegen, niemals. Und meine Tasche wich mir nie von der Seite, nie.

Okay, denk nach, denk nach, denk nach. Wie ist der Plan? Simone und die anderen werden nicht ewig vorm »Haus des guten Gelingens« auf mich warten. Ich könnte eine Weile durch die Gegend gondeln und es aussitzen. Nein, ich steig nächste Station aus, such ein Münztelefon und finde raus, was los ist. Rashida oder irgend jemand kann mir bestimmt sagen, was Sache ist.

Sollte ich den einen Schuh anbehalten? Oder sollte ich auf dem versifften U-Bahnsteig barfuß latschen? Wie lang würde es dauern, bis mir ein Händler begegnete, der ein Paar Socken im Angebot hatte? Was würde mehr Aufmerksamkeit erregen: eine Frau mit einem Schuh oder eine gutgekleidete Frau ohne Schuhe? Drauf geschissen, sagte ich mir. Dies war schließlich New York.

»Du hast die Sperrstunde verpaßt, Santiaga«, plärrte die Stimme der Wachschnalle vom »Haus des guten Gelingens« durchs Telefon.

»Ich weiß, ich weiß.«

»Ich muß dich melden«, sagte sie, als würde sie ihren Job ernst nehmen.

»Ich geb dir ne Schachtel Newports, wenn du die Klappe hältst.«

»Sagen wir zwei Schachteln. Was willst du?«

»Gib mir Rashida.«

»Rashida schläft.«

»Dann weck sie«, sagte ich.

»Sie ist unter der Dusche.«

»Ich denk, sie schläft.«

»Wie auch immer. Willst du mit Lashay sprechen?«

»Was geht ab, Mädchen?« fragte ich Lashay in der Hoffnung, daß sie etwas wußte und es mir sagen würde.

»Nichts«, sagte sie gelassen.

»Hat jemand für mich angerufen?«

»Das hättest du den Wachdienst fragen sollen. Aber ich hab deine Freundin Simone vor ein paar Stunden gesehen.«

»Was hat sie gesagt?«

»Ach, du weißt schon, das Übliche. Sie hat gesagt, du sollst sie anrufen. Sie muß was mit dir besprechen.«

»Sonst noch was?«

»Nö.«

»Hör zu, Lashay, meine Ma ist schon wieder krank. Sieht aus, als würde ich heute nacht bei ihr im Krankenhaus bleiben. Kannst du mir einen Gefallen tun?«

»Ja klar, wenn die Bezahlung stimmt.« Lashay lachte, aber ich wußte, daß sie es ernst meinte. Ich hatte nichts dagegen, für einen Gefallen ein paar Mäuse abzudrücken.

»An meiner Bettkante klebt ein Schlüssel. Schließ meinen Koffer auf.« Sie sollte einige Kleider, Hosen, Blusen und zwei Paar Schuhe, eins mit flachen, eins mit hohen Absätzen, zusammenpacken.

»Soviel! Verdammt, was hast du vor?«

»Ich bleib bei meiner Ma im Krankenhaus. Sie braucht mich. Du weißt ja, wie ich mit Klamotten bin. Man muß auf alles vorbereitet sein«, log ich. Lashay lachte. »Wir treffen uns morgen um zwölf Uhr mittags unten in der Penn Station, unter der Digitalanzeige.«

»Morgen mittag um zwölf, Penn Station, unter der Digitalanzeige«, wiederholte sie.

»Schließ meinen Koffer wieder ab und bring den Schlüssel mit.«

»Logisch«, sagte sie.

Lashays Frage war verdammt gut, was hatte ich vor? Um meine Spur zu verwischen, würde ich heute nacht nicht ins »Haus des guten Gelingens« zurückkehren. Vom Bahnsteig ging ich hoch in den Bahnhof an der 96. Straße. Ich hatte beschlossen, den linken Schuh anzubehalten. Nachdem ich mich eine Minute umgesehen hatte, war mir klar, daß nur Restaurants, Feinkostläden und Gemüsestände geöffnet waren. Acht Minuten später trat ich mir einen Splitter oder ein Stück Glas oder so was in meinen dreckigen schwarzen Fuß. Zum ersten Mal fand ich meinen eigenen Körper eklig. Endlich fand ich eine Apotheke, die rund um die Uhr geöffnet hatte. Sie hatten keine Schuhe, aber ich erstand ein Paar flauschige rosa Pantoffeln, Wattebälle, Alkohol und Nähnadeln.

Vor einem Café fand ich einen Stuhl, auf den ich mich setzte. Als ich gerade Watte und Alkohol rausgeholt hatte, kam ein Kellner raus.

»Was darf ich Ihnen bringen?« fragte er.

»Nichts«, antwortete ich.

»Wenn Sie hier draußen sitzen wollen, müssen Sie was zu essen bestellen.«

»Ich hab keinen Hunger. Ich brauch nur eine Minute.«

Der Kellner spähte mißtrauisch über den Tisch, sah meinen Fuß und sagte: »O nein, Miss, das können Sie nicht hier machen.«

»Na gut, dann nehm ich einen Cheeseburger Deluxe und eine Coke.«

»Ich muß Sie bitten, sofort zu gehen, sonst hol ich den Geschäftsführer.«

Ich lief also ziellos umher, bis ich die breiten, verlassenen Stufen des Naturhistorischen Museums entdeckte. Im mitternächtlichen Mondlicht und im schwachen Schein einer Straßenlaterne reinigte ich meinen Fuß. Mit der Nähnadel gelang es mir, den Splitter zu entfernen. Die rosa Pantoffeln waren definitiv daneben. Aber es waren zwei, und sie paßten. Außerdem würde dieses Attentat auf den guten Geschmack in zehn Stunden vorbei sein. Dann würden die Läden öffnen, und ich konnte mir anständige Schuhe besorgen.

Ich überlegte, ob ich in ein Hotel gehen sollte. Nachdem ich für Daddy eingekauft hatte, blieben mir nur noch sechzehnhundertfünfzig Dollar. Es machte mich nervös, keinen Plan zu haben. Ich beschloß also, die Kröten zu sparen, bis ich mir über meinen nächsten Schritt im klaren war.

Ich riß einen Block nach dem anderen ab, nur um in Bewegung zu bleiben. In einer Stadt wie New York wurde man schnell zur Zielscheibe, wenn man stehen blieb. Der McDonald's, auf den ich glücklicherweise gestoßen war, schloß um drei Uhr morgens. Ich nahm also die Zeitschriften, die ich für fünfzehn Dollar am Kiosk erstanden hatte, und zog nach nebenan in den Donut-Laden um. Ich bestellte zwei Donuts mit Zuckerguß und Kaffee, nur damit die Kassiererin mich nicht vom Tresen verscheuchte. Ich schlug mein HipHop-Fanzine auf und las die Artikel über meine Lieblingsstars. Nun sieh sich einer diese Rap-Tussis an, dachte ich. Wenn ich reimen könnte, würde ich mich dumm und dämlich verdienen. Einige dieser Rapperinnen hatten zwar Kohle, aber keinen Stil. Nicht zu fassen.

Plötzlich setzte sich ein Typ im besten metallicblauen Anzug, den die Heilsarmee zu bieten hatte, auf den Stuhl neben mir.

»Hey, Süße«, sagte er und legte bei seinem Lächeln soviel Zahnbelag frei, daß es aussah wie eine Pilzinfektion. »Kann ich dir helfen?« fragte er. Ich vertiefte mich in meine Zeitschrift und ignorierte ihn. »Bist du eine Ballerina, Süße?«

»Was!« pfiff ich ihn an.

»Beruhig dich, Süße . . . Ich will mich doch nur kurz mit dir unterhalten. Ich sag ja nur, daß du mit diesen langen sexy Beinen wie eine Tänzerin aussiehst. Und ich bin Manager. Immer auf der Suche nach neuen Talenten.« Er schob eine schmuddelige Visitenkarte auf den Tresen. Massig Mädels Management.

»Nein, ich bin keine verdammte Ballerina«, sagte ich und schnappte mir meine Sachen. »Seh ich vielleicht aus wie ne beschissene Ballerina? Kennst du Ballerinas aus ’m Ghetto?«

Um mich zu besänftigen, sagte er: »Ach, komm schon. Reg dich ab. Ich versuch doch nur, mit dir ins Geschäft zu kommen. Ballerina ist nur ein anderes Wort für Tänzerin.«

»Tanzen kann ich«, sagte ich und setzte mich zwei Stühle weiter, »aber ich bin keine Tänzerin.«

»Brauchst gar nicht die Nase zu rümpfen, Kleine. Eine gute Tänzerin kann pro Nacht drei- bis fünfhundert machen.«

»Womit?« fragte ich interessiert.

»Na, mit Tanzen . . .« sagte er und grinste dreckig. Ich betrachtete sein Gesicht, den verwarzten Anzug und die schwarze Dreckkruste unter seinen langen Fingernägeln.

Ich sprang auf, stemmte eine Hand in die Hüfte und

sagte: »Ja klar, mit Tanzen, Schwanzlutschen, Arschfikken und dem ganzen Scheiß, hä?« Der Mann mit der gedämpften Stimme verpißte sich so schnell, wie er gekommen war.

Um fünf Uhr morgens stieß mich eine fette Lady in einer schmierigen Schürze an.

»Hier wird nicht geschlafen.« Sie zeigte auf ein Schild an der Wand: Herumtreiben verboten. Schuhzwang.

»Da steht nicht Schlafen verboten«, sagte ich.

»Wenn du nichts kaufst, treibst du dich hier nur rum.« Ich zeigte auf die Donuts mit Zuckerguß und den kalten Kaffee zwei Sitze weiter auf dem Tresen. Sie verzog den Mund und sagte: »Das stand schon da, als meine Schicht angefangen hat.« Ich stand auf, griff nach meiner Handtasche, auf der ich gesessen hatte, zog fünfzig Cent raus und sagte: »Ich nehm einen Donut mit Zuckerguß.« Muffig drehte sie sich auf dem Absatz ihrer schmutzigen Plastikarbeitsschuhe um und gab mir den Donut in einer Serviette. Ich sah auf die Uhr und dachte, nur noch eine Stunde bis Sonnenaufgang. Selbst wenn ich alle zehn Minuten einen Donut kaufen müßte, würde ich solange bleiben.

Um acht Uhr versuchte ich krampfhaft nachzudenken. Die Sonne war aufgegangen, aber ich war so erledigt, daß ich keine Ordnung in meine Gedanken bringen konnte. Nur eins war sicher: Nachdem Lashay mir meine Klamotten gebracht hatte, würde ich in ein Hotel gehen, schlafen, duschen und dann weitersehen. Da Simone – oder eher ihre Gang – wußte, wo sie mich finden konnte, war ich in der schwächeren Position. Und das gefiel mir gar nicht.

Die Koreaner, die immer als erste aufmachen und als letzte schließen, verkauften mir einen Hut und eine Sonnenbrille. Gesamtsumme: sieben Dollar. Das konnte ich mir leisten. Kam nicht in Frage, daß ich mitten im morgendlichen Ansturm der arbeitenden Bevölkerung in Anzügen, Kostümchen und Trenchcoats mit Pantoffeln rumlief. Jedenfalls nicht, ohne mich hinter einer Sonnenbrille zu verstecken und unter einem Hut, der mich mit einem Hauch von Geheimnis umgab.

Um zehn Uhr würde ich jedenfalls schon vor Macy's in der 34. Straße warten. Ich würde neue Schuhe kaufen, vielleicht ein günstiges Kleid, dann würde ich diese deprimierende Verkleidung entsorgen. Warum ich shoppen ging, obwohl Lashay mir meine Klamotten bringen würde? Weil ich ihr nicht das Vergnügen gönnte, mich so abgewrackt zu sehen. Außer daß ich müde aussah, würde sie nie erfahren, was in der letzten Nacht passiert war. Nie im Leben würde ich mich in dieser Aufmachung von irgend jemandem erwischen lassen, der mich kannte.

In der Toilette von Macy's ging's mir gleich viel besser. Das war eindeutig angenehmer als das versiffte, beklemmend enge Klo im Donut-Laden. Das Sofa, bequeme Stühle, saubere Waschbecken, Seifenspender und Toiletten waren jetzt genau das Richtige. Meine Achseln begannen schon zu müffeln. Ich zog meine schmutzige Unterhose aus und warf sie in den Müll. Ich wusch mich mit den rauhen Papiertüchern und schaufelte mir Wasser ins Gesicht, um wach zu werden. Ich befeuchtete mein Haar mit einem Spritzer Wasser und steckte es hoch. Dann atmete ich tief ein und sagte: »Das muß reichen.«

Ich suchte nach einem bequemen Straßenschuh zu einem vernünftigen Preis. Als ich die Wühltische durchstöberte, sah ich kurz auf und bemerkte, daß ein älterer weißer Mann mich beobachtete. Jedesmal, wenn ich kuckte, ob er noch da war, starrte er zurück. Er hielt vorsichtig anderthalb Meter Abstand, wenn ich weiterging. Schließlich hatte ich die Schnauze voll, drehte mich blitzschnell um, um ihn zu erschrecken, warf die Hände in die Luft und stemmte sie dann in die Hüften.

Mit fester Stimme sagte ich: »Kann ich Ihnen helfen?«

Erst versuchte er, unbeteiligt zu kucken. Dann kam er näher und sagte ekelhaft schleimig: »Macht es Ihnen was aus, wenn ich einen Blick in Ihre Tasche werfe?«

»Darauf können Sie wetten«, fauchte ich.

Mit der rechten Hand hielt er ein Detektivabzeichen hoch.

»Jetzt hören Sie mal, Miss, Sie haben die Wahl. Entweder Sie tun, was *ich* Ihnen sage, oder ich muß die Polizei einschalten.«

»Die Polizei? Wozu?«

»Miss, bitte beruhigen Sie sich. Sprechen Sie leiser, Sie verscheuchen die Kunden.«

»Ich bin eine Kundin.«

Er musterte mich von Kopf bis Fuß. Sein Blick landete auf meinen rosa Pantoffeln und schnellte wieder hoch zu meinem Gesicht. Ich denk, na gut, der Kram paßt nicht zusammen, aber das ist doch kein Verbrechen.

»Kommen Sie mit, Miss.« Er führte mich in ein Hinterzimmer, eins, das einem normalen Kunden wie mir nicht auffallen würde, dachte ich.

»Setzen Sie sich«, befahl er. Ich setzte mich auf den Stuhl neben dem Spiegel, der von hinten durchsichtig war. Ich konnte die Kunden draußen sehen, aber ich wußte, daß sie mich nicht sehen konnten. »Ich möchte, daß Sie mich in Ihre Tasche sehen lassen.«

»Warum?« fragte ich. »Ich hab doch nichts getan.«

»Ich hab Sie heute morgen vor der Tür gesehen, um Viertel vor zehn, um genau zu sein. Sie haben einen schwarzen Strickhut, eine schwarze Sonnenbrille und rosa Pantoffeln getragen. Sie sind etwa zehn Minuten durchs Erdgeschoß gestreift und haben die Ware angesehen und angefaßt. Sie haben den Fahrstuhl in den zweiten Stock genommen, Ihre Tasche fest an sich gepreßt, und dann die Damentoilette im Westteil des Gebäudes betreten. Sie waren fast dreißig Minuten auf der Toilette. Als Sie herauskamen, hatten Sie weder den Hut noch die Sonnenbrille auf. Wegen Ihres verdächtigen Verhaltens muß ich mich vergewissern, daß alles in Ihrer Tasche Ihnen gehört.«

Ich zog die Luft zwischen den Zähnen ein wie ein schnelles Auto, das eine Vollbremsung macht, und öffnete meine Tasche. Ich hatte das unbestimmte Gefühl, daß dieses wichtigtuerische Arschloch nicht davor zurückschrecken würde, bis zum Äußersten zu gehen. Außerdem hatte ich nichts gestohlen.

Er sagte: »Darf ich mir die Tasche mal ansehen?« Er drehte sie um und leerte den Inhalt auf den Tisch. Die Glubschaugen in seinem faltigen Gesicht sahen sich alles genau an. Er wußte, daß er im Unrecht war, aber er wollte unbedingt Recht haben. Zuerst grapschte er nach meinem Cutter. »Wie alt sind Sie, junge Dame?«

»Einundzwanzig«, sagte ich, ohne zu zögern.

Er öffnete mein Portemonnaie, überflog meine Visitenkarten und entdeckte dann meinen Ausweis vom »Haus des guten Gelingens«. Er sah den Ausweis an, dann mich, den Ausweis, dann wieder mich und sagte: »Sie sind siebzehn und nicht einundzwanzig. In New York ist es verboten, einen Cutter an Minderjährige zu verkaufen, wußten Sie das?«

»Hören Sie«, sagte ich schroff. »Sie beschuldigen mich des Diebstahls. Wie Sie sehen, habe ich nichts bei mir, das Ihrem Laden gehört.« Leicht gereizt bat ich ihn um meine Tasche. Zum Glück bemerkte dieser Volltrottel nicht den Umschlag, der auf dem Boden der Tasche festgeklebt war. Deshalb hatte ich getan, was er sagte. Ich wollte nicht, daß er die Bullen rief. Dann hätte ich erklären müssen, wo ich sechzehnhundert in bar und meinen Diamantschmuck herhatte. Selbst wenn mir eine tolle Erklärung eingefallen wäre, hätte mich die Polizei zum »Haus des guten Gelingens« gefahren. Nicht auszudenken, was passieren würde, wenn die Betreuer und Behörden rausfänden, wieviel Kohle ich hatte, obwohl ich nicht mal jobbte.

Auf sein Zeichen nahm ich jeden einzelnen Gegenstand, der mir gehörte, und packte alles in die Tasche zurück. Ich machte ein ungeduldiges Gesicht und wippte mit dem Fuß. »Kann ich jetzt bitte gehen?«

»Eine Minute«, befahl er, »heben Sie die Arme hoch.« Er ließ seine Hände von meinen Schultern bis zu meinen Handgelenken gleiten.

»Das ist albern. Sie sehen doch, daß ich nichts in der Bluse habe. Sie sitzt total eng. Alles, was ich anhabe, sitzt eng.«

»Ich kann immer noch die Polizei rufen«, drohte er. »Die kann Sie filzen . . . und zwar *gründlich.* Ich kann Sie schmoren lassen, bis sie hier sind.«

Dieser Bastard, dessen Hände nicht aufhören konnten zu zittern, befühlte meinen Rücken an der Wirbelsäule entlang. Dann baute er sich vor mir auf und ließ seine Hände von meinen Schulterblättern über meine beiden Titten gleiten, wobei er sie leicht umschloß.

In meiner Wut sah ich vor mir, wie die Bullen Mama Handschellen angelegt, Papas Kram gezockt und Mamas Auto beschlagnahmt hatten. Wenn ich ihn nur noch ein paar Minuten ertragen konnte, war ich aus dem Schneider. »Ziehen Sie den Rock aus.«

»Was?«

»Ziehen Sie den Rock aus.«

»Sie sind wohl nicht ganz dicht. Ich zieh doch nicht meinen Rock aus. Glauben Sie etwa, ich hab ein Paar Pumps in meinem Slip versteckt?«

»Ist alles schon vorgekommen, Miss. Ich mach nur meinen Job.« Ich sah auf seinen kleinen steifen Schwanz, der sich durch die Hose abzeichnete.

»Ich glaub, Sie machen etwas mehr als Ihren Job.« In diesem Moment schloß eine kleine, fette Kaufhausdetektivin mit Catwoman-Brille die Tür auf.

»Hey, was ist hier los, Izzy«, fragte sie, als wär Izzy ihr bester Kumpel.

»Nichts«, antwortete ich für Izzy. Ich warf ihm einen drohenden Blick zu, damit er schnallte, daß seine kleine perverse Party damit abgepfiffen war. »Wir sind fertig, oder?«

»Ja, scheint alles in Ordnung zu sein«, sagte er. Ich rauschte an der Detektivin vorbei und blieb erst stehen, als ich auf der Straße war. Die Uhr zeigte 11.15. Ich mußte mich beeilen, um rechtzeitig zu meiner Verabredung mit Lashay zu kommen. Ach was. Ich schuldete ihr schließlich keine Erklärung für meine Aufmachung.

Als ich den Teller und den Pizzarand in den Müll schmiß, sah ich aus dem Augenwinkel, wie Rashida aus der U-Bahn in die Penn Station hochstiefelte. Sie sah mich nicht.

Sie blickte ständig nervös über die Schulter und lief in jeden kleinen Laden in der Wartehalle. Ich fragte mich zwar, was sie da trieb, wollte aber nicht entdeckt werden.

Deshalb wich ich drei Schritte zurück in die Pizzeria und beobachtete sie. Dann legte sie plötzlich los. Sie stellte sich unter die riesige Digitalanzeige, legte beide Hände an den Mund und schrie wie eine Geistesgestörte.

»Winter, Winter, Winter. Wenn du mich hörst, bitte . . .«

Erschrocken hastete ich zu ihr, um sie zum Schweigen zu bringen. Sie sah mich und wurde ganz aufgeregt. Als wär ich Ed McMahon und würde ihr per Scheck einen millionenschweren Lottogewinn von Publishers Clearinghouse überbringen.

Wortlos griff sie meine Hand und zerrte mich zur Treppe, die zu den Zügen nach Uptown führte. Als ich mich wehrte, sagte sie: »Wir müssen hier weg, ehrlich, Winter.« Ich sah die Angst in ihrem Gesicht. Da ich sie für alles andere als durchtrieben hielt, folgte ich ihr.

»Simone bringt dich um, na ja, vielleicht bringt sie dich nicht gleich um . . . vielleicht bringt sie dich nicht gleich um, aber sie wird dir sehr weh tun. Sie hat eine Waffe. Du mußt ihr was Furchtbares angetan haben.«

»Woher weißt du das?«

»Jeder weiß das. Letzte Nacht hat Lashay gesagt, daß Simone dich eine hinterfotzige Schlampe genannt hat. Lashay war gestern von acht bis zehn mit Simone zusammen. Als Lashay zurückkam, hat sie jedem erzählt, daß du fällig bist. Sie hat gesagt, daß du's verdient hast, weil du sie beschissen hast. Sie haben auf dich gewartet. Lashay hat gesagt, daß Simone vorm »Haus des guten Gelingens« Mädels aufgestellt hat. Jeder dachte, du würdest vor der Ausgangssperre zurück sein. Ich hab gebetet, daß du nicht kommst. Ich hab ihnen gesagt, daß das eine Sache zwischen Simone und Winter ist und daß sie sich da nicht einmischen sollen. Ich hab ihnen gesagt:

›Ihr habt Winters Version der Geschichte doch noch gar nicht gehört.‹«

»Und was ist dann passiert?«

»Sie haben mich in unserem Zimmer eingesperrt und sich von außen gegen die Tür gestemmt. Bis halb zwölf war ich eingesperrt.«

»Und dann?«

»Keine Ahnung. Mir wollte niemand was sagen.«

»Woher wußtest du, daß ich hier bin?«

»Letzte Nacht, als alle gedacht haben, daß ich schlafe, kam Lashay in unser Zimmer. Sie hat was gesucht, denn sie hat dein ganzes Bett durchwühlt. Dann seh ich, wie Lashay deinen Koffer aufmacht. Sie haben sich alle was ausgesucht, und Lashay hat den Kram verteilt. Soweit ich gesehen hab, haben sie alles genommen, bis zu den Haarspangen und den Gesichtscremes. Sogar der Wachhund hat versucht, was rauszuschlagen. Aber nichts hat ihr gepaßt. Deshalb hat sie die Zigarettenschachteln geklaut, die du in der Seitentasche versteckt hattest.«

»Aber woher wußtest du, daß ich um zwölf in der Penn Station bin?«

»Weil Mrs. Porter heute morgen um neun reinkam und die Mädels gefragt hat, ob sie wissen, wo du bist. Sie wollte wissen, ob du letzte Nacht nach Hause gekommen bist. Plötzlich kuckten alle ganz schuldbewußt und wurden nervös. Mrs. Porter kam auf mich zu. Bevor ich meinen Mund aufmachen konnte, platzte Lashay damit raus, daß deine Ma im Krankenhaus ist und du bei ihr übernachtet hast. Lashay hat gesagt, sie trifft sich um zwölf Uhr mittags mit dir in der Penn Station, weil du ein paar Klamotten brauchst, die sie dir bringt. Lashay hat die ganze Nacht Anrufe gekriegt und ist ständig zum Wachpersonal gelaufen, deshalb wußte ich, daß sie nichts Gutes im Schilde führt. Ich wußte nicht, ob du mit ihr gesprochen hast oder ob du überhaupt hier bist. Aber ich hab's versucht, ich wollte nicht, daß dir was passiert.«

Rashida nahm mich in den Arm, und mein Körper erstarrte. Es war Zeit, was zu unternehmen.

»Komm schon.« Rashida packte meine Hand und führte mich schnell durch den Bahnhof, als wär ich n Kleinkind.

»Was hast du vor?« fragte ich. »Wohin gehen wir?«

»Zu einer Freundin, Winter. Sie kann dir helfen.«

»Ich brauch keine Hilfe«, sagte ich. »Ich brauch nur ein paar Minuten zum Nachdenken.« Als wir ausstiegen, fiel's mir wie Schuppen von den Augen. Ohne ein Wort zu sagen, drehte ich mich auf dem Bahnsteig um und ging in die entgegengesetzte Richtung.

»Winter, bitte«, flehte sie. »Ich will doch nur helfen.«

»O nein, du versuchst, mich zu Sister Souljah zu bringen, als wär ich ein Sozialfall. Obdachlos, von zu Hause abgehauen oder so was. Das kannst du vergessen, Mädchen. Kommt nicht in die Tüte.«

»Jetzt mal im Ernst, Winter. Kannst du irgendwohin gehen?« Ich antwortete nicht. Mir paßte nicht, daß sie sich wie eine Glucke aufführte. »Du lebst in einer Jugendwohnung. Du hast keine Familie.«

»Ich hab wohl Familie, Schlampe, du spinnst doch. Und wie ich Familie hab, du weißt ja nicht mal die Hälfte.«

»Wenn du Familie hast, Winter, wenn du soviel Familie hast, warum wohnst du dann nicht bei ihr? Wo ist sie? Ins ›Haus des guten Gelingens‹ kannst du nicht zurück. Das wäre nicht sicher. Und du mußt ja nicht bei Souljah wohnen. Nur ein paar Tage chillen, bis wir wissen, was wir tun sollen.«

»*Wir!*« kreischte ich und warf die Hände in die Luft. »Jetzt heißt es plötzlich *wir*.«

»Ach leck mich doch, Winter!« keifte Rashida zurück. »Ich hab die Nase voll. Ich versuche, das Richtige zu tun, und kuck dich doch an. Du kapierst noch nicht mal, wenn jemand versucht, dir zu helfen.« Als Rashida losheulte, lachte ich. Mein Lachen brachte sie aus dem Konzept. Sie hörte auf zu flennen. »Was ist so komisch?« fragte sie.

»Du kannst noch nicht mal richtig fluchen. Du bringst es einfach nicht.« Sie entspannte sich wieder und ging voran.

»Ihr Haus ist gleich da vorn. Tu mir nur einen Gefallen, sieh es dir an, bevor du endgültig nein sagst.«

12

Auf den gegenüberliegenden Seiten der Stufen, die zum Haus führten, saßen zwei große brüllende Zementlöwen. Die Tür war aus massivem Glas, der Rahmen aus Ahornholz mit allen möglichen Schnitzereien. Hinter dem Glas war ein schwarzes Designertor, eine teure und exklusive Art zu sagen: »Bis hierher und nicht weiter.« Das Gebäude gehörte zu Harlems Sugar-Hill-Stadthäusern und hatte fünf Stockwerke. Was mir ins Auge fiel, war der geldgrüne Mercedes-Benz, der davor im Halteverbot stand. Ein kleines häßliches schwarzes Mädchen erschien an der riesigen Tür, die so breit und schwer war, daß sie sich nur langsam öffnen ließ.

»Wie geht's, Rashida?«, fragte der Zwerg. Nach der ersten standen wir vor einer zweiten, leichteren Tür, die das Mädchen mit Schwung aufstieß. Parkettboden mit Farbmustern. Ich hielt den Atem an und erinnerte mich daran, daß ich vor wenigen Monaten in einem Haus gewohnt hatte, das dreimal so nobel gewesen war, also kein Grund sich aufzuregen. Während der Troll das Verhör führte (»Rashida, hast du Souljah gesagt, daß du heute kommst?«), äugte ich in das geräumige Zimmer hinter zwei weiteren Holztüren, die den Blick auf eine gewundene Treppe in den ersten Stock freigaben.

Also, von Kunst hab ich zwar keinen blassen Dunst, aber an der Wand hing ne Menge Bilder. Mit was? Fragt mich nicht. Überall afrikanische Titten und Holzmasken. Es waren große Bilder in großen Rahmen.

Kunst zum Abgewöhnen. Ich finde, Menschen sollten auf Bildern lebendig aussehen, aber die hier wirkten wie tot.

»Nein, ich hab Souljah nicht gesagt, daß ich komme, aber das macht nichts, denn sie hat gesagt, wenn ich je . . .« Das kleine Mädchen verschwand in dem abgedunkelten großen Zimmer, bevor Rashida ihren Satz beenden konnte. Es hörte sich so an, als würde sie drei Sekunden telefonieren. Sie kam wieder raus und sagte: »Du kannst jetzt rauf, Rashida.«

Es war wie in einem Museum. Im Wohnzimmer mit den riesigen Fenstern standen riesige Stoßzähne aus Elfenbein, die von einem Elefanten stammen mußten. Schachfiguren, Marmortische, Statuen, schwere Vorhänge und überall Pflanzen. Die Pflanzen wirkten wie Dekoration, so als hätte der Innenarchitekt, oder wer auch immer dieses Haus eingerichtet hatte, sie über jedes Fenster gehängt, von wo sie unter der Decke entlangliefen und an den Wänden bis zum Boden herabstürzten wie Wasserfälle.

Im zweiten Stock waren die Türen fest verschlossen, als wäre alles dahinter streng geheim. Jeder Flur in jedem Stockwerk war elegant mit Marmorstühlen eingerichtet und mit Pflanzenhockern mit noch mehr Pflanzen.

Als ich im obersten Stockwerk ankam, hatte ich ausgerechnet, daß ich seit siebenundzwanzig Stunden nicht geschlafen hatte. Mein Herz raste und schlug unregelmäßig. Das Abgefahrene am fünften Stock war, daß er zwar riesig und sauber war, mit großen Fenstern und wunderschönem Holzfußboden wie die anderen Stockwerke. Aber es sah so aus, als hätte der Innenarchitekt, der den ganzen Laden eingerichtet hatte, vorm fünften Stock gekündigt.

»Wir sind da«, sagte Rashida. »Hier wohnt Souljah.« Sie klopfte leise an die halb geöffnete Tür und ging rein, als wäre sie hier zu Hause. »Du kannst dich da hinsetzen.« Sie zeigte auf einen schlichten Holzstuhl neben einem kleinen Tisch. Rashida ging durch eine kleine Küche, die vierte, die ich in diesem Haus gesehen hatte, in ein anderes Zimmer. Ich sah, wie Rashida mit jemandem zu reden begann, der hinter einer halb geöffneten Tür verborgen war.

»Souljah, ich hab eine Schwester mitgebracht. Eine gute Freundin von mir.« Und das war alles, was ich hörte, denn Rashida schloß die Tür hinter sich. Wahrscheinlich senkte sie absichtlich die Stimme, damit ich nicht hörte, wie sie bettelte. Die sollte bloß nicht betteln.

Das Zimmer, in dem ich wartete, war wie eine Bibliothek. Es gab zwei breite und hohe Bücherregale, die vom Boden bis zur Decke reichten mit mindestens tausend Büchern, große, kleine, in allen Farben, alte, neue, gebundene und Taschenbücher. Aus einigen der Bücher kuckten Zettel raus. In einem Fach standen nur Zeitschriften und Zeitungen. Die Fenster in diesem Zimmer hatten keine Vorhänge, obwohl die Leute in den Häusern auf der anderen Straßenseite voll reinglotzen konnten. Woher ich das wußte? Weil ich genau das tat. Ich stand am Fenster und glotzte bei ihnen rein. Aber ihre Fenster hatten Vorhänge.

Die Küche war sauber, aber leer. Aus reiner Neugier sah ich in den Kühlschrank. Wasser, Salsa und Ginger Ale. Das war's.

Ich hörte eine leichte Bewegung und machte den Kühlschrank hastig wieder zu. Souljah war größer, als ich gedacht hatte, etwa einsachtundsechzig. Sie hatte große braune Augen, lange Wimpern und Pausbacken. Ihr Haar glänzte, als wäre sie grad beim Friseur gewesen. Es war schlicht hochgesteckt, aber irgendwie originell. Sie war ein typisches Uptown-Girl: dicker Arsch, breite Hüften und, nein, kein flacher Bauch. Sie hatte immer noch ein paar Sit-ups nötig. Gegen ihre Klamotten war nichts einwenden: blaue Jeans, weißes T-Shirt, und, hey, Moment mal, Turnschuhe, die jeder Beschreibung spotteten, als käme sie aus einer dieser Flohmarktstädte in Long Island. Kam sie aber nicht, dachte ich.

Am auffälligsten waren ihre Augen. Sie durchbohrte mich mit ihrem Blick und versuchte nicht mal wegzukukken, als sie meinen Blick traf. Ich würde nicht zurückstarren, denn, hey, was sollte der Scheiß eigentlich. Sie kam auf mich zu. Für meinen Geschmack kam sie meinem Gesicht um einiges zu nah. Man braucht einen gewissen Abstand, wißt ihr. Darüber muß man nicht reden. Das weiß man einfach.

Nach einer langen, ungemütlichen Pause sagte sie schließlich: »Du bist wirklich hübsch.« Ich sah mich um. Aber ich wußte, daß sie mich meinte. Was sollte ich darauf erwidern? »Woher kommst du?« fragte sie.

»Long Island.« Es platzte einfach so aus mir raus. Weniger ist mehr. Ich hatte nicht die Absicht, ihr meine Lebensgeschichte aufzutischen. Keine Ahnung, was Rashida ihr schon erzählt hatte, aber das würde ich schon hinbiegen.

»Nein, ich mein aus welchem Land.«

»Was?« sagte ich und dachte: *Wovon zum Geier redet die? Wir sind verfickt nochmal alle von hier.*

»Nein, ich dachte, vielleicht kommt deine Familie aus Panama oder Trinidad oder von einer der Inseln.«

Ich antwortete mit einem Wort: »Nö.« Dann kam ich zur Sache. »Rashida hat gesagt, daß du meinen Cousin Midnight kennst . . .«

»Ja.« Sie antwortete mit einem Wort.

»Hör zu«, sagte ich, »ich weiß nicht, was Rashida dir erzählt hat. Sie kennt mich nicht besonders gut.« Rashida verdrehte die Augen und warf mir einen stechenden Blick zu.

»Na ja, du weißt ja, wie das mit Familien so ist. Wir sind oft umgezogen. Ich bin mit Midnight aufgewachsen. Als er sechzehn war, haben wir uns einfach aus den Augen verloren. Meine Mom hat nicht mehr lang zu leben. Ich möchte, daß Midnight sie nochmal sieht, bevor sie stirbt. Er würde es sich nie verzeihen, wenn sie sterben würde, ohne daß er nochmal mit ihr geredet hätte. Wir waren unzertrennlich. Na ja, wie auch immer, Rashida hat erwähnt, daß du meinen Cousin kennst. Sie hat gesagt, du könntest mir wahrscheinlich seine Telefonnummer oder Adresse geben.«

»Das mit deiner Mutter tut mir leid. Midnight ruft mich ab und zu an«, sagte sie lässig, »vielleicht einmal im Monat. Aber ich hab seine Nummer nicht.«

»Was ist mit der Adresse?« bohrte ich.

»Nein, nicht mal das«, sagte sie und lächelte freundlich. »Rashida hat gesagt, daß du eine Bleibe brauchst?« fragte sie und sah mir noch immer in die Augen. Aber mein Dad hatte mir beigebracht, wie man ein Pokerface aufsetzt, und das tat ich jetzt.

»Nein, eigentlich nicht«, antwortete ich. Rashida stöhnte, warf ihre Hand hoch und sagte: »Winter!«

»Winter«, wiederholte Souljah. »Sehr ungewöhnlich.«

»Siehst du, hab ich doch gesagt. Meine Freunde nennen mich Sasha, aber woher soll Rashida das wissen.«

»Na gut, Sasha, du hast also keine Probleme, wie Rashida gesagt hat?« fragte Souljah und wanderte mit den Augen zu meinen Pantoffeln.

»Nicht der Rede wert. Nur ein paar eifersüchtige Mädels. Ist aber nicht so wichtig, denn in zwei Monaten bin ich achtzehn und kann mir ne eigene Bude suchen.«

Nach einer kurzen Pause sagte Souljah: »Das Problem ist nur, daß Zoff unter Schwestern in New York übel enden kann. Muß nicht sein. Aber manchmal gibt es Mord und Totschlag. Eifersucht ist eine gefährliche Sache. Eifersüchtige Menschen sind gewöhnlich so ungeheuer unzufrieden mit sich, daß sie das brennende Verlangen haben, jeden zu zerstören, der etwas hat, das sie haben wollen, von dem sie aber meinen, daß sie es nie bekommen werden. Du kannst hierbleiben, wenn du willst. Du siehst nicht wie jemand aus, der sich einnistet. Aber da du mit Midnight verwandt bist, hab ich nichts dagegen, wenn du hierbleibst, bis er sich meldet. Dann könnt ihr euch treffen und weitersehen.«

Mir gefiel, wie sie es ausdrückte. Also gab ich nach und blieb. Nur Rashida sagte die ganze Zeit das Falsche. Sie führte sich auf wie ein Krankenwagen mit Blaulicht. Immer mußte sie übertreiben.

Wir gingen in das Zimmer, in dem ich schlafen sollte. Es war äußerst schlicht. Aber es gab einen großen Spiegel und zwei gemütliche Betten. »Meine Schwester Lauren schläft in diesem Bett«, sagte Souljah und zeigte nach rechts. »Behalt sie im Auge. Sie ist ein Luder. Sie sollte längst zu Hause sein. Ist sie aber nicht. Auch egal.« Das waren die letzten Worte, die ich hörte, weil ich mich in meinen Klamotten auf das freie Bett gelegt hatte und mich von siebenundzwanzig schlaflosen Stunden übermannen ließ.

Gegen Mitternacht öffneten sich meine Augen. Drei kurze Sekunden versuchte ich mich zu erinnern, wo ich war. Die rosa Pantoffeln an meinen Füßen frischten mein

Gedächtnis auf. Der leise Streit vor meiner Tür brachte meinen Kreislauf in Schwung, und ich lauschte.

»Ich hab dir doch gesagt, wenn du über Nacht wegbleibst, sollst du mich anrufen.«

»Ich wußte nicht, daß ich wegbleib«, gab eine unbekannte Stimme zurück.

»Wie kann man nicht wissen, daß man zwei Nächte hintereinander wegbleibt? Das mußt du mir erklären.«

»Ich hab keine Lust, irgendwas zu erklären. Ich will einfach nur schlafen.«

»Was dir fehlt, ist Respekt.«

»Du bist nicht meine Mutter, du bist meine Schwester.«

»Es spielt keine Rolle, daß ich nicht deine Mutter bin. Ich bin deine Schwester, ich bin älter als du, und ich sorge für dich. Das ist Grund genug für dich, mich zu respektieren.« Dann zog sie schmatzend die Luft zwischen den Zähnen ein.

Die Tür zum Schlafzimmer wurde aufgestoßen, und ich setzte mich mit einem Ruck auf. Sie knipste das Licht an. Ich sah ihr an, daß sie überrascht war, daß jemand in ihrem Zimmer war. Sofort schloß sie die Tür wieder.

»Wer ist das in meinem Zimmer? Oder geht mich das mal wieder nichts an?«

»Sie heißt Sasha. Sie bleibt ne Weile hier.«

»Was ist mit ihr?« fragte sie.

»Was soll mit ihr sein?« fragte Souljah zurück.

»Wie lautet die Ansage?«, hörte ich ihre Schwester fragen.

»Es gibt keine Ansage, sie ist in Ordnung«, hörte ich Souljah sagen. »Sie ist Midnights Cousine.«

»Ooooh, ooooh, ooooh«, sagte die Schwester, während ich mich fragte, was das alles zu bedeuten hatte.

Die Schwester namens Lauren war groß und schlank und sah wie eine braune Porzellanpuppe aus. Typ Model. Mit Mode hatte sie allerdings nichts an der Backe. Sie hatte schönes Haar, aber zuviel Gel drin. Sie trug billige Schuhe – lag wohl in der Familie –, falsche Ohrringe und eine Art Joyce-Leslie-Sears-Schulmädchen-Outfit. Ich sag immer, alles ist für die Katz, wenn man nichts aus sich zu machen versteht. Sie stellte sich vor. Während sie redete, durchstreiften ihre Augen das Zimmer. Ich schätze, sie wollte sichergehen, daß ich nicht an ihren Sachen war.

»Und was hast du ausgefressen?« fragte Lauren.

»Was?«

»Was ist dein Problem? Jeder, der bei Souljah wohnt, hat irgendein Problem. Sie mag solche Leute.«

»Was ist denn dann dein Problem?«, fragte ich.

»Mein Problem ist, daß ich mit ihr verwandt bin. Und natürlich hab ich das gleiche Problem wie alle: Cash-flow. Ich geh für Souljah ans Telefon, wenn ich hier bin.«

Es klopfte sachte an der Tür, dann wurde sie aufgestoßen. »Sasha«, sagte Souljah, »meine Schwester Lauren kann dir die Hausregeln erklären. Sie kennt sie, auch wenn sie sie manchmal nicht befolgt. Morgen können wir deine Klamotten abholen.«

»Nein, ist schon in Ordnung. Ich geh morgen shoppen.«

»Oh, du hast Geld?« fragte Souljah.

»Ein bißchen«, sagte ich lächelnd. *Ja, allerdings, ich brauch keine Almosen,* dachte ich.

Ein lautes Klingeln schrillte durchs Haus.

»Kannst du aufmachen?« fragte Souljah aus dem Badezimmer gegenüber unserem Zimmer. Die Dusche war an. »Lauren, kannst du für mich an die Tür gehen?« fragte sie nochmal.

»Gehst du weg?« schrie Lauren in Richtung Badezimmer.

»Ja«, sagte Souljah. Ich sah zu, wie Lauren sich aufs Bett legte.

»Sasha, kannst du bitte an die Tür gehen? Ich bin müde.« Ich kannte Typen wie sie. Alles war ein Test. Na gut, ich würde ihr Spiel eine Weile mitspielen.

Als ich endlich unten ankam, zog ich den Vorhang an der Tür zurück. Ich konnte das Gesicht nicht erkennen, weil das Außenlicht nicht an war. Aber die Straßenlaterne an der Seite schien auf einen roten Range Rover, der in zweiter Reihe neben dem geldgrünen Benz parkte. Die Felgen waren so verschärft, daß ich den Jeep am liebsten besprungen hätte.

»Läßt du mich rein oder nicht?« Plötzlich stand GS direkt vor mir, einer der Top-HipHopper der Musikindustrie. Als ich den zweikarätigen Diamanten in seinem Ohr sah, kriegte ich den Mund nicht wieder zu. Also, es gibt nicht viel, was mich plätten kann, aber diesmal blieb mir glatt die Spucke weg. Wie gelähmt stand ich in der Tür. Ich war bei allen Top-Stars im Konzert gewesen, sogar bei GS. Aber ich hätte mir von keinem weismachen lassen, daß wir uns je im selben Haus gegenüberstehen würden.

»Is Souljah da?« Die Guess Jeans und die brandneuen Nike-Treter sahen gut aus, verloren aber an Bedeutung, als ich erstmal die goldene Rolex mit Diamantfassung entdeckt hatte.

Doch das Herzchen schob mich zur Seite, als wär ich ne Kakerlake. Vielleicht verwechselte er mich auch nur mit dem Dienstmädchen. Ich sah seinen eindrucksvollen Einsachtzig nach, als er nach oben entschwand. Mein Mund stand sperrangelweit offen, meine Hände waren in die Hüften gestemmt, und wenn ihr dabeigewesen wäret, hättet ihr vielleicht Dampf aus meinen Ohren paffen sehen.

Ich schnallte, daß man mich soeben in teuren, aber zwei Tage alten Klamotten zum Affen gemacht hatte. Die hatten doch gewußt, wer an der Tür war, und mich nicht gewarnt. Scheiße, jeder weiß doch, wie wichtig der erste Eindruck ist. Und Haare bürsten dauert grad mal eine Minute.

Erst in diesem Moment war ich angepißt, daß die Schlampen im »Haus des guten Gelingens« meinen Koffer geplündert hatten. Ich war so froh gewesen, daß ich die Kohle und den Schmuck beiseite geschafft hatte, daß ich die Klamotten komplett verdrängt hatte. Erst jetzt wurde mir der Verlust bewußt. Ich lehnte mich an den Türrahmen und plante meinen Shopping-Feldzug.

Es war offensichtlich, daß in diesem Haus Geld steckte, dachte ich. Ich war nicht sicher, wie ich drankommen würde. Aber ich war mir sicher, *daß* ich drankommen würde. War doch sonnenklar, daß sie krumme Geschäfte machte. Woher hatte sie sonst das Geld für dieses Haus, den Benz und all das? Und vor allem: Warum sollte sich GS mit so einer abgeben, mit einer, die irgendwelche Latschen trug und einfach nicht . . . einfach komplett uncool war? Das konnte nur daran liegen, daß er seine Möglichkeiten nicht richtig einschätzte. Jemand wie Souljah bewegte sich in den richtigen Kreisen. Sie mußte diese Wohltätigkeitskonzerte dazu genutzt haben, sich bei den Stars einzuschleimen. Na gut, jetzt war *ich* in den richtigen Kreisen. War doch nicht so schlecht, hier zu wohnen, wie ich gedacht hatte. Aber wie Souljah gesagt hatte: Ich würde mich hier nicht einnisten.

Das glückliche Paar kam mir auf der Treppe entgegen. Sie sagte: »Peace.« Ich nuschelte eine Antwort. Dann mußte ich gleich wieder umdrehen, um die Tür hinter ihnen zu verschließen.

»Also, bist du bereit für die Hausregeln?« fragte Lauren, die auf ihrem Bett fläzte und eine Zigarette rauchte.

»Ja, gib's mir«, sagte ich wenig begeistert. »Erste Regel: Rauchen verboten.« Sie lachte.

»Souljah ist allergisch gegen Zigaretten. Außerdem haßt sie sie. Deshalb rauch ich, wenn sie weg ist, bei offenem Fenster, wie du siehst. Sie ist für ein paar Stunden weg. Ich versprüh dieses Zeug«, sagte sie und drückte auf ein Raumspray mit Kirscharoma. »Wenn sie zurückkommt, wird sie mich trotzdem fragen, ob ich geraucht hab, obwohl die Tür zu unserem Zimmer zu und das Fenster offen ist und ich diesen Scheiß versprüht hab. Zweite Regel: Du darfst nie allein im Haus sein. Entweder du machst dein eigenes Ding, oder du kommst mit mir oder mit Souljah. Oh, und du kriegst keinen Schlüssel. Das sind Docs Regeln.«

»Wer ist Doc?«

»Die Ärztin, der dieses Haus gehört. Sie hat ihre Praxis im Erdgeschoß. Hast du wahrscheinlich nicht bemerkt, weil ihre Praxis einen eigenen Eingang hat. Sie hat ne Menge teures Zeug, die Einrichtung und der ganze Mist. Was den Schlüssel angeht, ist sie hart. Ich hab einen«, sagte sie und rasselte mit ihrem kleinen Schlüsselbund. »Nächste Regel: Du darfst niemanden in dieses Haus mitbringen. Die einzigen, die rein dürfen, sind die Patienten, die den Seiteneingang benutzen, und Donnerstag und Sonntag abends Souljahs Schüler. Die Männergruppe trifft sich donnerstags. Sie ist nur für Männer. Wir dürfen uns nicht mal in unser Zimmer verkriechen.«

»Was ist mit Souljah?«

»Sie ist die Lehrerin. Sie bleibt bei den Männern. Die Frauengruppe ist sonntags. Souljah will bestimmt, daß du zu den Weibertreffen gehst.«

Ich konnte nicht anders, als die Augen verdrehen. Lauren blieb gelassen. Sie sagte nur: »Ja, ich weiß, klar. Sie wird dich nicht zwingen. Aber sie erwartet, daß man es wenigstens versucht. Ist gar nicht so schlimm. Ich geh nur aus Jux hin. Nun zum Essen: Ich kann nicht kochen. Blimpie ist gleich um die Ecke, an der Hauptstraße gibt's Pizza, McDonald's und einen Jamaikaner. Souljah kocht klasse, ist aber ewig auf Diät. Wenn Essen da ist, kannst du dich bedienen. Souljah teilt fast alles. Ansonsten mach dich drauf gefaßt, daß sie versucht, dein Leben für dich auf die Reihe zu kriegen, ob dir das nun paßt oder nicht. Versuch nicht, sie davon abzuhalten. Sie kann nicht anders.

Ich mach das nur mit, weil was für mich dabei rausspringt. Souljah ist ein VIP, sie wird überall eingeladen, zu Konzerten, Parties, Essen – sie kennt einfach jeden. Das Ding ist, daß sie selbst eigentlich nur hingeht, wenn es einen besonderen Grund gibt. Also kriegen wir die Einladungen und lernen jeden kennen, der wer ist.«

»Wie GS?« Ich konnte mich nicht zurückhalten.

»Ja, cooler Typ, was?«

»Das war er an der Tür«, sagte ich in der Hoffnung, daß sie noch mehr Infos rüberwachsen ließ.

»Ja, hab ich mir gedacht«, sagte Lauren lässig. »Die beiden sind komisch.« Ich lachte. Irgendwie war ich aufgeregt. Auch wenn ich nach außen cool wirkte, schoß mir Adrenalin durch den ganzen Körper. Mein Kopf war wie ein Kassettenrecorder, der jedes Wort aufnahm. Ich war immer zu allen großen Konzerten gegangen, hatte die

Magazine verschlungen. Ich war mit HipHop aufgewachsen. Aber ich hatte nie dazugehört. Jetzt, wo ich drüber nachdachte, mußte ich einfach dazugehören. Und wenn die anderen nicht wußten, wie man seine Chance nutzt, hatten sie selbst schuld, denn ich würde sie mir nicht entgehen lassen.

»Was ist so komisch an ihnen?« Ich versuchte leicht gelangweilt zu wirken.

»Na hör mal, dieser Typ kann jedes Mädchen haben. Er kommt mehrmals pro Woche her und redet stundenlang mit Souljah. Wenn du um zwei oder drei Uhr morgens aufs Töpfchen gehst, hörst du die beiden lachen, reden, was weiß ich. Er holt sie ab und geht mit ihr aus. An ihrem Geburtstag hat er hier für sie gekocht.«

»Du lügst!« platzte ich raus.

»Nein ernsthaft. Er würde alles für sie tun. *Aber*...« Sie hielt inne.

»Aber was?« bohrte ich und verriet meine Neugier.

»Sie vögelt nicht mit ihm. Er ist nicht mal ihr Macker oder so was.«

»Ich brech zusammen«, sagte ich.

»Du? *Ich* brech zusammen!«

»Woran liegt's?« fragte ich.

Lauren sagte: »Er ist nicht schwul. Ich kenne Mädels, mit denen er gevögelt hat. Aber ich sag dir, er mag Souljah. Er hat sich mit einem anderen angelegt, weil der sie auch mochte. Aber sie ist nicht seine Freundin. Sex is nich.«

»Vielleicht sagt sie dir nicht die Wahrheit«, sagte ich.

»Nee, wenn ich über eins Bescheid weiß, dann über meine Schwester. Sie hatte früher ne Reihe fieser Beziehungen. Jetzt hat sie Pattex zwischen den Beinen. Das Komische ist, daß noch mehr Nigger hinter ihr her sind, seit sie dem Sex abgeschworen hat. Jetzt kommst du.«

Sie hatte etwas erwähnt, das mich nachdenklich machte. Die fiesen Beziehungen in der Vergangenheit. Ich fragte mich, ob Midnight eine davon war. Ich wollte sie am liebsten fragen, aber ich wußte, daß es dafür zu früh war. Ich mußte mir vermutlich gar nicht groß den Schädel zerbrechen, um das Puzzle zusammenzusetzen. So wie ihre Schwester mich freiwillig mit Infos zumüllte, würde es nicht lange dauern, bis ich durchblickte. Zwischen mir und Lauren hatte es auf Anhieb gefunkt. Sie war schwer in Ordnung, und ich war sicher, daß wir ein gutes Team abgeben würden.

Endlich wieder in einem Benz. Es hätte nicht besser laufen können. Wir fuhren mit Doc shoppen. Sie war die erste schwarze Ärztin, die ich je aus der Nähe gesehen hatte. Alles, was ihr gehörte, war vom Feinsten. Sie sah jung aus, benahm sich jung und führte sich nicht wie sonstwas auf, nur weil sie Gynäkologin war.

Wenn wir in einen Laden kamen, zückte sie ihre Goldkarte. Als sie ihr Portemonnaie öffnete, sah ich, daß sie Platinkarten hatte, Diners Club und alles, was es so gibt. Ihre Kleider und Accessoires kaufte sie in den Top-Designerabteilungen. Nur ein professioneller Shopper wie ich selbst hat ein Auge für Dinge, wie sie sie aussuchte. Als ich sah, wie sie alles auf die Karte setzte, dachte ich: *Es ist, als würde sie nicht mal dafür bezahlen.* Ich mußte unbedingt auch eine von diesen Plastikkarten haben.

Während ich und Doc shoppten, lehnte sich Souljah irgendwo an und las in ihrem Buch. Ihre Schwester Lauren rückte mir so nah auf die Pelle, daß es nervte. Sie war wie ein Schwamm, der versuchte, meinen Stil aufzusaugen. Sie beobachtete, welche Klamotten ich aussuchte. Bis hin zu den Sachen, die ich nur ansah. Wenn ich etwas zurücklegte, grapschte sie danach. Wenn ihr Blick auf das Preisschild fiel, riß sie die Augen auf. Ich fand's noch nie prickelnd, für ein paar tausend Dollar shoppen zu gehen, wenn der andere nur hundertfünfzig hat. Ständig kriegt man diesen Ach-bitte-kauf-mir-doch-was-Blick. Und mittlerweile habt ihr bestimmt geschnallt, daß sie da bei mir an der falschen Adresse sind. Der krönende Abschluß war eine rote Coach-Ledertasche. Sie paßte perfekt zu dem roten Range Rover von gestern abend. Lauren, die den ganzen Nachmittag nur hinter mir her geschlichen war, kaufte sich *original die gleiche* Tasche wie ich. So was ist einfach unverzeihlich. Aber, sagte ich mir, sie ist eben kein Shopper. Sie ist definitiv keine Konkurrenz. Ich verbuchte also ihr Vergehen und ließ es gut sein.

Eh ich mich's versah, hatte ich die Arme voller Pakete. Der gelbe Umschlag am Boden meiner Handtasche war jetzt ganz leicht. Ich hatte nur noch fünfhundert Dollar übrig. Doc hatte mich angeheizt. Ich konnte doch nicht untätig zusehen, wie sie um ihr Leben shoppte. Außerdem, wenn man einen Benz hat, sollte man ihn mit Paketen von Bloomingdale's, Saks Fifth Avenue, Nordstrom usw. vollstopfen.

Paßte mir sowieso ganz gut in den Kram. Ich wollte die peinliche Szene von letzter Nacht mit Schmuddelklamotten und Pantoffeln wieder ausbügeln. GS durfte mich nie wieder kalt erwischen. Wenn er mir nächstes Mal begegnete, würde er nicht mal schnallen, daß ich dieselbe war, die ihm die Tür aufgemacht hatte.

Das Abendessen war abgefahren. Stellt euch vor, wie wir alle um Docs großen Tisch im zweiten Stock sitzen. Überall Schachteln mit chinesischem Fraß, den wir in uns reinschaufelten. Dann kamen die Fragen. Doc fing an. »Woher kommst du eigentlich, Sasha?« Also, die dachten vielleicht, ich bin behämmert, aber ich erinnerte mich, daß Souljah mir gestern die gleiche Frage gestellt hatte, und war vorbereitet.

»Aus den Vereinigten Staaten«, antwortete ich. Alle lachten.

»Nein«, sagte Doc lächelnd, »aus welcher Stadt, welchem Bundesstaat, welchem Stadtteil.«

»Oh, aus Long Island.«

»Aus welcher Gegend?«

»Ziemlich weit draußen, wo fast schon die Hamptons anfangen.«

»Oh, nette Gegend. Ich hab da draußen in Dix Hills ein Haus für meine Mutter gekauft. Souljah hat mir erzählt, daß deine Mutter Krebs hat. Hoffentlich macht es dir nichts aus, daß ich drüber rede«, sagte sie und lächelte unschuldig.

»Ich würde lieber nicht drüber reden. Es war ein schöner Tag, und ich denk nicht gern dran. Es macht mich traurig.« Dann schaltete sich Souljah ein.

»Oh, aber Doc kennt sich mit Medizin aus. Vielleicht kann sie helfen. Viele Leute gehen immer zum selben Arzt und kriegen immer dieselbe Diagnose und dieselben Medikamente. Manchmal kann eine zweite Meinung helfen.« Ich nickte nur, um weitere Fragen abzublocken.

»Wenn du dir wegen des Geldes Sorgen machst, kann Doc . . .« Jetzt fiel Doc Souljah ins Wort.

»Wenn sie aus den Hamptons kommt, ist ihre Familie bestimmt privat versichert und in guten Händen«, sagte sie.

»Aber Sasha hat mit Rashida im ›Haus des Guten Gelingens‹ gewohnt, also . . .« Ich unterbrach Souljah.

»Ich wohn nicht mehr in Long Island, weil die Arztrechnungen für meine Mutter so teuer sind, daß sich in meiner Familie viel verändert hat. Und wie ich schon sagte, ich will echt nicht drüber reden. Ihr braucht euch um meine Mutter keine Sorgen zu machen. Sie hat einen Hausarzt und einen Spezialisten.«

Nach dem Essen dekorierten ich und Lauren unser Zimmer. Meine Witze darüber, wie kahl und langweilig unser Zimmer im Vergleich zu Docs Wohnung war, hatte sie auf diese Idee gebracht. Ich ließ sie machen. Schließlich hatte ich nicht vor zu bleiben. Am Ende waren drei Wände mit LL Cool J in jeder erdenklichen Pose zugekleistert. Lauren hatte eine Schwäche für LL, um es vorsichtig auszudrücken. Sie redete über ihn, als würde sie ihn persönlich kennen. Sie gab zu, daß sie ihm nie vorgestellt worden war, ihm aber einmal bei einem Konzert ihrer Schwester hinter der Bühne begegnet war.

»Warum hast du ihn nicht angesprochen?« fragte ich.

Sie sagte: »Machst du Witze? Ich konnte mich nicht mal bewegen. Ich stand unter Schock. Ich wußte, daß er dasein würde. Aber wenn man dann vor ihm steht, ist es was ganz anderes. Weißt du, was ich meine?« fragte sie. Ich zuckte nur die Schultern. »Komm schon!« bohrte sie weiter. »Erzähl mir nicht, daß du gestern abend nicht von der Rolle warst, als du die Tür aufgemacht hast und GS vor dir stand.«

»Nö«, log ich.

»Du lügst, Sasha.« Sie stieß mich um und kitzelte mich, als wäre ich fünf. Wir mußten beide lachen, als sie immer wieder bohrte. »Komm schon, Sasha, ich weiß doch, daß deine Möse unter Strom steht.« Ich leugnete standhaft. »Mir doch egal, ob du's zugibst. Ich weiß trotzdem, daß es dir genauso gegangen ist wie mir.«

»Jetzt mal im Ernst«, fragte ich sie, »bist du scharf auf ihn?«

»Mein Wort drauf«, sagte Lauren. »Ich würde alles tun, um diesen Nigger vernaschen zu können.« Wir bepißten uns vor Lachen.

Lauren war verrückt. Wir redeten die ganze Nacht. »Hast du einen Kerl?« fragte ich.

»*Einen*?! Ich hab n *Haufen* Kerle. Warum, willst du jemanden kennenlernen?« fragte sie.

»Vielleicht«, sagte ich.

»Na ja«, sagte sie, »kommt drauf an, was du magst. Ich hol meinen Katalog.« Sie kramte ein rotes Adreßbuch aus Kunstleder hervor, aus dem schon die Seiten rausfielen. »Beginnen wir am Anfang«, sagte sie und schlug die erste Seite auf. »Was magst du am meisten, was ist das Wichtigste?«

»Geld«, antwortete ich prompt. Wir lachten.

Lauren wickelte sich ein Handtuch um den Kopf wie ein Fakir oder eine Zigeunerin oder so was. Sie drehte ihr Glas um und tat, als wäre es ihre Kristallkugel. Ich kreischte: »Du spinnst, du spinnst.« Sie schob mir einen Zettel hin.

»Schreib der Reihe nach auf, was dir bei einem Mann am wichtigsten ist.«

Und das tat ich. Geld, Auto, Klamotten, Schmuck, Wohnung, Männlichkeit, großer Schwanz, saubere, weiße Zähne, guter Körper. Ich gab ihr den Zettel zurück.

»Schhh«, sagte sie und legte den Finger an die Lippen. Nach dreißig Sekunden sagte sie: »Sieht aus, als hätten wir ein Problem.«

»Was denn?« fragte ich.

»Wir haben fünfzig gutgebaute Macker mit großen Schwänzen.«

»Klingt doch gut«, witzelte ich.

»Ja, aber sie sind alle pleite, nicht motorisiert und wohnen noch bei Mami.« Zum Totlachen.

Am frühen Nachmittag weckte uns Souljah. »Lauren, steh auf. Du vernachlässigst deine Pflichten, wie immer. Nur weil wir Schwestern sind, kriegst du noch lange keine Extrawurst. Der Mann von der Kirche wartet auf den Vertrag und den Scheck. Du solltest um elf dasein.«

»Warum hast du mich nicht geweckt?« fragte Lauren.

»Weil ich dafür nicht zuständig bin.« Lauren biß sich auf die Lippen. Ein paar Minuten später stieß sie mich an.

»Hey, hey, steh auf. Du kannst entweder mitkommen oder bei Souljah bleiben. Na, was ist?«

»Keine Frage«, sagte ich. »Ich komm mit dir.«

Fünfzehnhundert Dollar wechselten von Laurens Händen in die des Pastors. Soviel mußte Souljah bezahlen, um die Kirche zu mieten. Sie gab eine Wohltätigkeitsveranstaltung für eine Organisation, die mit AIDS-Patienten arbeitete. Als ich Lauren fragte, warum das so teuer war, sagte sie: »Du weißt doch, wie's läuft. Geschäft ist Geschäft. Jeder will was abhaben, sogar die Kirche.«

»Was kriegt Souljah?« Die Frage lag auf der Hand.

»Nichts«, sagte ihre Schwester trocken.

»Irgendwas muß sie doch kriegen«, bohrte ich.

»Du hast recht. Sie kriegt ein Publikum. Sie darf zweitausend Leuten erzählen, was sie denkt, was ihr auf der Seele liegt und ihnen weise Ratschläge geben.«

»Und sonst?«

»Das ist alles. Dabei geht ihr einer ab.«

»Aber wie bezahlt sie ihre Rechnungen?« bohrte ich weiter.

»Paß auf«, sagte sie und wurde allmählich sauer. »Ich

hoffe, du gehörst nicht zu den Leuten, die meine Zeit mit Fragen über Souljah verschwenden. Ich hasse das. Wie sie ihre Rechnungen bezahlt? Sie kriegt alles geschenkt. Eigentlich müßte sie Doc Miete zahlen. Tut sie aber nicht. Sie ist eben anders. Versuch nicht, dahinterzukommen. Davon kriegst du nur Kopfschmerzen.« Nach wenigen Sekunden war Lauren wieder die alte und riß Witze.

»Anders« war wohl das richtige Wort. Am Donnerstagabend drängten sich mehr als dreißig Kerle vor der Wohnung. Einige sahen aus wie sechzehn. Andere eher wie dreißig. Wie versprochen verdrückten Lauren und ich uns, als die letzten sich durch die Tür quetschten.

»Hast du das gesehen?« fragte ich Lauren. »Nigger satt.« Da oben war es gerammelt voll wie in einer Eisdiele. Und es waren alle Sorten vertreten: dicke, dünne, große, kleine. Kurz, Männer bis zum Abwinken. Den Schock mußte ich erstmal verdauen. Lauren war ungerührt. »Hey, Moment mal«, fragte ich, »stehen davon welche in deinem roten Buch?« Sie lachte.

»Nein, Souljah würde mich killen, wenn ich mit ihren Klienten rummachen würde. Nee, wir gehen getrennte Wege.«

Ich wollte wissen, was Souljah da oben in ihrer Wohnung mit den ganzen Männern machte. Ich wollte es verstehen. Ich wollte hören, was sie sagte. Wie schaffte sie es, daß sie ihr zuhörten? Erzählte sie Midnight das gleiche? Was war der Trick, die Technik? Was konnte sie einem Mann wie Midnight erzählen, das ihn so faszinierte? Hatte sie ihn bei einem dieser Treffen kennengelernt? Ich wollte Lauren fragen. Aber sie hatte mich gewarnt. Ich wollte sie nicht reizen und Gefahr laufen, den Informationsfluß zu stoppen. Ich mußte abwarten.

Gegen zehn war die Männerrunde zu Ende. Eine Stunde später waren wir wieder zu Hause. Ich ahnte, daß GS aufkreuzen würde, und machte mich bereit. Erst duschte ich. Mit einem Handtuch um meinen Körper und einem um meinen Kopf rollte ich ein Küchentuch auf und schob es sorgfältig in die Zwischenräume meiner Zehen, um die Pediküre vorzubereiten.

»Gehst du irgendwohin?« fragte Lauren.

»Nö. Reine Routine. Ich seh eben gern gut aus. Ich hasse alten abgesplitterten Nagellack.« Lauren sah auf ihre Nägel. Sie versuchte, die beiden Finger mit abgeblättertem Nagellack zu verstecken. Wem wollte sie was vormachen? Ich hatte ihre Nägel schon vor Tagen bemerkt. Sie setzte sich auf ihr Bett und sah mir zu. Ich versperrte ihr die Sicht auf meine Hände, die fieberhaft an der Pediküre arbeiteten.

»Mann, sind deine Hände ruhig«, sagte Lauren. »Ich hätte die Linie nie gerade hingekriegt.« Dann tat sie es. »Kannst du danach meine Füße machen?« Die lange Pause, die ihrer Frage folgte, hätte als Antwort reichen müssen. Aber sie erwartete tatsächlich, daß ich ihre verkrusteten Zehennägel nicht nur anfaßte, sondern auch noch säuberte und lackierte.

»Tja, komischerweise krieg ich nur meine eigenen hin«, sagte ich.

»Na, dann mach meine Hände. Ich bin sicher, daß du das schaffst«, sagte sie, ein bißchen zu fordernd für meinen Geschmack. Ich machte also meine Zehen, ihre Hände, mein Haar. Ich rasierte mir die Achseln, stutzte meine Schamhaare zu einem süßen kleinen Dreieck. Ich probierte die Klamotten an, die ich Anfang der Woche erstanden hatte, und tat so, als sei alles ganz normal. Bevor meine Hinhaltetaktik aufzufliegen drohte, zog ich mir knappe Shorts und ein bauchfreies T-Shirt an. Ich checkte Laurens Kassetten und CDs und suchte mir eine Mix-Kassette aus.

Jedes Lied weckte Erinnerungen in mir. Die Macht der Musik. Ich dachte an all den Spaß damals in Brooklyn. Ich zitterte bei dem Gedanken, daß alle meine Freundinnen sich gegen mich gewandt hatten, eine nach der anderen. Und als DJ S and S den Beat verlangsamten, kriegte ich Zustände. Ich stellte mir verschiedene Sexstellungen vor und wie sich mein Körper dabei anfühlte. Dann spürte ich den Druck zwischen meinen Beinen. Verrückt, dachte ich, daß mein Sexleben sich praktisch in Luft aufgelöst hatte. Als Daddy noch draußen war ... ach Daddy ... Damals war alles in Butter. Er kümmerte sich um alles. Ich konnte mich ganz meinem Vergnügen widmen. Jetzt war ich pleite und stand auf dem Schlauch, aber ich würde definitiv bald wieder gevögelt, gelutscht und geleckt werden.

Lauren drehte die Musik leiser. »Sasha, kannst du an die Tür gehen?« Ich verdrehte scheinbar genervt die Augen. Ich machte mir nicht die Mühe, das Licht im Treppenhaus anzuschalten. Lautlos flog ich durch die Dunkelheit. Ich öffnete den obersten Knopf meiner Daisy Dukes und ließ den Reißverschluß ein Stück runter.

Der leichte Wind, der durch die Tür kam, als ich sie öffnete, ließ meine Nippel hart werden. Sie zeichneten sich durch mein enges T-Shirt ab. Als die Tür aufging, fiel GS' Blick sofort auf meine Nippel.

»Äh ja, is Souljah da?«

»Kannst du mich sehen?« fragte ich angriffslustig, aber sexy.

»Scheiße, wenn ich nein sagen würde, müßte ich lügen«, sagte er mit einem sexy Zahnpastalächeln.

»Warum fragst du mich nicht einfach, wie ich heiße?« fragte ich.

Sein Blick fiel auf mein Ralph-Lauren-Höschen, das dezent aus den Shorts rauslugte.

»Warum verrätst du mir's nicht einfach?« sagte er mit dieser männlichen Autorität, die mich jedesmal zum Schmelzen brachte.

»Ich heiße Sasha. Wenn du nächstes Mal herkommst, wenn es ein nächstes Mal gibt, sagst du ›wie geht's, Sasha‹ ... dann kannst du zur Tagesordnung übergehen.«

»Ach ja?« fragte er und wirkte, als hätte er nichts gegen einen kleinen Flirt einzuwenden. Während er durch die Tür ging, fragte er: »Was ist mit dem Licht?«

»Ich bring dich rauf«, sagte ich, und als ich seine Hand nahm, glitt ich sanft mit einem Finger über seine Handfläche, weil ich wußte, daß ihn das antörnen würde. Ich ging vor und zeigte ihm den Weg, als wäre er noch nie hier gewesen. Im zweiten Stock zog ich seine Hand um meine Taille. Seine Finger gruben sich in die nackte Haut zwischen meinen Shorts und dem T-Shirt.

Auf der letzten Stufe ließ ich ihn fallen wie eine heiße Kartoffel, drehte mich um und sagte kühl: »Ich sag Souljah Bescheid, warte hier.« Sie hatte ein fettes Grinsen im Gesicht. Vor lauter Freude, ihn zu sehen, schnallte sie rein gar nichts. Ich ging schnurstracks in mein Zimmer, schloß die Tür und setzte mich hin.

Lauren warf einen Blick auf meine Titten und sagte im Bruchteil einer Sekunde: »Ich frag gar nicht erst, wer an der Tür war.«

Am nächsten Morgen wurden wir früh geweckt. Souljah stand zwischen meinem und Laurens Bett, und ich dachte: *Scheiße, Mann, ist diese Schlampe so was wie'n Crack-*

head-Vampir? Die ganze Nacht bleibt sie auf. Und morgens fragt man sich, ob sie überhaupt geschlafen hat.

»Ich will, daß ihr mitkommt, zieht euch an.«

Im Zug verriet sie das Ziel. Wir waren auf dem Weg zum Frauenknast auf Riker's Island.

»Wozu?« fragte ich.

»Ich muß vor inhaftierten Jugendlichen sprechen.«

»Was willst du denen erzählen?« fragte ich. Das hätte ich echt gern gewußt.

»Keine Ahnung«, sagte sie. »Ich laß mich treiben. Ich sag, was ich fühle, wenn ich seh, was ich sehe.«

»Einfach so?« fragte ich. Sie nickte. Sie fand es bestimmt dreist, als ich fragte: »Und was springt dabei für dich raus?« Sie reagierte überrascht.

»Nichts. Wenn ich in Gefängnissen, Schulen oder irgendwo in der Community spreche, berechne ich nichts.«

»Aber womit verdienst du dann dein Geld?« bohrte ich.

»Das ist ganz verschieden. Ich zieh Projekte auf. Und wenn ich in Colleges rede, werd ich gut bezahlt.«

»Wie gut?«

»Sehr gut«, sagte sie.

»Und du sagst einfach nur, was du fühlst? Klingt easy. Wann kann ich anfangen?«

»Das ist nicht so einfach«, sagte sie. »Du mußt über etwas reden, das die Leute berührt. Du mußt lernen, lesen, genau hinsehen, arbeiten und mit den Leuten reden. Wenn du ein bestimmtes Thema beherrscht, sind deine Worte, dein Wissen und dein Einblick Gold wert. Weißt du, was ich meine?«

Ich nickte. Heimlich dachte ich: *Klar weiß ich, was du meinst. Du meinst, was du kannst, kann ich noch lange nicht. So'n Schwachsinn.* Ich wußte mehr darüber, was draußen auf der

Straße abging, als sie. Ich wußte sowieso ne Menge mehr als sie.

In Riker's nahmen wir nicht den Besuchereingang, sondern den für die Aufsichtsbeamten. Wir wurden durchsucht. Als ich meine Tasche auf das Laufband stellte, brach mir der kalte Schweiß aus. Einer der Officer nahm meinen Cutter und sagte höflich, daß ich den nicht mit reinnehmen dürfte. Er nähme ihn an sich, um mich vor den Gefangenen zu beschützen. »Denen kann man nicht trauen«, sagte er. Es ging mir echt gegen den Strich zu sehen, wie sie Souljah und uns im Gegensatz zu normalen Besuchern behandelten. Der Officer, der uns den Weg zeigte, stellte Souljah den anderen Aufsichtsbeamten vor. Sie lächelten, schüttelten ihr die Hand und waren voller Respekt, die Heuchler.

Der zuständige Officer sagte: »Die Frauen, zu denen Sie heute sprechen, sind alle HIV-positiv. Sie sind in einem gesonderten Gefängnisflügel untergebracht.« Zum ersten Mal, seit ich Souljah kannte, kuckte sie betreten.

Mit gerunzelter Stirn fragte sie den Officer: »Haben Sie nicht gesagt, daß ich heute zu Jugendlichen sprechen soll?«

»Ja«, sagte er, »hab ich, und ich muß mich dafür entschuldigen. Ich hab's nicht geschafft, meinem Vorgesetzten den Papierkram rechtzeitig vorzulegen. Er hat's nicht genehmigt. Wir können einen neuen Termin vereinbaren. Aber glaub mir, Schwester, diese Frauen brauchen dich.« Jetzt kuckten wir alle blöd aus der Wäsche. Ich fragte mich, Winter, was zum Geier machst du hier eigentlich?

Souljah fragte den Officer: »Kann ich erst nochmal die Toilette benutzen?« Der Officer sagte: »Klar, hier entlang, bitte.«

»Kommt mit«, sagte sie und gab uns zu verstehen, daß wir ihr folgen sollten. Auf der Toilette waren wir drei allein. »O nein«, sagte Souljah und schlug die Hände vors Gesicht. »Tut mir leid, ich wußte nicht, daß wir in den HIV-Flügel gehen.«

»Na und, was ist los?« fragte Lauren. »Können wir uns etwa anstecken?«

»Angeblich kann man sich nur durch Blut oder andere Körperflüssigkeiten anstecken. Aber ich trau der Sache nicht. Ich bin einfach überrascht, ich bin nervös.« Souljah lehnte sich gegen das Waschbecken und sah in den Spiegel.

»Ich dachte, du hast schon mit AIDS-Kranken gearbeitet«, sagte ich. »Ich dachte, du gibst eine Wohltätigkeitsveranstaltung für AIDS-Kranke.«

Sie lächelte nervös und sagte: »Ja, ich arbeite mit Profis, die mit AIDS-Patienten arbeiten. Und ja, ich spende Geld. Aber ich hab noch nie bewußt jemanden berührt, der AIDS hat. Und ich war nie mit ihnen in einen engen Raum gesperrt. Ich mußte nie sehen, welche Auswirkungen diese gräßliche Krankheit auf den Körper hat. Das ist was anderes, was ganz anderes.« Dann spritzte sie sich Wasser ins Gesicht, blickte in den Spiegel und sagte: »Ich weiß nicht, was ich ihnen sagen soll. Da hilft nur Gottvertrauen. Ich bete, daß ich eine Eingebung habe.« Sie atmete tief durch.

Also wenn ihr einer von den Aufsichtsbeamten gewesen wärt, hättet ihr nicht die leiseste Ahnung gehabt, was sich auf der Toilette abgespielt hatte. Ihr Zusammenbruch hatte keine Spuren hinterlassen.

Als wir den anderen Flügel des Gebäudes betraten, standen wir mitten in einem riesigen Raum. Die Betten waren schmal und standen eng nebeneinander. Es mußten an die hundert Betten sein. Mein erster Gedanke beim Anblick der Frauen war: *Pure Zeitverschwendung.* Diese Mädels sind am Ende. Die meisten lagen regungslos auf ihren Betten. Ihre Körper waren dünn und ausgezehrt. Ihre Gesichter waren eingefallen wie bei vielen Crackheads, die ich damals in Brooklyn gesehen hatte. Einige hatten frische Prellungen und vernähte Wunden, andere blaue Augen und Ausschlag. Die meisten trugen häßliche dicke geflochtene Zöpfe wie Lesben. Das Gesundheitsamt und die Modepolizei hätten ihre Freude an dem Haufen gehabt.

Beim Anblick von Souljah zeigten die meisten keine Reaktion. Erst die militärische Stimme der Aufseherin, die wie ein Kerl gebaut war, brachte sie dazu, ihre halbtoten Körper aus den Betten zu schleppen. Souljah knetete nervös die Hände und hatte das große P im Gesicht. Ich kicherte innerlich, na mach schon, du Klugscheißerin, sieh zu, wie du da wieder rauskommst. Jetzt zeig mal, was du draufhast.

Die Frauen wurden still. Kaum eine zeigte Interesse. Schließlich waren sie nicht freiwillig hier. Sie waren gezwungen zuzuhören.

Als Souljah nichts sagte, räusperte sich die Aufseherin laut und sagte: »Legen Sie los, sie gehören Ihnen. Viel Glück.« Souljah überflog ihre Gesichter. Volle zwei Minuten blieb sie stumm. Dann brach es aus ihr heraus.

»Ich kann sehen, daß ihr alle einmal sehr hübsch gewesen seid. Ich blicke in eure Gesichter und sehe, daß ihr geliebt worden seid, daß ihr für jemanden die große Liebe, der Lebensinhalt wart. Und als ihr jünger wart, habt ihr gedacht, daß Schönheit das Wichtigste im Leben ist. Aber eigentlich müssen wir Frauen nichts für unsere

Schönheit tun. Sie ist eine Gabe Gottes. Die Frau ist eine Gabe Gottes.

Man macht uns Frauen weis, daß es reicht, hübsch zu sein. Und wir verlassen uns darauf und vergessen darüber, unseren Verstand zu benutzen. Wir müssen lernen zu denken und lernen zu überleben. Wir vergessen, unsere Seele zu schützen, und sauber und anständig zu leben. Wir vergessen, daß alles, was wir tun, wichtig ist.

Jede richtige Entscheidung bringt uns Segen. Jede falsche Entscheidung bedeutet Schmerz. Und in schweren Zeiten zeigt sich unsere Verzweiflung und unser Schmerz auf unseren Gesichtern und Körpern. Wenn andere Menschen Schmerz und Schwäche in unseren Gesichtern sehen, sagen sie: ›Früher war sie anders.‹ Wenn die Männer spüren, daß unsere Schönheit verblaßt, erschrecken wir darüber, daß sie uns nicht mehr beachten und uns vergessen. Wir tun alles, um ihre Aufmerksamkeit, ihr Geld, ihre Liebe zurückzuerobem. Darf ich deinen Schwanz lutschen? Kann ich was für dich tun? Irgendwas?

Wenn wir uns selbst hassen, zerstören wir unsere Körper mit Alkohol, Drogen, schnellem Sex. Dann sehen wir uns an und hassen uns nur noch mehr. Als ich reinkam, dachte ich: ›Was kann ich diesen Frauen sagen? Sie sterben.‹ Als ich in eure Gesichter sah, dachte ich: ›Was haben sie sich angetan?‹ Aber trotz allem lieben euch eure Kinder. Eure Töchter brauchen euch. Eure Söhne vermissen euch. Ihr müßt leben. Für uns. Ihr müßt leben wollen. Für uns.

Was ist die Community ohne euch, ohne die Mütter? Was ist eine Community mit mutterlosen Kindern? Mörder voller Haß, Bosheit, Ablehnung, voller Zorn auf die Welt, unfähig zu lieben, zärtlich zu sein, unfähig zu leben, weil sie sich hassen, weil sie euch brauchen, um sie zu lehren, wie man liebt, wie man lebt.

Wenn ihr also in den Spiegel blickt, seht darin nicht den Tod, sondern Leben. Seht nicht das Häßliche, seht das Schöne. Es sieht nicht so aus, aber ihr besitzt Macht. Ändert euer Denken, ändert eure Einstellung, ändert euer Tun und macht einen neuen Menschen aus euch. Ihr werdet gebraucht. Ihr müßt aus dem Rest eures Lebens etwas Besonderes machen. Für uns. Ihr müßt auf euch selbst und aufeinander aufpassen, damit ihr in euer Zuhause, in eure Community zurückkehren könnt, damit ihr für die dasein könnt, die euch lieben und brauchen. Ja, es gibt viel, für das es sich zu leben lohnt.«

Und als ich aufsah, hatten alle Tränen in den Augen. Ich nicht. Ich haßte sie dafür, daß sie mich an meine Mutter erinnert hatte. Ich haßte ihre Art, sich in die Angelegenheiten anderer einzumischen. Ich haßte sie dafür, daß sie es wagte, offen auszusprechen, was alle dachten.

Sie umarmte die Frauen. Wenn sie eine vergaß, wurde sie darum gebeten. Und sie tat es. Sie schüttelte ihre schwitzigen Hände und hielt still, wenn ihr die Frauen mit Zahnlücken, bei dem Versuch sich mitzuteilen, ins Gesicht spuckten. Sie verteilte Broschüren, Bücherlisten, Ratschläge und zu viele Autogramme. Nachdem wir eine Ewigkeit gewartet hatten, fuhren wir nach Hause und stiegen sofort der Reihe nach unter die heiße Dusche.

13

Noch am selben Abend rief sie mich in ihr Schlafzimmer. Obwohl ich schon eine Woche da war, hatte ich es noch nie gesehen. Zeige mir dein Schlafzimmer, und ich sage dir, wer du bist. Souljahs Bett hatte ein großes kreisrundes Gestell und eine kreisrunde Matratze. Die Laken, Decken und Kissen waren edel. Sie entpuppte sich also als Freak. Warum hatte man sonst ein rundes Bett? Das war bestimmt nicht leicht zu kriegen. Muß ne hübsche Stange Geld gekostet haben. Ich bin sicher, daß die Bettwäsche aus einem Katalog oder extra angefertigt war. Für Betten hatte sie jedenfalls ein besseres Händchen als für Schuhe.

An der Wand hing ein Porträt von Souljah. Sie war gut getroffen, man erkannte sie sofort. Die Augen in der Kohlezeichnung stachen besonders hervor, weil sie noch größer waren als in Wirklichkeit. Sie kuckten traurig. Der Künstler hatte sogar ihre Ohrringe festgehalten, große Dinger, wie die meisten Ghetto-Girls sie tragen.

»Gefällt dir das Bild?« fragte sie, nachdem ich es wohl zu lange angestarrt hatte.

»Warum kuckst du so traurig?« fragte ich, als ob mich das die Bohne interessiert hätte.

»Ich war in Paris, als das Bild entstand. Es war an meinem einundzwanzigsten Geburtstag. Ich war glücklich, daß ich reisen und im Ausland studieren durfte, aber ich hab meine Freunde und meine Familie vermißt.«

»Du meinst, deinen Freund?« fragte ich. Sie lachte ein bißchen.

»Ja, den auch.«

»Wie alt bist du jetzt?« warf ich ein.

»Ich bin fünfundzwanzig.« Verdammt, dachte ich. Sie sah jünger aus. An der Wand standen drei schwarze Aktenschränke. Sie wirkten komplett fehl am Platz. Wenn man Atmosphäre schaffen will, wenn man es gemütlich haben will, warum stellt man dann Aktenschränke ins Schlafzimmer? Daneben stand ein Bücherregal, das randvoll mit Büchern und Dokumenten war.

»Wozu die ganzen Bücher?« fragte ich.

»Also, die Bücher im Wohnzimmer sind vor allem Bücher, die ich im College gelesen hab. Diese hier muß ich lesen, um auf dem laufenden zu bleiben.«

»Worüber auf dem laufenden?« fragte ich.

»Über alles, was in der Community und der Welt vor sich geht. Weißt du?«

»Wenn man in der Community lebt, sollte man doch wissen, was abgeht. Dazu braucht man keine Bücher. Mann, das kann ich dir auch sagen.«

»Na ja, diese Bücher helfen dir zu verstehen, *warum* es so läuft, wie's läuft. Normalerweise wiederholt sich alles wie in einem Kreislauf, verstehst du? Und man muß ihn verstehen, um ihn zu durchbrechen. Aber wie auch immer«, sagte Souljah. »Ich möchte mit dir darüber reden, wie es weitergehen soll. Wie steht's mit der Schule?«

»Ich bin zur Schule gegangen, aber meine Familie ist ein paarmal umgezogen, und, na ja, das war's dann.«

»Und was hast du für Pläne?« fragte sie.

»Pläne? Ich weiß nicht. Was für Pläne?«

»Was willst du mal werden?« fragte sie.

»Reich«, sagte ich prompt.

»Und wie willst du reich werden?«

»Weiß ich noch nicht genau, aber ich arbeite dran.«

»Ich frag, weil ich dir gern helfen möchte, das zu tun, wozu du Lust hast. Du bist ein hübsches Mädchen. Und ich weiß, daß du sehr smart bist. Du bist geschickt. Du machst einen sehr kreativen Eindruck, vielleicht ist das die richtige Richtung.«

»Kreativ?« wiederholte ich.

»Ja. Ich hab gesehen, wie du Laurens Nägel gemacht hast. Und du bist hübsch. Deine Klamotten passen immer zusammen. Das ist echt eine Begabung. Du frisierst dein Haar genausogut, wenn nicht sogar besser als die Friseure hier in der Gegend. Das ist auch eine Begabung. Du mußt dich entscheiden, was du tun willst, und loslegen. Sonst ist es irgendwann zu spät. Dann stehst du in fünf oder zehn Jahren vor dem Nichts. Na, was hältst du davon?« fragte Souljah.

»Wovon?«

»Wann besuchst du deine Mutter im Krankenhaus?« fragte sie, um das Thema zu wechseln.

»Bald«, sagte ich kurz angebunden.

»Also, wenn dich jemand hinfahren soll, sag Bescheid. In welchem Krankenhaus liegt sie eigentlich?«

»Im Long Island College Hospital«, erwiderte ich schnell, »in Brooklyn. Da komm ich leicht mit der Bahn hin. Kein Problem.«

»Na gut«, sagte sie und schnaufte, als würde das Gespräch die falsche Richtung nehmen. »Hier ist ein Buch, in das du mal reinsehen kannst.« Sie setzte sich auf ihr Bett und zeigte auf ein Buch im Aktenschrank. Ein Berufsratgeber.

»In dem Buch findest du fünfzehnhundert verschiedene Berufe und jede Menge Vorschläge, Jobs und Geschäftsideen, auf die man als normaler Mensch nicht unbedingt kommt. Vielleicht findest du ja was, das dich interessiert.«

»Danke«, sagte ich und tat mein Bestes, um Interesse zu heucheln.

»Ich rede oft in Colleges. Du kannst gern mal mitkommen, um dir eines anzusehen. Das ist nicht für jeden das Richtige, aber vielleicht ändert ein nettes College deine Einstellung dazu, und auch zu dir selbst und zur Welt.«

»Kann ich dich was fragen?« fragte ich. »Warum liegt überall Kleingeld rum?« Souljah sah auf die Quarter, die Zehner, Fünfer und Pennies, die über den ganzen Fußboden verstreut waren.

»Ich bin einfach ein bißchen schlampig und unordentlich.« Tja, schlampig war wohl das richtige Wort. Mir fiel auf, daß in ihrem Schlafzimmer mehr Essen rumstand als im Kühlschrank. Halbleere Barbecue-Chips-Tüten und eine klebrige Dose Zwiebeldip. Leere Apfelsaftflaschen und halbleere Evians. Und dann stand auch noch ein Fitneß-Fahrrad rum. Ich zählte zwei und zwei zusammen: Sie frißt also eine Familienpackung Barbecue-Chips mit Dip, hat ein schlechtes Gewissen und hüpft aufs Fahrrad, um es wieder abzutrainieren.

»Und warum stellst du dir Aktenschränke ins Schlafzimmer?« fragte ich lachend.

»Oh, vielleicht solltest du Innenarchitektin werden«, scherzte sie. »Ich würde dich engagieren, weil ich davon nichts versteh. Aber im Ernst, ich krieg viel Post. Ich lege Akten über die Leute an, mit denen ich arbeite. Ich schreibe viel. Von *allem,* was an Post rausgeht, bewahre ich eine Kopie auf. Mein Zimmer ist vielleicht nicht ordentlich, aber ich kenne jedes Buch im Regal und würde sofort merken, wenn eines fehlt. Ich weiß, wo jeder Fetzen Papier in diesem Haus steckt. Sieht vielleicht nicht so aus, aber das Ganze hat System. Jeder hat eben seine Marotten.« Ich hatte sie soweit, daß sie sich verteidigte, und das war der perfekte Zeitpunkt, um unsere langweilige kleine Unterhaltung zu beenden.

»Hier. Red du mit Boom«, Lauren reichte mir das Telefon, als ich ins Zimmer kam.

»Boom wer?«

»Du hast doch gesagt, du willst jemanden kennenlernen.«

»Bist du häßlich?« fragte die tiefe Stimme am Telefon.

»Bist *du* häßlich?«

»Nee, aber ich mein ja nur. Warum sollte ich extra zu euch hochfahren, wenn du häßlich bist. Kann doch sein, daß Lauren und Sarge mich nur verarschen, damit ich sie durch die Gegend kutschiere, und ich hab keinen Bock, die ganze Nacht Taxi zu spielen. Also sag mir einfach, wie du aussiehst.«

»Was fährst du?« fragte ich.

»Einen Infiniti.«

»Du mußt schon herkommen, wenn du mich sehen willst.« Mal sehn, wer hier der Stärkere war.

»Na gut, aber wenn du häßlich bist, fahr ich gleich wieder.«

»Mach doch, was du willst, Nigger.«

Mit verschränkten Armen stand ich betont cool auf dem Treppenabsatz vor dem Haus und wartete darauf, daß Boom und Sarge uns abholten. Lauren stand mitten auf der Straße. Laurens Nigger hieß »Sarge«, weil er in der Army war. Er sprang aufgeregt vom Beifahrersitz, packte Lauren und hob sie in die Luft. Der berüchtigte Boom hatte einen Fuß im Wagen und einen auf dem Boden, als er sich reckte, um mich zu mustern. Er hatte helle Haut, zwei fette Grübchen in den Wangen und ein gespaltenes Kinn, ein irre süßer Typ mit schwarzen Locken. Wir lächelten gleichzeitig. »O Scheiße«, sagte er und warf die Hände in die Luft. »Das geht in Ordnung. Nun steigt schon ein.«

Wir sahen einen Actionstreifen. Fragt mich nicht nach dem Titel. Wir laberten und fummelten die meiste Zeit rum und gaben uns mit Sarges Haschtüte die Volldröhnung. Als wir keinen Bock mehr auf gebuttertes Popcorn hatten und der Jieper einsetzte, sagte Boom: »McDonald's oder PizzaHut?«

»PizzaHut ist besser«, sagte ich schnell.

»PizzaHut bedeutet Sex«, sagte Boom. »Na was ist, Bumsen oder McDonald's?« Wir lachten. Nach ein paar Drinks, Pizza, Potato Skins und Salat ging's uns blendend. Alle Sorgen waren wie weggeblasen.

Booms Bude war feucht und dunkel. Die kleine Lampe in dem winzigen Spielzeughaus in Queens beleuchtete nicht mal das ganze Zimmer. Immerhin konnte ich eine Matratze ohne Laken erkennen, die auf dem Boden lag. Das »Zimmer«, in das Lauren und Sarge gingen, war nur durch ein Laken, das über einer Schnur hing, abgetrennt. Noch bevor ich meine Handtasche neben die Matratze legte, konnte ich hören, wie sich Lauren und Sarge die Klamotten vom Leib rissen. Das Klicken von Sarges Gürtelschnalle, das Ritschratsch vom Reißverschluß und ihr schwerer Atem brachten mich in Fahrt.

Als Boom die Funzel ausknipste, war es stockfinster. Ich laß das Licht gern an, aber es war keine Zeit für Beschwerden. Als Boom meine Titten fand, begann er, meine Nippel zwischen seinen Fingern zu reiben. Erst wurde mein Körper erregt, aber er rieb sie, bis sie brannten. Ich drehte mich auf die rechte Seite, schob seine

Hände von meinen Titten und sagte: »Lutsch sie, lutsch sie.« Er lutschte sie, saugte aber so fest daran, als wären es zwei Eis am Stiel. Ich drückte seinen Kopf weiter runter, damit er meine Fotze ausschlürfen konnte. Er schleckte meine ganzen Haare ab, bevor er den Eingang fand. Ich hörte ihn die Schamhaare ausspucken, die sich zwischen seinen Zähnen verfangen hatten. Als er endlich den Eingang gefunden hatte, leckte er ständig an den falschen Stellen. Er lutschte nicht mal meine Klitoris, was mich sofort auf Hochtouren gebracht hätte. »Hey, Baby, fick mich einfach«, sagte ich.

»Aber gern«, sagte er selbstverliebt und tat so, als hätte er sonstwas geleistet. Ein paar Stöße, acht vielleicht, und er plumpste auf mich drauf. Fertig.

»Was ist, Nigger?«

»O Mädchen, du weißt, was is«, sagte er großkotzig, als hätte er es mir besorgt.

»War er überhaupt drin?«

»Träum weiter, Mädchen«, sagte er ruhig.

»War's das etwa schon?« Ich kroch auf der Suche nach dem Licht um die Matratze. Endlich fand ich es. Ich knipste es blitzschnell an und richtete das Ding wie eine Taschenlampe auf seinen Schwanz. »Dieser kleine verfickte Wurm? Das ist alles? Und du wagst es, dich Boom zu nennen!« kreischte ich.

»O Baby, du hast es verpaßt, Scheiße, das Ding war so groß.« Er hielt seine Finger fünfundzwanzig Zentimeter auseinander. »Hier drinnen ist es kalt. Nachdem ich abgespritzt hab, ist er eben geschrumpft.« Mittlerweile waren Laurens und Sarges nackte Körper auf den Fußboden gerollt. Sie mußten so lachen, daß Sarge mit seinem Fuß den Vorhang runterriß.

»O Nigger, ich wußte doch, daß mit dir was nicht

stimmt. Gutes Haar, Grübchen, alles vom Feinsten, und dann so'n kleiner Schwanz. Fahr uns nach Hause«, kreischte ich.

Lauren hörte gar nicht wieder auf, sich zu entschuldigen. Aber sie hörte auch nicht auf zu lachen. Ich beschloß, meine Verabredungen von nun an selbst in die Hand zu nehmen. Keine Ahnung, wie ich auf den Trichter gekommen war, daß sie kapierte, worauf ich stand.

Am Sonntag stand ich aus verschiedenen Gründen auf dem Schlauch. Erstens war mein Vermögen auf dreihundertfünfundsiebzig Dollar geschrumpft. Ich war so knapp bei Kasse wie lange nicht mehr. Mich überkam Panik. Ich konnte nur noch an Geld denken. Ich ertappte mich mehrmals dabei, wie ich auf und ab lief und die wildesten Berechnungen anstellte. Während sich mein Schritt beschleunigte, wurde ich immer wütender. Jeder Plan, den ich ausheckte, führte in eine Sackgasse.

Als Souljah am Nachmittag nicht da war und Lauren, die irre spät aufgewacht war, unter der Dusche stand, machte ich eine Tour durch die Wohnung. Ich sah mir im vierten Stock alles genau an. Ob ihr es glaubt oder nicht, ich fand nichts von Wert. Vielleicht lag die Lösung im ersten, zweiten oder dritten Stock. Ich sah mich schon mit einem Elefanten-Stoßzahn ins Pfandhaus marschieren. Ich verwarf den Gedanken. Vielleicht hatte Doc in ihrer Wohnung unten Schmuck oder sogar eine Geldkassette oder einen Safe. Aber einen Safe konnte ich weder tragen noch knacken. War nicht mein Gebiet. Mir trat der Schweiß auf die Stirn. Ich war allmählich bereit, jede Möglichkeit in Betracht zu ziehen.

Der zweite Grund für meine miese Laune war das Weibertreffen. Ich hätte am liebsten geschwänzt. Ich war angepißt, daß ich keine Bleibe hatte. Ich stand nicht drauf, von anderen abhängig zu sein. Wieder mal war ich gezwungen, mir eine langweilige Veranstaltung reinzuziehen. Irgendwie hoffte ich, daß es mir was bringen würde. Das Problem war, daß ich Rashida wiedersehen würde, der ich unbedingt aus dem Weg gehen wollte.

»Laß uns Doc besuchen gehen«, sagte ich zu Lauren.

»Nee, geh doch allein. Ich muß telefonieren«, sagte sie. Perfekt. Ich würde sie in ein Gespräch verwickeln und dabei ein bißchen rumschnüffeln. Doc war im Erdgeschoß. Ich hörte sie hinter den beiden breiten Holztüren rumoren. Ich klopfte leise. Keine Antwort. Ich klopfte etwas lauter.

»Wie geht's dir, Sasha?« sagte sie freundlich, aber scheinbar zerstreut.

»Ich hab mich ein bißchen gelangweilt und dachte, ich schau mal vorbei. Ich war neugierig.«

»Oh, wirklich, neugierig worauf?« fragte sie, als würde ich noch in den Kindergarten gehen.

»Auf das, was du machst. Mich fasziniert, daß du Ärztin bist«, sagte ich und stieg auf ihren Tonfall ein, um sie einzuwickeln.

»Ich hab gar nicht gewußt, daß du dich für Medizin interessierst.«

»Doch, sehr sogar.« Ich sah an ihr vorbei in die Praxis.

»Na, dann komm rein, ich zeig dir alles.« Ich mußte also nur so tun, als würde ich mich für Medizin interessieren. Sie ließ mich durchs Mikroskop sehen, zeigte mir sämtliche Reagenzgläser, Instrumente und sogar die Tische, auf die sich ihre Patientinnen legen mußten. Sie wies auf die Schaubilder an der Wand, Brustuntersuchungen, Schwangerschaftsinfos. Sie fragte mich sogar: »Wann war deine letzte Vorsorge?«

»Kann mich nicht erinnern«, antwortete ich.

»Klingt nicht gut«, sagte sie und sah aus, als wollte sie mich untersuchen. »Weißt du, eine junge Frau wie du muß sich regelmäßig untersuchen lassen und alle sechs Monate einen Abstrich machen.«

»Abwas?«

»Abstrich. Gehört zur Vaginaluntersuchung dazu. Wir suchen nach Geschlechtskrankheiten, Gebärmutterkrebs, alles. Da deine Mom Krebs hat, mußt du besonders aufpassen.« Sie nahm ein langes Stahlinstrument in die Hand. »Sieht schlimmer aus, als es sich anfühlt«, sagte sie. »Das ist ein Spektrum. Das braucht man für die gynäkologische Untersuchung.«

»Nicht auf mich zielen!« scherzte ich, als wäre das Ding eine Waffe.

»Das ist eine ernste Angelegenheit, Sasha. Bist du sexuell aktiv?« Ich wußte, daß das eine Falle war, und sagte: »Nein, noch nicht.« Doc lüpfte eine Augenbraue und verzog das Gesicht. Sie wollte mich nicht der Lüge bezichtigen, aber man sah, daß sie mir nicht glaubte. Sie wandte sich ab, als wäre sie beleidigt. Dann öffnete sie einen kleinen Schrank und zog einen Stapel Kondome raus.

»Na gut, auch wenn du sexuell nicht aktiv bist«, sagte sie spöttisch, »nimm die hier trotzdem, falls was Unerwartetes passiert.«

»Und wieviel würde es kosten, mich untersuchen zu lassen?«

»Bist du versichert?« fragte sie.

»Nein, im Moment nicht.«

»Nun, normalerweise wären das hundertfünfzig Dollar, aber da du ein Gast des Hauses bist, würde ich dich auch umsonst untersuchen. Du bezahlst dann nur die Laborkosten.«

»Ich denk drüber nach«, sagte ich.

»Wart nicht zu lange«, sagte sie mit dieser säuerlichen Betroffenheit, die mich allmählich ankotzte.

Eine halbe Stunde mit Doc hatte mich weiter gebracht als acht Tage mit dem Duo da oben. Ich hatte die Kassette entdeckt, in der Doc mit Sicherheit ihr Geld aufbewahrte. Ich nahm an, daß sie selbst an einem schlechten Tag mindestens zwei Patienten hatte, die ihr je hundertfünfzig Dollar in bar zahlten. Je nachdem, wann sie zur Bank ging, konnten sich jede Woche fünfzehnhundert oder in zwei Wochen drei Mille ansammeln. Ich würde sie genau beobachten, sie besser kennenlernen. Ich würde mich erst zufriedengeben, wenn ich wußte, welche Schätze sie in jedem Stockwerk dieses Schlosses verbarg. Immerhin fuhr sie einen Benz. Sie war es, die die Rechnungen zahlte, wieso verschwendete ich also meine Zeit mit den beiden anderen?

Ich kapierte sofort, warum Lauren aus Jux zu den Weibertreffen ging. Als am Sonntagabend ein Haufen Mädels mit ausgesucht schlechtem Geschmack ins große Zimmer strömte, kriegte ich Stielaugen. Mädchen mit Turbanen, als kämen sie grad aus der Wüste. Mädchen mit dicker Hornhaut an Füßen und Ellbogen. Falscher Schmuck, billige Schuhe und rasierte Schädel. Das eigentliche Problem war, daß sie keinen Stil hatten. Es ging mir einfach nicht in den Kopf, daß sie das nicht schnallten. Wieso machte man sich als Frau mit einem ungekämmten Afro oder ausrasiertem Nacken wie ein Mann zurecht? Sie sahen zwar nicht alle gleich aus, aber sie sahen alle gruselig aus. Einige waren jung, so etwa fünfzehn. Andere sahen aus wie fünfunddreißig oder vierzig. Ich dachte, wenn ihr mit vierzig Rat von einer Fünfundzwanzigjährigen braucht, könnt ihr gleich einpacken.

Zehn Minuten später stieß eine Ladung junger Mädchen dazu. Richtige Hardcore-Lesben. Was für eine Kombination. Alle standen rum, futterten Käse und Cracker, Selleriestangen, Möhren, Dips und anderen Kaninchenfraß. Als Souljah aus ihrem Zimmer kam, wurden alle ganz still, als wäre sie Konfuzius oder Kung Fu oder sonst wer. Als sie sich setzte, setzten sich alle wie die Trottel. Ich entdeckte Rashida, die arme Sau, und sah schnell in die andere Richtung. Wild entschlossen packte sie ihren Stuhl und quetschte sich neben mich.

»Wie geht's?« fragte sie völlig aufgedreht. Ich hielt einen Finger an den Mund, *schhh,* sagte ich, als würde mich das Treffen interessieren.

Souljah fing an zu reden. »Wir Frauen, besonders die jungen Frauen, müssen voneinander lernen und in die Zukunft blicken. Wenn wir gut vorbereitet sind, haben wir alles unter Kontrolle. Und das ist besser, als den Rest unseres Lebens von anderen kontrolliert zu werden. Hoffentlich können wir gemeinsam unser Denken und damit auch unser Handeln verbessern.« Dann verteilte Souljah eine Bücherliste. »Das ist eine Liste der Bücher, die ihr lesen sollt.«

Ich würde mal sagen, das war der Moment, in dem ich und die Hälfte der anderen sich innerlich verabschiedeten. Als wir die Liste mit den zehn Büchern sahen, die wir im Lauf eines Jahres lesen sollten, dachten wir: »Die spinnt.« Wir mußten's nicht mal aussprechen. Es war ein stummes Einverständnis.

Eine konnte das Schweigen nicht ertragen und platzte raus: »Also, ich finde, daß es vor allem ums Geld geht. Ich bin mit anderen Frauen hergekommen, die das genauso sehen. Wir könnten Parties geben, Bus fahren und den ganzen Mist. Mit ein bißchen Geld in der Tasche würde es uns allen gleich ein bißchen besser gehen.« Dann gab Souljah ihr ein Zeichen zu schweigen. Aber die Hälfte von uns verstand, warum das Mädel meuterte.

»Geld ist zweifellos wichtig«, sagte Souljah. »Aber bevor Geld ins Spiel kommt, müssen wir uns um andere Dinge kümmern.«

»Und um was?« fragte die Aufmüpfige.

»Zum Beispiel darum, wie wir zusammen Geschäfte machen wollen, wenn wir einander nicht mal leiden können? Wie sollen wir einander vertrauen, wenn wir uns nicht mal kennen? Denkt mal drüber nach. Als ihr vorhin reingekommen seid und die anderen Frauen hier im Raum gesehen habt, was habt ihr da gedacht? Ich möchte wetten, die meisten von euch haben was Abfälliges über die anderen gedacht.« Alle kicherten nervös. Aber die Dicke mit den genauen Vorstellungen ließ sich nicht so leicht überzeugen.

Sie sagte: »Geschäft ist Geschäft. Ich kann mit fünfzig Leuten in einem Bus fahren. Ist mir egal, ob ich sie leiden kann oder nicht, solange der Preis stimmt.« Einige nickten zustimmend.

»Ja, natürlich kannst du das«, sagte Souljah. »Aber es würde nichts bedeuten. Ich veranstalte diese Treffen in meinem Haus, damit wir zusammen etwas Sinnvolles tun, etwas, das völlig anders ist als das, was sich jeden Tag in unserer Community abspielt. Alle denken, es geht nur um Scheine, aber wenn jeder Schwarze im Ghetto morgen tausend Dollar in bar in seiner Post finden würde, was würde dann passieren?« Bei dem Gedanken wurden die meisten ganz aufgeregt. Alle redeten wild durcheinander und überlegten, was man mit tausend Dollar anstellen könnte.

»Genau«, sagte Souljah. »In einer Woche wären neunzig Prozent unserer Leute pleite. Sie würden das Geld für überteuerten Schmuck, für Klamotten, Schnaps, Essen und Crack ausgeben.« Alle fingen an zu lachen.

»Stimmt«, sagten einige.

»Wenn wir aber an uns arbeiten, an unserer Einstellung, wenn wir uns besser kennenlernen und uns darüber klarwerden, woran wir glauben, können wir bessere Entscheidungen treffen. Wenn zum Beispiel jeder hier tausend Dollar bekommt und wir an die gemeinsame Sache glauben, kommen fünfzigtausend zusammen, mit denen wir ein Grundstück kaufen oder die Anzahlung auf ein Haus leisten können, oder wir können eine Firma gründen und alle Teilhaber werden. Es wäre harte Arbeit, aber es hätte viel mehr Sinn.« Alle dachten darüber nach und verstummten. Sie ist gewieft, dachte ich. Sie drehte und wendete alles, wie es ihr paßte.

Die Mädchen gingen ihr auf den Leim. Ich dachte unterdessen, daß sie alle komplett abgebrannt waren. Die meisten waren mit der Bahn gekommen. Und Souljah hockte in diesem Palast und ließ sich in einem Benz durch die Gegend kutschieren. Fehlte nur noch, daß sie um Spenden bat.

Dann ließ sie uns einen Kreis bilden. »Jeder sagt der Reihe nach seinen Namen und woran er glaubt.«

»Ich heiße Tashay«, sagte die Erste. »Und was meinst du mit glauben?«

»Glaubst du an etwas, an irgend etwas?« fragte Souljah, aber das Mädchen kuckte ausdruckslos.

»Bist du vielleicht Christin, Moslemin, Jüdin?« Das Mädchen schwieg.

»Glaubst du an Gott?« fragte Souljah.

»Jeder glaubt doch an Gott«, sagte das Mädchen.

Die Nächste sagte, sie heiße Kim. Sie war Christin.

»Glaubst du an Sex vor der Ehe?« bohrte Souljah. Das Mädchen lachte.

»Jeder hat doch Sex, ist das etwa schlimm?«

»Ich bin nicht hier, um den Richter zu spielen«, sagte Souljah. »Wir wollen nur hören, woran ihr glaubt.«

»Ich heiße Phoenix«, sagte die Nächste. »Ich will niemanden beeindrucken, und ich weiß nicht, woran ich glaube.«

»Wofür lebst du?« fragte Souljah.

»Wie meinst du das?« fragte Phoenix.

»Was macht das Leben für dich lebenswert?« Das Mädchen kuckte unangenehm berührt und antwortete nicht.

»Okay, was ist dir so wichtig, daß du dafür dein Leben riskieren würdest? Daß du dafür kämpfen, dafür sterben würdest?«

»Meine Tochter. Für die tu ich alles. Ich bin Tänzerin. Manchmal meinen die Leute, sie müßten ihren Senf dazu abgeben, aber das ist mir egal. Ich muß meine Tochter ernähren.«

»Wo tanzt du?«

»In einem Club.«

»In welchem Club?«

»In der Silk Den.«

»Das ist ein Strip-Club«, platzte ein anderes Mädchen raus. Phoenix verdrehte die Augen.

»Ja . . . na und, hast du was dagegen? Ich verdiene zwischen drei- und fünfhundert pro Abend. Wieviel verdienst du?« Das Mädchen mit der großen Klappe schwieg.

»Wie alt ist deine Tochter?« fragte Souljah.

»Ein Jahr.«

»Brauchst du jeden Tag dreihundert Dollar, um deine einjährige Tochter zu ernähren?«

»Ach Quatsch«, sagte die mit der großen Klappe. Phoenix antwortete nicht.

»Ich versuch nicht, euch vorzuführen. Ich bitte euch nur, so ehrlich wie möglich zu sein. Wenn du strippst, weil du gern strippst oder weil du gern viel Geld in der Tasche hast oder weil du Drogen brauchst, dann sag das auch. Ich bin nicht hier, um euch vorzuschreiben, woran ihr glauben sollt. Aber wenn ihr nicht wißt, woran ihr glaubt, ist euer Leben ein einziges Durcheinander. Zu wissen, an was man glaubt, ist die Voraussetzung. Man braucht Prinzipien und Ideen, an denen man festhalten kann. Wenn ihr jeden Tag neu entscheidet, woran ihr glaubt und jeden Tag an etwas anderes glaubt, versinkt ihr im Chaos.«

»Ich will gut aussehen«, sagte Phoenix nach einer kurzen Pause trotzig. »Das ist doch nicht verwerflich, oder?«

»Kommt drauf an, was du dafür bereit bist zu tun. Bist du bereit, dich von Fremden in der Bar befummeln zu lassen? Bis du bereit, dich in einem Stringtanga bei jemandem auf den Schoß setzen? Würdest du für ein neues Kleid jemandem den Schwanz lutschen?«

»Natürlich nicht«, sagte Phoenix.

»Viele Frauen tun das aber. Sie glauben, daß sie sich in einem neuen Kleid besser fühlen. Aber das tut man nicht. In einem neuen Kleid sieht man vielleicht besser aus, aber mehr auch nicht.«

Wie eine Bowlingkugel überrollte sie eine nach der anderen. Für alles und jeden hatte sie eine Antwort. Mir war klar, daß sie sich die Anworten vorher zurechtgelegt hatte. Sie behauptete, helfen zu wollen. Aber irgendwie wußte man nicht, ob sie helfen wollte oder ob sie sich nur an sich selbst aufgeilte. Und nach einer Weile war das auch egal. Ein Mädchen war noch vor mir dran. Plötzlich mußte ich pinkeln. Ich schlich den Flur runter und schloß mich lang genug im Badezimmer ein, um meinen Kopf aus dem Fenster zu stecken und frische Luft zu schnappen.

Bis Mitte der Woche hatte ich das ganze Haus erforscht. Doc war nicht besonders schwer zu durchschauen. Wenn man nur das geringste Interesse zeigte, überschlug sie sich förmlich. Nach Feierabend war es leicht, mit ihr zu reden. Zu einer Zeit, wo jede andere Frau mit ihrem Mann zusammen war, hockte sie allein in einem ihrer vier Stockwerke mit dem ganzen Luxus, ohne Kerl. Es dauerte nicht lange, bis ich mir alles zusammenreimen konnte. Vier Jahre im einen College, vier Jahre in einem anderen, zwei Jahre ohne Bezahlung rund um die Uhr im Krankenhaus, dann wieder ins College. Sie hatte es zur praktischen Ärztin, Gynäkologin und Chirurgin gebracht. Als sie nach zwölf oder fünfzehn Jahren wieder auftauchte, waren alle Männer vergeben. Und sie saß da mit ihren ganzen Titeln. Sie konnte die Leute gesund machen, aber ihr Privatleben kriegte sie nicht auf die Reihe. Den Fehler würde ich nicht machen.

14

Mit zwei Partyeinladungen in der Hand stürzte Lauren in unser Zimmer. »Das ist es!« sagte sie und warf sich aufs Bett. »Morgen ist GS' Geburtstagsparty. Da kommt einfach jeder. Was ist los mit dir, Sasha? Hast du mich nicht verstanden? GS feiert morgen im Palldium seinen Geburtstag. LX schmeißt die Party. Das ist besser als Schokoladeneis mit Schokoladensoße und Nußsplittern.« Ich glotzte so angepißt, weil ich nur noch dreihundertfünfzig Eisen hatte. Ich brauchte Klamotten. Aber darüber, daß ich hingehen würde, bestand kein Zweifel.

Das Leben ist ein Spiel. Oder wie Santiaga sagen würde: Das Leben ist ein Pokerspiel. Am nächsten Tag gingen meine dreihundert bei Saks Fifth Avenue übern Tresen. In meiner Designertüte war ein Calvin-Klein-Kleid. Rattenscharfe Schuhe und eine passende Tasche hatte ich schon.

Ich war mit den Nerven runter. Immer wieder sagte ich mir: *Es ist eine Investition. Es ist eine Investition.* In weniger als vierundzwanzig Stunden mußte ich die heißeste Bitch der Welt sein. Irgendein armer Idiot auf dieser Party würde meine Träume wahr machen. Um ehrlich zu sein, ich war auf den großen Fang aus, auf GS. Damit wären meine Probleme gelöst. Dann würde das Leben nur noch aus Range Rovers, Plüschteppichen, Chips, Cheddar und Fun bestehen. Mit Souljah verschwendete er nur seine Zeit. Mit der konnte man sich doch nicht bei Tageslicht zeigen. Deshalb holte er sie abends ab und verzog sich, bevor die Sonne aufging. Ich bin der Typ Mädchen, mit dem man nicht nur ins Bett geht, sondern auch aufwacht. Mir bringst du Geld nach Hause. Mit mir bist du der König. Ich, es geht nur um mich, und ein echter Nigger weiß das. Ein echter Nigger liebt Dramatik. Ein bißchen Spannung muß sein. Was hat das Leben ohne Dramatik für einen Sinn? Ein Nigger, der was auf sich hält, braucht eine Bitch, die so scharf ist, daß die anderen Weiber bei ihrem Anblick das Handtuch werfen. Vielleicht hatte ihr Nigger mal was mit einer anderen Tussi, aber wenn Frauchen dabei ist, weiß sie, daß ihr nichts anderes übrigbleibt, als ihre beschissene Fresse zu halten und zu schmollen.

Als ich mit Souljah, Lauren und Doc in den Benz stieg, hatte ich gerade noch genug Geld für ein letztes Abendessen in der Tasche. Ich kapierte nicht, was Doc auf der Party zu suchen hatte. Ihre Zeit war vorbei. Aber ich regte mich nicht weiter auf, denn schließlich spielte Doc Chauffeur, und ihr Schlitten war genau mein Kaliber.

Gedränge war gar kein Ausdruck. Als wir vorfuhren, standen Unmengen von Leuten vorm Club, und alle waren aufgebrezelt wie nix Gutes. Der Novemberwind kroch einem zwischen den Schenkeln hoch, und die Mädels ohne Nylonstrümpfe kriegten massenweise Gänsehaut. Die Autos parkten kreuz und quer und brachten den Verkehr zum Stillstand. Überall standen Luxusschlitten, und die Musik bummerte lauter und schneller als mein Herz. Doc fuhr ins Parkhaus, um das die anderen einen Bogen machten, weil es dreißig Mäuse kostete. Sie zögerte nicht mal. Für Doc Platin waren Geldsorgen Schnee von gestern.

Als wir uns dem Eingang näherten, gab Souljah dem

Türsteher ein Zeichen. In wenigen Sekunden hatte er die Menge geteilt. Während wir durch die schmale Schneise zum VIP-Eingang gingen, waren alle Augen auf uns gerichtet.

»Das ist Sister Souljah.«

»Wer ist das?«

»Das ist Sister Souljah«, flüsterten sie. Ich fühlte mich wie ein Filmstar, als wir vier Zuckerbräute ungehindert das Gebäude betraten und die kleinen Möchtegerne draußen stehenließen, die nur davon träumen konnten, was drinnen abging.

Drinnen hockten coole Typen in Sitznischen und schlurften Moët, Cristal und Alizé. Einige unterhielten sich miteinander, andere baggerten Mädels an. Ein Muskelprotz kam an unseren Tisch.

»Wollt ihr was trinken, Ladies? Bis zehn sind die Getränke frei, danach müßt ihr zahlen.«

»Warum stehen die ganzen Leute draußen? Laßt sie doch rein, damit die Party anfangen kann«, sagte Lauren.

»Bis zehn sind die Getränke umsonst. Nach zehn lassen wir sie rein, kapiert?« Er lächelte Lauren an. Sie schien ihm zu gefallen. Wir standen auf, um uns Drinks zu holen, und ließen Souljah am Tisch zurück.

Um halb elf standen die Leute Schulter an Schulter. Die Musik war laut. Man konnte sie spüren. Das war der Unterschied zwischen einem Autoradio, einer Anlage und einem Club. Die Clubanlage setzte noch mal zehn drauf. Es war, als hätte die Musik Hände und würde einem die Klamotten vom Leib reißen. Als würde man splitternackt auf der Tanzfläche ausrasten. Nur der Schnaps bremste mich ein bißchen, ansonsten war ich voll da und fühlte mich komplett sexy. Wenn jemand mich versehentlich streifte, kam die Berührung wie durch einen Verstärker bei mir an. Feuchte Lippen wirkten auf mich noch verführerischer als sonst, und je mehr ich vom Geschehen aufgesogen wurde, desto besser kam ich drauf. Ich und Lauren blieben zusammen. Wir hielten nach Promis Ausschau. Wir wußten nicht genau, wo sie waren. Aber wir wußten, *daß* sie irgendwo waren.

»Souljah und Doc sind verschwunden«, sagte Lauren um elf.

»Na und?« sagte ich. »Komm, wir amüsieren uns.«

»Du schnallst es nicht«, sagte Lauren und versuchte, die Musik zu übertönen. Ich drehte den Kopf, damit sie mir direkt ins Ohr sprechen konnte. »Souljah hat sich verdrückt, und wir können keine Promis sehen. Das heißt, daß die VIPs woanders sind.«

»Na, dann komm, wir suchen die VIP-Lounge.« Der Laden war riesig. Wir mußten uns im Schneckentempo durch die immer größer werdende Menge schieben, um in jede Ecke des Clubs vorzudringen. Als wir den Promibereich schließlich gefunden hatten, zückte Lauren die VIP-Karten und hielt sie den Bodyguards vor die Nase, die sich vor der Geheimtür aufgebaut hatten. Vor uns stand der breite Typ von vorhin. Er hielt uns an.

»Moment mal, Kleine. Damit kommst du nicht weit«, sagte er zu Lauren und grinste.

»VIP«, sagte sie, als hätte er das nicht gesehen.

»Was du nicht sagst. Du hast die falsche Farbe. Erst waren die Karten orange, aber jetzt sind sie blau.« Er zeigte uns seine blaue Karte. »Um reinzukommen, braucht ihr ne blaue Karte.« Lauren rückte ihm ein bißchen auf den Pelz, streifte seine Brust mit ihren Titten und sagte: »Wie kann mir eine blaue Karte fehlen, wenn du eine hast?« Er flirtete mit ihr und lachte, ließ sie aber trotzdem nicht rein.

Sie quasselte so lange mit ihm, daß ich schon dachte, sie erzählt ihm ihre Lebensgeschichte. Nach einer Weile hörte ich gar nicht mehr hin. Er fuhr drauf ab, mit ihr rumzuschäkern, glaubte aber nicht, daß sie Souljahs Schwester war (oder es war ihm einfach scheißegal) und schon gar nicht, daß sie GS persönlich kannte, wie sie behauptete.

Wenige Sekunden später öffnete sich die Tür und vier Typen kamen raus. Ich überflog ihre Gesichter. Wenn die Jungs abzwitscherten, konnten sie uns wenigstens ihre Karten geben. Einer von ihnen kam auf mich zu. Ich zuckte zusammen, als ich ihn erkannte.

»Winter«, sagte er leidenschaftlich.

»Bullet?« sagte ich, eher wie ein Frage. Er packte meine Hände, drängte mich einen Schritt zurück und sagte: »Verdammt, du siehst umwerfend aus.«

»Hat sich nicht geändert, Nigger«, sagte ich herablassend, obwohl mir nicht entging, daß er noch immer verdammt sexy war. Mit offenem Mund kaute er auf einem Zahnstocher rum. Es sah aus, als wollte er was sagen, aber es kam nichts.

»Verdammt«, sagte er nochmal. Er zog mich an sich und hob mich mit seinen starken Armen hoch, als wär ich ein Fliegengewicht.

»Laß mich runter. Ich hab's nicht vergessen, Nigger.«

»Ich hab's auch nicht vergessen. Ich hab dich überall gesucht. Mann, ich hab Natalie gefragt, deine Freundin Simone, Natasha, Reese, ich hab sogar deine Mom gefragt, wo du bist.«

»Das Video hab ich nich vergessen. Ich hab gehört, wie du mich in Moe's Laden bloßgestellt hast«, rotzte ich ihm ins Gesicht.

»Ach, das war ich doch nicht. Slick hat n Hirnriß. Der

Typ ist krank, weißt du. Ich mach so was nicht. Wie ich sehe, läßt du dich nicht unterkriegen«, sagte er mit Blick auf meine Diamantkette und das passende Armband. Während er mich mit den Augen auszog, stieg meine Körpertemperatur. Bullet war ein echter Liebhaber, und darauf stand ich. Er wußte, wie man einen Frauenkörper in Stimmung bringt. Orgasmus garantiert. »Willst du nicht mitfahren?« fragte er. Aus dem Augenwinkel sah ich seine schwarzen weiten Hosen, seine Lederjacke und seine schwere Goldkette. Ich wollte ja sagen, doch ich mußte daran denken, daß Midnight gesagt hatte, Bullet würde bei Santiagas Feinden mitmischen. Ich hätte meine Loyalität zu Santiaga am liebsten über Bord geworfen. Aber Loyalität geht vor. Deshalb hielt ich mich zurück. Dennoch hatte ich das Wichtigste nicht vergessen.

»Was fährst du?« Er wurde ganz zappelig und nuschelte irgendwas. Es lief darauf hinaus, daß er bei einem anderen Nigger mitfuhr. Das machte es mir leicht, ihn abblitzen zu lassen.

»Ach komm schon, Winter. Du unterschätzt mich«, sagte er und tätschelte sich mit seiner großen Pranke die Brust. »Ich hab n paar Flocken gebunkert. Ich bin an ner heißen Sache dran. Kleines Nebengeschäft. Ich komm bald ganz groß raus.« Ich ließ ihn abblitzen, nicht mit Worten, aber mit Blicken. Schließlich hatte ich die Chance, GS aufzureißen. Warum sollte ich passen und eine verdeckte Karte aufnehmen? Er spürte meine Ablehnung und wollte nicht, daß seine Jungs sahen, wie ich ihn abblitzen ließ. Trotzdem ließ er nicht locker. »Winter, ehrlich, ich hab was für dich übrig.«

Damit er nicht wie der letzte Trottel dastand, beugte ich mich vor, gab ihm einen Kuß auf die Wange und flüsterte ihm ins Ohr: »Vielleicht ein anderes Mal. Heute nicht.« Er grinste, mit hundertprozentigem Selbstbewußtsein. Und es war diese Selbstsicherheit, die mich so antörnte, daß ich mich am liebsten ausgezogen hätte.

»Gib mir deine Nummer.« Er zog einen Stift hinterm Ohr hervor und klappte ein Streichholzheft auf, um sie aufzuschreiben.

»Ich hab kein Telefon«, sagte ich.

»Ach komm, Winter, versuch nicht, mich zu verarschen.«

»Tu ich doch gar nicht. Ich wollte nicht erreichbar sein, deshalb. Ich wollte allein sein.«

»Wo wohnst du?«

»Du stellst zu viele Fragen«, sagte ich.

»Wie soll man dich dann finden?«

»Gib mir deine Nummer«, sagte ich.

»Ach was. Komm her.« Er gab einem seiner drei Freunde, mit denen er an diesem Abend unterwegs war, ein Zeichen.

»Gib mir deinen Beeper.« Sein Freund kuckte verdattert.

»Was?« sagte er widerwillig.

»Du hast gehört, was ich gesagt hab. Gib mir deinen Beeper.« Er riß ihm den Beeper aus der Hand.

Sein Freund protestierte. »Den hab ich heute erst gekriegt.«

»Hier, nimm den.« Er reichte mir den Beeper. »Damit du siehst, daß ich es ernst meine. Du mußt lernen, einen Mann beim Wort zu nehmen. Ich pieps dich an, wenn mein Geschäft läuft. Ich werd's dir beweisen. Wirst schon sehen. Mein Code ist 000.« Er umarmte mich. »Du gehörst mir.«

»Wie ist die Nummer vom Beeper?« fragte ich.

»Die brauchst du nicht. Ich bin der einzige, der anruft«, sagte er mit Nachdruck.

Es war nicht leicht, guten Sex sausen zu lassen. Aber es war leicht, einen abgebrannten Beifahrer sausen zu lassen. Heute hatte ich mir ein höheres Ziel gesetzt. Als Bullet gehen wollte, zupfte ich ihn am Ärmel und fragte nach seiner Karte. Er lachte und sagte: »Nee. *Warum sollte ich dich an die Haie verfüttern?*«

Lauren hatte alles im Griff, behauptete sie jedenfalls. Mittlerweile kannte sie Frankie den Bodyguard persönlich. Frankie konnte sie nicht reinlassen, verriet ihr aber, daß GS in seinem Haus in Alpin, New Jersey, um zwei Uhr morgens eine private Party gab. Wir mußten uns nur mit Frankie hinterm Club treffen. Die vier schwarzen Busse würden uns zur Party in Jersey bringen und ... »die schärfsten Hasen dürfen bei den Bodyguards mitfahren«.

Vier Busse, sechzig Mädels und dahinter eine Karawane von Niggern in heißen Schlitten: Benz, Lexus, Rover, Ranger, Acura ... hab ich noch was vergessen? Zwanzig Mädels blieben am Straßenrand zurück, weil die Bodyguards sie zu fett oder häßlich fanden.

Seid ihr schon mal mit fünf Mädels in jeder Sitzreihe, die nochmal vier Mädels auf dem Schoß haben, in einem Suburban gefahren? Also, ich saß oben. Immer noch besser, als selbst jemand auf dem Schoß zu haben. Ich sagte kein Wort. Wollte erstmal die Lage peilen. Und die Konkurrenz auschecken. Mir fiel auf, daß ich und Lauren jünger als die meisten Mädels waren. Viele gingen aufs College. Ich hörte sie über ein Footballspiel reden, Granbling University gegen was weiß ich. Einige kamen von weit her. Sie waren extra für ein Wochenende aus Washington, Baltimore und Virginia gekommen.

Vier Mädchen, die direkt neben meinem Ohr saßen, ließen die Sau raus. Bei jedem Lied hieß es: »Ahh, krasser Song!« Dann quietschten sie jedesmal laut – wiwiwiwiwiwi. Es machte mich fertig, daß sie im Takt auf und ab hüpften, obwohl sie bei anderen auf dem Schoß saßen. Die mußten längst überall blaue Flecken haben.

Wir fielen wie eine Seuche in das stinkfeine Viertel ein. GS' Villa war in buntes Licht getaucht wie ein Walt-Disney-Palast. Die Einfahrt wirkte eher wie der Parkplatz vor einem Multiplex-Kino. Die gestutzten Büsche und immergrünen Bäume verbreiteten den Eindruck von Abgeschiedenheit. Drinnen waren so viele Zimmer, daß einem beim Zählen die Lust verging, drei Stockwerke und Treppen, die zu den West-, Nord- und Südflügeln führten. Für die Gäste gab es Cristal, Moët, teure Weine, Käse, Buffalo Wings, Ananas-Truthahn-Frikadellen, Garnelen und Krabbenküchlein in rauhen Mengen. Es dauerte keine halbe Stunde, bis sich jeder fragte: Wo ist GS? Wo ist LX? Wo ist dieser oder jener Promi? Allmählich wurde ich mißtrauisch. Vielleicht wollten die Bodyguards die ganzen Bräute für sich allein haben.

Um drei Uhr morgens stellte sich einer der Bodyguards aufs Sofa und brüllte: »Okay, Ladies, es ist soweit. GS will ficken. Wer läßt ihn ran?« Alle sprangen auf. »Wenn ihr nicht hier seid, um gefickt zu werden, verpißt euch. Und alle Jungfrauen können sich auch gleich verpissen.«

»Ihr seht ja, daß ihr zu viele seid. GS will, daß ich ihm die schärfste Braut in diesem Haus bringe.« Alle Mädchen kreischten und hoben die Hände, um auf sich aufmerksam zu machen.

»Immer langsam. Immer langsam. Ich sag euch, was wir machen. Wir starten einen Wettbewerb. Stellt euch auf. Wenn ihr zu besoffen seid, um zu stehen, bleibt gleich sitzen. Ihr seid draußen. Ihr macht nicht mit. Wir machen einen Schönheitswettbewerb.« In dem riesigen Wohnzimmer stellten sich zehn Reihen mit je sechs Mädchen auf.

»Ich bin der Schiedsrichter«, sagte ein anderer Bodyguard. Er machte auf groß und stark. Aber ich fand ihn nur groß und fett. Mit einem Wodka Tonic in der rechten Hand schleppte sich das bedauernswerte Riesenbaby durch die Reihen. Dann streckte er den Finger aus: »Du bist häßlich, setz dich hin. Häßlich, setzen. Häßlich, setzen.« Die drei Mädchen waren sauer und murmelten alle möglichen Beleidigungen. Eine sprach so laut, daß alle es hören konnten: »Du dicker fetter Kotzbrocken.«

Das zweite Mädchen sagte: »Ich dachte, ihr habt die häßlichen Mädchen im Club gelassen.« Der Fettsack schlürfte seinen Drink und sagte: »Es war dunkel, ich hab euch drei übersehen. Also setz dich hin und halt die Fresse.«

»Na gut, streckt eure Hände aus.« Jede Reihe streckte die Hände aus. »Männerhände, setzen. Scheiße, was hat deine Mutter bloß mit dir gemacht, Kippen auf dir ausgedrückt? Setz dich verflucht nochmal hin.« Eine Kandidatin nach der anderen schied aus.

Dann stand der andere Bodyguard auf. Er ging durch die Reihen wie ein Ausbilder beim Militär. Mehrere Sekunden sagte er nichts. Dann streckte er den Finger aus: »Billige Schuhe, setzen. Billige Schuhe, setzen. Billige Schuhe, setzen.« Ich sah mich um, und eins der Mädchen, denen er befohlen hatte, sich zu setzen, war Lauren. Sie fing meinen Blick auf. Ich zog die Augenbrauen hoch, als täte es mir leid. Ich hatte gleich gewußt, daß diese billigen Schuhe irgendwann ihr Untergang sein würden.

Dann befahl uns derselbe Kerl plötzlich, die Schuhe auszuziehen. Vielen paßte das nicht. Sie nörgelten rum und bissen sich auf die Lippen. Für mich kein Problem: Ich hatte hübsche Füße. Ich hatte für diesen Abend sogar eine extra Pediküre eingeschoben. Der Kerl zeigte auf verschiedene Mädels: »Hammerzeh, setz dich, Hammerzeh, setzen, Hammerzeh, setzen. Hinsetzen, verflucht nochmal!« Nur etwa vierzig Mädchen blieben übrig.

»Also gut, Ladies, jetzt wird's ernst. Wer falsche Haarteile hat, muß sich setzen.« Fünfundzwanzig Mädchen gingen zu Boden. Meine Pracht war echt. Ich war sauber.

Fünfzehn Mädchen waren übrig, und ich war entschlossen zu gewinnen. Dann stand der nächste Bodyguard auf und sagte: »Zieht eure T-Shirts hoch. Ich will sehen, ob ihr diese ekligen Würmer habt.« Alle kuckten verwirrt. Wir standen da und fragten uns: »Was? Welche Würmer?«

»Schwangerschaftsstreifen. Viele von euch raffinierten Schlampen haben ne gute Figur, aber häßliche Schwangerschaftsstreifen. Und vier Kinder. Ihr habt hier sowieso nix zu suchen. GS will nicht den Papa spielen!« Alle Bodyguards fingen an zu lachen. Fünf Mädchen mit Schwangerschaftsstreifen flogen raus.

Dann sagte der Bodyguard zum DJ: »Leg Biggie Smalls auf. Ich will sehen, wie ihr tanzt. Ob ihr Rhythmus habt. Wenn ihr nicht tanzen könnt, könnt ihr wahrscheinlich auch nicht ficken. Setz dich, taube Nuß. Setz dich, du bist aus dem Takt. Setz dich, du bringst es nicht.« Sieben Mädchen gingen. Jetzt dachte jeder, okay, ist ja gut, such einfach eine aus. »Okay, eine von euch geht einen Schritt vor, die anderen sechs setzen sich hin.« Alle gingen einen Schritt vor. »Okay, jetzt wollen wir mal sehen, ob ihr was im Hirn habt. Wer beim Fernsehquiz eine falsche Antwort gibt, muß sich setzen. Kandidatin Nummer eins: Wer hat JJ Evans erschossen?«

»Wen?«

»JJ Evans, in *Good Times*.«

»Keine Ahnung.«

»Setzen. Das war Mad Dog. Kandidatin Nummer zwei: Wie hieß Janet Jackson in *Good Times*?«

»Das weiß ich, sie hieß Penny«, antwortete die Kandidatin.

»Richtig. Kandidatin Nummer drei: Alice, das Dienstmädchen in *The Brady Bunch,* hatte einen Freund. Wie hieß er und was war er von Beruf?«

»Oh, keine Ahnung.«

Die Bodyguards bogen sich vor Lachen. Einer schmiß sich auf den Boden und brüllte: »Du bist draußen. Das war Sam, der Schlachter.«

»Kandidatin Nummer vier: Was war Fred Sanfords Lieblingsgetränk?«

»Ach komm, das ist zu schwer. Ihre war leicht«, sagte sie und zeigte auf Nummer zwei.

»Setzen. Frank hat immer Ripple getrunken. Kandidatin Nummer fünf. Wie hieß Samantha Stevens' Mutter in *Bewitched*?«

»Ähm, äh, Sabrina.«

»Nein, sie hieß Endora.«

»Woher soll ich das wissen, ich kuck mir diesen Scheiß nicht an. Ich bin nicht verkabelt.«

»Setzen. Kandidatin Nummer sechs (das war ich): Wie hieß der Hund in *The Jetsons,* der Hund in *The Flintstones* und der Hund in *The Brady Bunch*?«

»Astro, Dino und Tiger«, sagte ich, ohne zu zögern.

»O Scheiße. Das ist richtig. Das ist richtig.«

Die Bodyguards lachten. Der Muskelprotz meinte: »Yo, die Alte ist smart.« Kandidatin Nummer sieben wurde disqualifiziert, weil sie nicht wußte, wer Rerun beim Tanzwettbewerb in *What's Happening* geschlagen hatte. Ich dagegen hatte die Folge mindestens zehnmal gesehen: Es war Danny Disco Dynamite.

»Jetzt sind nur noch zwei Kandidatinnen übrig. Wer wird gewinnen? Laß mal sehen.« Dann sprang einer von den Bodyguards auf und sagte: »Welche Körbchengröße habt ihr?«

Das Mädchen sagte: »80D.«

Ich sagte: »75D.«

»Fast gleich«, sagte er. »Aber wer trägt ein sauberes Höschen ohne Löcher und ausgeleiertem Gummiband? Beine breit!« Er hockte sich auf alle viere und sah unter ihren Rock. Dann krabbelte er zu mir und sah unter mein Kleid. Als er meinen gestutzten Busch sah, sagte er: »Das war's! Du hast gewonnen!« Ich dachte nur: *Gottseidank hab ich keinen Slip angezogen.*

Ich dachte schon, wir kommen nie am Ende der breiten, steil gewundenen Treppe an. Mit jedem Schritt, den ich dem Schlafzimmer im Westflügel der Villa näher kam, wurde ich aufgeregter. Ich hätte mir in den Arsch beißen können, daß ich keine Polaroid dabeihatte, um einen Schnappschuß von GS' Gesicht zu machen, wenn er mich sah.

Als wir uns der Tür näherten, sagte der fette Bodyguard, der mich begleitete: »Ich und du können jederzeit in eines der Zimmer hier verschwinden. Wenn du lieber mich willst, brauchst du nur einen Ton zu sagen.« Ich würdigte ihn keiner Antwort. Ein paar Schritte vor der

Tür zu GS' Schlafzimmer drehte sich der Fettsack um und verzog sich.

Drinnen hörte ich laute Musik wummern. Ich blieb vor der Tür stehen, prüfte meine Klamotten und zupfte mit den Fingern meine Frisur zurecht. Ich drehte den Knauf und ging rein. Die Dunkelheit überraschte mich. Das einzige Licht kam vom Fernseher, wo das Bild eines Playstation-Streetfighter-Spiels eingefroren war.

Auf der Suche nach dem Lichtschalter tastete ich mich an der Wand entlang. Ich stolperte über etwas, das ich für einen Timberland-Stiefel hielt. Jetzt war ich froh, daß das Licht aus war. Ich wollte nicht, daß GS mich in dieser peinlichen Lage sah. Ich stand auf und machte ein paar Schritte, bevor ich mit den Fingern den Nachtschrank ertastete. Obwohl ich mich mit ausgestreckten Händen vorwärtstastete, wäre ich fast über eine Flasche Cristal gestolpert. Ich erkannte sie an ihrer Form. Sie war leer. O Scheiße. Ich ahnte, daß GS stockbesoffen war und wahrscheinlich auf dem Bett pofte. Entweder das oder er spielte gern im Dunkeln. Das konnte ich auch. Nach ein paar weiteren Schritten verfingen sich meine Füße in seiner Hose, die er auf den Boden geschmissen hatte. Jetzt war ich wirklich erregt.

Endlich fand ich die Stereoanlage, aber ich konnte die Beschriftung der Schalter nicht erkennen und drückte wahllos einen nach dem anderen. Erst knisterte der Lautsprecher, dann spielte das Ding plötzlich verrückt. Ich drückte die Knöpfe immer schneller und fand endlich den richtigen.

»GS«, rief ich leise, obwohl ich eigentlich nicht wußte, wieso ich flüsterte. Ich hörte ihn ein paarmal stöhnen und ging in die Richtung, aus der seine Stimme kam. Als ich gegen das Bett stieß, begann ich mich auszuziehen.

»Wer ist da?« Er klang verwirrt.

»Ich bin's, Sasha. Ich bin hier, um dir das zu geben, auf das wir beide gewartet haben.« Er lachte leise und sexy. Meine glatten Beine voran kroch ich splitternackt unter seine Decke. Ich übernahm die Kontrolle und bestieg ihn wie ein Jockey sein Vollblut. Ich war wild entschlossen, den millionenschweren Star wiederzubeleben. Ich würde ihn so durchficken, daß er morgen winselnd an meiner Tür scharren würde. Ich legte meine Titten auf seine Brust und streifte seinen jetzt aufgerichteten, großen, dicken (Danke, lieber Gott) Schwanz mit den Haaren. Ich fing an, seinen Hals zu lutschen, sein Schlüsselbein zu lecken und an seinem Kinn zu saugen.

Nur wenige Sekunden vergingen, bevor seine Lippen zum Leben erwachten und sich mir öffneten. Wir küßten uns. Seine starken Arme packten meine Hüften und hoben mich leicht an, um in mich einzudringen. Ich verlagerte mein Gewicht auf die Seite und entzog mich ihm, weil ich ihn erst lutschen wollte, damit er länger hart blieb. Während er in meinem Mund und halb in meinem Rachen verschwand, bewegte ich langsam meine Lippen vor und zurück. GS stieß ein Stöhnen aus, und ich wußte, daß ich ihn in der Hand hatte. Heute ging es nur um ihn. Wenn ich ihn erstmal angefixt hatte, würde es nur noch um mich gehen.

Als ich spürte, wie er immer härter wurde, zog ich meine Zunge und meine Lippen zurück. Er packte meinen Kopf, weil er wollte, daß ich weitermachte. Statt dessen setzte ich mich auf ihn und stieß ihn in mich rein. Ich gab alles, was ich zu bieten hatte, Hüften wie aus Gummi und einen biegsamen Körper. Er sollte mich nicht für faul halten. Meine Mösenmuskeln hielten ihn fest umklammert, während ich ihn zuritt. Ich hörte ihn ekstatisch schreien, als wär er mein Mädchen. Als ich hörte, wie er kapitulierte, verlor ich den Kopf, und beim Orgasmus bebte mein ganzer Körper unkontrolliert. Er reagierte, indem er eine Monsterladung in mir abspritzte. Danach gingen wir beide sofort k. o. Ich weiß nicht, wie es ihm ging, aber ich schlief mit einem Lächeln auf dem Gesicht ein.

Am Morgen beseitigte ich unten die Spuren unserer Gäste. Ich trug GS' Hemd und versuchte, ein Frühstück für uns auf die Beine zu stellen. Ich hörte leise Musik. Die Sonne durchflutete das ganze Haus, wie es sich in einem Nobelviertel gehört, wo Architekten Sonne, Mond und Wasseradern berücksichtigen. Als ich die Treppe hochging, spürte ich einen Stich in der Seite.

»Tschuldigung, Süße. Hey, hey. Du mußt aufstehen und hier verschwinden. Ich hab keine Ahnung, was du hier treibst. Behalt die Antwort lieber für dich. Ich will's gar nicht wissen.« Alles war verschwommen. Ich versuchte, was zu erkennen. In meinem Kopf pulsierte das Blut wie nach einer Nacht, in der man alles durcheinander gesoffen hat.

Die Frau, die mich mit der langen schwarzen Antenne, wahrscheinlich von einem Walkie-talkie, in die Seite stach, war Mitte dreißig und sah harmlos aus. Als ich mich aufsetzte, bestätigten sich die Bilder, die mir durch den Kopf rasten. Ich war in GS' Villa. Das war kein Traum. Die Unordnung vom letzten Abend war verschwunden. Nur mein nackter Körper war noch da. Wie ein Zoomobjektiv suchten meine Augen den Fußboden nach meinen Klamotten ab. Ich meinte mich zu erinnern, daß ich sie neben dem Bett auf den Boden hatte fallen lassen. Ich entdeckte sie ordentlich zusammengelegt auf einem Stuhl.

Ich faßte mir an den Hals. Meine Diamantkette und mein Armband waren noch da. Raub konnte ich also ausschließen. Während ich mich berappelte und anzog, beobachtete mich die Frau, als würde ich in einer Szene mitspielen, bei der sie Regie führte. Ich schnappte meine Tasche und fragte sie: »Wo ist GS?«

»Er muß erst um zwei Uhr nachmittags am Set sein. Jetzt ist es neun Uhr morgens. Aber du mußt gehen.«

»Denk doch mal nach, Lady. Wenn ich hier in GS' Haus bin, muß ich doch sein Gast sein.«

»Ach wirklich«, sagte sie skeptisch. »Er hat bestimmt nichts dagegen, wenn *seine Freundin* unten auf ihn wartet.«

»Das Haus ist doch groß genug für alle.«

»Hör mal, Süße. Klar bist du GS' Freundin. Aber das hier ist nicht GS' Haus. Wir haben es bis Mitternacht für einen Videodreh gemietet. Bis dahin muß ich alle Szenen im Kasten haben. Ich muß dich also im Interesse von GS' *Budget* bitten zu gehen. In diesem Viertel sind Überstunden tödlich.« Sie warf mir meine Klamotten zu.

Ich stieß die Tür auf, drehte mich erst nach links, dann nach rechts, um rauszukriegen, in welche Richtung ich mußte. Als ich die Marmortreppe runterging, fiel mir auf, daß das Haus nicht nur verdammt schön, sondern auch verdammt leer war. Ich war sauer auf diese sarkastische Ziege. Aber ich machte mir keine Sorgen. Ich war sicher, daß ich bei GS letzte Nacht einen bleibenden Eindruck hinterlassen hatte. Ich würde nicht nach ihm suchen müssen. Er würde mich finden.

Als ich das Haus durch die mehrere tausend Dollar schweren Türen verließ, mußte ich an unser altes Haus in Long Island denken. Eine Bilderbuchlandschaft mit gestutzten Bäumen. Die Bushaltestelle zu finden war ungefähr so leicht wie die Suche nach einer verlorenen

Kontaktlinse. Als ich an den immergrünen Bäumen vorbeiging, sah ich die schwarzen Busse, die uns hergebracht hatten.

Die Bodyguards von letzter Nacht wirkten jetzt sehr nüchtern und schienen ihren Job, das Haus zu bewachen, plötzlich sehr ernst zu nehmen. Einer von ihnen sah mich und rief. »Wohin des Weges, Süße?« Als ich mich ihm langsam näherte, überlegte ich, welche Alternativen ich hatte.

»Ich will zurück in die Stadt.«

»Du kannst mit mir fahren, wenn du bis elf wartest. Dann hab ich Schluß.«

»Warst du letzte Nacht hier?« fragte ich. »Ich kann mich nicht an dein Gesicht erinnern.«

»Wieso solltest du auch?« sagte er lässig.

Wir tuckerten in seinem Datsun zurück. Die alte Schrottkarre war so langsam, daß die kurze Fahrt vierzig Minuten länger dauerte. Vielleicht lag es daran, daß der Tacho nur bis fünfundvierzig Meilen pro Stunde ging. Als ich aus seinem Wagen kroch, fragte ich: »Waren die schwarzen Busse nur gemietet, genau wie das Haus?«

»Ja. Nur für das Video«, sagte er unbedarft. »Man sieht sich«, sagte er und sah dabei aus, als würde er sich fragen, ob er bei mir eine Chance hatte.

Ich murmelte: »Nee, mich siehst du bestimmt nicht wieder«, und knallte die Tür zu.

Souljah war aufgebracht. Als ich die Treppen raufkam, mampfte sie, eher aus Gewohnheit als aus Hunger, Barbecue-Chips und fragte: »Hast du Lauren gesehen?«

»Nicht seit letzter Nacht«, antwortete ich und ging unbeirrt in mein Zimmer. Hmmm. Sie hatte kapiert, daß sie sich besser nicht in meine Angelegenheiten einmischte. Ich entspannte mich auf dem bequemen Bett und dachte über alles nach. Ich bedauerte nur, daß ich kein Foto, kein Autogramm oder irgendwas anderes von GS' persönlichen Sachen abgestaubt hatte. Niemand würde mir je glauben, daß ich und er es gemacht hatten. Aber ich tröstete mich damit, daß ich dazu bestimmt noch Gelegenheit haben würde. Während die Minuten verstrichen, jeweils sechzig Sekunden, wartete ich geduldig auf Lauren. Mann, sie war letzte Nacht dabeigewesen. Sie konnte es bezeugen. Wir hatten einen Punkt Vorsprung. Während Souljah großkotzig durch die Gegend stolzierte, wußten Lauren und ich, daß längst nicht alles so lief, wie sie es sich vorstellte. Ich hatte ihr die Beute abgejagt, ohne daß sie's auch nur gemerkt hatte.

Briefumschläge zukleben und Telefondienst waren nicht grad mein Fall. Aber Lauren kam zwei Tage nicht nach Hause. Sie rief nicht mal an. Souljah machte sich echt Sorgen. Sie hatte wohl beschlossen, mich als Ersatz für ihre Schwester zu betrachten, und jetzt saß ich da und machte die ganze gottverdammte Arbeit. Ich wollte genausosehr wie sie, daß Lauren zurückkam. Ich fühlte mich, als wäre ich allein in einer riesengroßen Wohnung und würde von einem gigantischen Augenpaar beobachtet. Souljah hatte eine Art, einen anzusehen, die mir nicht gefiel. Raffiniert nutzte sie jede Minute, um andere auszuquetschen, so daß sie schließlich mehr wußte, als sie anging und als man eigentlich hatte preisgeben wollen.

»Du hast noch nie deinen Vater erwähnt. Lebt er noch?« fragte sie zum Beispiel mit Unschuldsmiene, als hätte sie keinen Dunst, daß man Nigger nicht nach ihren Daddies fragt.

»Ja, er lebt noch«, antwortete ich mit meiner Kümmer-dich-um-deinen-eigenen-Scheiß-Stimme.

Jedesmal, wenn das Telefon klingelte, hoffte ich, daß Midnight dran war. Er war meine letzte Rettung. Ich fragte mich, welches Spiel Souljah spielte. Oder ob sie ihn überhaupt wirklich kannte. Wenn sie ihn so gut kannte, warum hatte sie dann weder seine Telefonnummer noch seine Adresse? Viele Leute haben kein Telefon, aber jeder hat doch eine Adresse.

Während ich Lauren vertrat, konnte ich Souljah besser beobachten. Ab und zu bat sie mich, irgendwelche Dokumente in den Aktenschränken im Schlafzimmer abzulegen. Alles war alphabetisch geordnet. Ich sah unter meinem Namen nach, nur um sicherzugehen, daß sie nicht auch über mich eine Akte angelegt hatte. Ich sah sogar unter M wie Midnight nach, um zu prüfen, ob sie wichtige Infos zurückhielt. Ich hatte kein Glück. Weder über mich noch über ihn gab es eine Akte.

»Wie hast du meinen Cousin eigentlich kennengelernt?« fragte ich sie. Ich hatte gelernt, ihr mit meinen Fragen zuvorzukommen. Sie hörte auf, in ihr Notizbuch zu schreiben, ließ den Stift fallen und lehnte sich in ihrem Stuhl zurück, als versuchte sie sich zu erinnern.

Die Türklingel unterbrach uns, und meine Frage verhallte im Nichts. Ohne daß sie mich bitten mußte, peste ich die Treppen runter. Vor der Tür stand Lauren und grinste breit.

»Warum benutzt du nicht deinen Schlüssel?« fragte ich.

»Ich wollte, daß du runterkommst und mir sagst, was da oben los ist, bevor ich ins offene Messer laufe.«

»Deine Schwester ist sauer. Aber sie macht sich vor allem Sorgen. Humpel einfach rein. Kann nicht schaden, wenn du so tust, als ob du verletzt bist oder als ob dich jemand überfallen hätte.« Wir lachten.

»Aber beweg deinen Arsch nach oben. Ich hab keinen Bock mehr, deine Arbeit zu machen.«

»O Mädchen, wie war's mit GS? Ich will alles wissen.« Lauren war aufgeregt.

»*Schhh.* Ich erzähl's dir, wenn wir in unserem Zimmer sind. Bleib cool, deine Schwester ist im Wohnzimmer«, warnte ich sie.

Gerade hatte sie noch mit mir gekichert, doch schon eine Sekunde später stand Lauren mitten im Wohnzimmer und kuckte unglücklich. Tränen liefen ihr übers Gesicht. Ich hörte nur den Anfang ihrer Geschichte. Die Stimme, die aus ihrem Mund kam, war nicht ihre normale Stimme. Sie redete, als wäre sie nicht siebzehn, sondern sieben Jahre alt.

»Ich war sauer auf dich, Souljah. Was ist passiert? Du bist im Club einfach verschwunden. Ich hab versucht, die Ausweise zu benutzen, die du mir gegeben hast. Aber sie ham mich nicht in die VIP-Lounge gelassen. Ich hab's nicht geschafft, den Scheck, den du mir gegeben hast, einzulösen. Ich war total blank. Ich hatte kein Geld für die Bahn, deshalb hab ich Fever angerufen.« Blablabla, und schon hatte Lauren den Spieß umgedreht. Jetzt stand Souljah blöd da und mußte erklären, wo sie in jener Nacht hingegangen war und was mit den Ausweisen los war. Ich hörte mir alles an. Als Souljah bemerkte, daß ich dem Schlagabtausch folgte wie einem Tennismatch, nahm sie Lauren mit in ihr Schlafzimmer, und ich hörte nur noch ihre gedämpften Stimmen hinter der verschlossenen Tür.

15

Beim Jamaikaner an der Ecke brach ich meinen letzten Zwanni an. Zwei Pastetchen, Ginger Ale und zwei Joints. Meine Gedanken drehten sich im Kreis. Es mußte bald was geschehen. Nach meiner Einschätzung mußte GS heute oder morgen aufkreuzen. Es war untypisch für ihn, sich vier Tage nicht zu melden. Obwohl ich über etwa fünf Plänen gleichzeitig brütete, war ich nervös. In diesem Haus war ich nicht in meinem Element. Mit dem Rücken zur Wand fiel einer echten Santiaga immer was ein, aber diese Wohnsituation ließ mir nicht viele Möglichkeiten.

Erstens war ich nie allein. Zweitens hatte ich keinen Verbündeten. Was mir fehlte, war eine Connection. Nach gründlicher Überlegung kam ich zu dem Schluß, daß Souljah ein Schwanzembargo über mich verhängt hatte. Sie vereitelte den Kontakt zu Midnight und zu GS. Sie funkte mir dazwischen.

Als ich nach Hause kam, klopfte ich an Docs Praxis. Sie öffnete die Tür nur einen Spalt. »Meine Sekretärin hat gekündigt. Hier ist es total hektisch. Ich kann jetzt nicht.« Und weg war sie.

Ich wünschte sofort, ich hätte die Tür zu Souljahs Wohnung nie geöffnet. Ich marschierte mitten in eines der Weibertreffen. In der Hoffnung, daß niemand mich gesehen hatte, versuchte ich die Tür schnell wieder zu schließen, aber Lauren riß sie von der anderen Seite wieder auf und sagte hämisch: »Sasha, komm doch rein. Ich hab dir extra einen Stuhl freigehalten.« Lauren fing meinen Blick auf die im Kreis sitzenden Mädchen auf. Sie schnitt die ganze Zeit Grimassen und machte Faxen, weil sie mich erwischt hatte.

»Wer von euch hat sich eine Antwort auf die Frage: ›Woran glaube ich?‹ überlegt? Wer hat eine Antwort auf die Frage: ›Wofür lebe ich?‹? Wer hat über die Frage: ›Wofür würde ich mein Leben opfern?‹ nachgedacht?«

»Ich würde mein Leben für meine Familie opfern«, sagte eine.

»Wie meinst du das?«

»Wenn jemand meiner Schwester was antut, würde ich es ihm heimzahlen. Wenn jemand meinen Bruder umbringen würde, würde ich alles tun, um ihn zu rächen, auch wenn ich dabei draufgeh.«

»Oh, verstehst du dich gut mit deiner Schwester?« fragte Souljah und gab das Mädchen zum Abschuß frei.

»Ganz gut«, antwortete sie. Nach einer kurzen Pause fuhr sie fort: »Is doch egal, ob ich mich mit meiner Schwester versteh. Sie is meine Schwester, und wenn jemand sie anrührt, gibt's Ärger.«

»Und für eine Sache? Würdest du für eine Sache kämpfen?« fragte Souljah.

»Was für eine Sache?« fragte das Mädchen mißtrauisch.

»Sagen wir zum Beispiel, die Schule in deinem Viertel hat nicht die richtigen Lehrbücher für die Kinder. Oder sagen wir, sie brauchen Computer oder auch nur gesünderes Essen in der Cafeteria.«

Das Mädchen schien zu spüren, daß das eine Falle war, und dachte nach, bevor sie antwortete. Dann platzte sie raus: »Nein, mit so was hab ich nix am Hut. Das is was anderes. Wenn jemand meine Schwester verprügelt oder sie abzockt, is das was anderes. Das is so was wie'n Notfall.«

»Was ist mit dir?« fragte Souljah die nächste.

»Wenn meine Schwester in diese Schule geht, tu ich vielleicht was«, sagte sie.

»Aber warum muß deine Schwester in die Schule gehen, damit du dafür kämpfst?«

»Weil meine Schwester zur Familie gehört, *zu meiner Familie.* Die andern Kids kenn ich doch nicht«, sagte sie herablassend.

»Aber die Schule ist in deiner Community. Auch wenn deine Schwester nicht in diese Schule geht, muß sie im Viertel leben. Was mit den anderen Kindern passiert, betrifft auch sie. Wenn sie keine anständige Ausbildung erhalten, knallt einer von denen deine Schwester vielleicht ab. Was dann?« Drei Sekunden war alles still.

Dann sagte das Mädchen: »Dann knall ich ihn auch ab.« Alle lachten. Souljah holte eine Tafel und sülzte irgendwas davon, daß wir alle eine große Familie seien.

»Wir gehören alle zusammen. Wir müssen aufeinander aufpassen. In unseren Schulen und in unseren Vierteln. Jeder, der in unserem Viertel Geld verdient, ist uns, die wir hier leben, Rechenschaft schuldig.«

Für mich war das ganze Thema Zeitverschwendung. Das Mädchen hatte recht. Wenn jemand die Familie anrührt, schlägt die Familie zurück. Wenn jemand mich bescheißt, gibt's Krieg. Wie können wir alle zusammengehören? Ich wette, keins dieser Mädels wohnte in einer so noblen Wohnung wie Souljah. Wenn ich eine Rechnung in der Post hab, geht das nicht »uns alle« an. Wenn ich mir Klamotten kauf, sind die für mich und nicht für »uns alle«. Ich lebe auf eigene Kappe. Ich sterbe auf eigene Kappe.

Zum Glück unterbrach Doc das Treffen. Sie zog Lauren in den Flur, und ich ging ihnen nach. »Hör zu, Lauren«, sagte sie, »du mußt mir einen großen Gefallen tun. Kannst du morgen einspringen, bis ich eine neue Sekretärin gefunden hab?« Lauren sah nicht gerade begeistert aus.

»Aber ich arbeite hier oben«, sagte Lauren.

»Souljah hat sicher nichts dagegen, wenn ich dich ausleih. Meine Praxis versinkt im Chaos. Ich red mit ihr, sie wird's schon verstehen.« Doc rückte ihr auf den Pelz.

»Na gut«, gab Lauren nach.

Drinnen war Souljah immer noch dabei, die Mädchen in die Mangel zu nehmen.

»Wie sollen wir Frauen in unseren Communities miteinander auskommen, wenn wir uns nicht mal auf gewisse Regeln einigen können?« fragte sie.

»Was für Regeln?« fragte eine.

»Wie wir miteinander umgehen. Wie wir miteinander und übereinander reden. Was ist mit unseren Männern? Wie behandeln wir sie? Wie wollen wir behandelt werden? Was können wir tun, damit sie uns besser behandeln? Wollen wir weiterhin mit den Männern anderer Frauen schlafen und uns deshalb streiten und gegenseitig anlügen? Woran glauben wir? Wie erziehen wir unsere Kinder? Was wollen wir ihnen beibringen?«

Souljah schoß die Fragen ab wie Schnellfeuer. Mir war klar, daß sie alles und jeden kontrollieren wollte. Das war's. Sie war definitiv ein Kontrollfreak.

Als GS später klingelte, schlug ich meinen eigenen Rekord, so schnell war ich unten.

»Wie geht's, Sash?« sagte er, wie ich es ihm beigebracht hatte.

»Du weißt, wie's mir geht, Nigger«, antwortete ich nekkisch. »Ich wußte, daß du hier nach mir suchen würdest. Gib mir deine Nummer, damit wir uns unterhalten können. Nur du und ich.« Ich lächelte breit und streckte meine Zunge zwischen den Zähnen vor.

»Du hast Nerven«, sagte er lachend. »Is Souljah da?« Mir fiel das Lächeln aus dem Gesicht. Ich kochte.

»Laß den Scheiß, GS. Du weißt, was Sache ist. Muß ja nicht hier sein.« GS rauschte an mir vorbei und stieß mich zur Seite. Ich rannte ihm nach und packte ihn an der Schulter. Er schüttelte mich mit einem Ruck ab. Auf dem ersten Treppenabsatz schubste ich ihn. Er schubste mich zurück.

»Paß auf, Mädchen. Wenn du gefickt werden willst, fick ich dich. Aber mach hier keine Szene. Darauf steh ich nicht.« Aus dem Dunkel der Treppe tauchte Souljah auf. Ihre Augen schnitten durch die Dunkelheit wie die einer Katze. Sie fragte: »Alles klar?« und sah GS an.

»Alles cool«, flüsterte er heiser.

»Peace, Sasha«, sagte Souljah, als sie abzogen. Aber in diesen zwei Worten lag mehr.

Oben wartete Lauren. Ich war angepißt und hatte keinen Bock, mit ihr zu quatschen.

»Was ist los?« fragte sie. »War das GS? Was hat er gesagt?«

»Der Wichser hat gar nichts gesagt. Er hat so getan, als wär ich nicht ganz dicht, als hätte er keine Ahnung, was Sache ist.«

»Na ja, was erwartest du, wenn Souljah danebensteht? Du mußt ihn allein zu fassen kriegen.«

»Hab ich doch«, sagte ich gereizt.

»Hat er dir seine Nummer gegeben?«

»Nein.«

»Was ist mit seinem Beeper?«

»Nein, nichts.«

»Scheiße, du hast es vermasselt. Wie konnte das passieren? Du hast nichts? Was zum Geier habt ihr da oben in seinem Zimmer gemacht?«

»Wir waren wohl zu beschäftigt, um zu reden.« Ich lachte halbherzig. »Wo bist du gewesen?« fragte ich sie.

»Ich war bis um fünf mit Frankie zusammen. Dann mußte er GS abholen, und ich hab ihm gesagt, er soll mich absetzen.«

»Hier hat er dich aber nicht abgesetzt. Als ich kam, warst du nicht da.«

»Ja, er hat mich bei Cameron abgesetzt.«

»Wer ist Cameron?«

»Jemand, den ich kenne.«

»Was hat Frankie dazu gesagt?«

»Was sollte er schon sagen? Er kennt mich nicht. Ich hab ihm gesagt, daß meine Mutter da wohnt.« Wir lachten. »Frankie kriegt mich sowieso nie wieder zu sehen. Als er mir erzählt hat, daß er GS' persönlicher Bodyguard ist, hab ich beschlossen, ihm den Laufpaß zu geben. Sonst kriegt meine Schwester noch mit, was ich so treibe.«

Während Lauren schlief, war ich die ganze Nacht wach. Als ich Souljah die Treppe hochkommen hörte, war es etwa vier Uhr morgens. Ich hörte nur ein Paar Füße. Ich beschloß, sie im dämmrigen Flur abzufangen, obwohl ich im Nachthemd war.

Ich stellte sie zur Rede: »Ist GS dein Freund?«

»Nein, nur *ein* Freund«, sagte sie ohne jede Feindseligkeit.

»Warum seid ihr dann immer zusammen?«

»Wir mögen uns, aber wir wissen, daß es mit uns nicht klappen würde. Außerdem geht er morgen auf Tournee.«

Sie sah auf die Uhr und sagte: »Ich mein heute. Wir haben uns nur verabschiedet. Warum fragst du?« Ich antwortete wohl nicht schnell genug, denn sie redete weiter. »Ich hab mir gedacht, daß du was für ihn übrig hast«, sagte sie selbstgefällig, als wäre sie stolz auf ihre Menschenkenntnis.

»Das würde dir doch nichts ausmachen, oder?« fragte ich.

»Doch, weil er mir was bedeutet. Aber ich würde nicht versuchen, euch aufzuhalten, weil er nicht mein Freund ist. Kommst du noch mit rein?« Wir gingen in ihr Schlafzimmer. »Setz dich«, sagte sie. »GS ist Musiker. Ich hab mir gesagt, es gibt zwei Sorten Männer, die ich nie heiraten würde, Entertainer oder Priester.«

»Warum?« fragte ich und dachte: *Verdammt, wer hat denn was von Heiraten gesagt.*

»Weil man als Frau wissen muß, was man will. Man muß wissen, was man von der Liebe erwartet und was nicht. Man muß wissen, was man erwartet und was man bereit ist zu akzeptieren und zu welchen Kompromissen man bereit ist. Eine Million Frauen sind in GS verliebt oder glauben zumindest, daß sie's sind. Das Mädchen, das ihn ›bekommt‹, kann nie glücklich werden. Ihr Mann wird von so vielen anderen Frauen gejagt und begehrt. Sie steht jedem im Weg. Jeder will sie loswerden. Ein Mann wie GS muß Überstunden machen, um die Frau seiner Wahl davon zu überzeugen, daß er sie wirklich liebt, daß er ihr wirklich treu ist. Meistens versucht er's wahrscheinlich auch. Zu tausend Mädchen sagt er nein. Dann ist da die eine. Mit einem schönen Gesicht wie du, Sasha, einer perfekten Figur und hübschen Zehen, und zu ihr sagt er ja. Oder nehmen wir an, daß er treu ist. Die Hälfte der Zeit ist er auf Tournee. Man darf kein Problem damit haben, die Hälfte der Zeit allein zu sein.

So bin ich nicht. Ich stell mir was anderes vor. Bei Musikern weiß man sowieso nie.« Sie senkte ihre Stimme zu einem Flüstern, als wollte sie mir ein Geheimnis anvertrauen.

»Was weiß man nicht?«

»Viele sind bi. Sie sehen wie Männer aus, ziehen sich wie Männer an, reden wie Männer, sind von Frauen umgeben, schlafen aber auch mit Männern.«

»GS nicht«, platzte ich raus.

»Man kann nie wissen«, sagte sie. »Man sollte genau hinsehen, bevor man mit jemandem ins Bett hüpft. Nicht was sie sagen, verrät sie, sondern was sie tun und wie sie es tun. Ich seh immer genau hin. Die meisten Dinge sind nicht, was sie scheinen. Die meisten Menschen sind nicht, was sie scheinen. Den meisten Menschen fällt es äußerst schwer, die Wahrheit über sich zu sagen. Das hat mich das Leben gelehrt.« Souljah zog sich aus, während sie sprach, als wär ich gar nicht da.

»Wer ist denn gut genug für dich?«

»So geh ich da nicht ran. Ich denke, wenn ich den Richtigen treffe, weiß ich's, ich werd's fühlen, und er auch. Aber selbst wenn ich es fühle und es weiß, warte ich erstmal ab. Aber wenn du GS magst, dann gib dein Bestes. Wenn es wirklich das ist, was du willst.«

Während sie in BH und Höschen unter dem schummrigen Licht auf ihrem runden Bett saß, versuchte ich, die Rätsel, in denen sie sprach, zu knacken. Es war wie mit dem kleinen Mädchen aus der Nachbarschaft, das man mal so richtig verkloppen will. Man nimmt die Ohrringe ab, die Kette, bindet die Haare zurück und schmiert sich Vaseline ins Gesicht. Man schlägt ihr so richtig eins in die Fresse, und sie schlägt nicht zurück. So was verdirbt einem einfach den ganzen Spaß.

»Was ist mit der Nummer?« fragte ich auf dem Weg zur Tür.

»Welche Nummer?«

»Oh, ich dachte, du könntest einer guten Freundin vielleicht GS' Nummer rüberwachsen lassen.«

»Nun is aber gut. Ich bin zwar nett, aber ich bin nicht bescheuert. Wenn du was von GS willst, mußt du dir schon selbst was einfallen lassen.«

Am nächsten Nachmittag bearbeitete ich Lauren. Sie mußte sich mit Frankie in Verbindung setzen. Er wußte bestimmt, wie ich an GS rankam. Ich hatte drüber nachgedacht, und bei dem Gedanken, mit ihm auf Tournee zu gehen, drehte ich völlig ab. Ich meine, ich bin Realist. Der Nigger muß mich ja nicht gleich ehelichen. Wir könnten einfach reisen, sein Geld ausgeben und unseren Ruhm genießen. Die anderen Tussis waren mir egal, solange ich seine Taschen kontrollierte. Wenn ich erst mal *on the road* war, konnte mich niemand mehr aufhalten. Ich wäre endlich aus diesem Gefängnis raus, hätte Schotter und würde statt Philosophinnen, Geschmacksverbrechern und Möchtegernen endlich wieder mit echten Ghetto-Girls zu tun haben. Ich würde die Regeln lernen, und ich lernte schnell. Vielleicht hatte GS nicht ganz unrecht. Okay, ich hätte ihn nicht in diesem Haus zur Rede stellen sollen, wo er nicht er selbst sein konnte. Ich hätte den richtigen Ort und die richtige Stimmung abwarten sollen. Aber ich würde ihm eine zweite Chance geben, die cleverste Entscheidung seines Lebens zu treffen.

»Ich will nicht mit Frankie reden. Das hab ich dir doch schon gesagt.« Das war Laurens Reaktion, als ich nicht lockerließ.

»Ach komm. Tu mir den Gefallen, Mädchen. Du weißt, daß ich das gleiche für dich tun würde.« Da ich den

Verdacht hatte, daß sie wegen ihrer Schwester nicht nach GS' Telefonnummer fragen wollte, versuchte ich, Lauren zu beruhigen.

»Hör mal, Souljah hat mir für GS grünes Licht gegeben.«

»Hat sie nicht«, sagte sie ungläubig.

»Hat sie doch. Letzte Nacht haben wir uns ausgesprochen.«

»Wann? *Mir hat sie nie grünes Licht gegeben.*« Aus Laurens Worten sprach die pure Eifersucht.

»Wie auch immer, Lauren. Machst du's jetzt oder nicht?«

»Wie kommst du überhaupt auf die Idee, daß Frankie mir GS' Nummer geben würde?« fragte sie.

»Wenn er GS' Bodyguard ist, muß er doch bei ihm sein. Er kann einfach den Hörer weiterreichen. Ich brauch nur fünf Minuten. Fünf Minuten reichen, um GS ein paar Sachen zu verklickern.«

»Na gut, aber Frankie ist ein Arschloch. Findet sich total geil. Aber ich mach's. Geh in Souljahs Zimmer und nimm ihr Telefon ab. Ich ruf ihn von hier aus an. Hör zu und schreib die Nummer mit, falls wir ihn dazu bringen, sie rauszurücken.«

Lauren bekam Frankie an den Apparat.

»Frankie! Wie geht's, Baby?«

»Wer ist da?«

»Lauren.«

»Lauren aus New York oder Lauren aus Philly?«

»Lauren mit den Schlitzaugen und der süßen New Yorker Möse!«

»Oh, Scheiße. Du hast verdammt recht. Mann, du vermißt mich wohl schon, hm?«

»Ach, du weißt ja, wie das ist.«

»Was hast du gerade an?«

»Nichts außer einem schwarzen Ledergürtel, um dir deinen knackigen Arsch zu versohlen.«

»Du geile kleine Sau.«

»Wo bist du?« fragte Lauren.

»North Carolina. Wir haben hier heut abend ein Konzert. Du hättest mich gestern anrufen sollen. Dann hätte ich dich mitgenommen.«

»Wo ist GS?«

»Was willst du von ihm?«

»Ich will nichts von ihm.«

»Hat sich aber verdammt so angehört.«

»Nee.« Sie leugnete.

»Wir sind im Tourneebus. Der Nigger sitzt im Flieger in der ersten Klasse.«

»Oh. Und wo steigt ihr da unten ab?«

»Ein paar von uns im Hyatt Regency. Die anderen im verfickten Best Western, stimmt's, Jungs?« Alle fingen an zu lachen. Im Hintergrund konnte ich Männerstimmen hören.

»In welchem Hotel wohnst du?«

»Warum? Willst du mich besuchen kommen? Ich mag keine Überraschungen, sag mir vorher Bescheid.«

»Vielleicht. Ist GS im selben Hotel?« fragte Lauren.

»Nicht schon wieder. Tony, sag du dieser kleinen Fotze, wie wir die Schlampen hassen, die uns nur benutzen, um an GS ranzukommen.«

»Yo, hier ist Tony. Warum verarschst du meinen Freund?«

»Gib Frankie den Hörer zurück«, sagte Lauren genervt.

»Willst du denn mit Frankie sprechen oder mit GS?« stichelte Tony.

»Ich will mit Frankie sprechen.«

»Bist du sicher?« fragte Frankie jetzt wieder. »Mach nochmal das Geräusch, das du neulich nacht gemacht hast.«

Lauren fing an, ins Telefon zu stöhnen. Sie klang wie eine Mischung zwischen Schlange und Eule. Aber Frankie fand's klasse.

»Weißt du *jetzt* wieder, mit wem du sprichst?« fragte Frankie.

»Ich hab für eine Freundin gefragt«, sagte Lauren.

»O Jungs, sie fragt für *ihre Freundin* nach GS.« Sie grölten vor Lachen. Wir konnten sie laut und deutlich hören.

»Oh, deine Freundin will sich also von GS flachlegen lassen? Hat sie Freundinnen? Wenn wir sie mit ›G‹ zusammenbringen, muß sie uns auch bedienen . . . oder ein paar Schnitten mitbringen.«

Ich lief in unser Zimmer zurück, um Lauren einzuflüstern, was sie sagen sollte. »Sag ihm, er soll ein Treffen vereinbaren.«

»In North Carolina?« flüsterte Lauren.

»Wieso nich?« drängelte ich.

»Hast du genug Geld, um nach North Carolina zu fahren?« fragte Lauren skeptisch.

»Nein, aber ich kann was organisieren. Ich besuch heute meine Mutter. Die gibt mir Geld«, log ich.

»Yo, Lauren, ist die Kleine bei dir?« fragte Frankie.

»Ja, das ist Sasha. Du kennst sie von GS' Party.«

»Die, die den Wettbewerb gewonnen hat?« riet Frankie.

»Was sagt er, was sagt er?« fragte ich Lauren. Als sie nicht antwortete, rannte ich zurück in Souljahs Zimmer und nahm das andere Telefon ab.

»Lauren, unter uns, wenn sie auf den Saftsack von neulich scharf ist, dann sollte sie sich mit Tony unterhalten. Der hat sie gefickt. Stimmt's, Alter?«

»Wer ist das?« fragte Tony aus dem Hintergrund.

»Erinnerst du dich an die Sahneschnitte, mit der wir beim Alpine Videodreh Bäumchen wechsel dich gespielt haben?«

»Ob ich mich erinner? Sag der Schlampe, daß ich sie liebe.« Lauren ließ das Telefon fallen. Eine Sekunde später stand sie in Souljahs Zimmer und sah mich mitleidig an. Wie erstarrt hielt ich den Hörer an mein Ohr. »Hey, Baby, hier ist Tony. Ich weiß, daß du mich für GS gehalten hast. Aber die gute Nachricht ist, daß ich dir jetzt nicht erst lang und breit erklären muß, was du verpaßt hättest. ›G‹ kannste vergessen, auf mich biste versessen.« Alle lachten über seinen billigen Reim.

»Du Scheißlügner!« kreischte ich.

»Na gut. Als du ins Zimmer gekommen bist, hab ich im Bett auf dich gewartet. Du hast den Lichtschalter nicht gefunden und bist gestolpert. Du hast versucht, einen Schluck aus meiner Flasche Champagner zu trinken, aber die war leer. Aber das Beste kommt noch. Du hast lange schöne Beine, Titten, groß wie Melonen, eine schmale Taille, und du reitest gern!« Alle lachten wie die Bekloppten. »Ich liebe dich! Ich liebe dich, Mädchen! Laß es uns nochmal machen.«

Vendetta! Um es milde auszudrücken.

Während Lauren in Docs Praxis arbeitete, plauderten wir. Der Plausch kostete sie dreihundert Dollar, denn soviel zockte ich aus Docs Kassette, ohne daß Lauren es auch nur ahnte. Winter Santiaga war eben schlauer.

Am nächsten Tag war die AIDS-Wohltätigkeitsveranstaltung. Ich hatte den Schwachsinn total verschwitzt. Meine Nerven lagen blank. Ich hatte mir geschworen, keine einzige Rede und kein einziges Treffen mehr über mich ergehen zu lassen, Schluß mit lustig! Aber Souljah machte Druck. Sie kommandierte alle rum und zeigte Lauren, wo die Freiwilligen, die Türsteher und so weiter stehen sollten.

In Rot und Weiß, wie alle Helfer aus der Frauengruppe, gingen ich, Lauren und Souljah aus der Tür. Docs Stimme hielt uns auf. »Souljah, tut mir leid. Ich schaff's nicht zur Wohltätigkeitsveranstaltung. Ohne Sekretärin bin ich aufgeschmissen.« Souljah wirkte enttäuscht. »Aber hier ist ein Scheck über tausend Dollar für die wundervolle Arbeit, die du leistest.« Souljah umarmte sie und gab ihr einen Kuß. Und ich dachte, seht ihr, sie wirft tausend Dollar einfach so weg, ohne mit der Wimper zu zucken.

»Eine Sache noch«, sagte Doc, »ich brauch heute Laurens Hilfe. Ich weiß, wie sehr du sie brauchst, aber ich hab sonst niemand.« Was konnte Souljah schon groß sagen, nachdem Doc ihr tausend Dollar in den Arsch geschoben hatte? Lauren machte auf dem Absatz ihrer billigen Schuhe kehrt und ging wieder ins Haus.

»Du bist jetzt schon ein paar Monate hier«, sagte Souljah zu mir. »Ich brauch heute deine Hilfe. Glaubst du, du kriegst das hin?«

In der Kirche zog Souljah sich mit den hohen Tieren zurück. Um fünf Uhr nachmittags strömten Hunderte von zahlenden Gästen in den Saal. Um sechs war die Menge so groß, daß sie den zweiten Balkon öffnen mußten. Alle paar Meter stand ein Mädchen aus der Frauengruppe in rotem Rock und weißer Bluse an der Wand. Auch auf dem inzwischen gerammelt vollen Balkon spielten sie Platzanweiser und Aufpasser.

Auf der Bühne saß Souljah an einem langen Tisch mit Ärzten, Würdenträgern und anderen Klugscheißern. Und mitten in dieser wuselnden Menge, in der ganzen Hektik, hatte man mich an einer der drei Türen aufgestellt, um das Geld zu kassieren!

Ich war baff. So viele Menschen. Ladies mit großen Hüten, Männer in Anzügen mit Aufschlägen, Volvos und Benze. Selbst die jungen Leute trugen Anzüge und Kleider. Weit und breit kein Turnschuh oder auch nur eine weite Jeans. Und schon gar keine Hüte. Am Eingang stand ein alter Mann, der jeden daran erinnerte, seinen Hut abzusetzen. Noch mehr überraschte mich die Flut von Zwanzig-Dollar-Scheinen, die sich in meinem Korb stapelten. Ich saß hinter dem Tisch auf der einen Seite, und zwei andere Mädchen, von denen eine Rashida war, hinter dem Tisch auf der anderen Seite. Ich begann, die Einer, Fünfer, Zehner und Zwanziger zu trennen und legte die Dollarscheine alle in die gleiche Richtung, so wie Daddy es mir beigebracht hatte.

Als der Pfarrer sagte: »Wir wollen uns erheben und beten«, neigten alle den Kopf. Ich schnappte mir vorsichtig ein paar Zwanziger, Zehner und Fünfer. Ich war nicht gierig. Die Hälfte ließ ich im Korb liegen. Ich brauchte nur zwei Bewegungen, um die Scheine in meiner roten Coach-Tasche verschwinden zu lassen. Als sich die Köpfe nach dem Gebet wieder hoben, war ich ruhig und liebenswürdig wie zuvor und nahm das Geld der Nachzügler entgegen.

Als Vorbereitung auf meinen reibungslosen Abgang erzählte ich Rashida, die mir glatt immer wieder auf den Leim ging, daß ich schreckliche Magenschmerzen hätte. Um ihr Vertrauen zu gewinnen, bat ich sie, meinen Geldkorb zu halten, während ich aufs Klo ging.

Die Toilette war im hinteren Teil der Kirche neben der Bühne. Ich ging langsam und selbstbewußt nach hinten, warf den Platzanweisern prüfende Blicke zu und spielte den Chef. Ich genoß es, ihnen Anweisungen zu geben und zu sehen, wie sie sie befolgten. Nur ein Hauch von Autorität in der Stimme, und alle tanzten nach meiner Pfeife. Auf der Toilette schnatterten zwei überschwengliche Ladies miteinander.

»Was für eine entzückende Kirche.«

»Oh, sind Sie Mitglied?«

»Nein.«

»Ich ja. Unser Pastor ist der beste. Wie gefallen Ihnen unsere bunten Glasfenster, sind sie nicht wunderschön?«

»Die Kirche ist riesig, nicht wahr?«

»Allerdings, fünfzehnhundert Menschen haben hier Platz.«

Ich saß hinter der Tür und zählte meine neuen Reichtümer, aber bei »fünfzehnhundert Leute« horchte ich auf. Fünfzehn Dollar pro Person mal fünfzehnhundert Leute. Ich kam auf zweiundzwanzigeinhalbtausend Dollar. Siebentausend davon waren in meiner Tasche. Mein Herz schlug schneller. Die enge Kabine schien noch enger zu werden. Mir brach der kalte Schweiß aus. Nachdem ich ein paarmal tief durchgeatmet hatte, ging es mir wieder besser. Mann, sind Wohltätigkeitsveranstaltungen etwa nicht dazu da, Geld für Bedürftige zu sammeln? Wozu braucht jemand, der AIDS hat, Geld, wenn er sowieso abkratzt? Ich rollte die Scheine zusammen und schlang Haargummis rum.

Ich war so übermütig, daß ich vor die erhöhte Bühne ging. Sobald Souljah mich bemerkte, beugte sie sich vor und fragte: »Was ist los? Geht's dir nicht gut?«

Mit der Babystimme, die Lauren so erfolgreich eingesetzt hatte, sagte ich: »Mein Magen spielt verrückt. Ich hab mich grad aufm Klo übergeben. Ich hab so'n ekligen Geschmack im Mund. Tut mir leid.«

Mit einem besorgten Gesicht antwortete sie: »Du hast mir sehr geholfen. Ich hab einen Scheck für dich, für alles, was du für mich getan hast, als Lauren nicht da war.« In diesem Moment stellte ein Mann im Anzug am Rednerpult Souljah vor.

»Geh nach Haus«, sagte sie. »Ich hab oben im Medizinschrank Natriumbicarbonat, Kaopectate, und Pepto-Bismol. Such dir was aus. Leg dich ne Weile hin, dann geht's dir bald besser.« Völlig unerwartet pflanzte sie mir einen Kuß auf die Wange. Als ich sie überrascht ansah, lächelte sie: »Bei all der Hektik hab ich ganz vergessen, dir zu sagen, daß ich heut morgen mit Bilal gesprochen hab.«

»Mit wem?«

»Bilal. Midnight!« wiederholte sie. »Dein Cousin.« Ich schnappte nach Luft und hielt mir den Bauch: »Oh, Midnight.«

»Wir reden nachher weiter«, rief sie durch den Applaus der Menge. Sie winkte mir zu und ging zum Rednerpult.

Ich sprintete in Rekordzeit zu Souljahs Haus, das ein paar Straßen entfernt lag.

Ich klingelte. Lauren brauchte etwa fünf Minuten, um die Tür zu öffnen. Ich hatte zwar mein Pokerface aufgesetzt, aber meine Stirn schwitzte zu stark für einen Winternachmittag.

»Was ist passiert?« fragte sie. »Wie ist es gelaufen? Es kann doch noch nicht vorbei sein!«

»Nein, hat grad angefangen.«

»Was machst du dann hier?«

»Ich hab plötzlich tierische Magenschmerzen.«

»Hast du Souljah gesagt, daß du gehst?«

»Ja, hab ich. Sie hat mich nach Haus geschickt. Ich soll mir was aus dem Medizinschrank oben nehmen.«

»Willst du zu Doc?«

»Nein, ich zieh mir einfach n bißchen Kaopectate rein und geh zurück in die Kirche.«

»Oh«, sagte sie mißtrauisch.

Oben lief ich in Souljahs Schlafzimmer. Ich nahm den Schlüssel aus dem Schmuckkästchen, das auf ihrem vollgemüllten Frisiertisch stand. Ich öffnete den Schrank und blätterte fieberhaft durch die Akten. Ich mußte nach dem Vornamen Bilal suchen. Seinen Nachnamen kannte ich nicht. Schließlich stieß ich auf »Bilal Odé«. Ich schnappte mir die Akte und wickelte sie in die *New York Times,* die auf Souljahs Bett lag.

In Laurens Zimmer schnappte ich mir meine leere Nike-Reisetasche und schmiß alles rein, was ich auf keinen Fall hier lassen konnte. Ich durchsuchte Laurens Schrank nach meinen Sachen, entdeckte meinen Beeper und warf ihn in die Nike-Tasche. Nervös sah ich nochmal in meine rote Coach-Tasche. Alles klar. Das Geld war noch da. Ich schnappte mit eine Rolle Zwanziger, schälte zwei raus und steckte sie in die Tasche meiner roten Lederjacke. Dann nahm ich meine Diamantkette, das Armband und die Ohrringe aus der kleinen Schreibtischschublade. Schließlich packte ich noch Lippenstift, Kamm, Bürste und natürlich meinen Cutter ein. Ich checkte nochmal, ob ich auch wirklich alles hatte. Vollbeladen schlich ich die fünf Stockwerke runter; ich war scheißfroh, endlich hier rauszukommen.

Als ich mich dem letzten Treppenabsatz näherte, kriegte ich Panik. Ich starrte auf Lauren runter, die an der Eingangstür stand und irgendeinen Boten bezahlte. Im Flur standen mindestens zwanzig mittelgroße Kartons.

»Gehst du irgendwohin?« fragte Lauren.

»Ja, zurück in die Kirche.« Ohne ein Wort zu sagen, warf Lauren einen prüfenden Blick auf meine Nike-Tasche. »Ach ja, ich hab's gestern nicht geschafft, meine Mutter zu besuchen. Sie war ziemlich sauer, deshalb geh ich heute nach der Wohltätigkeitsveranstaltung hin.«

»Oh«, sagte sie mißtrauisch. »Kannst du mir vorher noch bei den ganzen Kartons helfen? Das sind Docs Medizinvorräte.«

Vollbepackt, wie ich war, glotzte ich auf die zwanzig Kisten. Ich hoffte, Lauren würde mir ansehen, daß ich eigentlich keinen Bock hatte, und abwinken. Tat sie aber nicht. Um keinen Verdacht zu erregen, willigte ich ein.

»Komm schon. Leg den Kram zur Seite. Vier Hände sind besser als zwei.« Während wir die Kisten den kurzen Weg vom Flur durch die schweren Holztüren in die Praxis schleppten, sah ich ständig auf die Uhr. Die Sachen mußten in den Vorratsschrank. Ich hörte nicht auf zu schwitzen. Selbst meine Handflächen fingen an zu schwitzen. Ich hätte schwören können, daß Lauren mein Herz klopfen hörte. Das ist doch albern, versuchte ich mich zu beruhigen.

Sobald wir fertig waren, schnappte ich mir meine Sachen. So lässig wie möglich sagte ich: »Also gut, Lauren. Wir sehn uns heute abend oder morgen früh.«

»Klar. Danke«, sagte sie. »Bis dann.«

Draußen fragte der Taxifahrer: »Wohin soll's gehen?«

Ein paar Sekunden war ich sprachlos. Keine Ahnung. »Ins Hotel«, sagte ich schließlich.

»Welches Hotel?«

»Das Marriott in New Jersey, gleich hinter der Brücke am Highway.«

»In Jersey?« wiederholte er. »Das kostet fünfunddreißig Dollar.«

»Kein Problem.« Aber er blieb stehen. Ich griff in meine Jackentasche und gab ihm einen Zwanziger. Als ich nach rechts blickte, sah ich grad noch Laurens Gesicht hinterm Fenster verschwinden und den Vorhang zufallen. Wir fuhren los.

Als ich die Akte in der *New York Times* aufschlug, fielen als erstes alte Zeitungsausschnitte raus. Im ersten Artikel, den ich aufhob, war ein Foto von meinem Vater und unserem Haus in Long Island. Im zweiten Absatz wurden ich und meine Mutter namentlich erwähnt. »Souljah, diese verfickte Schlampe«, murmelte ich. Sie hatte die ganze Zeit gewußt, wer ich war. Aber wer zuletzt lacht, lacht am besten. Sie würde nie beweisen können, daß ich das Geld gezockt hatte. Zu viele Leute hatten kassiert, und es ließ sich nicht nachprüfen, wer was eingenommen hatte. Beim Durchblättern der Akte stieß ich auf Briefe in geöffneten Briefumschlägen und lose Zettel. Einige Briefe waren von Midnight an Souljah. Die Zettel waren Kopien von Souljahs Briefen an Midnight. Es würde keine Geheimnisse mehr geben. Vor allem würde ich bald erfahren, wo Midnight abends abparkte. Hoffte ich jedenfalls.

»Wir brauchen Ihre Kreditkarte, Ma'am«, sagte die Lady an der Rezeption.

»Kann ich nicht bar bezahlen?«

»Ja, das geht natürlich. Das wären dann zweihundert Dollar für das Zimmer und zwanzig Dollar als Sicherheit für das Telefon.«

Um der zickigen Empfangsdame das Maul zu stopfen, zog ich den Reißverschluß meiner Coach-Tasche auf und griff nach der Rolle mit den Zwanzigern. Statt dessen hatte ich zwei Flaschen Wet-&-Wild-Lipgloss und einen halben Schokoladenkeks in der Hand. Ich starrte auf meine Hand, als hätte ich sechs Finger. Das Bild war eingefroren. Alles vor meinen Augen erstarrte in Bewegungslosigkeit. Lauren, die ihre eigene Schwester ein »Luder« genannt hatte, hatte ihre rote Coach-Ledertasche mit meiner vertauscht.

Ich hockte mich hin, um die Tasche zu durchsuchen. Nicht weil ich hoffte, daß es doch meine wäre, sondern aus reiner Fassungslosigkeit. Ich drehte sie auf den Kopf und leerte den Inhalt auf dem Hotelteppich aus. In der Tasche war nichts von Wert. Sie stank nach zwei Flaschen Desinfektionsmittel, die sie in letzter Minute reingeschmissen haben mußte, um den Gewichtsunterschied auszugleichen. Jeder Muskel meines Körpers versagte, und mein Hintern schlug hart auf dem Boden auf. Die Stimme der Empfangstante flog über den Counter und plumpste mir auf die Lauscher.

»Entschuldigen Sie, Miss, möchten Sie das Zimmer immer noch haben?«

»Ich bin gleich wieder da«, rief ich ihr zu. Mit beiden Händen schaufelte ich den ganzen Müll außer den Kekskrümeln zurück in die Tasche. Wie in Zeitlupe hob ich meine Nike-Tasche vom Wagen des Hotelpagen.

16

Ich fand mich an der Hotelbar wieder. Mein Kopf war leer. Meine grauen Zellen streikten oder waren eingefroren oder sonstwas. Ich wußte nicht mal, in welcher Stadt ich war. Ich schaffte es, den Kellner hinzuhalten, der mich zunächst gedrängt hatte, einen Drink zu bestellen. Ich erzählte ihm, daß ich auf meinen Freund wartete, der im Hotelzimmer wohnte. Nach einer Stunde zog die Ausrede nicht mehr. Ich sammelte meine Taschen ein und marschierte nach draußen.

Das Hotel lag direkt neben dem Highway. Hinter dem Wald, der das Hotel vom Rest der Welt abschottete, konnte ich die Autos vorbeifahren hören. Ich trat auf die Straße, sah nach links. Nichts als Bäume. Eine halbe Meile entfernt stand eine Ampel. Völlige Stille. Auch rechts war nichts als Wald, keine Läden, keine Münztelefone, nichts wies darauf hin, daß hier Menschen wohnten.

Die kalte Winterluft kroch durch meine leichte Lederjacke, und ich schlug die Hände aneinander, damit sie nicht steif wurden. Wenn man eine Bleibe hat, denkt man nicht allzuviel übers Wetter nach. Langsam dämmerte mir, daß ich diese Nacht den Naturgewalten ausgeliefert sein würde. Ich versuchte, mir jede Person in Erinnerung zu rufen, die ich kannte, aber die Liste mit Leuten, die mir helfen würden, war praktisch leer. Ich dachte kurz nach und rannte zurück ins Hotel. Ich setzte mich in die Telefonzelle und versuchte verzweifelt, mich an Sterlings

Nummer zu erinnern. *Ganz ruhig, keine Panik,* sagte ich mir. *Du weißt doch, was Daddy immer sagt.* Aber es hatte keinen Zweck.

Als ich entspannt genug war, um mich an die Nummer zu erinnern, wählte ich sie und kriegte die Scheißvermittlung dran. »Die Nummer wurde zu einer Geheimnummer geändert.« Wutentbrannt trat ich gegen die Tür der Telefonzelle und verletzte meinen Zeh.

Auf der Hoteltoilette tauschte ich meinen roten Rock, die weiße Bluse und die Strümpfe gegen meine Jeans, ein Polohemd und Clarks aus der Nike-Tasche. Ich zog mich bequem an, um auf alles vorbereitet zu sein, das da kommen sollte. Als ich mich gegen den Spiegel lehnte, fiel mir ein, daß nicht nur die Diamanten, die Daddy mir geschenkt hatte, und mein ganzes Geld, sondern auch mein Cutter futsch war. Ohne Waffe fühlte ich mich nackt. Man hat mir beigebracht, daß ein Mädchen zu seiner Verteidigung immer Rasiermesser, Springmesser, Cutter, Spritze, Schlagstock oder eine Knarre bei sich haben sollte. Ich erinnerte mich an eine Spezialität aus Brooklyn und stürzte mit einem Paar Socken in der Hand aus der Tür.

Auf der anderen Straßenseite, wo die Wälder an den Highway grenzten, füllte ich die Socken mit großen, scharfen Steinen. Während ich mich hinhockte und im Dreck wühlte, sagte eine Stimme in meinem Kopf: *Gut so.* Ich stopfte die Socken in meine Handtasche und ging zurück zur Hotelbar. Ich hatte keinen Plan. Alles geschah spontan. Ich hatte keinen Schimmer, was ich jetzt tun sollte, aber mir würde schon was einfallen, wenn es soweit war.

In allen Filmen, die ich je gesehen habe, weiß der Barkeeper immer über alles Bescheid. Ich bestellte also ein

Ginger Ale und erwarb mir damit das Recht, an der Bar zu sitzen und mit ihm zu quatschen.

»Wohnst du hier?« fragte ich.

»Klar.«

»Ist so ruhig hier. Ich bin aus der Stadt.«

»Teaneck ist eine Großstadt. Gehört zu Bergen County. Das ist der drittreichste Bezirk im ganzen Land.«

»Echt wahr?« Ich tat lässig, unbeeindruckt.

»Gleich hier den Highway runter gibt's riesige Einkaufszentren. Da sind auch die ganzen Restaurants. Gehst du gern tanzen? Es gibt hier draußen ein paar Clubs, aber in den Bars ist mehr los.«

»Gibt's hier Obdachlose?« fragte ich ihn.

»Was?« fragte er verdutzt zurück.

»Typische Frage für einen New Yorker.« Ich lächelte.

»Unseren Obdachlosen geht's besser als mir, und ich arbeite! In einer Stadt mit vielen reichen Leuten ist auch viel Geld für wohltätige Zwecke übrig. Fast jede Kirche bringt dich auf den richtigen Weg. Hey! Du bist die schillerndste Obdachlose, die ich je gesehen hab«, sagte das weiße Babyface.

Wir lachten. Er vertrieb sich nur die Zeit, aber ich saugte alles um mich herum in mir auf. Jeder Gast war wichtig. Ich beobachtete, wie sich die Kasse öffnete und schloß, und die Frau an der Musikbox. Fünfundvierzig Minuten später betrat eine ältere Frau die Bar, die mir sofort auffiel. Sie trug eine Versace-Bluse, häßliche, aber teure Ohrringe und eine schicke Hose. Nachdem sie sich an die Bar gesetzt und eine Bloody Mary bestellt hatte, kramte sie in ihrem Portemonnaie und ließ aus Versehen ein paar lose Zwanzig-Dollar-Scheine auf den Tresen fallen. Als sie sie aufsammelte, fiel mein Blick auf etwa sieben verschiedene Kreditkarten. Ihr Tatter erinnerte mich an diese Schüttelkrankheit. Ich brauchte nur wenige Sekunden, um den Haufen Diamanten auf ihrem Ehering zu sichten. Die schmalen flachen Gucci-Slipper waren an ihren alten Füßen reine Verschwendung. Ich versuchte zu erraten, was in dem Seidenpapier in der Nordstromtüte sein mochte.

»Dein Freund muß ja ein echter Wichser sein«, sagte der Kellner zu mir. »Oder er ist so was wie'n NBA-Spieler. Die steigen hier manchmal ab, weißt du. Wer sonst als ein Superstar kann es sich leisten, ein Mädchen wie dich allein in einer Bar warten zu lassen?«

»Schon gut, schon gut, aber erzähl's nicht weiter«, witzelte ich, während ich meine Sachen zusammenkramte und ihm zum Abschied winkte.

Schlappe zwanzig Minuten später betrat die alte Lady den Parkplatz. Als sie mich hinter einer Mauer hervorkommen sah, schrak sie zusammen und faßte sich mit ihrer faltigen Hand ans Herz.

»Tut mir leid«, sagte ich zuckersüß. »Ich bin's nur, von der Bar.«

»Oh, nicht so schlimm.« Sie kicherte nervös. Ihr Täschchen fest umklammert tippelte sie im Zickzack zwischen den Autos hindurch. Ich hinterher. Sie quasselte über das kalte Wetter und daß sie immer vergaß, wo sie ihr Auto geparkt hatte.

»Passiert mir auch immer«, sagte ich.

»Ein junges Mädchen wie Sie sollte nicht so vergeßlich sein.«

Als sie bei einem Jaguar gleich neben dem Gebüsch stehen blieb, lachte ich.

»So ein Zufall, mein Auto steht direkt neben Ihrem.« Wir drehten einander den Rücken zu. Ich, um meine Schlüssel rauszukramen, sie, um den Schlüssel in ihrer

Hand ins Schloß zu stecken. Ich war so schnell, daß sie nicht wußte, was sie niederschlug. Es war meine mit Steinen gefüllte Socke. Wie eine welke Blume sackte sie in sich zusammen. Ich ergatterte zweihundert in bar, eine Kreditkarte – American Express Gold –, zwei Diamantringe und die Gucci-Schuhe. Und weg war ich. Ich war clever genug, ihr den Wagen und die Nordstromtüte zu lassen. Doch ich rannte nicht. Ich schlenderte den Pfad am Wald entlang. Der Barkeeper hatte mir gesagt, wo der Bus fuhr.

Beim Holiday Inn verließ ich den Highway. Eine Nacht kostete sechzig Dollar, was mir im Moment sehr entgegenkam. Nach einer langen, heißen Dusche setzte ich mich aufs Bett und stopfte mir die Kissen in den Rükken. Irgendwie kam ich nicht zur Ruhe. Ich konnte nicht schlafen. Ich kramte die Briefe raus. Ich wollte sie alle lesen. Ich mußte Midnights Adresse rausfinden. Vielleicht konnte ich zu ihm, wo immer er auch war. Er war meine einzige Verbindung zur Vergangenheit. Der einzige Mensch auf freiem Fuß, dem ich noch vertrauen konnte.

Mai 1993

Lieber Bilal,

als ich Dich in der Bibliothek der Columbia University zum ersten Mal sah, habe ich Dich für einen Studenten gehalten. Ich bin Dir bestimmt nicht aufgefallen. Es gab aber viele Gründe, warum Du mir aufgefallen bist. Erstens hast Du Hadith gelesen. Zweitens hattest Du einfach eine starke Ausstrahlung. Das klingt vielleicht komisch, aber ich beobachte alles und jeden sehr genau. So lerne ich, das Leben und die Menschen zu verstehen. Den meisten Brüdern auf dem Columbia Campus fehlt jede Ausstrahlung. Es scheint sogar so, als versuchten sie bewußt, nicht aufzufallen, damit sich niemand an ihnen stört. Sie sind keine echten Männer, sondern Kinder oder Karikaturen. Es fällt ihnen schwer, sich auf irgendwas zu konzentrieren, das nicht in der Uni von ihnen verlangt wird. Und dann plötzlich Du: reif, schwarz und, ja, schön.

Ich hab Dich nicht gestört, denn so wie Du warst, warst Du vollkommen. Ich hab Dich nicht angesprochen, obwohl ich wußte, daß ich Dich vielleicht nie wieder sehe. Schließlich bin ich keine Studentin und nur einmal pro Woche auf dem Campus. Trotzdem hab ich es gelassen.

Ich war überrascht, als ich Dich ein paar Wochen später mit Phil sah, einem Columbia-Studenten und ehrenamtlichen Mitarbeiter unseres Kinderprogramms. Als er uns vorstellte, haben wir kaum ein Wort miteinander gesprochen. Aber wir haben uns in die Augen gesehen und vergessen, unsere Hände loszulassen.

Ich müßte lügen, wenn ich behaupten würde, daß ich überrascht war, als Phil mich fragte, ob er Dir meine Telefonnummer geben darf. Ich hab ihn nach Deinem Alter gefragt. Er sagte, Du bist zweiundzwanzig. Er fügte hinzu, daß Du kein Student bist, sondern nur ein Freund aus Brooklyn. Als ich ihn fragte, was Du machst, zögerte er ein paar Sekunden und meinte dann, Du wärst Mechaniker.

Wenn ich am Telefon kühl klang, dann täuschte der Eindruck. Ich spürte, wie sich alles in mir zusammenzog. Normalerweise kann man mich nicht so leicht beeindrucken. Es kommt mir vor, als wäre jedes Wort zwischen Mann und Frau bereits gesagt und als gäbe es nichts, was ich nicht schon gesehen hätte. Außerdem meint sowieso niemand das, was er sagt. Aber als wir uns unterhielten, spürte ich, wie sich mein Atem beschleunigte, ein Zeichen, daß ich noch lebe und fühle.

An dem Tag, als wir zusammen ausgehen wollten und Du mich abgeholt hast, hab ich gespürt, wie Du mich beim Unterricht beobachtest. Im Café, als wir darüber diskutiert haben, ob es Hoffnung auf eine neue schwarze Jugendbewegung gibt, sind mir vor allem Deine Hände aufgefallen. Auf der einen Seite waren sie dunkel und kräftig, schlank und muskulös. Auf der anderen Seite waren sie weich und hatten tiefe dunkle Linien. Deine Nägel waren sauber. Ich würde sogar so weit gehen zu behaupten, daß sie manikürt waren, denn mir fiel der matte Glanz auf.

Als ich Dich gefragt habe, womit Du Deinen Lebensunterhalt verdienst, hast Du genauso gezögert wie Phil. Nach ein paar Sekunden hast Du gesagt, Du seist Geschäftsmann. Als ich nachhakte, hast Du gesagt, Dir würde eine Autowerkstatt in Brooklyn gehören. Wahrscheinlich lag es daran, wie Du gehst (als würde Dir ganz Manhattan gehören) oder wie Du redest (männlich, langsam und mit fester Stimme) oder vielleicht auch wie Du mir die Hand auf den Rücken legst, wenn ich durch eine Tür gehe, die Du mir aufhältst. Jedenfalls redete ich mir ein, daß der Unterschied zwischen einem Mechaniker und dem Inhaber einer Autowerkstatt ja nicht so groß sei. Außerdem hattest Du mir ja sogar Deine Visitenkarte gegeben.

Weil wir beide viel beschäftigt waren, hat mir die Zeit, die wir einmal pro Woche nach dem Unterricht zusammen verbracht haben, viel bedeutet. Ich habe mich drauf gefreut, mit Dir über Politik zu diskutieren. Ich wußte, daß Du immer etwas Interessantes beizusteuern hattest. Manchmal macht es mich krank, in die ausdruckslosen Gesichter der Schüler zu starren, denen Weltereignisse, Politik und sogar Menschen total egal sind.

Du bist in mich eingedrungen, nicht körperlich, sondern auf viel intimere Weise. Du bist in meine Gedanken eingedrungen, in meinen Kopf, in meine Seele. Als eine Schwester auf dem Campus sagte, daß Du Midnight heißt, habe ich erst gedacht, daß sie sich irren muß. Aber sie hat Dich so gut beschrieben, wußte, welches Auto Du fährst, und hat gesagt, daß Du in ›fragwürdige Machenschaften‹ verwickelt bist.

Als ich eines Abends in meinem Schlafzimmer saß, hab ich mir Deine Visitenkarte nochmal angesehen. Darauf stand der Name Deiner Firma: B-K Car Service. Aber Bilal Jones, Dein Name, stand nirgendwo. Die Telefonnummer auf der Karte war die gleiche wie Deine Privatnummer. Als ich die Auskunft anrief, war weder Dein Name noch der Name Deiner Firma bekannt. Ich muß zugeben, daß ich zur Adresse auf Deiner Visitenkarte gegangen bin. Da war keine Werkstatt. Nur eine Briefkastenfirma. Und jetzt sitze ich hier und laß mir alles nochmal durch den Kopf gehen. Du warst einfach zu schön, um wahr zu sein.

Ich bin die Ereignisse der letzten zweieinhalb Monate nochmal durchgegangen. Obwohl ich mich nach Dir sehne, habe ich beschlossen, Schluß zu machen. Ich schreibe Dir, weil es so leichter für mich ist. So können die Leidenschaft und die Kraft Deiner Stimme mich nicht täuschen oder verführen, die Macht Deiner Argumente mich nicht überzeugen. Ich werde Dich nicht anrufen. Und ich bitte Dich, mich nicht anzurufen. Da mein Kurs diese Woche endet, wirst Du mich nicht wiedersehen. Ich sehe keinen Grund, mich mit Dir zu treffen, wenn Du in das verwickelt bist, was ich vermute. Es ist so typisch. So erbärmlich.

SS

Mai 1993

Sister Souljah,

ein Mann hat nur seine Arbeit. Sonst nichts. Ihr Frauen wißt nicht, was ihr wollt. Ihr liebt dieselben Dinge, die ihr haßt. Hast Du jemals einen selbstbewußten Mann gesehen, der abgebrannt und arbeitslos war? Wenn ja, würdest Du Dich nicht an ihn erinnern. Oder Du würdest ihn nicht respektieren. Du hättest mich einfach fallenlassen können, ohne Erklärung, ohne Abschied. Aber das hast Du nicht. Was zwischen uns ist, muß nicht vorbei sein. Ich werde Dich wiedersehen. Irgendwann.

Bilal

Juli 1993

Peace Souljah,

ich denke jeden Tag an Dich. Und wenn ich versuche, Dich aus meinen Gedanken zu verdrängen, kommst Du im Radio oder irgendwo im Fernsehen. Du läßt mich also zappeln. Das überrascht mich, ich war sicher, daß ich von Dir hören würde. Ich hätte wetten können, daß es nach meinem Brief nicht länger als eine Woche oder zehn Tage dauert, aber Du hast nichts von Dir hören lassen. Das starke Mädchen ist also keine Illusion.

In einer Sache hast Du recht. Alles, was die Frauen, mit denen ich ausgehe, sagen, ist bereits gesagt worden. Alles, was man tun kann, habe ich bereits getan. Du hast einmal gesagt: »Warum sollte man mit einem Mädchen vögeln, das nichts im Kopf hat? Da kann man doch gleich ein Loch in der Wand ficken.« Ich weiß noch, daß ich gestichelt habe, als Du das gesagt hast. Ich hab's überhaupt nicht ernst genommen. Aber jetzt denke ich oft an die Worte, die wir gesagt haben, die Gedanken, die wir ausgetauscht haben, und an Dein hübsches Lächeln. Du fehlst mir. Gib mir noch eine Chance.

Du fehlst mir

Bilal

September 1993

Peace,

ich habe Deinen Brief nochmal gelesen. Du hast gesagt, daß Du die Menschen gern beobachtest und dadurch lernst, das Leben zu verstehen. Ich lebe auf der Straße. So lerne ich, das Leben zu verstehen. Auf die harte Tour. Die ehrliche Tour. Wie ein Mann. Ich habe neulich abend gehört, wie Du im Radio über die schwarze Einheit gesprochen hast. Hör mal, Souljah, ich mag Dich, aber Du machst Dir was vor. Wir werden uns nie einig sein. Du opferst all Deine Zeit, um andere Nigger zu organisieren, aber den Nigger, der zu Dir steht, weist Du zurück. Mich.

Was erwartest Du von mir? Hab ich kein Recht zu leben? Bist Du besser als die, denen Du angeblich hilfst? Du spielst Dich zum Richter auf. Nur Gott kann richten. Ich will Dich sehen. Ich weiß, daß Deine Columbia-Kurse nächste Woche wieder anfangen. Ich werde Dich finden.

Peace,
Midnight

September 1993

Lieber Bilal,

ist es nicht komisch, daß Männer dieselben Dinge lieben, die sie hassen? Was mich von anderen Frauen unterscheidet, sind meine unumstößlichen Prinzipien, meine Kraft und der Glaube an mein Volk. Damals hast Du das an mir geliebt und sogar bewundert. Jetzt haßt Du meine Stärken, weil sie Dich aus meinem Leben ausschließen. In Wahrheit hast Du Dich selbst ausgeschlossen.

Ich folge meiner Intuition, einer Mischung aus dem, was ich sehe, denke, lerne und fühle. Würde ich nur meinem Gefühl folgen, würde ich mir Ärger einhandeln. So war wie ich mit achtzehn, neunzehn und zwanzig. Jetzt bin ich vierundzwanzig. Ich habe viel gelernt. Dazu sind wir auf der Welt. Nur ein komplettes Arschloch macht immer wieder die gleichen Fehler und gibt anderen die Schuld daran. Mann, wir haben es alle schwer gehabt. Man würde es vielleicht nicht vermuten, aber ich bin in den Projects aufgewachsen. Ich hab in Armut gelebt. Ich bin ohne Vater aufgewachsen. Aber ich will kein Mitleid. Jedes schwarze Gesicht hat eine Geschichte, oft eine schreckliche Geschichte. Doch egal wie schrecklich sie sein mag, wir müssen darüber hinauswachsen. Wir müssen unsere Familien und unsere Communities wieder aufbauen. Auch wenn es aussichtslos scheint. Oft verliere ich die Hoffnung, aber ich mache weiter, weil ich muß. Gott erwartet das von mir.

Eines weiß ich. Wo Drogen sind, kann es keine Liebe geben. Kann es keine Familie geben. Drogen berauben jeden Menschen, ob

Mann, Frau oder Kind, seiner Schönheit. Drogen machen Menschen zu Tieren, die nur ihren Instinkten gehorchen. Drogen sind so mächtig, daß sie Gott abtöten, sowohl in denen, die geben, als auch in denen, die nehmen.

Ich habe mit Gefängnisinsassen in New York, New Jersey und North Carolina gesprochen. Hunderte, Tausende, Millionen wurden wegen Drogendelikten verurteilt. Die Mehrheit hinter diesen Mauern sind schwarze Männer und zunehmend auch Frauen. Große, dunkle, schöne Menschen. Aber wie bringen wir die Männer und Frauen dazu zu begreifen, was es bedeutet, gemeinsam zu arbeiten, etwas aufzubauen und zu leben, bevor man sie jagt wie Hunde und gefangenhält wie Ratten und behandelt wie Ameisen? Das Motto des schwarzen Mannes scheint zu sein: Was einmal kaputt ist, kann man nicht mehr heil machen.

Was ich von Dir erwarte? Daß Du Dein Bestes gibst, statt es Dir leichtzumachen. Ob ich glaube, daß ich besser bin als Du? Nein. Ich weiß, daß Du brillant sein kannst. Das war es, was mich an Dir fasziniert hat, Dein scharfer Verstand. Aber Dir fehlt die richtige Einstellung. Deshalb . . . Jeder trifft im Leben Entscheidungen, bewußte Entscheidungen. Wir ernten die Belohnungen und/oder Strafen für unsere Entscheidungen. Ich denke an Dich. Ich denke jeden Tag an Dich. Aber ich will Dich nicht sehen. Mach Dir nicht die Mühe, mich zu suchen.

SS

September

Also gut,

Du willst die Wahrheit. Kannst Du haben. Aus Respekt vor Dir wollte ich es für mich behalten. Aber wenn Du Dich weigerst, mich zu sehen, habe ich nichts zu verlieren. Männer und Frauen werden nie das gleiche denken. Sie leben verschiedene Leben in verschiedenen Welten. Frauen wollen Liebe, Frieden, Harmonie und den ganzen Scheiß. Männer sind Krieger. Ich versuche nicht, die

Welt zu retten. Ich versuche nur, einen Anteil für meine Leute abzukriegen, das ist alles. Nur darum geht es, und mehr kann man nicht verlangen. Aber was weißt Du schon davon?

Willst Du wissen, wer ich bin? Willst Du die Wahrheit? Ich heiße Bilal Odé. Meine Mutter und mein Vater und ich wurden im Sudan geboren. Sie haben mir Liebe, Ehre, Respekt, Loyalität und den Wert der Familie vermittelt. Dann wurde mein Vater in einem Stammeskrieg getötet, in dem es um das ging, was Männer wollen: Macht, Kontrolle, Land. Nur damit Du Bescheid weißt, mein Vater wurde von schwarzen Männern umgebracht, von afrikanischen Männern. Ich und meine schwangere Mutter sind in dieses Land gekommen, als ich sieben war. Vom ersten Moment an mußte ich kämpfen. Mein Name, mein Akzent, meine Kleidung wurden verspottet. Ich habe alles abgelegt. Ich fand schnell raus, wie man sich Respekt verschafft. In der Hood wurde ich sowohl von schwarzen als auch von weißen Cops zusammengeschlagen. Ohne Grund. Außer daß die Cops auch Krieger sind und für ihren Anteil vom Kuchen kämpfen. Ich begann, an meinem Körper zu arbeiten, Fitnesstraining, Judo, Taekwondo, der ganze Mist. Ich habe alles über Schießeisen gelernt, was nötig war.

Eines Nachmittags kam ich die Treppe runter, um meine kleine Schwester vom Babysitter abzuholen. Ich war spät dran. Der Fahrstuhl war wie immer kaputt. Da seh ich, wie dieser Nigger namens Lance, ein Kerl, der dreimal so groß war wie ich und mich schon einige Male zu Brei geschlagen hatte, meine acht Jahre alte Schwester gegen die Wand drängt. Ihr Höschen war runtergezogen, und er hatte seinen Schwanz in der Hand. Ich habe mich gefragt, was dieses Sackgesicht da macht. Sie hatte noch keine Titten, keine Kurven, nichts. Als ich seinen Namen rief, drehte er sich um und ging auf mich los. Er hatte den gleichen Gesichtsausdruck wie damals, als er mir fast den Kiefer gebrochen hatte. Da hab ich auf ihn geschossen, direkt zwischen die Augen.

Mit vierzehn wurde ich wegen Totschlags verurteilt und einge-

locht. Ich kenne den Knast nicht aus Büchern. Ich bin nicht in den Knast gegangen, um Reden zu schwingen. Ich war ein Gefangener.

Meine Mutter betete, weinte und regte sich furchtbar auf. Sie arbeitete jeden Tag zehn Stunden. Weißt Du, was sie wollte? Dasselbe wie Du: Frieden, Harmonie, Glück. Aber auf der Straße sieht's anders aus.

Im Knast wurde ich zu den schweren Jungs, den erwachsenen Männern, gesteckt, weil die Gefängnisse überfüllt waren. Was da abging? Krieg. Krieg um alles, die Toiletten, das Telefon, Zigaretten, die Luft zum Atmen. Nigger gegen Nigger. Nigger gegen Puertorikaner. Decepticons gegen Bloods. Nigger gegen Arier, die Latin Kings, wen auch immer. Jeder hatte eine Gang. Meine Mutter kam mehrmals pro Woche und stockte mein Taschengeld auf. Sie brachte mir alles, was ich wollte: Turnschuhe, Klamotten, was auch immer. Alles, was sie tat, war arbeiten und sparen. Kurzum, sie hätte alles für mich getan.

Es war sieben Uhr morgens, als sie kamen. Sechs ausgewachsene Männer (und zwar genau die dunklen schönen Sackgesichter, auf die Du so stehst). Ich hab gekämpft wie ein Krieger, aber sie haben mir den Arsch aufgerissen. Ich mußte mit zwanzig Stichen genäht werden. Ich hatte nicht nur sechs Monate lang Schmerzen beim Scheißen, ich fragte mich auch, ob ich schwul war. Mein Zellengenosse sagte: »Nimm's nicht so schwer. Das ist nur ein Ritual, so läuft das hier. Du hast dich gewehrt. Jetzt betrachten sie dich als Mann.« Er hatte leicht reden, er kam in einem Jahr raus. Ich saß fünfeinhalb Jahre.

Nachdem ich zwei Jahre gesessen hatte, verschwand meine Mutter. Keine Briefe mehr, keine Besuche, kein Taschengeld. Ich habe zu Hause angerufen, aber es ging nie jemand ran. Dann wurde das Telefon abgestellt. Ein Wärter, der wußte, daß ich ein guter Junge war, den man dabei erwischt hatte, wie er einen Nigger abknallte, den nicht nur die Nachbarn, sondern auch die Cops gern tot gesehen hätten, verriet mir die Wahrheit. Meine Mutter war verhaftet wor-

den. Wie ein Wahnsinniger lachte und weinte ich zugleich, denn ich wußte, daß meine Mutter, eine fromme Muslimin, die immer eine Kopfbedeckung trug, ein Gebetstuch bei sich hatte und ihre Arbeit unterbrach, um zu beten, niemals gegen das Gesetz verstoßen hätte. Ich forschte nach und fand heraus, daß sie angeblich ein Drogenkurier war. Trotz aller Gerüchte weigerte ich mich, das zu glauben.

Vier Jahre später, als ich entlassen wurde, erzählte mir unsere alte Nachbarin, daß meine Mutter aus dem Gefängnis raus war und im Krankenhaus lag. Ich ging sofort zu ihr.

»Mein Sohn«, sagte sie, »verzeih mir. Man hat mir im Gefängnis gedroht, wenn ich bei meinem nächsten Besuch keine Drogen mitbringe, würden sie dir wieder weh tun. Sie haben gesagt, bis du nach Hause kommst, haben sie aus meinem Sohn eine Tochter gemacht. Ich wußte nicht, was ich sonst hätte tun sollen. Sie haben gesagt, wenn ich's jemandem erzähle, seh ich dich auf deiner Beerdigung wieder. Ich wollte nur noch einmal dein Gesicht sehen, bevor ich sterbe. Wein nicht um mich, mein Sohn. Bei Allah bin ich gut aufgehoben. Hier kann ich nicht leben.« Sie starb, bevor sie mir sagen konnte, wo meine Schwester war. Ich brauchte vier Wochen, um sie zu finden. Sie war von einer weißen Familie adoptiert worden. Die Agentur sagte mir, ich dürfte sie nicht besuchen. Erst mit achtzehn könnte ich sie zurückholen. Und auch dann nur, wenn sie es will.

Meine Mutter hinterließ ein Testament. In den sechs Jahren, die sie in den Vereinigten Staaten gearbeitet hatte, hatte sie einiges gespart. Hinzu kam das Geld, das mein Vater ihr hinterlassen hatte. Sogar im Gefängnis hatte sie es irgendwie geschafft, die Raten für ihre Lebensversicherung zu bezahlen. Laut Testament sollte ich das Geld erst bekommen, wenn meine Schwester achtzehn ist. Es wurde auf den Namen meiner Schwester Efe treuhänderisch verwahrt.

Nach meiner Entlassung suchte ich sechs Monate lang Arbeit. Bei jeder Bewerbung scheiterte ich an der Frage: »Wurden Sie je eines Schwerverbrechens für schuldig befunden? Wenn ja, erklären Sie bitte, wie es dazu kam.« Wie soll man einen Mord erklären? Das schreckt die Menschen und vor allem Arbeitgeber eben ab.

Der Mann, der mir eine Chance gegeben hat, als ich ohne Job und ohne Bleibe war, ist wie ein Vater zu mir gewesen. Dafür bin ich ihm treu ergeben. In meiner Jugend hat man mir beigebracht, daß man seinem Lebensretter sein Leben schuldet.

Ich habe Arbeit, Geld, ein Dach überm Kopf und alles, was ein Mann braucht, um in dieser Welt nicht unsichtbar zu sein. Ich stehe fest im Leben. Du kannst mir nicht erzählen, was es heißt, ein Mann zu sein. Du magst viel wissen, aber davon verstehst Du nichts.

Ich fühle mich zu Dir hingezogen, Souljah. Ich hoffe, Du kannst damit umgehen. Du erinnerst mich an meine Mutter. Du bist irgendwie so rein, so schön. Kannst Du nicht mal nur an Dich und mich denken, anstatt immer gleich an die ganze Welt? Denkst Du überhaupt an mich?

Bilal Odé

Oktober 1993

Midnight,

das mit Deiner Mutter tut mir leid. In den Monaten, die wir zusammenwaren, ist mir aufgefallen, daß Du manchmal lebendig und gesprächig warst. Dann plötzlich bist Du in ein sonderbares Schweigen verfallen. Ich habe mir schon gedacht, daß sich hinter diesem Schweigen eine sehr persönliche Geschichte verbirgt. Ich habe mir gesagt, daß Du sie mir schon anvertrauen würdest, wenn die Zeit reif ist.

Leider ist die Zeit nicht auf Deiner Seite. Du willst, daß ich mir aus Deinen Gefühlen und Deiner Familie etwas mache. Aber in Deinem Gewerbe macht sich niemand was aus den Gefühlen und den Familien anderer. Was macht Deine Mutter so besonders, wenn Du an andere Mütter Crack verkaufst?

Wenn ich es wagen würde, Dich zu lieben, wären meine Mutter, meine Familie, mein ganzes Leben in Gefahr. Du wirst für Deine

Sünden bezahlen. Es ist nur eine Frage der Zeit. Alles, was Du tust, fällt auf Dich zurück. Woher ich das weiß? Das ist Naturgesetz. Ich versuche immer, das Richtige zu tun, weil ich mich selbst und meine Familie liebe.

Ich will nicht neben Dir stehen, wenn die Wände um Dich herum einstürzen. Und sie werden einstürzen.

Welche Ironie, daß ein junger Mann, der soviel mehr besitzt als die meisten jungen Schwarzen in Amerika, einen Vater, ein Land, eine Kultur, im selben miesen Geschäft ist, das seine Mutter umgebracht hat, und dieselbe Einstellung hat, der sein Vater zum Opfer gefallen ist. Du meinst also, es geht ums Überleben. Wenn das wahr wäre, hättest Du längst aufhören können. Aber nein. Das Geld ist in Deinem Blut. Das Geld ist Dein Gott. Es geht nur um die Kohle. Also nenn das Kind beim Namen. Menschen treffen Entscheidungen. Wir bezahlen für jede Entscheidung, die wir treffen. Du stellst Dein Leben über das der anderen. Ich stelle das Leben anderer über mein eigenes. Wir passen nicht zusammen.

Drogen sind ein Spiel der Regierung, Bilal. So berauben sie uns unserer besten schwarzen Männer, unserer Armee. Jeder, der mitspielt, verliert. Sie haben euch genau da, wo wir angefangen haben, in der Sklaverei! Und diesmal können sie sagen: »Diesmal seid ihr selbst schuld.« Da spiel ich nicht mit.

SS

Februar

Souljah,

es ist viel Zeit vergangen. Jeder hat sein eigenes Tempo. Ich habe Deine Bedingungen erfüllt. Es gibt keinen Grund mehr, meine Anrufe nicht anzunehmen.

Midnight

Das Zimmermädchen im Holiday Inn weckte mich. Nicht durch Klopfen. Das hatte ich nicht gehört. Deshalb schloß sie mit ihrem Schlüssel die Tür auf und polterte ins Zimmer. Ich lag ausgestreckt auf dem Bett, um mich herum alles voller Briefumschläge und Zettel. Ich versuchte, meine Augen scharf zu stellen. Noch bevor ich richtig da war, fragte sie mit ihrem chinesischen Akzent: »Sie ausschecken oder bleiben?«

»Verdammt, wie spät ist es?«

»Zwölf. Check-out.« Sie machte so wenig Worte wie möglich. Ich stand auf, ging zum Frisiertisch und krallte mir das BITTE-NICHT-STÖREN-Schild. Ich hängte es von außen an den Türknauf und sah sie an. Sie verstand mich auch ohne Worte: Verpiß dich.

Das Tageslicht war im Moment mein Freund. Ich mußte jede Minute nutzen. Da ich nicht zwei Nächte am selben Ort übernachten wollte, nahm ich eine Dusche, packte meine Sachen und verdrückte mich.

Die Busverbindungen waren leicht zu durchschauen. Der Bus hielt direkt vorm Holiday Inn. Es war komisch, in einem Bus zu fahren, dessen Haltestellen am Freeway lagen, aber auch bequem. Das Einkaufszentrum war nur vier Meilen entfernt.

Ich setzte mich in die Freßmeile und puzzelte mir nach und nach meinen Plan zusammen. Nachdem ich die Briefe chronologisch geordnet hatte, sah ich, daß Midnights letzter Brief an Souljah in Silver Spring, Maryland, abgestempelt worden war. Alle anderen kamen entweder aus Brooklyn oder Manhattan.

Ich erstand eine Telefonkarte und bat die Vermittlung, mich mit der Auskunft in Silver Spring zu verbinden. »Ich möchte die Nummer von Bilal Odé«, sagte ich.

»Wie schreibt man das? Diesen Namen gibt es nicht, Ma'am. Sind Sie sicher, daß man das so schreibt?« Ich knallte den Hörer auf.

Als ich mitten in der Mall am Schalter von American Airlines vorbeikam, fragte ich die Frau dort nach dem Preis für ein Ticket nach Silver Spring, Maryland.

»Der nächste Flughafen ist Baltimore. Wann möchten Sie fliegen, Ma'am?« Die Frage war so einfach und doch so verrückt. Ich war noch nie in meinem ganzen Leben geflogen.

»Sofort«, platzte ich raus. Die Lady von der Fluggesellschaft lachte.

»Ich nehme an, Sie wollen von Newark Airport abfliegen?«

»Wie weit ist das von hier?«

»Sie können mit öffentlichen Verkehrsmitteln von hier zum Flughafen fahren. Das dauert alles in allem etwa eine Stunde. Der früheste Flug, den ich buchen kann, geht heute um 5.15 nachmittags und kommt um 7 Uhr abends in Baltimore, Maryland, an. Möchten Sie ein Rückflugticket?« fragte sie.

»Nein, einfach.«

»Das macht dreihundert Dollar und siebenundneunzig Cent, inklusive Steuer.«

»Bin gleich wieder da«, murmelte ich.

Der Bus mußte billiger sein. Ich hatte nur hundertdreißig Dollar und ein paar Zerquetschte. Ich brauchte Geld. Egal ob ich hier blieb oder wegfuhr. In Maryland würde ich wahrscheinlich ein paar Tage brauchen, um Midnight aufzuspüren. Silver Spring klang nach Kleinstadt. Ich würde an den naheliegenden Orten suchen, wo er früher oder später aufkreuzen mußte: Supermarkt, Friseur, Mall. Ich würde zur Post gehen, in die Bars und mich umhören. Ich war sicher, daß Midnight inzwischen eine Wohnung hatte. Und zwar eine mit allen Schikanen.

Ich zweifelte nicht daran, daß er mich bei sich wohnen lassen würde. Die Zeiten hatten sich geändert. Als er sich abgesetzt hatte, hatte ich noch eine Bleibe, dachte er jedenfalls. Jetzt hatte ich nur noch ihn. Santiaga brauchte ihn. Und wie Midnight in seinem Brief geschrieben hatte: Er war ihm treu ergeben.

Nach einer kurzen Busfahrt war ich am Greyhound-Fahrkartenschalter, wo man mir einen Fahrplan für Maryland in die Hand drückte. Die Frau sprach von fünfundsechzig Dollar für eine einfache Fahrt, was nur acht Dollar billiger war als eine Rückfahrkarte. Fragt mich nicht. Neben dem Greyhoundschalter war eine Buslinie namens Peter Pan. Ein kleiner Mexikaner, der Flugblätter verteilte, machte mich darauf aufmerksam. »Fünfundzwanzig Dollar hin und zurück«, krächzte die alte Schachtel mit Kettenraucher-Stimme.

»Nehm ich«, antwortete ich ohne zu zögern.

»Ich sag's dir gleich, Süße, das ist ein Spezialpreis. Du kannst das Ticket nicht umtauschen.«

»Ich hab gesagt, ich nehm's.«

Keine Ahnung, was mich in Maryland erwarten würde. Aber ich wußte, daß ich in genau einer Stunde die Stadt verlassen würde. Ich ging über die Straße zum Feinkostladen, schnappte mir ein Mineralwasser und bestellte ein Sandwich für die Fahrt. Die Frau sagte, die Fahrt würde mit Pausen fast fünf Stunden dauern. Am Kiosk kaufte ich mir eine *Cosmopolitan* und eine Rolle Life-Savers-Karamel. Ich wußte nicht, ob mein Magen vor Hunger grummelte oder vor Aufregung, Midnight wiederzusehen.

Nachdem ich Midnights Briefe gelesen hatte, war ich wieder total verknallt. Er hatte recht. Ein Mann mußte seine Entscheidungen selbst treffen und sich um seine

Geschäfte kümmern. Sie versuchte, den Mann in eine abgebrannte Schwuchtel, eine Art Dichter/Philosophen zu verwandeln. Ich war sicher, daß er Maryland längst auf den Zahn gefühlt hatte und daß sein Geschäft blühte. Fast ein Jahr war vergangen. Seine Connections standen, jede Wette.

Der Bus kam fünfzehn Minuten vor Abfahrt. Ich schnappte mir meine Sachen. Der Fahrer öffnete die Türen, aber als ich einsteigen wollte, sagte er: »Wir fahren nicht vor der fahrplanmäßigen Zeit.« Angepißt wartete ich im kalten Wind. Immer noch besser als meine ganzen Sachen wieder in die beheizte Halle zu schleppen.

Erst hörte ich es kaum. Dann wurde es immer lauter. Ich sah nach links, dann nach rechts. Niemand stand in meiner Nähe. Mußte also ich selbst sein. Ich machte den Reißverschluß meiner Nike-Tasche auf und durchwühlte meine Klamotten. Irgendwo in meiner Unterwäsche hing ein Beeper. O Scheiße. O Scheiße! Das war Bullet. Verdammt, was wollte der? Noch fünf Minuten bis zur Abfahrt. Was sollte ich tun? Ihn sofort anrufen? Oder später? Ich sammelte meine Taschen ein und stürmte in die Halle, nur um festzustellen, daß alle drei Münztelefone besetzt waren. Ich entdeckte einen Geschäftsmann in einem billigen Anzug mit Handy. »Entschuldigung, Mister. Darf ich mal Ihr Telefon benutzen? Es ist ein Notfall.« Er zögerte, aber ich schenkte ihm meinen Klein-Mädchen-Blick und leckte mir die Lippen. Als er immer noch nicht reagierte, versuchte ich's nochmal. »Bitte, Sir. Das da ist mein Bus. Er fährt in fünf Minuten. Ich muß nur ganz kurz telefonieren.« Er reichte mir sein Handy. Meine Augen sprangen zwischen Beeper und Handy hin und her, während ich die Telefonnummer wählte. Ich drückte auf SENDEN und atmete tief durch.

Wenn Bullet den Hörer abnahm, durfte ich nicht gehetzt klingen.

»Was läuft, Baby?« fragte ich leise und sah sofort, daß der Geschäftsmann angepißt war.

»Winter. Herzlichen Glückwunsch, Mädchen. Bist du jetzt erwachsen?« Bullet war total aufgekratzt.

O Scheiße, ich hatte vergessen, daß ich heute Geburtstag hatte. Das war mir noch nie passiert. »Danke«, sagte ich cool.

»Ich hol dich ab. Wo bist du?«

»In Jersey.«

»Was machst du denn da?« fragte er.

»Ich war n bißchen shoppen. Du weißt ja, darauf steh ich.«

»Kauf dir was, das sexy ist. Ich hab alles unter Kontrolle. Was hältst du von einem Geburtstag in Key West?«

Der Handybesitzer sagte: »Miss, ich brauch mein Telefon.«

»Wer ist das? Wer zum Geier ist das? Ist das ein Nigger? Oh, der Nigger ist mit dir shoppen gegangen. Das ist noch gar nichts. Ich kann dir doppelt soviel bieten. Scheiße, dreimal soviel. Mir kommt die Kohle zum Arsch raus, Winter. Laß den Flachwichser sausen. Wer ist es?«

»Niemand«, sagte ich cool.

»Da hast du verdammt recht. Sag dem Nigger, er soll sich verpissen. Sag ihm das.« Da Bullet kurz vorm Explodieren war, tat ich ihm den Gefallen. Der Handybesitzer war vor Wut schon ganz rot im Gesicht.

»Verpiß dich, Nigger«, sagte ich zu dem weißen Mann.

»Was?« Seine Halsadern drohten zu platzen. »Gib mir mein Telefon zurück.« Er griff nach seinem Handy.

Ich wich ihm aus und sagte zu Bullet: »Ich hab ihm gesagt, er soll sich verpissen. Hast du's gehört?«

»Gut«, sagte Bullet. Der Mann verlangte sein Telefon zurück. »Was ist los? Macht er Stunk? Macht der Nigger Stunk? Sag ihm, er ist besser weg, wenn ich komme, sonst ist er ein toter Mann.«

»Wenn dir dein Leben was wert ist, verpißt du dich, bevor mein Freund kommt«, sagte ich zu dem Weißen.

Der verdutzte Handybesitzer warnte mich: »Ich ruf den Sicherheitsdienst. Ich ruf die Polizei.«

»Hol mich bei Nordstrom an der Route 4 in Jersey ab, direkt hinter der GW Bridge. Ich warte am Nordeingang.«

»Keine Sorge, Baby, bin schon unterwegs.«

»Eine Sache noch, Bullet. Wo ist Key West?«

»In Florida, Baby. Zerbrich dir nicht dein Köpfchen.«

Hastig rannte ich dem wutschnaubenden Mann hinterher. Ich gab ihm sein Telefon zurück, bevor er die Polizei auf mich hetzen konnte, die sich in diesem winzigen Busbahnhof sowieso nicht blicken ließ. Mit der Andeutung eines Lächelns sagte ich danke. Das war alles.

Ich peste aus dem Busbahnhof, sprang auf den kleinen Shuttlebus des Einkaufszentrums, stieg bei Victoria's Secrets aus und verpulverte meinen letzten Hunni für sexy Dessous. Dann sprintete ich zum Nordeingang von Nordstrom und wartete.

Mit Victoria's-Secrets-Wäsche im Wert von hundert Dollar, meiner Nike-Tasche, der roten Coach-Ledertasche und offenem Mund stand ich da. Als Bullet in seinem cremefarbenen Lexus Coupé näherkam, riß ich mich zusammen. Nicht nur im Mund lief mir das Wasser zusammen.

Ich mußte mich konzentrieren, um nicht auszuflippen und nackt auf der Kühlerhaube zu tanzen. Die Wärme im

Wagen machte die Winterkälte zu einem schlechten Scherz. Ich saugte jede Einzelheit der Innenausstattung in mich auf. Logo, daß ich so tun mußte, als würde ich jeden Tag in solchen Schlitten fahren. Mein Vater hatte so einen Wagen gehabt. Aber das hier war ein neues Modell. Während mein Arsch in das weiche Leder sank, beugte sich Bullet zu mir rüber, bis er nur noch fünf Zentimeter von meinem Gesicht entfernt war. »Wo ist dieser Nigger?«

»Der ist längst weg«, sagte ich. Bullet schaltete in den Rückwärtsgang und raste zur Ecke des Gebäudes. Er spähte aus den getönten Fenstern auf den Fußweg neben Nordstrom. Dann schaltete er auf Drive, raste zur entgegengesetzten Ecke und sah die Straße runter. Mein Phantom-Nigger war nirgends zu sehen.

»Jetzt gehörst du mir, klar?« sagte er, als wäre ich Kriegsbeute oder ein teures Schmuckstück. Er hatte feuchte Lippen, weiße Zähne, und sein Haar sah aus, als hätte sein Friseur es ihm auf der Fahrt hierher noch schnell geschnitten. Es war ein Jahr her, daß ich ihn mir richtig angesehen hatte. Keine Ahnung, ob es nur an seinem Armani-Ledermantel lag oder ob sein Körper tatsächlich noch muskelbepackter war als beim letzten Mal. Dieser Nigger dachte, er müßte um mich kämpfen. Und in dem Glauben würde ich ihn auch lassen. Er hatte kei nen Dunst, daß er mich in dem Moment überzeugt hatte, als er mit seinem Schlitten um die Ecke gebogen war.

Bullet verlangte, daß ich meine Nike-Tasche samt Inhalt in die Tonne kloppte. Ich sollte nichts tragen, was ein anderer Nigger mir gekauft hatte. Er konnte selbst für sein Mädchen sorgen. Was sollte ich da schon sagen? Nachdem wir fünfundzwanzig Minuten gefahren waren, parkten wir das Coupé am Flughafen und stiegen zu den Managern in die erste Klasse von American Airlines. Mit Champagner und seinem CD-Walkman versüßten wir uns den Flug nach Key West.

17

Sonne, Hitze und Palmen, was für ein Unterschied, wenn man bedachte, wie mein Leben noch vor zwölf Stunden ausgesehen hatte. Ich war total vom Hocker. Und das ist noch milde ausgedrückt. Gar nicht so sehr wegen der Landschaft, obwohl es etwa hundert Baumarten gab, die ich noch nie gesehen hatte! Sondern weil die ganze Aktion so verwegen war. Genauso hab ich mir mein Leben immer vorgestellt, einfach abhauen, ohne Erlaubnis, ohne Vorwarnung oder Wenn und Aber. Das machte Bullet so verdammt sexy. Er bestimmte die Regeln, vielleicht brach er die Regeln sogar. Er war der Boss. Männer, die auf das Leben nur reagierten, konnten mir gestohlen bleiben. Ein Mann, der immer Ausreden parat hatte, warum's grad nicht so lief, wie er sich das vorstellte, verdiente vielleicht mein Mitleid, aber nicht meinen Respekt.

Die Flughafen-Limousine brachte uns zu unserer Villa in Key West, Florida. Zum Strand konnte man zu Fuß gehen. Am meisten beeindruckte mich, wie weiß und sauber alles in der Villa war. Ich rede hier nicht von Eierschale oder so, sondern von Schneeweiß, wie frisch gestrichen. Und der Boden war gekachelt. Wir brauchten nur zehn Minuten, um uns in der Villa umzusehen. Dann fuhr uns der Chauffeur zum Shoppen.

Es war für jeden offensichtlich, daß Bullet mich aushielt. Aber er ließ es nicht raushängen. Er fragte mich, wo ich shoppen wollte, und dackelte geduldig hinter mir her, während ich ihn durch die feinsten Läden schleifte. Obwohl die Verkäufer protestierten, kam er mit in die Umkleidekabinen und gab zu jedem Teil, das ich ihm vorführte, seinen Senf ab. Es war irre, aber gegen das, was ich aussuchte, hatte er nie was einzuwenden.

»Genau das Richtige.«

»Der absolute Hammer, Baby.«

»Steht dir.«

»Betont deine schönen Beine.«

»Zehn perfekte Zehen . . . hat man so was schon gesehen.«

Ich übertrieb also ein bißchen, setzte mich sexy in Szene, zog mich verführerisch aus und tat alles, damit er mir weiterhin aus der Hand fraß.

Wir aßen in einem kleinen kubanischen Restaurant zu Abend. Der Laden sah nicht teuer aus. Eigentlich war es eher eine große Küche. Aber das Essen war lecker. Ich war von jungen kubanischen Kellnern umringt, die mich von vorn bis hinten bedienten. Nicht nur ein Kellner gratulierte Bullet zu seiner heißen Braut. Sie nannten mich La Morena.

Einer der Typen fing an, auf kubanisch mit mir zu reden oder spanisch oder was immer das war. Er entschuldigte sich, als er merkte, daß ich ihn nicht verstand, und sagte, ich sähe wegen meiner Haut, meinen dunklen Augen und Haaren wie eine Kubanerin aus. Statt einen Eifersuchtsanfall zu kriegen, wie ich es von Bullet erwartet hatte, lächelte er und zeigte seine hübschen Zähne wie ein stolzer Lottogewinner. Ich weiß zwar nicht, was sie außer einem halben Pfund Knoblauch noch in das Essen getan hatten, aber irgendwas hatte mich verhext, denn ich fühlte mich innen drin ganz warm und war total spitz. Sogar meine Brust war warm, und meine Titten fühlten sich noch größer an als sonst und waren superempfindlich.

Als schon die Reibung meiner Titten am Stoff meiner Bluse mich antörnte, wußte ich, daß es Zeit war, in die Villa zurückzufahren.

Wir brauchten nicht viele Worte. Wir verstanden uns. Nachdem wir die Einkaufstüten ausgepackt hatten, reichte er mir ein Glas Champagner. Das knallte gut rein. Während R. Kelly aus den Boxen wummerte, schob Bullet mir langsam und sinnlich seine Zunge in den Hals. Ich erwiderte seinen Kuß, lutschte an seinen Lippen und seinem Kinn. Bin ja kein Anfänger. Er küßte mich mit offenen Augen und ließ das Licht an, so wie ich es mag. Er löste mein Haarband und wühlte mit den Händen in meinem Haar, als würde er Salat schleudern.

»Alles echt«, war sein Kommentar. Wenn mein Haar nicht echt gewesen wäre, hätten sich seine Finger in den Bändern, dem Klebstoff oder was auch immer verfangen. Er leckte mein Schlüsselbein, erforschte mit beiden Händen meine Schultern und meine Brüste und flüsterte mit tiefer Stimme: »Du hast die weichste Haut, die ich je berührt hab.« Zu sehen, wie sich mein Macho in einen Schmusekater verwandelte, war der Hit.

Er befreite mich aus meiner Bluse, löste meinen BH und drückte mich mit dem Rücken auf die kalten Fliesen. Meine Nippel standen wie auf Kommando. Als ich nackt war, spürte ich den kalten Boden durch den ganzen Körper. »Deine Möse riecht gut«, sagte er, während er sein Gesicht darin vergrub und zwei Life-Savers-Karamel, die ich ihm gegeben hatte, in mich hineingleiten ließ, sie dann mit der Zunge suchte und wieder heraussaugte. Als er die geschmolzenen Bonbons endlich gefunden hatte, war ich schon zweimal gekommen. Ich konnte meine Schreie einfach nicht unterdrücken. Es trieb mich jedesmal in den Wahnsinn, wenn ich geleckt wurde. Mein Stöhnen machte ihn härter als Stahl. Ich zwang ihn zu Boden und bestieg ihn. Ich versuchte, ihn zu reiten wie ein Jockey, aber er wollte den Ton angeben. Ein paar Sekunden später stand ich auf allen vieren, und er besorgte es mir von hinten, bis mein ganzer Arsch voll warmem Sperma war. Trotz Klimaanlage schwitzten wir. Wir preßten unsere schwarzen Körper auf die weißen Fliesen.

Während die CD automatisch wieder von vorn begann, dachte ich, daß ich es nicht besser hätte treffen können. Ein Mann, ein echter Mann mit Kohle und einem geilen dicken Schwanz, ein Meister im Fotzelecken. Und er las mir jeden Wunsch von den Augen ab. Ich wartete drauf, daß mich jemand aufweckte. Aber nichts geschah.

Am Morgen gingen wir direkt zum Strand. Mein neuer Bikini war der Killer, aber so früh waren nur wenige Leute da. Im warmen, klaren Meerwasser versuchte Bullet, mir Schwimmen beizubringen. Während ich mich abmühte, korrigierte er mich geduldig. Erst brachte er mir bei, wie ein Hund zu paddeln. Dann versuchte er mir zu zeigen, wie man sich auf dem Rücken treiben läßt. Wenn ich mich verkrampfte, ging ich unter. Er zog mich jedesmal wieder hoch. Einmal drückte er meinen nassen Körper an seine Brust und sagte: »Siehst du, der Grund, warum du nicht oben bleibst, ist, daß du dich nicht entspannst. Und der Grund, warum du nicht entspannt bist, ist, daß du mir nicht vertraust. Du mußt mir vertrauen. Ich laß dich nicht hängen. Ich könnte dir nie weh tun.« Er ließ mich wieder los und redete auf mich ein, bis ich entspannt war. Nach etwa einer Stunde konnte ich mich treiben lassen und paddeln, aber immer noch nicht richtig schwimmen.

»Keine Sorge, Sexy, du kommst schon noch dahinter.

Ich zeig dir alle Tricks. Dann kannst du nicht behaupten, ich hätte dir nichts beigebracht, was dein Vater dir nicht schon beigebracht hat.«

Er hätte mir ebensogut einen Ziegelstein über den Schädel ziehen können. Mein Körper verkrampfte sich. Ich versuchte, aus dem Wasser zu rennen, aber ich hatte das Gefühl, mich in Zeitlupe zu bewegen. Er erwischte mich erst, als ich schon an Land war.

»Winter, hey, hey, Winter, was ist los? Was hast du? Warum flippst du aus?«

Die kalte Wut überrollte mich, und ich legte los.

»Midnight hat mir erzählt, daß du ein Feind meines Vaters bist. Damit bist du auch mein Feind. Wag ja nicht, meinen Vater auch nur zu erwähnen. Nimm seinen Namen nicht in den Mund.« Ich atmete schwer. Ohne daß ich es wollte, flutschten meine Titten aus dem Bikini-Oberteil.

»Ich dachte, du verstehst was vom Geschäft, Winter. Ich hab nichts gegen deinen Vater. Ich respektiere deinen Dad. Dein Vater ist mein verfluchter Held. Ich versuche zu der Welt, die er geschaffen hat, dazuzugehören.«

»Ich weiß, daß du bei der Übernahme mitgemacht hast. Hältst du mich für bescheuert? Ich weiß, was passiert ist.«

»Wie willst du wissen, was passiert ist, wenn du nicht dabei warst? Ich hab dich seit Monaten nicht gesehen. Ich war dabei. Mann, selbst dein Vater war nur die Hälfte der Zeit dabei. Aber ich war von Anfang bis Ende mittendrin. Wie ein echter Soldat. Was passiert ist, war rein geschäftlich. Es war mächtiger als dein Dad. Auch wenn dein Dad nicht der wäre, der er ist, wär das passiert. So mächtig war es. Winter, ich will eins zwischen uns klarstellen. Ich hab viel für dich übrig. Hast du ne Ahnung, wieviel Geld mir in diesen drei Tagen mit dir flöten geht? Irre viel Geld! Ich hab meine Leute, aber jeder weiß, daß nichts läuft, wenn man nicht danebensteht und den Daumen draufhält. Ich hab dich hergebracht, weil ich weiß, daß du Klasse hast. Ich weiß, daß du nur das Beste gewohnt bist, weil ich gesehen hab, wie Santiaga dich verwöhnt hat. Ich wußte, daß ich dir nicht einfach ein Paar 10karätige Goldohrringe vorsetzen oder mit dir in die abgelutschten Poconos fahren kann. Ich mußte dir zeigen, daß ich weiß, daß du was Besonderes bist. Hier geht's nicht um Sex. Sex kann ich überall haben. Die Schlampen stehn bis um die Ecke Schlange. Hier geht's um Qualität und um Stil. Man würde vierzig Mädchen brauchen, um eine wie dich zu ersetzen. Die machen sich doch alle was vor, falsche Haare, falsche Nägel, billige Klamotten, hohe Kilometerzahl. Die haben nicht die richtige Erziehung genossen. Deshalb quatschen sie zuviel und saugen die Männer aus. Aber du weißt, wie man sich benimmt. Du kannst die Klappe halten und weißt, worauf ich steh. Mit dir gibt's keine bösen Überraschungen. Auch in schlechten Tagen bist du noch immer die beste Bitch der Welt. Du weißt, was man trägt und wann man es trägt. Du bist in der besten Familie aufgewachsen. Du bist gut erzogen. Davon rede ich. Ich bin ein Familienmensch. Ich muß mich konzentrieren können. Das hab ich gelernt, als ich Santiaga beobachtet habe. Mit der falschen Bitch ist man schnell am Arsch, und plötzlich geht alles den Bach runter. Verstehst du, was ich meine?«

»Ja, schon kapiert«, sagte ich cool. In mir schrie es: Scheiße, ja! Er hatte mir genug Komplimente für die nächsten sechs Monate gemacht. Aber ich war trotzdem neugierig: »Was ist denn nun wirklich passiert?«

Er schüttelte den Kopf und sagte: »Mann ... das ist eine komplizierte Geschichte ...«

»Willst du damit sagen, daß ich zu blöd bin, es zu verstehen? Oder willst du sagen, daß ich dir zwar vertrauen soll, du aber nicht willst, daß ich weiß, was läuft?«

»Siehst du, das gefällt mir. Du hast Köpfchen.«

Bullet nahm einen Stock, den die Flut angespült hatte. Er malte ein Bild in den feuchten Sand.

»Das bin ich«, sagte er und zeigte auf ein kleines Strichmännchen. »Keine Mutter, kein Vater. Beide tot. Mein Vater wurde von der Polizei umgebracht, als ich vier war. Meine Mutter wurde von ihrem Freund umgebracht, als ich sechs war. Ich hab zwei Verwandte. Meinen Halbbruder Bryce, der in D.C. bei Pflegeeltern aufgewachsen ist, und Granny. Seit ich sieben war, bin ich bei Granny in den Brooklyn Projects aufgewachsen. Du kennst Granny vom Sehen. Sie ist eine anständige Frau, aber sie spielt. Sie hat Stütze für mich eingestrichen und alles am Daddelautomaten auf den Kopf gehauen. Es wurde immer schlimmer, bis sie schließlich jedes Wochenende mit dem Bus nach Atlantic City fuhr. Ich hatte nichts, kein Essen, vergiß Klamotten ... Ihr habt mich gesehen, du und deine kleinen Freundinnen, und euch das Maul über mich zerrissen.

Mit acht hab ich angefangen, Geld zu verdienen. Ich hab für Rings Schmiere gestanden. Ich mußte nur auf einer Bank sitzen und alles und jeden beobachten. Ich hatte eine Micky-Maus-Uhr, die Rings mir gegeben hatte. Ich wußte, wer wann kommt und geht, wer arbeitet, wer nicht. Ich wußte, wann die Leute ihre Schecks kriegen, neue Möbel, was auch immer. Damals hatten die Häuser noch Summer. Ich mußte mich nur an die Wand stellen und den Summer drücken. Dann wußte Rings Bescheid, daß jemand in die Wohnung kam, in der er grad war. Oder ich hab den Summer gedrückt, weil die Bullen auf dem Weg nach oben waren. Mann, viele Leute hatten einen Haß auf Rings, auch dein Vater. Jeder hielt ihn für einen Dieb. Er war auch ein Dieb. Aber ich bin ihm bis heute dankbar, möge er in Frieden ruhen, weil niemand sonst sich die Zeit genommen hat, mir was beizubringen. Außer Rings. Er hat mir Geduld beigebracht. Man muß Geduld aufbringen, um jeden Tag, Stunde um Stunde, abzusitzen. Da hab ich dich zum ersten Mal gesehen. Ich hab dich jeden Tag von der Bank aus beobachtet. Du bist mir jedesmal aufgefallen. Wie ein Diamant. Aber Santiaga hat dich auch beschützt wie einen Diamanten. Ich saß in meinen verwarzten Klamotten da, der Schnodder lief mir aus der Nase, weil ich nicht hochlaufen konnte, um mir ein Taschentuch zu holen, aus Angst, was zu verpassen. Ich hab mir gesagt, die will ich haben. Die gehört mir.

Ich wußte, wenn ich zu deiner Welt Zutritt haben will, muß ich mich wie ein Bekloppter abschuften. Scheiße, niemand würde mir so einfach eine Chance geben. Ich war schon ein Außenseiter, weil ich für Rings arbeitete. Ich hatte keine Familie, keine Connections. Ich fing also an, Santiaga zu beobachten. Er war mein Held. Jeder hatte vor ihm Respekt. Er war irgendwie geschmeidig. Schon bevor er der Boss war. Er war wie ein Politiker. Immer in Schale, als wäre jeder Tag was Besonderes. Seine Art zu reden gefiel jedem. Ich hab immer gedacht, daß er wegen seiner hellen Haut so gut bei den feinen Weißen ankommt. Dieselben Cops, die auf seiner Gehaltsliste standen und mit ihm Geschäfte machten, haben dunkle Nigger wie mich gnadenlos zu Brei geschlagen.

Nachdem Santiaga sich mit Captain Chulla vom Revier verbündet hatte, ließen die Bullen die Nigger in unserem Viertel in Ruhe. Dafür liebten sie ihn. Ich hab unseren Block so lange, so genau beobachtet, daß ich alle Abläufe der Polizei kannte. Ich wußte, wann ein Streifenwagen kommt, welcher Cop drinsitzt, wann Schichtwechsel ist, alles. Ich war ihnen so nah, daß ich fast die Nummern auf ihren Hundemarken erkennen konnte. Ich wußte, wer Schmiergelder kassiert und wer nicht. Ich meine, vielleicht kassierten noch mehr Cops ab, als ich ahnte, aber alle, die ich beobachtet hab, wußten, was abgeht.

Santiaga hat die meisten Nigger in der Hood beschäftigt. Alle waren zufrieden. Er gab jedem Mann eine Aufgabe und Geld für seine Familie. Aber einigen Niggern hat er in die Suppe gespuckt. Wie Rings, für den er nichts übrig hatte, und einigen unabhängigen Dealern und Stack und seinen Jungs. Sie konnten nichts dagegen tun, weil er überall den Daumen draufhielt. Es profitierten so viele von ihm, daß es nicht nur für jeden geschäftsschädigend war, schlecht über ihn zu reden, sondern auch gesundheitsschädlich. Konnte passieren, daß man einfach verschwand.

Vor etwa anderthalb Jahren, kurz bevor du mit deiner Familie weggezogen bist, tauchte eine Gang von Dreizehn- bis Sechzehnjährigen auf. Sie nannten sich Young Heads. Mit einem Überraschungsangriff überfielen sie ein Versteck deines Vaters und sahnten mächtig ab. Es sprach sich schnell rum, daß Santiaga von ein paar Teenagern überfallen worden war. Gleichzeitig ging Captain Chulla in den Ruhestand. Der alte Saftsack hatte ganz unerwartet eine Herzattacke. Rudolph wurde Bezirksstaatsanwalt. Er startete eine Kampage gegen Drogen und korrupte Cops. Das Büro des Staatsanwalts begann, auf der Straße Informanten anzuwerben. Jeder poplige Nigger ließ sich von Rudolph als Spitzel anheuern. Die korrupten Cops schoben Panik und versuchten, ihre Spuren zu verwischen. Sie versorgten die Young Heads mit Waffen und Munition und gaben ihnen Deckung, obwohl sie gleichzeitig bei Santiaga abkassierten. Für den Bezirksstaatsanwalt sollte es so aussehen, als gäbe es zwischen den Young Heads und Santiaga Krieg. Aber ohne die Rückendeckung der Polizei hätten die Young Heads gegen Santiaga keine Chance gehabt.

Dein Dad witterte überall Verrat und setzte seinen Leuten das Messer auf die Brust. Er verdächtigte sogar Nigger, die zu ihm hielten. Die für ihn getötet hätten. Die für ihn gestorben wären. Ohne Captain Chulla fiel es Santiaga schwer, bei den Cops den Durchblick zu behalten. Außerdem gab es in dem ganzen Chaos einfach zu viele neue Gesichter. Die Cops lochten immer mehr von Santiagas Leuten ein, aber bei den Young Heads hielten sie sich zurück. Nachdem Santiaga mit seiner Familie nach Long Island gezogen war, verlor er den Überblick. Es ging zu schnell. Einigen von Santiagas Leuten, die man geschnappt hatte, gefiel nicht, daß er sich aus dem Viertel zurückzog. Für sie sah es so aus, als würde er das sinkende Schiff verlassen. Als Chulla weg und Rudolph im Amt war, verlor Santiaga nach und nach seine Connections. Nicht mal mit Geld konnte er seine Leute aus dem Knast holen. Aber ich konnte ihn verstehen. Santiaga mußte wegziehen. Die Young Heads kannten keine Gnade. Sie legten ganze Familien um. Sie haben sogar KK und Butter kaltgemacht.«

»Die Kinder von Miss Sonya?«

»Ja, ihr Mann ist ihnen in die Quere gekommen. Deshalb haben sie ihm eine Nachricht geschickt: zwei Leichen, mit abgetrennten Köpfen. Ein Dreijähriger, ein

Vierjähriger, tot. Eins muß man Santiaga lassen. Er hat lange durchgehalten. Aber seit die Young Heads von der Polizei unterstützt wurden, war es nur eine Frage der Zeit, bis Santiaga weg vom Fenster war. Als die Cops, die für den Bezirksstaatsanwalt arbeiteten, die Nigger in Santiagas Gang unter Druck setzten, lieferten sie sich gegenseitig ans Messer. Nachdem erstmal ein oder zwei gesungen hatten, war es schnell ein ganzer Chor. Jeder versuchte einen Deal mit der Polizei rauszuschlagen, um seinen Arsch zu retten.«

»Was ist mit meiner Mutter? Wer hat auf sie geschossen?«

»Das war Pech. Aber der Nigger, der das getan hat, ist tot. Es heißt, Santiaga hat selbst abgedrückt.«

»Und jetzt?«

»Dieselben verfickten Cops sahnen jetzt noch mehr ab als zu Santiagas Zeiten. Sie verlangen siebzig Prozent von den Young Heads. Der reine Wahnsinn. Außerdem kontrollieren sie mehr Gebiete als vorher. Deshalb lassen die Bosse bei den Young Heads die kleinen Fische bluten, die die Drecksarbeit erledigen, die Soldaten. Viele haben die Schnauze voll und ziehn ihr eigenes Geschäft auf. Jeder macht sein eigenes Ding.«

»Und was ist mit dir? Was ist deine Rolle in der Geschichte? Deine Gang heißt doch nicht Young Heads. Und Captain Chulla gibt's auch nicht, oder?«

Bullet lächelte: »Verdammt kluges Mächen.«

»War nicht schwer zu erraten. Warum solltest du mir das alles erzählen? Ich bin Santiagas Tochter. Ich könnte ihm alles sagen.«

Bullet ließ den Kopf hängen und murmelte: »Das wäre auch egal. Santiaga ist erledigt. Er ist eine Legende, aber er ist fertig. Es gibt kein Verbrechen, dessen er nicht angeklagt ist. Und dann hat er im Knast auch noch zwei Nigger umgelegt. Er kriegt mindestens viermal lebenslänglich.«

»Noch ist er nicht verurteilt«, verteidigte ich ihn. »Was willst du eigentlich von mir?« fragte ich Bullet mit Tränen in den Augen.

»Ich will, daß du wieder da bist, wo du hingehörst, ganz oben. Ich wollte immer dein Mann sein, seit ich damals auf der Bank gesessen hab.« Er lächelte verführerisch, fast als würde er mir einen Heiratsantrag machen.

»Eine Sache noch, die Young Heads sind du, Slick Kid und die anderen, stimmt's?«

»Wer, ich?« Er lächelte. »Ich steh nur Schmiere. Im Ernst, ich hab ein kleines Nebengeschäft, das sich ausgezahlt hat. Ich versorg die ganzen HipHop-Stars mit allem, was sie brauchen. Wie ein persönlicher Arzt, der auf Abruf bereitsteht. Und ich hab noch andere Sachen am Laufen. Ich will nicht mehr für die Young Heads arbeiten. Ich trau ihnen nicht. Reden immer von ›wir‹. Nennen uns ›die Familie‹. Aber die Gewinne werden nicht gerecht verteilt. Die echten Soldaten gehn leer aus. Deshalb bin ich dabei umzusatteln.«

»Oh, und ich bleib auf der Strecke.« Meine Wut wallte wieder auf.

»Nie im Leben. Wenn wir wieder zu Hause sind, besorgen wir uns ne Wohnung. Wo du willst. Aber ich muß dir vertrauen können, das ist die Hauptsache. Ich hab dieses Flittchen Saria fast umgebracht. Sie hat mir aufgetischt, sie wär von mir schwanger. Ich hätte alles verlieren können, wenn ich die durchgeknallte Schlampe kaltgemacht hätte. Ich hab keinen Bock, den Detektiv zu spielen. Haben wir uns verstanden?«

»Schon kapiert«, beruhigte ich ihn.

Die nächsten zwei Tage in Key West, Florida, waren mehr als cool. Bullet war ganz damit beschäftigt, meine Vorlieben rauszufinden. Er fragte mich nicht nach meiner Vergangenheit, weil er meinte, Frauen lügen sowieso. Immer wieder betonte er, daß alles zwischen uns hier und jetzt begann und daß ich von jetzt an ihm gehörte. »Auf Betrug steht die Todesstrafe«, sagte er, und es klang so bedrohlich wie ein wucherndes Krebsgeschwür. »Auf Lügen steht Schmerz.«

Ich weiß nicht, wieso er so verkrampft war. Sein Schwanz und seine Kohle waren in Ordnung. Es gab keinen Grund, sich zu beschweren, abzuhauen oder ihn zu betrügen. Es gab nur eine Sache, bei der ich nicht mit offenen Karten spielte. Ich bat ihn rauszufinden, wo mein Vater war. Er schwieg eine Weile, als wüßte er die Antwort bereits, und versprach dann einsilbig, mir dabei zu helfen, ihn aufzuspüren.

»Das kann doch nicht so schwer sein, schließlich sitzt er im Knast.« Ich dachte kurz drüber nach und kam zu dem Schluß, daß Bullet bestimmt befürchtete, mein Vater würde sich zwischen uns stellen. Ich hatte nicht vor, Paps von mir und Bullet zu erzählen. Ich wollte ihn nur sehen, um mich zu vergewissern, daß es ihm gut ging, sein Taschengeld aufstocken und ihm sagen, daß ich immer noch seine Nummer Eins war ... und er meine.

Ich wollte es mir mit Bullet nicht verderben. Aber was meinen Vater anging, ließ ich nicht mit mir reden. Mann, Paps hatte siebzehn Jahre Liebe und Geld in Winter investiert. Das waren 16 Jahre und 361 Tage mehr, als Bullet investiert hatte. Als wir in Unterwäsche auf dem Bett abparkten, Popcorn mampften und alte Filme auf dem geliehenen Videorecorder glotzten, weckte Cooley High Erinnerungen an meine Kindheit in Brooklyn. Schon komisch, daß Bullet und ich direkt nebeneinander und doch so unterschiedlich aufgewachsen waren. Er erzählte mir derbe Überlebensgeschichten. Meine Geschichten waren lustig.

An unserem letzten Abend in der Villa kroch in mir eine eisige Kälte hoch. Unsere sentimentalen Erinnerungen waren ein krasser Gegensatz zu dem, was jetzt in Brooklyn abging, dem Ort, den ich mal geliebt hatte und an den mich keine zehn Pferde zurückbringen würden.

Es war Bullet, der das Gespräch auf Simone brachte. »Ja, die durchgeknallte Schnalle hat sich schwängern lassen. Wurde immer fetter. Dann ging sie ins Krankenhaus, um ihr Baby zu kriegen, und kam mit leeren Händen zurück. Niemand hat sich getraut, die alte Zicke zu fragen, was passiert ist.« Bullet wechselte das Thema, und ich fragte nicht weiter nach. Er hatte scheinbar keinen Schimmer, daß wir Zoff hatten.

»Ich will nicht in Brooklyn wohnen«, sagte ich ruhig.

»Oh, bist du plötzlich zu fein für Brooklyn?«

»Ach Quatsch. Ich hab Zoff mit den Mädels und keinen Bock auf Stress.«

»Kein Problem, von jetzt an beschütz ich dich.«

»Ich hab an Lower Manhattan gedacht, irgendwo am Wasser«, sagte ich.

»Die Drecksbrühe«, sagte er. Ich sah ihm fest in die Augen. »Hey, wenn es das ist, was du willst, cool. Ich kann ein kleines Versteck mit Privatparke brauchen. Ja, und mit Pförtner. Vielleicht sogar mit Butler oder so was«, sagte er. Wir mußten beide lachen.

Vom Flughafen fuhren wir Richtung Brooklyn. Während der Wagen lautlos dahinglitt, wurde ich immer nervöser. Ich hatte ihm doch gesagt, daß ich nicht nach Brooklyn wollte. Als kein Zweifel mehr darüber bestand, wohin wir fuhren, versuchte ich, meine Gefühle runterzuschlucken und fragte sanft: »Was wollen wir hier?«

»Ich will dir zeigen, wo ich wohne.«

Ich wurde laut: »Ich weiß, wo du wohnst.«

Bullet lächelte: »Das ist lang her, Sexy. Ich wohn längst woanders. Einen Stock über Granny. Konnte nicht mit ansehen, wie sie mein Geld verwettet.« Er bemerkte meinen Widerwillen. »Morgen, wenn ich meine Geschäfte erledigt habe, gehen wir auf Wohnungssuche. Heute hat sowieso nichts mehr offen.« Ich blieb im Auto sitzen. »Oha«, lachte er. »Die Schlampen haben dir ja ganz schön zugesetzt. Gibt's ja nicht, doch nicht Winter Santiaga.«

»Schwachsinn.« Bullet drückte einen Knopf zwischen Fahrersitz und Handbremse. Die braune Klappe zwischen den Sitzen öffnete sich.

»Sag mir, was du brauchst. Ich hab alles.« Als ich in den Hohlraum spähte, starrten mich eine Glock, eine 9 Millimeter, eine .22er und ein Vierpfünder an. Bullet sagte: »Also, wenn du dich bei mir nicht sicher fühlst . . . Such dir was aus. Ich hab dir doch gesagt, die Zeiten ändern sich.«

Als er aus dem Lexus-Coupé ausstieg, dachte ich, wenn ich je nach Brooklyn zurückkommen sollte, dann so, mit Stil. Es war Abend. Aus irgendeinem Grund wirkte alles im Viertel kleiner, als ich es in Erinnerung hatte, und vielleicht sogar ein bißchen dreckiger. Ich erkannte ein paar vertraute Gesichter. Oder vielleicht sollte ich sagen, sie erkannten mich. Aber Natalie, Simone, meine Freundinnen und meine Tanten sah ich nicht. Das überraschte mich nicht. Im Winter verkriechen sich die Leute. Im Sommer sind mehr Menschen als Kakerlaken auf den Straßen. Crackheads kamen angerannt und bettelten darum, Bullets Schlitten waschen zu dürfen, an dem noch der Staub vom Flughafenparkplatz klebte. Einer von Bullets Leuten kam angesprungen wie ein beschissener Haussklave. Bullet ließ die Schlüssel in seine Hand fallen, und er verschwand mit Vollgas um die Ecke.

Seine Bude war eine echte Junggesellenwohnung. Mit allem, was dazugehört: Riesenfernseher, Playstation, CD-Player, Turnschuhe, Zeitschriften, Bierdosen, Gras, Aschenbecher, Kippen, versifftes Badezimmer, kein Toilettenpaier und leerer Kühlschrank. Aber sie war sicher. Wie Santiaga hatte Bullet eine doppelte Sicherheitstür. An der Außentür war ein Crackschlitz von fünf mal zwanzig Zentimetern, den man von innen mit einer dikken Metallplatte verschließen konnte. Auf dem Eßtisch stand Bullets kleines Chemielabor. Santiaga hätte das nie so offen rumstehen lassen, trotz der zwei Sicherheitstüren aus Metall. Aber Bullet war Junggeselle.

Wir waren noch nicht mal dreißig Minuten in der Wohnung, als Bullet schon wieder losmußte. Er hatte Hummeln im Arsch und wollte nicht bis morgen auf seine Kohle warten. Es sei die Zeit im Monat, wo die beknackten Nigger dazu neigten, knapp bei Kasse zu sein. Er müsse seine Jungs zusammentrommeln. Er warf mir die .22er zu und sagte: »Hier. Nimm. Bin gleich wieder da. Geh auf keinen Fall an die Tür. Und bleib vom Telefon weg.« Als ich den Mund verzog, sagte er: »Ist geschäftlich. Die können warten, bis ich wieder da bin. Solange ist hier niemand zu Hause.«

Wenige Minuten später hörte ich ein Klopfen an der Tür. Sie kamen und gingen. Um das Klopfen zu übertönen, schaltete ich das Radio an, dann den Fernseher. Dann fiel mir ein, daß angeblich niemand zu Hause war, und ich schaltete beides wieder aus. Ich durchstöberte alles, was Bullet hatte. Fragt mich nicht, warum. Ich fand irgendwie, ich hätte das Recht dazu. Ich sah unter die Betten, in die Schränke, in die Schubladen. Ich las jeden Zettel, der rumlag. Es dauerte nur wenige Minuten, bis ich fünf Timberland-Kartons voller Bargeld fand. Im ersten waren Ein-Dollar-Scheine, im zweiten Zehner, dann Zwanziger, Fünfziger und im letzten Hunderter. Ich rührte keinen der Scheine an und hinterließ alles so, wie ich es vorgefunden hatte.

Ich trommelte mit den Fingernägeln auf den Tisch. Ich war erst eine Stunde hier und langweilte mich schon zu Tode.

Wieder ein Klopfen an der Tür. Das Klopfen wurde zu einem Kratzen. Das Kratzen zu einem Kreischen. Ich verstieß gegen die Anweisungen, denn ich hatte mir noch nie was sagen lassen, öffnete die erste Tür und trat in die Dunkelheit zwischen den Türen. Ich preßte mein Ohr gegen die kalte Metalltür und horchte. Ich hörte ein Stöhnen. »Komm schon, komm schon, es tut mir leid. Wo warst du? Ich brauch was.« Es klang nach einem quengelnden Kind. Das Kreischen wurde lauter. Ich schob die Metallpaltte zwei Zentimeter zur Seite, um zu sehen, woher das Kreischen kam.

Die dünne Frau war in sich zusammengekauert und kratzte mit zwei Schlüsseln an der Tür. Als sie hörte, wie sich der Schlitz leicht öffnete, stellte sie sich auf die Zehenspitzen. Ihr Gesicht war so nah, daß ich ihr blutunterlaufenes müdes Auge sehen konnte. Ich weiß nicht, ob sie schwankte, aber in meinem zwei Zentimeter großen Blickfeld tauchten ständig andere Gesichtsausschnitte auf – das linke Auge, das rechte Auge, ihre Nase, eine Haarsträhne – und verschwanden wieder. Als sie ihre letzten zwei Zähne vor den Schlitz hielt, sah ich die

Narbe, den verzerrten Mund. Der Vierzig-Kilo-Crackhead an der Tür war meine Mutter.

»Gib mir was. Gib mir was. Ich hab auch was für dich.« Sie versuchte, eine falsche Goldkette durch den Schlitz zu schieben. Ich drückte sie mit dem Finger wieder raus und knallte die Metallplatte zu. Mit dem Rücken zur Tür ging ich in die Knie und sackte in mich zusammen.

»Was machst du hier. Was zum Geier machst du hier? Ich hab dir doch gesagt, du sollst nicht mehr herkommen«, hörte ich Bullet im Flur brüllen.

»Wo warst du? Ich hab dich gesucht«, sagte ihre Stimme.

»Von mir kriegst du nichts mehr«, sagte er mit gedämpfter Stimme. »Mach, daß du wegkommst.« Ich öffnete hastig die zweite Tür und verriegelte sie vorsichtig. Ich hörte sie noch betteln, aber nachdem ich die Innentür geschlossen hatte, war alles still.

Bullet steckte den Schlüssel in die erste Tür, dann in die zweite. Ich saß lässig auf einem Stuhl. Mein Gesicht zeigte keine Spuren dessen, was ich gesehen hatte. »Du bist doch nicht etwa an die Tür gegangen, oder?«

»Nö«, sagte ich ohne jede Gefühlsregung. Er ging in die Küche, öffnete einen Schrank, zog eine Keksdose hervor und nahm ein Röhrchen mit Crack raus.

»Gehörst du mir?« fragte er zum x-ten Mal. Ich nickte. »Hier, bring das an die Tür und schaff mir diesen Crackhead vom Hals.« Und das tat ich.

18

Am nächsten Tag hockte ich im Fenster von Bullets Wohnung im fünften Stock. Ich saß praktisch über den Dächern der Hood. Wenn ich durch die Laken spähte, die als Vorhänge herhalten mußten, konnte ich alles sehen. Aber niemand konnte mich sehen. Bullet hatte sich am frühen Morgen verdrückt. Er hatte mir die Schlüssel dagelassen, aber wohin hätte ich schon gehen sollen?

Bei Einbruch der Dunkelheit stürmte Bullet durch die Tür. Ich war so angepißt, daß ich keinen Ton sagte. Außerdem war ich kurz vorm Verhungern, weil sein Kühlschrank leer war. Er ignorierte meine schlechte Laune, schlitterte über den Boden, gab mir einen Klaps auf den Hintern und sagte: »Hey, ich hab was für dich.« Als ich nicht antwortete, warf er das Geld aufs Bett. Drei Stapel Geldscheine, von Gummibändern zusammengehalten. Zwei der fetten Stapel waren Hunderter. Der andere Fünfziger. Ich nahm jeden Stapel einzeln auf, fuhr mit dem Daumen vom obersten bis zum untersten Schein, wie Daddy es mir beigebracht hatte, und überschlug: Zwanzigtausend Dollar.

»Wo zum Geier hast du das her?« Ich wußte sehr gut, daß Crackheads nie mit großen Scheinen bezahlten.

»Ich bin Geschäftsmann, Baby! Ich hab dir doch gesagt, daß ich's draufhab. Ledersofas und Farbfernseher kosten eben Geld.« Er lächelte so süß, daß ich ihm sofort verzieh. Als er spürte, daß meine Wut verflog, sprang er auf mich drauf und knutschte mein Gesicht ab. »Ich weiß doch, was dich antörnt«, sagte er überheblich. Eingebildetes Arschloch. Aber genau darauf stand ich. Nachdem die Scheine ihren Zweck erfüllt hatten, schloß er sie weg. Er hatte also nur geblufft.

Am nächsten Morgen fuhr Bullets Hiwi den Lex vor. Er wollte Bullet die Schlüssel geben, war aber so damit beschäftigt, mich in meinem schicken Benetton-Wollminikleid anzugaffen, daß er Bullets Hand verfehlte. Als er sich bückte, um die Schlüssel aufzuheben, versetzte Bullet ihm einen Schlag auf den Hinterkopf. Bones, der Typ auf dem Beifahrersitz, lachte. Aber auch Bones gaffte mich an. Das entging mir nicht.

Wir fuhren im Berufsverkehr in die Stadt. Ich überzeugte Bullet, daß es einfacher war, wenn ich die Zeitungen kaufte und mit der Bahn zu den angebotenen Wohnungen fuhr. Er zögerte, bevor er zustimmte, und sah mir tief in die Augen, als glaubte er, dort was entdekken zu können. Er hielt mir ein Bündel Scheine unter die Nase, zog seine Hand aber zurück, bevor ich zugreifen konnte. »Ruf mich einfach an, wenn du was findest. Ich komm dann mit dem Geld vorbei.«

»Okay«, sagte ich säuerlich. Dieser Nigger konnte sich einfach nicht locker machen.

Es war fast sechs Uhr abends, als ich eine Wohnung fand. Man blickte zwar nicht auf den Fluß, aber auf den FDR Highway, der am Wasser entlangführte. Sie lag in den dreißiger Blocks der East Side. Es gab einen Pförtner, aber keinen Butler. Die Wohnung war geräumig und hatte große Fenster. Ich konnte mir schon genau vorstellen, wie ich sie einrichten würde. Vor allem hatte ich mit dem raffgierigen Vermieter ein leichtes Spiel. Endlich einer, der sich um seine eigenen Angelegenheiten kümmerte. Er wollte das Geld. Ich wollte die Schlüssel. Ich ahnte, daß er das Geld für Kokain ausgab. Während unseres zwölfminütigen Gesprächs schniefte er die ganze Zeit. Außerdem hatte die Droge seine Nasenflügel angefressen. So was sah ich nicht zum ersten Mal. Als er davon anfing, ich könnte die Schlüssel nächste Woche abholen, bot ich ihm nochmal dreihundert Dollar bar auf die Kralle und bekam die Schlüssel sofort. Er verzog das Gesicht, als er hörte, daß mein Freund das Geld vorbeibringen würde. Keine Ahnung, ob er sauer war, weil er sechzig Minuten warten mußte oder weil ich schon vergeben war.

* * *

Bis auf den mit Zeitschriften übersäten Wohnzimmerboden war die große Wohnung leer. Ich ließ mir Zeit und studierte jede Anzeige. Aus den Möbeln in meinen Lieblingsanzeigen stückelte ich die perfekte Wohnung zusammen. Bullet, der unterwegs war und sich auf das konzentrierte, was er den größten Schachzug seines Lebens nannte, war mit allem einverstanden. Er bestand nur auf einem begehbaren Kleiderschrank für seinen Privatgebrauch.

Am Anfang hatte ich nichts dagegen, daß er so oft weg war. Die Einrichtung nahm meine ganze Energie in Anspruch. Aber Bullets mangelndes Vertrauen machte die Einrichtung der Wohnung zu einem zähen Unterfangen. Jedesmal, wenn ich was kaufen wollte, mußte ich warten, bis er Zeit für mich hatte. Offensichtlich hatte er nicht vor, mir jemals Geld anzuvertrauen. Ich kuckte mir in den Läden aus, was ich haben wollte, stellte eine Einkaufsliste zusammen und wartete auf den wundersamen Moment, wo Bullet ein paar Stunden Zeit hatte. Wenn ich mir Möbel liefern lassen wollte, mußte ich sogar das mit Bullet abstimmen, denn er wollte nicht, daß »irgendein Lieferant in meiner Bude rumschnüffelt, wenn ich nicht zu Hause bin«. Er schloß sogar mit dem Pförtner Freundschaft und steckte ihm Zwanziger oder Fünfziger zu, wenn er ihn um einen Gefallen bat. Nach einer Weile hatte ich das Gefühl, daß es zu den Aufgaben des Pförtners gehörte, mein Kommen und Gehen zu beobachten. Es war nur eine Frage der Zeit, bis Bullet schnallen würde, daß er sich auf mich verlassen konnte. Ich konnte nicht nur eine Wohnung einrichten und ein leckeres Abendessen für zwei bestellen, ich war auch eine Geschäftsfrau und die bessere Hälfte des Teams.

Aber ich war raffiniert. Daddy hatte mir beigebracht, meinen Verstand zu benutzen und trotz Hindernissen zum Ziel zu kommen. Zunächst mietete ich die Wohnung auf meinen Namen. Er zahlte, aber ich unterschrieb. Bei jedem Deal. Sobald wir eingezogen waren, füllte ich Anträge für Kreditkarten aus und schickte sie ab. Bald würde ich ein oder zwei Karten in der Post finden und endlich shoppen können, wann und wo ich Bock hatte. Wenn es zu lange dauerte, bis Bullet mich in seine Geschäftspläne einweihte oder mich zu oft allein und mir zuviel Zeit zum Nachdenken ließ, konnte ich mir gut vorstellen, was Eigenes aufzuziehen.

Er muß meine Gedanken gelesen haben. Mehr als ein Monat war vergangen. Das Projekt Wohnungseinrichtung war erfolgreich abgeschlossen, und es gab echt keinen Grund zu meckern. Unsere Bude war edler als die in der Werbung. Alles war vom Feinsten und hatte Stil, und der Platz war clever ausgenutzt. Kurz, sie machte richtig was her. Ich saß gerade auf dem weißen Ledersofa und hörte ein bißchen Mary J. Blige, als ich früher als sonst seine Schlüssel in der Tür hörte. Wie von der Hummel gestochen stürmte Bullet rein, hob mich hoch und wirbelte mich durch die Luft.

»Warum bist du so aufgedreht?« japste ich.

»Ich hab's fast geschafft. Alles wird gut. Vertrau mir.«

Mein Gesicht war seinem ganz nah, als ich antwortete: »Soll ich dir so vertrauen, wie du mir vertraust?« Er ließ ein Lächeln aufblitzen.

»Ha. Klugscheißerin. Zieh dich an, wir gehn auf ne Party.« Er riß meinen Schrank auf und sagte: »Wir sind drei Pärchen. Du mußt umwerfend aussehen. Hier.« Er schleuderte eine Schachtel aufs Sofa. Aufgeregt wie ein kleines Kind riß ich das Papier auf und zog eine brandneue in Diamanten eingefaßte Damenrolex raus. Ich hüpfte auf und ab und landete schließlich auf ihm. »Danke, Daddy!«

»Wie hast du mich genannt?« fragte er und sah mich verblüfft an.

»Ich hab gesagt: Danke, Baby. Genau das, was ich brauche.«

Wir trafen uns in einem Restaurant. Schließlich hatten wir vereinbart, daß niemand aus unserem alten Viertel wissen sollte, wo wir wohnten. Der Laden hieß Houston's, ein dämmrig-diskretes Restaurant. Als wir davor parkten, hielt hinter uns ein schwarzer Benz und dahinter ein blauer Lamborghini-Jeep. Während ich in den Rückspiegel sah, fragte ich Bullet: »Kenn ich ihre Freundinnen?«

»Wohl kaum«, antwortete er. »Du weißt, was du zu tun hast. Quatsch nich soviel.«

»Sind wir geschäftlich hier oder zum Vergnügen?« fragte ich mißtrauisch.

»Für dich ist es reines Vergnügen.«

Sie saßen schon am Tisch, als wir dazustießen. Wir rückten in die große, halbrunde Sitznische, und Bullet stellte uns einander vor. Sofort wurde eine Flasche Champagner an den Tisch gebracht. Irgendwie war ich ganz froh, Tiffany und Iris kennenzulernen. War lange her, daß ich mit den Mädels einen draufgemacht hatte. Ich gab mich nicht der Illusion hin, daß wir dicke Freundinnen waren. Aber wenigstens gab es keine Eifersüchteleien oder irgendwelche Mätzchen. Es war offensichtlich, daß die beiden selbst zwei dicke Fische an der Angel hatten.

Nachdem wir bestellt hatten, entschuldigten sich die drei Männer höflich und standen auf. Wir blieben sitzen und kuckten uns an. Irgendwie wußte niemand, was er sagen sollte. Na gut, dann fang ich eben an, dachte ich.

»Und wo kommt ihr her?«

»Ich bin aus D.C.«, sagte Tiffany.

»Und ich aus Virginia«, sagte Iris. Aus ihrem Zögern schloß ich, daß sie log.

»Und du?« fragte Tiffany.

»Aus Long Island.« Ich hob die Flasche an und sagte: »Warum trinken wir nicht? Schließlich haben sie die doch für uns bestellt.« Wir tranken die ganze Flasche aus. Danach löste sich die Stimmung.

»Dein Kleid gefällt mir, Mädchen. Wo hast du das her? Geiler Fummel«, sagte Iris zu mir. Jetzt war ich ganz sicher, daß sie nicht aus der Stadt kam, denn wenn sie aus Brooklyn gewesen wäre, hätte sie mir nie im Leben dieses Kompliment gemacht. Und sie hätte sich schon gar nicht zum Idioten gemacht und mich gefragt, wo ich es herhatte.

»Danke.«

»Wie viele Teile hast du auf dem Kopf?«

»Was?«

»Haarteile.«

»Oh, das ist alles echt«, sagte ich und zog an meinem Haar. Beide fingen an zu lachen.

»Ja, das sag ich auch immer. Sieht aber gut aus.«

»Wer von euch ist in dem Lamborghini gekommen?« fragte ich.

»Ich«, sagte Tiffany.

»Ist der bequem?«

»Es gibt jedenfalls genug Platz für alles, worauf man Bock hat. Ist so was wie'n Militärfahrzeug. Roland hat gesagt, wenn jemand auf uns schießt, prallen die Kugeln ab.«

»Schwachsinn«, sagte Iris.

Als das Essen kam, schob Iris ihren Teller weg. »Ich hab schon gegessen. Ich hab keinen Hunger.«

Tiffany stippte zwei Pommes ins Ketchup und sagte: »Das reicht mir.« Sie kramte in ihrer riesigen Handtasche und fand ihren Lippenstift. »Kommt, wir gehn aufs Klo.« Ich ließ sie durch und blieb sitzen. Tiffany rief mich und gab mir Zeichen mitzukommen. Ich sah mich im Restaurant um. Bullet stand zwischen Bar und Fenster und unterhielt sich. Er fing meinen Blick auf, sagte aber nichts. *Wird wohl in Ordnung sein,* dachte ich. Ich stand also auf und folgte ihnen.

»Iris, deine Titten falln dir gleich aus'm BH.« Tiffany half ihr, die Träger hochzuziehen. Wir sahen in den Badezimmerspiegel und frischten uns auf. Iris rauchte eine.

Dann nahm Tiffany meine Handtasche. Ihre eigene Handtasche ließ sie auf dem Waschbecken stehen. »Tiffany, du hast die falsche Tasche«, sagte ich. Aber sie ging unbeirrt weiter in Richtung Tür.

»Das hier ist deine Tasche«, sagte Iris und zeigte auf die MCM-Tasche.

»Was soll der Scheiß?« Ich holte Tiffany ein und packte meine Tasche am Riemen. Iris zog eine Neunmillimeter und zielte auf mich. Es verschlug mir den Atem und die Sprache. Ich verstummte.

»Nimm die Tasche. Sie ist für deinen Freund. Vermassel nicht alles. Jemand hätte dich einweihen sollen.« Dann zogen sie ab.

In der Tasche fand ich mehrere Waffen und ein kleines Päckchen Coke. Ich hatte kapiert. Bin ja nicht blöd. Ich riß ein kleines Loch in das Päckchen und probierte. Es war in Ordnung. Ich verschloß es wieder und ging nach draußen. Bullet, Bryce und Roland saßen wieder am Tisch und lachten und quatschten wie die besten Kumpel. Sie hatten angefangen zu essen. Tiffany und Iris hatten sich auch wieder hingesetzt. Bryce fragte: »Alles klar, meine Damen?« Ich suchte Bullets Blick. Wir sahen uns an, und er nickte unauffällig.

»Alles in Ordnung, Baby. Setz dich hin.« Ich dachte: *Nein, nichts ist in Ordnung. Die verfickte Tasche paßt nicht zu meinem Kleid. In Brooklyn trägt niemand mehr MCM.* Das sollte jemand diesen Südstaaten-Flittchen mal verklikkern. Ich wollte zwar mitmachen, aber ich hatte was dagegen, die einzige zu sein, die keine beschissene Ahnung hatte, was hier abging.

Wir blieben noch fünf Minuten sitzen. Die Rechnung, Trinkgeld, geheuchelte Küßchen, und wir waren draußen. Als wir in die kühle Abendluft traten, meinte ich, die Feds auf der anderen Straßenseite zu sehen. Seit sie damals unser Haus gestürmt hatten, hatte ich einen Blick dafür. Endlich fiel der Groschen. Bullet legte den Arm um meine Schulter, küßte mich auf die Wange und flüsterte mir ins Ohr: »Fahr den Wagen nach Hause. Leg die Tasche in meinen Schrank.« Er gab mir einen tiefen Zungenkuß, ganz natürlich, während er seine Schlüssel in meine Hand gleiten ließ. Ich ging zum Wagen, ohne mir was anmerken zu lassen. Ich ließ ihn an und fuhr langsam los. Als ich zum Abschied winkte, redete Bullet mit Bryce und Roland. Die Feds konzentrierten sich auf die Männer. Ich entwischte vor ihren Augen.

Eine Stunde später kam ein strahlender Bullet rein und streckte die Arme aus: »Sexy, du hast es geschafft.«

Ich saß in voller Montur auf dem Sofa, die Schuhe vor mir auf dem Boden. Ohne auch nur aufzustehen, sagte ich: »Ich dachte, wir gehn auf ne Party.« Aber er war schon im begehbaren Kleiderschrank verschwunden und schnüffelte wie immer hinter mir her. Drei Minuten später kam er mit Werkzeug in der Hand wieder raus. Während er das Schrankschloß auswechselte, sagte er: »Wir *gehn* ja noch auf ne Party. Gib mir fünf Minuten.«

»Hast du mir sonst nichts zu sagen, Nigger?«

»Nein, wieso?«

»Was sollte dieser Auftritt vor einer Stunde?«

»Du hast gesagt, du willst mitmachen. Jetzt bist du dabei.«

»Warum hast du mir vorher nichts gesagt?«

»Weil der Schlüssel zum Erfolg ist, sich natürlich zu verhalten. Alles war leicht. Niemand ist aufgefallen. Die verfickten Feds können es riechen, wenn man nervös ist.«

Zu Hause wollte er nicht drüber reden. Im Auto wollte er nicht drüber reden. Wir holten seinen Hiwi und einen Typ namens Moose ab. Mit bummerndem Beat fuhren wir zum Club. »Real Love. I'm searching for a real love.« Mary J. Blige. Ich liebe diese alte Platte.

Wir fuhren hinter den Club. Sein Hiwi setzte sich auf den Fahrersitz, und ich, Bullet und Moose gingen durch die Hintertür schnurstracks in die VIP-Lounge.

»Wessen Party ist das hier?« fragte ich. Aber meine Frage ging in der Musik, dem Lärm und dem ganzen Trubel unter.

Jeder in dem Laden kannte Bullet. Alle schienen sich tierisch zu freuen, ihn zu sehen. Hatte wohl was mit Respekt zu tun. Sie begrüßten ihn kurz, sagten mit gedämpfter Stimme ein paar Worte, gaben ihm die Hand und umarmten ihn. Niemand stellte sich ihm in den Weg, fragte nach der VIP-Karte oder so'n Scheiß. Moose blieb so dicht hinter Bullet, daß es aussah, als wären die beiden an der Hüfte zusammengewachsen. Bullet gab niemandem die Hand, seine Hand lag auf meiner Taille, knapp über meinem Arsch.

In einer dunklen Ecke fanden wir einen Tisch. Nachdem wir Drinks bestellt hatten, entspannte Bullet sich ein bißchen und redete mit mir. So fühlte er sich wohl, in einem überfüllten Raum, die Musik bis zum Anschlag aufgedreht und Moose hinter seinem Rücken mit dem Gesicht zur Menge wie ein gigantisches schwarzes Stopschild.

»Winter, du warst gut. Ich wußte, daß du's bringst. Ich hab dich beobachtet. Mir gefällt, wie du denkst, wie du dich bewegst.«

»Und was heißt das?«

»Was soll das schon heißen? Ich mach dir ein beschissenes Kompliment.«

»Wieviel ist es wert?«

»Wieviel ist was wert?«

»Die Waffen und der Schnee. Wieviel? Eine viertel Million, eine halbe?«

»Immer langsam. Die Sache heut abend hab ich *für dich* abgezogen. Damit *du* dich dran gewöhnst. *Ich hätte es auch ohne dich geschafft.* Hab ich schon oft. Du denkst, du kannst einfach so einsteigen? Kannst du nicht. Eine blinkende Neonreklame würde weniger auffallen. Du mußt dich langsam reinfühlen. Du mußt alles und jeden genau beobachten. Du mußt dich selbst beobachten. Die kleinste Kleinigkeit kann dich verraten. Du kratzt dich an der Nase, wippst mit den Füßen, trommelst mit den Fingern oder kuckst irgendwie komisch. Mit der Zeit lernt man, sich natürlich zu benehmen, statt verdächtig zu kucken, zu riechen, zu gehen.«

»Das ist mir nicht neu, Bullet«, maulte ich.

»Du hast nicht für deinen Vater gearbeitet, Winter. Du glaubst, Erfahrung ist vererbbar«, lachte er. Als ich meinen Mund aufmachte, um was zu erwidern, drehte Moose sich um, klopfte Bullet auf die Schulter und lenkte ihn ab. Er redete mit irgendeinem Typ, und ich wartete. Gleichzeitig dachte ich, daß ich Geld brauchte. Nicht aus einem bestimmten Grund, sondern nur, weil es mir nicht paßte, daß ich nie mehr als zwanzig Dollar und ein paar Münzen für die U-Bahn in der Tasche hatte. Ich wollte ja keinen Anteil, nur ein paar hundert Dollar, vielleicht tausend, fürs Gefühl.

»Na gut, Bullet. Ich bin bereit, es langsam angehen zu lassen. Ich bin auf deiner Seite«, versicherte ich ihm.

»Oh, für einen Moment dachte ich schon, du bist unglücklich. Geb ich dir nicht alles, was du brauchst? Ist deine Hand nicht schwer genug?« fragte er und zeigte auf meine neue Rolex. »Hast du nicht alles, was du willst? Sag mir einen Wunsch, den ich dir nicht erfüllt hab.«

»Die Adresse meines Vaters«, sagte ich leise.

»Verdammt, Winter. Wozu brauchst du die? Sag mir,

was zum Geier du brauchst, *das ich dir nicht gebe*? Was willst du? Ich geb's dir!«

In dieser Sekunde kam ich zur Vernunft. Ich würde Santiaga Bullet gegenüber nie wieder erwähnen. Aus irgendeinem Grund, den ich nicht kapierte, fühlte er sich auf den Schlips getreten, wenn ich nach Daddy fragte. Ich ließ mich von Bullet doch nicht für blöd verkaufen. Ich konnte meinen Vater auch finden, ohne Bullet ans Bein zu pinkeln. Ich mußte nur den richtigen Moment abwarten. Aber genau deshalb brauchte ich Geld.

Das Abgedrehte an VIP-Parties ist, daß man in der VIP-Lounge abparkt, wo niemand tanzt. Die eigentliche Party findet draußen statt. Aber Bullet hatte Geschäfte zu erledigen. Ich hätte wissen müssen, daß wir nicht zum Spaß hier waren. Als wir gingen, war ich total alle. Normalerweise geb ich mir auf Parties die Kante.

Als wir aus der Hintertür traten, lief alles aus dem Ruder. Ich ging ein ganz kleines Stück vor Bullet. Bullet ging direkt vor Moose, der ihm den Rücken freihielt. Irgendein Idiot kam auf mich zu. In wenigen Sekunden erkannte ich den Bodyguard, der mich nach GS' Party nach Hause gefahren hatte.

»Was läuft, Sasha?« Er stellte sich mir in den Weg, so daß ich anhalten mußte. Außerdem war er fast einsneunzig und viel größer und kräftiger als ich.

»Kennen wir uns?« sagte ich eisig. Ich ließ ihn abblitzen. Bullet, der nur einsdreiundachtzig war, ging auf den Typ los und stieß ihn zur Seite.

»Mach keinen Fehler, Nigger. Geh weiter«, sagte Bullet drohend.

»Sasha«, sagte er nochmal provozierend. »Erinnerst du dich nicht an GS' Party?«

»Ich heiß nicht Sasha, Mann«, versuchte ich ihn abzubügeln.

»Mann, ich hab gesagt, geh weiter«, sagte Bullet mit einem tödlichen Blick. Bullet öffnete seine Lederjacke und enthüllte sein Waffenarsenal.

Moose ging dazwischen, sagte: »Ich muß mit dir reden«, und zog den Bodyguard zur Seite. Inzwischen hatte Bullets Hiwi den Wagen vorgefahren. Ich und Bullet stiegen ein. Bullet befahl ihm, auf der gegenüberliegenden Straßenseite des Hintereingangs zu warten.

Ich fragte: »Worauf warten wir?« Bullet kochte noch immer und antwortete nicht. Er stieg aus dem Wagen und winkte jemandem. Dann sah ich ihn plötzlich mit GS reden. Durch das getönte Fenster beobachtete ich die beiden. Bullet hatte mir den Rücken zugewandt. Ich konnte GS direkt ins Gesicht sehen. Es sah nicht nach einem Streit aus. Es wirkte wie eine nette, lockere Unterhaltung. Dann klopfte Bullet mit den Fingerknöcheln ans Fenster. Ich drückte auf den Knopf. Das Fenster öffnete sich.

»Winter!« Ich steckte langsam den Kopf aus dem Fenster. »Ich möchte dir meinen Freund GS vorstellen.«

Ohne ein Lächeln sagte ich: »Freut mich, dich kennenzulernen«, und zog den Kopf zurück.

Ich hörte Bullet sagen: »Ja, das ist mein Mädchen. Hast du sie schon mal gesehn?«

»Nee, noch nie, Mann«, antwortete GS. Ich atmete erleichtert auf. Ich weiß nicht, warum GS mitspielte. Vielleicht wollte er nur seinen Arsch retten. Er konnte mich nicht vergessen haben. Ich wußte jetzt, daß Bullet der Chef war. Er ließ sich nichts gefallen, das mußte man ihm lassen.

Moose blieb an jenem Abend verschwunden. Wir setzten Bullets Hiwi ab und fuhren nach Hause.

Regelmäßige Mahlzeiten waren noch nie mein Ding. Am nächsten Morgen knurrte mir der Magen. Ich hatte Appetit. Als ich vorm Kühlschrank stand, konnte ich mich nicht entscheiden. Mir wurde schlecht vor Hunger. Plötzlich mußte ich kotzen. Nachdem ich ins Klo gereihert hatte, legte ich mich aufs Bett und starrte an die Decke. Ich hatte einen widerlichen Geschmack im Mund. Sieben Minuten blieb ich still liegen, dann kriegte ich Panik.

Ich begann im Schlafzimmer auf und ab zu laufen. Dann rannte ich in die Küche und suchte den Kalender, den der Typ vom Chinamann unter der Tür durchgeschoben hatte. Verzweifelt versuchte ich mich zu erinnern, wann ich das letzte Mal meine Tage gehabt hatte. Der Kalender half mir nicht weiter. Ich wußte nicht mal, welches Datum wir hatten. Ich versuchte krampfhaft, mich zu erinnern, wann ich das letzte Mal Tampons gekauft hatte. Plötzlich sah ich Lashays Gesicht vor mir. Ich hatte ihr im »Haus des guten Gelingens« zwei Dollar für einen abgeknöpft! Aber das hatte ich alles verdrängt.

Ich schnappte mir meine Jeans, ließ das Pyjamaoberteil unter der Jacke an und ging in die nächstbeste Apotheke, um einen Schwangerschaftstest zu kaufen. Im Badezimmer überflog ich die Gebrauchsanweisung. Ich hielt mir den kleinen Becher zwischen die Beine und pißte mir auf die Finger. Dann pißte ich auf den Toilettenrand. Dann pißte ich auf den Boden. Gerade mal ein Tropfen hatte es in den Becher geschafft. Ich drehte den Wasserhahn auf, um weiterpinkeln zu können. Eine halbe Stunde mußte ich warten, bis ich mir einen halben Becher abpressen konnte. Während ich auf das Ergebnis wartete, rauchte ich einen Joint, um meine Nerven zu beruhigen. Noch drei Minuten bis zum Jüngsten Gericht . . .

Das Ergebnis war positiv. Ich war schwanger. Jetzt konnte ich nur noch abtreiben. Nach einer Weile erinnerte ich mich an einen Abtreibungsslogan, den ich im Radio gehört hatte. Ich konnte mich nicht genau an den Wortlaut erinnern, aber ich wußte, daß der Jingle alle paar Minuten lief. Ich mußte nur das Radio anschalten.

Als ich dort anrief, gab man mir die Adresse einer Klinik in meiner Nähe. Nach einer kurzen Dusche zog ich mich an und machte mich auf den Weg.

Es war ein bewölkter Morgen. In der Klinik waren die Mädchen zusammengepfercht wie die Sardinen. Nach einem Blick auf die offensichtlich Schwangeren, die beschlossen hatten, ihre Babies zu behalten, konnte ich mir denken, daß die Mädels, deren Bäuche noch nicht angeschwollen waren, abtreiben wollten. Eine fette Schwangere hatte violette Ringe unter den Augen. An ihren Knien, Armen, Titten und sogar an ihrem Ellbogen sah ich Schwangerschaftsstreifen. Manchen Schwangeren fielen die Haare aus. Ich sah geschwollene Hände, Nasen und Füße. Ein Mädchen hatte so dicke Knöchel, daß es aussah, als hätte sie die Elefantenkrankheit. Sie hatte ihre baumdicken Beine nicht auf einen, sondern gleich auf zwei Stühle gelegt, während andere stehen mußten. Ich zählte die ganze Zeit mit, wer zuerst kam, wer als nächstes dran war und so weiter. Ich wollte vor Bullet wieder zu Hause sein.

Das Mädchen neben mir beugte sich vor und fragte: »Bist du aufgeregt?«

»Nö!« sagte ich abweisend.

»Warum schlägst du dann die ganze Zeit mit deinem

Fuß gegen meinen Stuhl?« Ich sah an mir runter und bemerkte, daß ich die ganze Zeit mit dem Fuß wippte. Ich riß mich augenblicklich zusammen.

»Als ich das erste Mal abgetrieben hab, war ich auch aufgeregt. Tut aber gar nicht weh. Geht ganz schnell vorbei.« Das Mädchen hörte nicht auf zu quatschen. Ich reagierte nicht. Aber ich war erleichtert zu hören, daß eine Abtreibung nicht weh tat. Meine Freundinnen hatten damals dasselbe gesagt.

»Mmh«, ich konnte nicht fassen, daß dieses Mädel immer weiter laberte, obwohl ich überhaupt nicht auf sie einging. »Das ist meine fünfte. Ich hasse diese Cremes. Die jucken. Von der Pille wird mir schlecht. Mit Kondom spürt man nix. So ist es einfacher. Klappt ganz gut. Es erwischt mich nur so einmal im Jahr.«

»Muß aber teuer sein«, sagte ich. Ich hatte angebissen.

»Mädchen«, sie griff in die Tasche und holte eine Versicherungskarte vom Sozialamt raus. »Ich hab ne Kreditkarte für Abtreibungen!«

Im Untersuchungszimmer nahm mich die Ärztin in die Mangel.

»Haben Sie einen Hausarzt?«

»Nein.«

»Wann waren Sie das letzte Mal beim Frauenarzt?«

»Noch nie. Haben Sie was dagegen?« fragte ich.

»Ich stell hier die Fragen, junge Dame«, sagte die indische Ärztin mit Punkt auf der Stirn, als wär ich ein kleiner Soldat in ihrer Armee. »Wann war Ihre letzte Periode?«

»Weiß ich nicht.«

»Versuchen Sie sich zu erinnern.«

»Ich kann mich nicht erinnern.«

Es stellte sich schließlich raus, daß ich mindestens im dritten Monat schwanger war.

»Was wollen Sie tun?« Ihr mitfühlender Blick war einfach zum Reihern.

»Abtreiben.«

Sie zog die Gummihandschuhe von jedem einzelnen Finger und sagte: »Nicht so voreilig. Haben Sie in Ruhe darüber nachgedacht? Es gibt noch andere Möglichkeiten.«

»Hören Sie, in Ihrer Werbung heißt es: Jede Frau soll selbst entscheiden. Nehmen Sie Abtreibungen vor? Dann machen Sie's weg!«

Die Ärztin stand auf. Sie ging zum Tisch und wandte mir den Rücken zu. Ich denk, *diese Schlampe ist doch nicht ganz dicht. Als ginge sie das irgendwas an.*

»Holen Sie sich bei der Schwester draußen einen Termin für den Schwangerschaftsabbruch. Wenn Sie zu lange warten, kann es Komplikationen geben.«

»Geht's nicht jetzt gleich?« fragte ich.

»Den Eingriff nimmt ein anderer Arzt vor. Sie müssen einen Termin vereinbaren.« Ich marschierte schnurstracks zur Schwester. In nur zwei Minuten hatte ich sie davon überzeugt, daß ich gleich morgen einen Termin brauchte. »Sie wollen doch nicht schuld sein, wenn ich die Dreimonatsgrenze überschreite, oder?« drohte ich.

Als ich wieder in der Wohnung war, setzte ich mich an den Küchentisch. Wie im Zeitraffer rasten mir die vergangenen Wochen und Monate durch den Kopf. Das Baby mußte von Boom sein. Oder von GS' beschissenem Bodyguard. Ich wünschte, es wäre Bullets gewesen. Aber dafür war es zu lange her. Ich wußte, wann wir das erste Mal gevögelt hatten, weil es an meinem Geburtstag war. Die Bilder verschmolzen, während ich Vergleiche anstellte. Boom hatte weiches Haar. Bullet hatte krause Locken. Boom war hellhäutig, Bullet war dunkel. Boom hatte haselnußbraune Augen. Bullet hatte dunkelbraune Augen. Wenn es Bullets Baby wäre, würde er mich heiraten und mir die Welt zu Füßen legen. Aber es war von Boom oder dem anderen. Genau konnte ich das nicht sagen. Ich konnte ihm nichts vormachen. Deshalb mußte ich es gleich morgen früh wegmachen lassen.

»Was hast du den ganzen Tag gemacht?« fragte Bullet mißtrauisch.

»Nichts.«

»Warst du hier?«

»Ja.«

»Warum bist du dann nicht ans Telefon gegangen?«

»Ich hab wahrscheinlich grad den Müll runtergebracht. Warum hast du mich nicht angepiepst? Das machst du doch sonst immer.« Ich drehte den Spieß einfach um.

»Ich hab dich angepiepst«, sagte er und sah mir kalt in die Augen.

»Ist nicht angekommen!«

»Dann mußt du in der U-Bahn gewesen sein.«

Ich stand auf, zückte meinen Beeper und sagte: »Verdammt, ich brauch ne neue Batterie.«

Bullet verbrachte den Rest der Nacht im begehbaren Kleiderschrank hinter verschlossener Tür.

Der Elf-Uhr-Zug zur Klinik war gerammelt voll. Ich müßte lügen, wenn ich behaupten würde, daß ich mir keine Sorgen machte, wie es weitergehen würde. Ich meine, Bullet war erst ins Bett gekommen, als ich schon schlief. Und obwohl mir das Gelegenheit gab, dreihundert Dollar aus seinem Mantel zu klauen, war ich nervös. Er hatte mir keinen Kuß gegeben, bevor er sich verdrückte. Ich hörte ihn nicht mal weggehen. Konnte ich die Abtreibung wirklich geheimhalten?

Als mein Blick auf die Titelseite der New York *Daily News* fiel, nahmen meine Gedanken eine andere Richtung. Der Mann im Trenchcoat mir gegenüber las die Zeitung. Er hielt sie mit beiden Händen vors Gesicht. Eine fettgedruckte Überschrift ließ mich stutzen. Bodyguard von Rap-Star tot aufgefunden. Meine Augen blieben an der Zeile hängen. Ich las sie immer wieder. Dann stand ich unvermittelt auf. Langsam ging ich durch den fahrenden, überfüllten Zug und sah nach links und rechts. Irgend jemand hatte bestimmt seine *Daily News* liegenlassen. Als der Zug hielt, stiegen einige Leute aus, und ich bekam endlich eine Zeitung in die Finger.

Wie erwartet, blickte ich in das Gesicht des Arschlochs von neulich nacht, Tony, GS' Bodyguard. Es war wohl ein Bild aus Highschool-Tagen. Er sah jünger aus und grinste dämlich. Unter dem Foto stand sein vollständiger Name. Hatte gar nicht gewußt, daß sein Nachname Creighton war.

Rap-Star GS hat seinen Freund und Bodyguard Tony Creighton (22) verloren, der von drei Kopfschüssen getötet wurde. Die Tatzeit steht noch nicht fest. Die Leiche wurde gestern nachmittag auf einem verlassenen Grundstück in . . .

Dann ließen sie die Mutter des Bodyguards rumsülzen, was für ein guter Junge er war. Er hatte an Feiertagen Essen an Obdachlose ausgegeben, blablabla. Wenn jemand abkratzt, erzählen die Leute immer so'n Schwachsinn. Selbst das letzte Arschloch wird zum Wohltäter der Menschheit. Als er sich damals für GS ausgegeben hatte, war dieser Wichser jedenfalls kein Heiliger gewesen.

Ich hatte nur eine Sorge: MICH. Dieser ganze Abtreibungsscheiß mußte glatt über die Bühne gehen. Ich wollte es mir mit Bullet nicht verscherzen. Ich hatte ihn ja nicht betrogen oder so. Das war alles lange bevor wir zusammengekommen waren. Aber egal. Ich durfte ihm keinen Anlaß zu irgendwelchen Verdächtigungen geben. Ich meine, zwischen mir und Bullet hatte es gefunkt. Wir waren das perfekte Team, im Geschäft und in der Liebe.

Als ich in der Klinik ankam, nervte mich die Schwester mit blöden Fragen.

»Sind Sie allein hergekommen?«

»Ja, haben Sie was dagegen?«

»Sind Sie mit dem Auto oder mit öffentlichen Verkehrsmitteln hier?«

»Warum?«

»Beantworten Sie bitte die Fragen, Miss.«

»Mit der Bahn.«

»Okay. Sie müssen diese Tablette nehmen.« Sie gab mir eine große Pille und so einen kleinen weißen Pappbecher, aus dem man höchstens einmal trinken kann, bevor er zerbröckelt. »Nach dem Eingriff sind Sie wahrscheinlich benommen. Sie dürfen nicht autofahren. Es wäre besser, es würde Sie jemand begleiten, falls es Ihnen nicht gut geht und Sie es nicht allein nach Hause schaffen. Können Sie jemand anrufen, der Sie abholt?«

»Ja. Ich werd abgeholt«, log ich.

Sie sah auf mein Krankenblatt. »Gut, Sie sind achtzehn. Sie müssen hier unterschreiben.« Nachdem man mir das Versprechen abgenommen hatte, niemand zu verklagen, wenn ich im OP abkratze, drückte ich dreihundert Dollar ab.

Der Arzt kam rein. Ein Mann. Er hielt meine Hand, während jemand anders mir eine Spritze verpaßte. »Es kann sein, daß Sie einen salzigen Geschmack im Mund haben.« Dann heulte die Maschine auf. Klang wie'n Staubsauger. Nur wenige Minuten später stellte er die Maschine wieder aus. In meinem Kopf hörte ich die Stimme des Mädchens aus dem Wartezimmer von gestern: »Geht ganz schnell vorbei.«

Erst verließen alle den Raum. Die Schwester kam rein und stopfte mir Binden groß wie Windeln zwischen die Beine. So was würd ich freiwillig nie tragen.

»Die saugen das Blut auf. Wenn die schweren Blutungen bis morgen abend nicht aufgehört haben, müssen Sie uns sofort anrufen. Ein bißchen wird es aber auf jeden Fall noch bluten.« Sie gab mir noch eine Tablette und einen Pappbecher.

»Die verhindern Infektionen.« Sie drückte mir einen kleinen weißen Umschlag mit sechs weiteren Tabletten in die Hand. »Davon nehmen Sie zwei Tage lang dreimal täglich eine. Sie dürfen nicht baden. Und die nächsten vier Wochen dürfen Sie keinen Verkehr haben, sonst kann es zu Infektionen kommen. Es muß richtig ausheilen.« Sie ließ mich in dem kleinen Zimmer allein. Es ging mir gut, bis ich versuchte, vom Tisch aufzustehen. Das Zimmer drehte sich, als würde ich durch den Weltraum schweben. Ich konnte nur mit Mühe aufrecht stehen. Ich sah auf meine Rolex, doch die Zahlen schwebten überm Ziffernblatt. Die Schwester kam zurück, als ich versuchte, meine Hosen hochzuziehen.

»Ich helf Ihnen. Ist Ihnen schwindelig?«

»Ja.«

»Das kommt manchmal vor. Machen Sie sich keine Sorgen. Ist jemand hier, um Sie abzuholen?«

»Nein.«

»Hab ich mir gedacht.«

Sie führte mich in ein anderes kleines Zimmer mit einer Art Feldbett. Sie half mir, mich hinzulegen. Ich war sofort weg. Nach etwa zwei Stunden fühlte ich eine Hand auf der Schulter.

»Sie können jetzt gehen. Wir brauchen das Bett für eine andere Patientin.« Ich fühlte mich schon viel besser. Alles war wieder unter Kontrolle. Ich machte mich auf den Weg nach Hause.

19

Ich futterte was und legte mich schlafen. Danach ging ich zur Drogerie und kaufte Binden, um ein Blutbad zu verhindern.

Ich räumte alles auf und vergewisserte mich immer wieder, daß ich keine Spuren hinterlassen hatte. Als ich mich an den Küchentisch setzte, war ich total down. Ich weiß nicht, warum. Ich hatte das Gefühl, nach unten gezogen zu werden, in eine tiefe Depression. Und es war stärker als ich.

Je deprimierter ich wurde, desto mehr dachte ich an Daddy. Je mehr ich an Daddy dachte, desto deprimierter wurde ich. Mir liefen Tränen übers Gesicht. Ich griff zum Telefon.

»Entschuldigen Sie, können Sie mir die Nummer von Riker's Island geben ... Danke ... Die Gefangeneninformation bitte. Ja, mein Vater, Ricky Santiaga, war vor fast einem Jahr bei Ihnen. Ich wollte ihn besuchen, aber man hat mir gesagt, daß er verlegt worden ist. Gibt es eine Möglichkeit herauszufinden, wo man ihn hingebracht hat? Nein, ich kann mich nicht an seine Haftnummer erinnern. Ja, ich warte ... Er ist auf Riker's Island? Aber man hat mir gesagt, er wurde verlegt. Oh, man hat ihn in ein anderes Gebäude verlegt? Dreiundzwanzigstunden-Haft? Darf man ihn besuchen? Zweimal die Woche für eine Stunde. Kein Kontakt. Morgen.«

Ich konnte es nicht fassen. Mein Vater war die ganze Zeit in Riker's gewesen. Der beschissene Cop hatte mich angelogen. Bullet wußte Bescheid. Ich wußte, daß er Bescheid wußte. Aber er wollte nicht, daß ich es erfahre. Ich hatte doch gewußt, daß ich's rauskriegen würde. Morgen würde ich Daddy besuchen. Nichts und niemand konnte mich davon abhalten.

In dieser Nacht öffnete Bullet die Tür ganz leise, als er nach Hause kam. Ich war noch auf. »Wie geht's, Baby?« Ich umarmte ihn.

»Joey hat gesagt, du warst gestern drei Stunden weg.«

»Wer ist Joey?«

»Der Pförtner.«

»Du weißt, wie er heißt? Was geht ihn das an?«

»Wo warst du?« fragte Bullet und sah mir in die Augen.

»Ich war shoppen.«

»Was hast du gekauft?«

»Ich hab nichts gefunden.«

»Lügst du mich etwa an? Ich hab dir doch gesagt, daß du mich niemals anlügen sollst.«

»Ich hab einen Schaufensterbummel gemacht. Das ist alles.«

»Warum hast du mir nicht erzählt, daß du weg warst?«

»Ich weiß nicht, das war dumm von mir. Ich weiß nicht. Es kommt nicht wieder vor.« Mir fiel nicht schnell genug was ein. Bullet hatte mich auf dem falschen Fuß erwischt.

»Was kommt nicht wieder vor? Daß du weggehst?«

»Nein, ich mein, ich sag dir, wann ich wohin geh.«

Schwanzlutschen hilft gegen alles. Ich löste Bullets Gürtel, fiel auf die Knie und machte mich an die Arbeit. Ich setzte mich so hin, daß er meine Lippen sehen konnte. Daß er meine Zunge sehen konnte.

Ich mußte ihm zeigen, daß er der Chef war. Kein Problem für mich. Als er den Mund weit aufriß, war sein Gesicht schmerzverzerrt. Aber nur vor Erregung, in meinem Mund abzuspritzen. Er setzte sich zu mir auf den Fußboden, und wir redeten.

»Baby, du scheißt mir ins Hirn«, sagte er sanft. Die Wut war aus seiner Stimme verschwunden. »Wenn du mir ins Hirn scheißt, vermassel ich meine Geschäfte. Das kann ich nicht zulassen.«

»Ich mach doch gar nichts, Bullet. Ich schwör dir, für mich gibt's nur dich, sonst nichts. Wenn du glaubst, daß ich einen Mann wie dich aufgebe, mußt du verrückt sein.« Er lächelte.

»Ich bin gut, hm?«

»Der Beste.«

»Würdest du für mich sterben?« fragte er.

»Baby, ich würde für dich lügen, töten, sterben. Aber wenn ich für dich sterbe, hab ich nichts mehr von dir«, lachte ich, um sein Ego aufzupäppeln. Ich mußte ihn von seinen falschen Verdächtigungen abbringen.

Er drehte sich auf die Seite und hatte schon wieder einen Ständer. Er knöpfte meine Hose auf.

»Ich hab meine Tage.« Jetzt bloß nicht ausflippen. Ich beugte mich vor, um ihm nochmal die Eier anzufeuchten.

Er zog meinen Kopf hoch und sagte: »Ich will ficken. Du bist doch meine Fickmaus, oder?« fragte er. Ich nickte. »Ein bißchen Blut wird diesem dicken Schwanz schon nicht weh tun.« Er drang tief in mich ein. Wie kann ich beschreiben, was ich fühlte? Ein Vergnügen war's jedenfalls nicht. Aber auch kein Schmerz. Ich spürte nichts. Wie ein Schwanz, der in einen Ozean eintaucht. Aber ich rang mir ihm zuliebe ein paar Stöhner ab.

Ich schnappte mir die Neunmillimeter Spezial aus der kleinen Schublade im Nachtschrank. Es war noch früh am Morgen. Aus dem Wohnzimmer drangen komische Geräusche. Wenn außer Bullet noch jemand da drin war, hatte er ausgespielt. Als ich mit der Neunmillimeter in der Hand die Schlafzimmertür aufstieß, hörte ich ein Knurren. Keine menschlichen Laute. Ich trat zurück. Ich hörte Pfoten, Bellen, dann Jaulen. Dann Ketten. Daß in unserem Haus keine Haustiere erlaubt waren, hatte den verfickten Bullet nicht davon abgehalten, zwei Rottweiler anzuschleppen. Fiese Killerhunde, die keinen Spaß verstanden. Die Kette reichte bis einen halben Meter vors Schlafzimmer.

»Bullet! Bullet!« kreischte ich. »Bist du zu Hause? Was zum Teufel soll das?« Aber er war nicht da. Ich setzte mich mit der Spezial aufs Bett und dachte nach. Die beschissenen Hunde hatten sich hingesetzt und glotzten mich an, als würden sie mich sofort bei lebendigem Leibe fressen, wenn ihre Ketten wie durch ein Wunder reißen würden. Vom Telefon im Schlafzimmer piepste ich Bullet an. Wenige Minuten später rief er zurück.

»Was gibt's, Baby, mach's kurz . . .«

»Was sollen diese verdammten Riesenköter?«

»Meine Hündinnen?«

»Ja, deine Hündinnen!«

»Die sind mir treu ergeben. Die tun, was ich ihnen sage. Wenn ich sitz sag, setzen sie sich hin. Wenn ich sag, sie sollen stehen bleiben, bleiben sie stehen. Tust du auch, was ich dir sage, Winter?«

»Allerdings. Und deinen Kötern blas ich gleich das Hirn weg.«

»Das wäre dumm. Du willst doch keine Aufmerksamkeit erregen.«

»Das Bellen erregt auch Aufmerksamkeit.« Ich versuchte, ihn zur Vernunft zu bringen.

»Wenn du sie in Ruhe läßt, bellen sie nicht. Mach einfach die Schlafzimmertür zu und bleib, wo du bist.«

»Du spinnst doch«, sagte ich fassungslos.

»Ja, deine Möse hat gestern komisch gerochen.« Klick. Er hatte aufgelegt.

Ich war sauer, daß ich Paps nicht besuchen konnte. Die einstündige Besuchszeit heute hatte ich verpaßt. Jetzt mußte ich vier Tage warten. Am Abend hatte ich längst andere Sorgen. Da ich nicht aus dem Schlafzimmer konnte, konnte ich auch nichts essen. Ich hatte nur eine Tüte Lorna-Doone-Kekse, die Bullet gestern im Schlafzimmer gegessen hatte. Je hungriger ich wurde, desto hungriger wurden auch die Hunde. Um Mitternacht fingen sie an zu knurren und mein Magen auch. Die Tabletten, die die Schwester mir gegeben hatte, schlugen auf nüchternen Magen ein wie Bomben. Bullet kam in dieser Nacht nicht nach Hause. Am nächsten Morgen piepste ich ihn an, aber er rief nicht zurück. Mein Mund war von den Keksen so trocken, daß ich Leitungswasser aus dem Badezimmer neben unserem Schlafzimmer trank.

Zwei Nächte wurde ich von zwei Hunden gefangengehalten.

Am dritten Morgen kam Bullet endlich. Er war nicht allein. Ich konnte sie reden hören. Ich hörte sie die Hunde füttern. Er öffnete nicht mal die Schlafzimmertür, um nach mir zu sehen. Und ich würde sie bestimmt nicht öffnen. Ich war zu wütend und zu schwach.

Eine halbe Stunde später öffnete sich die Schlafzimmertür. Mit breitem Grinsen blieb er in der Tür stehen. Dasselbe Grinsen, das ich so verführerisch fand.

»Wo sind die Hunde?« war meine erste Frage.

»Joey ist mit ihnen rausgegangen.«

»Was hat Joey hier zu suchen?«

»Irgend jemand mußte die Hundekacke wegmachen.«

»Ich hab Hunger«, murmelte ich.

»Oh, dir ist also wieder eingefallen, wer dich ernährt?«

»Hab's nie vergessen.«

»Gut.« Bullet trug mich vom Bett in die Küche. Er hatte mir ein Riesenfrühstück und einen großen Becher O-Saft mitgebracht. Ich verdrückte alles, ohne ein Wort zu sagen.

»Zieh dich an. Wir gehen spazieren«, befahl Bullet. Ich lernte allmählich, ihm nicht zu widersprechen. Als wir in die Lobby kamen, machte Bullet die Killer-Rottweiler vom schwarzen Tor los. Joey, der ängstliche, aber raffgierige Pförtner, beobachtete uns aus sicherer Entfernung. Wir gingen mit den Hunden spazieren. Bei Bullet waren die falschen Biester plötzlich ganz lieb.

»Ich muß wegfahren. Du kommst mit.« Ich lächelte. Aber dann dachte ich an meinen Vater und daran, daß ich ihn schon viel zu lange nicht mehr gesehen hatte.

»Wer weiß, was du wieder anstellst, wenn ich dich allein lasse. Ich könnte dich natürlich bei den Hunden lassen«, sagte er und streichelte sie, als wären sie Schoßhündchen. »Aber irgendwie hab ich das Gefühl, daß du sie nicht magst. Weißt du, ich hab einen ganzen Zwinger davon. Für jeden krieg ich achthundertfünfzig Dollar. Ich richte sie in einem Keller in Brooklyn ab. Die gehen genauso gut wie Crack; kosten nur mehr.«

»Ich dachte, du willst weg aus Brooklyn.«

»Will ich auch. Aber unauffällig. Keiner wird's merken. Eines Tages steig ich einfach in mein Auto und komm nicht zurück. Keine Umzugswagen, nichts. Wird gar nicht weiter auffallen.«

»Ein paar Bräute werden dir bestimmt nachweinen«, neckte ich ihn.

»Mit diesen drittklassigen Schlampen geb ich mich nicht ab. Die sind durch. Deine ganzen Freundinnen sind so was von ausgelutscht. Durchgefickt von vorn, von hinten, von oben und unten«, lachte er. »Brooklyn braucht Frischfleisch.«

»Wie auch immer. Wohin fahren wir?« fragte ich.

»Baltimore. Sagt dir das was?« sagte er und glotzte schon wieder mißtrauisch.

»Nicht das geringste.«

»Warum hattest du dann eine Busfahrkarte nach Maryland in der Jackentasche, als ich dich damals aufgesammelt hab?«

»Verdammt, das hab ich total vergessen. Du weißt doch, daß ich nicht gefahren bin.«

»Aber wohin wolltest du fahren?« bohrte er weiter.

»Weiß nicht, nirgendwohin«, log ich.

»Warum mußt du immer lügen, Winter?«

»Was?« Ich versuchte, ihn hinzuhalten, bis mir eine Ausrede einfiel.

»Du wolltest wahrscheinlich zu diesem Midnight aus Santiagas Gang.« Lässig ließ er die Bombe platzen.

»Wie kommst du darauf?« Ich blieb cool.

»Tu nicht so. Ich vergesse nie ein Gesicht. Könnte mich das Leben kosten. Ich mochte ihn nie. Er war zu still. Man wußte nie, was er denkt. Ich hab ihn beobachtet. Als Santiagas Reich zu bröckeln begann, hat der Typ alles beiseite geschafft. Ich kenn jemand, der in seiner Wohnung war. Der Nigger hatte nichts. Nur eine Matratze auf dem Fußboden, ein Laken, eine Zahnbürste und eine beschissene Kerze. Kein Schmuck, kein Geld, nichts. Nicht mal ein Telefon. Als hätte er gewußt, was kommt. Er war der einzige, der davongekommen ist. Angeblich war er sauber, kein Fed, kein Spitzel, nichts. Irgendwo muß er seine ganze Kohle versteckt haben. Jedenfalls haben meine Jungs in Baltimore ein Auge auf ihn. Aber bei dem ist nichts zu holen. Der hält still.«

»Warum erzählst du mir das?« fragte ich gleichgültig.

»Damit du nicht auf falsche Gedanken kommst. Der Mann kann sich dich nicht leisten«, warnte er.

»Ich will ihn gar nicht.«

»Na, wie auch immer. Hör zu. Ich sag dir, wie's läuft. Viele fahren im Benz, im Lex oder im BMW nach Süden. Karren voller Nigger mit getönten Scheiben, Felgen, lauter Musik. Logisch, daß die Bullen die anhalten. Die Polizei durchsucht den Wagen, und am Ende kriegen sie zehn, fünfzehn, zwanzig Jahre. Wir sind schlauer. Wir mieten ein Auto. Und zwar mit deiner Kreditkarte.«

»Ich hab keine Kreditkarte.«

»Doch, ist neulich mit der Post gekommen. Ich hab sie für dich aufbewahrt. Ich mach mich fein, Anzughose, Schuhe, Oberhemd. Du trägst ein spießiges Kleid. Wir hören Radio, irgend n christlichen Sender.«

»Was spielt das für ne Rolle, welchen Sender wir hören?«

»Ich könnte schwören, daß die verfickte Polizei so was wie'n Nigger-Radar hat. Wenn sie HipHop-Bässe hören, winken sie dich raus. Wenn sie uns rauswinken, erzählen wir beide dieselbe Geschichte. Wir sind in der Kirche. Wir sind auf dem Weg zu einem Erweckungsgottesdienst; wir singen im Chor.«

»Du spinnst doch«, gluckste ich.

»Ich mein's todernst. Du mußt dir jede Einzelheit merken. Beim kleinsten Widerspruch haben sie dich dran. Wär nicht das erste Mal. Ich weiß, wie so was läuft. Haste Schiß?«

»Ich hab vor nichts Angst.« Das war die Wahrheit.

»Gut. Benimm dich ganz natürlich.«

Als wir wieder in der Wohnung waren, erledigte Bullet ein paar Anrufe. Dann kam er mit drei Teddybären aus seinem begehbaren Kleiderschrank.

Im Schlafzimmer sagte er mir, was ich anziehen soll. Ich zog mich um. Er machte sich wie ein Sonntagsschullehrer zurecht. Ich, er, die Hunde und die Teddybären fuhren in seinem Wagen zur Autovermietung.

Als wir dort ankamen, zeigte er auf eine Lady in einem rosa Schlabberpulli.

»Sie fährt, du zahlst.«

»Aber wer zum Teufel ist sie und woher kommt sie?«

»Nur eine Freundin aus Brooklyn, die mir einen Gefallen tut.«

Ich sah ihn an, dann wieder sie. Sie war so farblos, daß ich einverstanden war. Ich sollte nach einem Kindersitz fragen. Wir mieteten eine Buick-LeSabre-Familienkutsche. Die Jungs von Rent-A-Wreck freuten sich ein Loch in den Bauch, daß sie überhaupt einen Kunden hatten. Nach einer Weile kapierte ich, warum Bullet das Mädel angehauen hatte. Sie war sechsundzwanzig. Es gab Rabatt für Fahrer über fünfundzwanzig. Er hatte scheinbar an alles gedacht. Sie fuhr den Wagen aus der Einfahrt. Ich sprang wieder in den Lex. Sie folgte uns.

»Und wohin jetzt?«

»Brooklyn. Ich muß den Lex abgeben. Sie fährt den Mietwagen nach Brooklyn. Ich und du setzen die Hunde ab. Dann schnappen wir uns den Mietwagen, und weg sind wir.« Bullet sah, daß ich nicht besonders scharf darauf war, nach Brooklyn zu fahren. »Willst du ne Knarre?«

»Wenn wir da sind«, sagte ich.

Irgendwas war faul. Kennt ihr das Gefühl? Als wir gegen Mittag in unsere alte Straße einbogen, waren überall Feuerwehrautos und Krankenwagen.

»Vielleicht sollten wir umkehren und wiederkommen, wenn sich alles wieder beruhigt hat«, schlug ich Bullet vor.

»Bis Baltimore sind's vier Stunden. Wir müssen rechtzeitig da sein«, sagte er. Wir parkten ein. Donna, das Mädel mit dem rosa Pulli, parkte hinter uns. Sie stieg aus, klopfte ans Fenster der Fahrerseite und gab Bullet die Schlüssel. Sie blieb stehen, als würde sie auf was warten. Er stieg aus. Ich behielt die Tussi genau im Auge und sah, wie er ihr einen Hunni zusteckte. Dann verdrückte sie sich. Bullet beugte sich zurück in den Wagen und griff nach den Hundeleinen. »Bin gleich wieder da.« Er wollte die Hunde abgeben.

»Hast du nicht was vergessen?« fragte ich und sah ihm fest in die Augen.

»Was?« Er kuckte verwirrt. »Ach ja.« Er beugte sich ins Auto, öffnete ein Geheimfach und gab mir die .22er. »Verschließ die Türen«, befahl er.

Zehn Sekunden später hielt ein Weißer mit seinem Wagen neben uns.

»Feuerwehr. Sie müssen diesen Wagen umparken.« Ich lächelte freundlich und nickte. Aber mein Herz rutschte mir in die Knie. Ich warf die Knarre unter den Fahrersitz. Dann öffnete ich die Tür und ging zur Fahrerseite. Der Schlüssel steckte. Ich parkte genau gegenüber, auf der anderen Straßenseite. Durch die getönten Scheiben sah ich, wie sich der Hof mit Menschen füllte, die aus dem Gebäude strömten. Ich konnte nicht genau erkennen, was los war, aber ich sah den Rauch. Ich sah die langen Wasserschläuche, die vom Feuerwehrauto durch den Hof zum Gebäude führten. Meine Augen waren wie ein

Zoomobjektiv. Ich versuchte die Gesichter in der Menge zu erkennen, um auf alles vorbereitet zu sein.

Ich empfand nur Scham und Ekel, als ich meine Mutter in der Menge entdeckte. Sie trug mitten im Winter purpurrote Hot pants, ein rotes T-Shirt, ausgelatschte Reeboks und eine gelbe Häkeltasche. Sie rempelte die Leute in der Menge an und schubste sie zur Seite, weil sie auf dem Boden nach Kleingeld oder Kippen suchte, wie alle Crackheads.

O nein, hoffentlich kommt sie nicht her, dachte ich. Doch genau das tat sie. Sie entdeckte Bullets Lex und kam sofort angehechelt. Sie klopfte gegen das Fenster. Als niemand reagierte, preßte sie ihr Gesicht an die Scheibe und versuchte zu erkennen, ob jemand drin saß. Ich hatte mich wie eine Schnecke auf dem Boden zusammengerollt. Als sie am Fenster der Beifahrerseite auftauchte und ihr Gesicht wieder gegen die Scheibe drückte, sah sie mich.

»Winter, mein Baby . . . Bist du das? Komm doch her, Mädchen.« Als ich mich nicht rührte, machte sie auf autoritär. »Winter Santiaga, tu, was deine Mutter dir sagt, und komm da raus.«

Weil meine Beine eingeschlafen waren, krabbelte ich zurück auf den Sitz. Die Tür ließ ich zu.

»Oh, ich weiß was . . . Ich hab was für dich.« Sie wühlte in ihrer schmutzigen gelben Tasche. Ich dachte, in *der* Tasche ist bestimmt nichts, was mich interessiert. In diesem Moment sah ich Bullet zurückkommen. Er bewegte sich wie ein Leopard. In seinem Anzug sah er sehr wichtig aus. Er ging schnell, versuchte aber, sich ganz normal zu verhalten, wie er es ausgedrückt hätte. Er erkannte meine Mutter aus der Ferne und brüllte: »Hey! Mach, daß du da wegkommst!«

Gerade zerrte meine Mutter ein paar dreckige Briefumschläge aus der Tasche. Sie grinste selbstzufrieden. »Winter, das sind Briefe von deinem Vater an dich. Ich hab sie für dich aufbewahrt. Ich wußte nicht, ob ich dich je wiedersehen würde.«

Der Schreck fuhr mir durch den ganzen Körper. Für den Bruchteil einer Sekunde waren diese Briefe das Wichtigste in meinem Leben. Als Bullet die Tür erreichte, sprang ich aus dem Wagen, um mir die Briefe zu schnappen.

»Sie will den Scheiß nich.« Er verscheuchte meine Mutter wie eine lästige Fliege.

»Ich will die Briefe, Bullet. Die hat mein Vater mir geschrieben. Davon kannst du mich nicht abhalten.« Er sah die Leidenschaft in meinen Augen.

»Bullet, was hast du für mich? Was hast du für mich?« Meine Mutter hüpfte auf und ab wie eine Dreijährige, die einen Lolli will.

»Nichts«, fuhr er sie an, wobei er mich nicht aus den Augen ließ.

»Komm schon, Bullet, wir sind doch Freunde. Sag Winter, daß wir Freunde sind«, sagte Mama.

»Gib mir die Briefe.« Ich trat auf sie zu und streckte meine Hand nach meiner Mutter aus. Sie zog ihren Arm zurück und versteckte die Briefe hinter ihrem Rücken. »Du willst die Briefe. Sie will die Briefe. Was habt ihr für mich? Siehst gut aus, Winter. Siehst nach *ner Menge Kohle* aus. Schuldest du mir nicht was? Was hast du für mich?« leierte meine Mutter.

Ich ging auf sie los. Sie fiel hin. Ich fiel auf sie drauf. Ich riß ihr die Briefumschläge aus den schwachen, zur Faust geballten Fingern. Bullet hob mich hoch: »Steig in den Mietwagen.« Sein Blick sagte mir, daß ich besser tat, was er sagte. Die Briefe hatte ich ja. Er warf einen Zehn-

Dollar-Schein auf den Boden und sagte Mama, sie solle sich was immer sie braucht woanders holen. Sie hob den Schein auf und verschwand so schnell, wie sie gekommen war. Bullet legte die Teddybären auf den Rücksitz des Mietwagens neben den Kindersitz.

»Bleib ja, wo du bist«, sagte er drohend. Ich entdeckte seinen Hiwi, der an einem Auto lehnte und den Feuerwehrleuten beim Löschen zusah. Auf Bullets Zeichen setzte er sich auf den Fahrersitz vom Lex. Bullet beugte sich zur Beifahrertür. Er verfrachtete alle Waffen aus dem Fach in eine Tragetasche, kam zurück und warf die Tasche in den Kofferraum des Mietwagens.

Als er wieder auf dem Fahrersitz saß, fragte ich ihn: »Hast du die .22er? Sie liegt unterm Fahrersitz in deinem Wagen.« Sein Mann fuhr gerade los. Bullet trabte in seinem Sonntagsanzug hinter dem Auto her, um es einzuholen.

»Yo, halt an. Halt an, Mann.«

Ich hatte nicht mal Zeit, mich umzudrehen. Ein Ziegelstein krachte durch das Fenster auf der Beifahrerseite.

»Du beschissenenes Flittchen. Du wagst es, dich hier blicken zu lassen?« Die Autotür wurde aufgerissen, und Simone stürzte sich auf mich. Sie legte ihre kräftigen Hände um meinen Hals und drückte mich auf den Vordersitz. Ich schlug wie wild um mich und versuchte, sie im Gesicht zu treffen, aufs Auge, um sie abzuschütteln. Das Auto schaukelte. Es hatte sich eine Menschenmenge gebildet, die uns anfeuerte. Ich konnte Leute auf dem Autodach rumlaufen hören. Ich und Simone kämpften weiter. Ich biß sie. Sie riß mein Kleid kaputt.

Plötzlich fielen wir beide aus dem Auto auf die Straße. Wir kämpften weiter. Ich trat ihr mit dem Knie in den Bauch. Als sie am Boden lag, streckte sie ihren dicken Arm aus und griff nach einer schmutzigen Flasche. Ich versuchte, sie ihr aus der Hand zu schütteln, aber sie war ein harter Brocken. Sie zerschlug die Flasche. In der Menge, die einen Kreis um uns geschlossen hatte, blitzten immer wieder Gesichter auf. Ich sah die miese kleine Natalie. Sie stachelte Simone an. »Schlitz die Schlampe auf, schlitz sie auf«, kreischte sie. Simone holte immer wieder aus, aber ich war schneller und duckte mich. Eine Sekunde lang sah ich auf, weil Bullet mit einer Waffe in der Hand durch die Menge kam. Allein sein Anblick verlieh mir neue Kraft. Ich fühlte mich unbesiegbar. Simone machte sich den Bruchteil einer Sekunde zunutze, den ich weggesehen hatte. Ihr Arm sauste auf mich nieder und schlitzte mir einen fünfzehn Zentimeter langen Schnitt über die linke Gesichtshälfte. Ich spürte die klaffende Wunde und faßte mir an den Kopf. Meine Finger waren blutüberströmt. Mein Gesicht war heiß, überall war Hitze. Als Bullet in die Luft schoß, rannten alle weg. Sogar Simone verdrückte sich. Einige ganz Mutige blieben stehen und gafften.

»Ach, Baby«, sagte Bullet, als er mein Gesicht und das Blut sah. Er führte mich zum Mietwagen und setzte mich hinein. Sekundenlang sagte er nur immer wieder verdammt, verdammt, verdammt. Dann heulten Polizeisirenen auf. Ich konnte die roten Lichter im Rückspiegel flackern sehen, als die Polizeiwagen die Straße runterrasten. Bullet schlug die Beifahrertür zu und lief um den Wagen herum zum Fahrersitz. Irgendwelche Sackgesichter aus der Menge zeigten auf unseren Wagen.

Aber noch mehr schockierte mich, daß Bullet an der Fahrertür vorbeiging, vorbei am Wagen auf den Gehweg und die Straße runter, als hätte er mit all dem nichts zu tun. Ich öffnete die Tür auf meiner Seite und versuchte auszusteigen, aber die Cops waren schneller.

20

Zweitausendfünfhundertfünfundfünfzig Tage später sah ich auf den Kalender an meiner Wand. Noch zweitausendneunhundertzwanzig Tage meiner fünfzehnjährigen Gefängnisstrafe mußte ich absitzen.

Aber dieser Tag war was Besonderes. Und zwar allein deshalb, weil er sich von den anderen unterschied. In fünfzehn Minuten würde ich die Zelle verlassen, den Gang runter und durch die Türen gehen. Anlaß war die Beerdigung meiner Mutter. Sie war plötzlich abgekratzt. Was auch immer das heißt, denn sie war eigentlich die ganze Zeit am Abkratzen gewesen. Irgendein Blutgerinnsel im Gehirn. Und da Mütter ja so total wichtig sind, kam ich in den Genuß der einzigen Ausnahmeregelung, die es einem Knacki ermöglicht, diese Anstalt zu verlassen, bevor er seine Strafe abgesessen hatte. Natürlich mit Ketten an Füßen und Handgelenken. Ich wurde ausgeführt wie ein Hund an der Leine. In wenigen Stunden würde man mich in die Zelle zurückbringen. Dann ging der Trott weiter. Ich war fünfundzwanzig und lebte im einundzwanzigsten Jahrhundert, und das Aufregendste in meinem Leben war ein Kurztrip zum Friedhof.

Nur weil ich ein paar Stunden diese Mauern verlassen konnte, war ich der Superstar. Ich mußte jedem versprechen, später alles genau zu erzählen. Außer Verwandten gab es keinen Kontakt zur Außenwelt. Und selbst die waren rar. Wer wollte schon die achtstündige Fahrt bis fast nach Kanada auf sich nehmen? In den sieben Jahren, die ich hier war, hatte ich nicht einen Besuch gekriegt.

Ich mußte mir einiges einfallen lassen, um genug Geld zum Überleben aufzutreiben. Klar gab's immer irgendwelche Dummbratzen, die man abzocken konnte, wenn's hart auf hart kam. Mir machte es nichts mehr aus, mich zu prügeln. Es ließ mich völlig kalt. Ich tat, was getan werden mußte.

Es gibt hier keine besondere Kleidung oder Mode. Am Anfang hab ich noch auf mein Aussehen geachtet, so wie ich's immer getan hatte. Aber nach einer Weile denkt man sich, wozu der Stress? Männer gibt's hier sowieso nicht. Und auf Fotzen steh ich nicht. Ab und zu mach ich den anderen für Zigaretten oder Briefmarken oder Kekse die Haare. Meistens trag ich mein Haar in Zöpfchen. Es ist so lang, daß die anderen neidisch sind. Ich steck's hoch, um mir keinen Ärger einzuhandeln.

Aber ich, Natalie, Zakia, Chanté und ein paar andere Mädels aus Brooklyn haben ne Gang aufgezogen. Wir haben uns Respekt verschafft. Sogar Simone versucht, sich bei uns einzuschleimen, damit wir sie beschützen. Irgendwann hat sie aufgehört, mir die Schuld am Tod ihrer Tochter zu geben. Oder sie tut nur so. Aber so läuft's hier drin. Allein ist man geliefert.

Alle sitzen irgendwie wegen Drogen. Jeder hat seine eigene kleine Geschichte. Dabei waren alle nur mit den Niggern befreundet, die gedealt haben. Manchmal, wenn wir Karten spielen und Radio hören, ist es fast wie zu Hause. Ich hab genug Familie und Freunde hier drin. Deshalb krieg ich auch keinen Besuch. Sind schon alle hier.

Post krieg ich nur von Santiaga. Wir stehen uns immer noch nah. Die Briefe von diesem abgedrehten Tag in Brooklyn hab ich immer noch. Dieser Tag geht mir immer wieder durch den Kopf. Was-wäre-gewesen-wenn ... hab ich mir bestimmt schon 263mal überlegt. *Was wäre gewesen, wenn ich dies getan hätte? Was wäre gewesen, wenn ich das getan hätte?*

Als ich in der ersten Nacht hinter Gittern Santiagas Briefe gelesen hab, bin ich fast ausgerastet. Er gab zu, zwei Typen im Knast kaltgemacht zu haben. Beide waren Brüder meiner Mutter, die für ihn gearbeitet hatten. Aber er erklärte es mir so, daß ich es verstand. Er verachtete Schwächlinge. Für ihn gab's nichts Schlimmeres als einen Spitzel. Er sagte mir, daß er nie wieder nach Hause kommen würde. Und er behielt recht. Er bekam schließlich zweimal lebenslänglich ohne Bewährung. Abgefahren war, daß er mir in diesen Briefen Dulce Tristementes Telefonnummer gab. Ich sollte sie anrufen, weil er nicht wollte, daß noch mehr Geld für sein Verfahren draufging. Sie wußte, daß ich mich bei ihr melden würde. Sie sollte mir fünfzigtausend Dollar geben. Unter einer Bedingung. Ich mußte meine Mutter auf Entzug bringen. Er gab mir sogar den Namen einer Klinik. Darum hatte Midnight sich kümmern sollen. Ich sollte versprechen, mich nach dem Entzug um meine Mutter zu kümmern. Aber ich durfte Dulce nicht verraten, wofür das Geld war. Vom Knast aus meldete ich ein R-Gespräch an und ließ mich mit diesem Flittchen verbinden. Als sie schnallte, daß ich im Bau saß, änderte sie ihre Telefonnummer und behielt das Geld. Diese Nutte hatte ausgesorgt. Wenn sie mir schon fünfzigtausend geben sollte, kann man sich ja denken, wieviel sie selbst hatte.

Schwamm drüber. Ich denk nicht mal dran abzuhauen. Ich hab noch acht Jahre abzusitzen und nehme jeden Tag, wie er kommt. Jeden Tag, den ich überlebe, streich ich im Kalender durch. Es gibt keine Garantie, daß ich den nächsten Tag erlebe oder je wieder rauskomme. Außer Daddy vermiß ich sowieso nichts.

Zwei Aufsichtsbeamte holten mich ab. »Los, Santiaga. Schlaf nicht ein.« Ich ging auf der rechten Seite des Gangs, hinter der weißen Linie, wie man uns eingetrichtert hatte. Sie brachten mich in einen Raum, in dem ich schon Hunderte von Malen gewesen war. Ich mußte mich nackt ausziehen. Es machte mir nichts aus, nackt zu sein. Ich hatte inzwischen Tausende von Titten und Hunderte von Ärschen gesehen. Es war mir fast egal, ob ich nackt oder angezogen war. Am Anfang hatte ich noch versucht, mich zu bedecken. Aber bei den unangekündigten Razzien mitten in der Nacht standen sechzig Mädels Seite an Seite, splitternackt, und machten für die Darminspektion die Beine breit. Auch im Duschraum, der keine Zwischenwände hatte, waren wir nackt. Immer nackt, nackt, nackt. Es war egal.

Eingekeilt zwischen zwei Beamten – einer vor mir, einer hinter mir – ging ich in Gefängnisoverall und Armeejacke den Gang runter durch eine Reihe vollautomatischer Türen. Meine Haftnummer wurde bei jedem Kontrollpunkt neu überprüft, als hätten sie keinen Dunst, wer ich war. Mann, ich *wohn* hier. Draußen wurde ich in einen Wagen mit vergitterten Fenstern verfrachtet und über das Gelände gekarrt. Alle paar Meter standen Scharfschützen und Aufseher, die vierundzwanzig Stunden am Tag Wache schoben.

Als wir den letzten Kontrollpunkt hinter uns gelassen hatten, atmete ich befreit auf. Ist vielleicht schwer zu glauben, aber die Luft im Gefängnis ist anders. Man hat das Gefühl, als würden tausend Menschen ein kleines Fitzelchen Frischluft ein- und ausatmen, bis es verbraucht ist. Dann atmet man nur noch abgestandene Luft und

Mundgeruch. Im Bus konnte ich die frische Luft fühlen. Ich roch sogar die Bäume, die Blumen, die Frühlingsluft, als wir in Richtung Flughafen fuhren.

Ich preßte mein Gesicht gegen die Gitterstäbe. Die Sonne auf meinem Gesicht war purer Luxus. Meine Zelle lag so, daß ich nie Sonne hatte.

Im Flugzeug gab es eine größere Auswahl an Zeitschriften als bei uns. Die Beamten waren relaxt. Warum auch nicht. Ich war an meinen Sitz gekettet. Ich merkte, daß die Leute mich angafften. Es war nicht leicht, einen Blick auf mich zu erhaschen, weil ich auf dem mittleren Sitz zwischen meinen Bewachern saß. Ich starrte zurück. Ich sah mir Schuhe, Uhren, Schmuck, Klamotten an, damit ich den Mädels im Bau später erzählen konnte, was draußen so los war. Zur Essenszeit wurde ich schon vom Geruch ganz high. Es gab drei Gerichte zur Auswahl. Zwei mehr, als ich gewohnt war. Mein Näschen war so fein, daß ich wußte, was es gab, bevor die Stewardess es uns verriet.

In der Stadt wurde ich in einen Gefangenentransporter verfrachtet. Der New Yorker Straßenlärm brachte Erinnerungen zurück. Vor allem Erinnerungen an die Freiheit. Als man einfach so shoppen oder ins Kino gehen konnte. Oder auf Autorücksitzen oder im Gras oder in dunklen Ecken vögeln. Meine Augen registrierten die Autos, die neuesten Serien und Modelle. Mir fielen neue Frisuren auf, und ich entdeckte neue Gebäude.

Ich saß hinten im Gefangenentransporter, durch eine Metalltür von den Beamten getrennt. Die Leute gafften und schienen sich zu fragen, was ich wohl verbrochen hatte. Ich hätte am liebsten geschrien, nichts. Ich hab nichts getan. Ich sitz fünfzehn Jahre ab, weil ich die falsche Einstellung hab. Denn darauf läuft es raus. Klar, ich hab ein Auto gemietet, in dem Waffen und Kokain transportiert wurden. Doch es waren nicht meine Drogen. Es waren nicht meine Waffen. Aber da ich nun mal in dem Wagen saß, den ich gemietet hatte, mit dem Stoff, der in den Teddys auf dem Rücksitz versteckt war, hielten sie mich für schuldig. Weil ich die Wohnung gemietet hatte, in der Bullet und ich gewohnt hatten, war ich mitschuldig. Weil die Waffen, die man gefunden hatte, Mordwaffen waren, von Morden, die ich nicht begangen hatte, war ich mitschuldig. Einige der Opfer kannte ich nicht mal. Und jetzt sagt ihr mir mal, wie man mitschuldig sein kann, wenn es keinen Hauptschuldigen gibt! Sie wollten Bullet drankriegen, aber ich hab ihnen dabei nicht geholfen. Ich bin eine Santiaga. Wir sind keine Verräter. Hätte sowieso nichts geändert. Bullet hatte an alles gedacht. Sein Name tauchte nirgends auf. Man konnte ihm nichts nachweisen. Joey der Pförtner verschwand, bevor die Cops ihn zu fassen kriegten. Niemand konnte gegen ihn aussagen.

Als Natalie ein Jahr nach mir hierherkam, weil sie bei einem Nigger mitgefahren war, der Stoff dabeihatte, erzählte sie mir von Bullet. Er macht jetzt in Raubpressungen. Er klaut den Rappern ihre Musik und verkauft sie noch vor den Plattenfirmen auf der Straße. Er besitzt einen richtigen Laden, wo er die Tapes verkauft, und schwimmt im Geld.

Der Friedhof lag in Queens. Als wir anhielten, sah ich nur vier Männer, die mir den Rücken zuwandten. Beim Näherkommen sah ich, daß drei der Männer bewaffnet waren und kugelsichere Westen trugen. Meine beiden Bewacher grüßten die Beamten, die Santiaga bewachten, meinen Vater, den ich seit acht Jahren nicht mehr zu Gesicht bekommen hatte. Er drehte sich nur um, und schon fing ich an zu flennen. In all den Jahren hatte ich keine einzige Träne vergossen, doch jetzt konnte ich mich nicht beherrschen. Santiaga machte eine Bewegung, als wollte er mich umarmen, aber seine Hände waren gefesselt und meine auch.

»Wie geht's, meine Kleine?« fragte er leise. Privatsphäre war nicht. Jedes Gefühl war öffentlich. Wir standen praktisch auf einer Bühne.

»Hey, Daddy«, flüsterte ich und bewunderte, wie gut er noch immer aussah, kräftig, knackig und männlich.

»Du bist schön«, sagte er und sah mich interessiert an. Ich mußte noch mehr flennen, weil ich wußte, wie häßlich die Narbe in meinem Gesicht war. Vor fünf Jahren hatte ich aufgehört, in den Spiegel zu sehen. »Trotz der Narbe«, fügte er hinzu, als könne er meine Gedanken lesen. »Du bist immer noch das schönste Mädchen der Welt.«

Der alte weiße Pfarrer räusperte sich. Wir traten alle sechs – ich, Daddy und die Beamten – an den offenen Sarg, um einen letzten Blick auf Mama zu werfen. Als Santiaga sie sah, brach er zusammen. Er fiel auf die Knie. »Wer ist das? Was ist das da drin? Das ist nicht meine Frau.« Die Beamten befahlen ihm aufzustehen. Daddy und ich versuchten beide, uns zu sammeln.

Ein paar Sekunden später kamen fremde Leute auf uns zu. Sie wollten wohl zu einem anderen Grab. Zwei der Beamten wechselten ein paar Worte mit ihnen und ließen sie durch.

Zum ersten Mal seit vielen Jahren schämte ich mich. Ich fühlte mich häßlich. Ich wollte mir diese Klamotten vom Leib reißen und mir wenigstens die Haare bürsten. Es war Midnight. Er war groß, schwarz und stolz. Er sah noch umwerfender aus, als ich ihn in Erinnerung hatte. Ich war sofort eifersüchtig auf die Frauen bei ihm. Etwas in mir, das längst gestorben war, erwachte zu neuem Leben. Ich sah sie mir genau an und verglich. Komisch. Die Gesichter der Mädchen kamen mir bekannt vor, aber ich konnte sie nicht einordnen. Dann bimmelten in meinem Kopf die Alarmglocken. Lexy und Mercedes, die Zwillinge, meine Schwestern. Sie mußten mindestens fünfzehn sein. Sie wirkten so sanft und zerbrechlich und anders. Ihre Augen waren anders.

Midnight trat zuerst auf Santiaga zu. Er umarmte ihn, und die Beamten ließen ihn gewähren. Dann stellte er Lexy und Mercedes vor, als hätte wir uns nie gekannt. Mit Daddy sprachen sie förmlich, nicht wie Töchter. Bei mir klangen ihre Stimmen mitfühlend, aber reserviert. Alles, was hätte gesagt werden müssen, blieb ungesagt. Die meiste Zeit redete Midnight. Wie früher berichtete er Santiaga den Stand der Dinge. Irgendwas über Santiagas Töchter. Ich wandte mich ab. Ich wollte nicht, daß Midnight mich ansah.

Als der Pfarrer gerade mit der Zeremonie begann, kam ein großer, schwarzer 600er Mercedes-Benz mit getönten Scheiben angerast und hielt mit quietschenden Reifen auf dem Gehweg. Die Beamten zogen sofort die Waffen und forderten den Fahrer auf, sich auszuweisen. Aber die Musik, die aus dem Wagen dröhnte, war so laut, daß da drin bestimmt niemand was hörte. Die Tür öffnete sich und ein Mädchen, Typ Model, stieg aus. Sie schien den Seiten eines Hochglanzmagazins entsprungen zu sein. Sie trug ein gewagtes weißes Kleid von Versace – komische Farbe für eine Beerdigung – und weiße Schuhe mit Pfennigabsätzen von Dolce & Gabbana. Sie stank förmlich nach Geld. Ich konnte ihr Gesicht hinter der Sonnenbrille erst nicht erkennen. Sie tänzelte vorsichtig durch das weiche Frühlingsgras und kam auf mich zu.

»Wie geht's, Winter?« Sie lächelte breit und nahm die Sonnenbrille ab. Es war Porsche, meine Schwester. Sie war allein und fuhr einen Schlitten, für den der Präsident ein Monatsgehalt hätte abdrücken müssen. Sie umarmte mich. Sie küßte Daddy. Sie winkte Midnight, Lexy, Mercedes und den beiden Frauen, die bei ihm waren, zu. Sie trat an den Sarg meiner Mutter und sah ganze drei Sekunden rein.

Sie trat zurück, nahm mich am Arm und beugte sich vor, um mit mir zu tuscheln. Einer der Beamten bedeutete ihr, Abstand zu halten. »Verdammt!« pöbelte sie. »Kann ich nich mal in Ruhe mit meiner eigenen Schwester reden?« Daraufhin ließen sie sie gewähren. Nicht zu fassen.

»Ich hätte dich ja besucht, Mädchen«, sagte sie und kaute schmatzend auf ihrem Kaugummi. »Aber du warst so weit weg. Sag mir, was du brauchst. Was es auch ist, ich kann es dir besorgen.«

»Wem gehört der verdammte Schlitten?« fragte ich erstaunt.

»Buster«, antwortete sie.

Ich zog die Augenbrauen hoch. *»Wer is'n das?«*

»Is ne lange Geschichte«, sagte sie und winkte ab.

»Was ist mit Lexy und Mercedes los?« fragte ich sie fast flüsternd.

»Midnight hat sie adoptiert. Die sind oberfromm. Versuchen jedem zu erzählen, wie er sein verficktes Leben leben soll. Das da ist seine Frau. Nicht grad zum Anbeißen. Ich seh jedenfalls besser aus.«

»Wer ist das andere Mädchen?« fragte ich.

»Seine Schwester. Sie wohnen in Maryland. Midnight hat einen Frisiersalon, kannst du dir das vorstellen?« kicherte sie.

»Und was machst du so? Wo wohnst du?« fragte ich vorsichtig.

»Oh, dies und das. Wir wohnen in Manhattan am Central Park«, sagte sie lässig.

»Wer ist wir?« fragte ich.

»Ich und Buster«, sagte sie, als müßte ich das wissen.

»Oh.« Ich sah mir Porsche genau an. Sie war perfekt. Ihr Haar war perfekt. Ihre Beine waren perfekt. Ihre Klamotten waren perfekt. Aber ich wollte sie warnen. Normalerweise bin ich nicht grad auf den Mund gefallen. Doch ich brachte es nicht fertig, ihr zu sagen, was ich wirklich dachte. Ich wußte, was sie denken würde: Winter, das sagst du doch nur, weil du im Knast sitzt. Winter, das sagst du doch nur, weil du alt bist. Winter, das sagst du doch nur, weil du häßlich bist. Winter, das sagst du doch nur, weil du eifersüchtig bist. Und statt ihr zu sagen, was ich gelernt hatte, was mir auf der Zunge lag, hielt ich die Klappe. Mann, ich misch mich doch nicht in anderer Leute Angelegenheiten ein. Und ich halt bestimmt keine Reden. Was soll's? Sie muß es selber lernen. So ist das eben.